Die Stalkerin

Rosina Iida

DIE STALKERIN

EIN JAPAN-THRILLER

Bibliografische Information der Deutschen Nationalbibliothek
Die Deutsche Nationalbibliothek verzeichnet diese Publikation in der Deutschen Nationalbibliografie; detaillierte bibliografische Daten sind im Internet über http://dnb.dnb. de abrufbar.

Die automatisierte Analyse des Werkes, um daraus Informationen insbesondere über Muster, Trends und Korrelationen gemäß §44b UrhG (»Text und Data Mining«) zu gewinnen, ist untersagt.

Satz, Umschlaggestaltung und Verlag: BoD · Books on Demand GmbH, In de Tarpen 42, 22848 Norderstedt
Druck: Libri Plureos GmbH, Friedensallee 273, 22763 Hamburg

ISBN: 978-3-7693-9317-0

MARUHITO

Amor *banzai*!!! Amor, ich danke dir!!! Endlich, endlich war er da. DER Tag in unserem Leben.

»Und was war der bisher schönste Moment in eurer Zweisamkeit?«, kam der *Nakōdo*, der wie es der Tradition entsprach, durch die Zwei-Stunden-Feier mit Firma und Verwandten führte, zum Höhepunkt. Landesüblich ließ er zunächst mich, den Bräutigam, zu Wort kommen.

»Als ich am achten August 2009 in der Cinema Hall hier in Tōkyō saß und auf den Beginn des Films wartete, da tauchte plötzlich neben mir ein blonder Engel auf. Seither gibt es nur noch schönste Momente für mich«, antwortete ich postwendend und schaute zu Sabrina an meiner Seite.

»Seitdem sind die japanischen und deutschen Schmetterlinge in seinem Bauch nicht mehr zur Ruhe gekommen!« Der *Nakōdo* klatschte und die Gäste fielen wieder begeistert ein.

»Und nun zu dir, verehrte Braut. Was war für dich der schönste Moment?« Während er das fragte, legte der *Nakōdo* schon einmal den Finger auf die Taste. Gleich würde er das nächste Foto einspeisen.

Sabrina antwortete strahlend: »Als wir in Chino in der Präfektur Nagano waren und Maruhito-*san* mir die *Jōmon*-Venus gezeigt hat. Da hat er nämlich gesagt, dass ich seine Venus bin.«

Im Applaudieren drückte der *Nakōdo* die Taste.

»Ehhh!?!« »Waaas!?!« »Unglaublich!« »Igitt!«, erschollen die Rufe aus dem Publikum. Fassungslos starrten alle auf die Leinwand. Sabrina erbleichte. Hilfesuchend blickte sie von mir zu ihren Eltern. »Die Nackte, das bin nicht ich«, flüsterte sie mir zu. »Das ist nur mein Kopf. Den Typen unter, äh, mir, äh den, den kenne ich nicht.«

Ich rührte mich keinen Millimeter, starrte auf die Aktszene. Hauptperson meine Sabrina. Es lag in der Luft, alle Anwesenden warteten nur darauf, dass Sperma floss.

Auf der eigenen Hochzeitsfeier hatte ich das Gesicht verloren. Vor den Leuten aus meiner Firma, vor der gesamten Verwandtschaft, vor den Freunden ...

*

MARUHITO

Die Sonne strahlte und der Himmel leuchtete an diesem Samstag, dem achten August 2009, so blau, so wunderschön blau, wie er selbst in Tōkyō und nur an ganz besonderen Tagen zu sehen ist. Wenn nur diese brüllende Schwüle nicht wäre. *Shikata nai.* So sind die japanischen Sommer nun einmal. Ich beschloss, mir davon nicht die Laune verderben zu lassen, genehmigte mir noch einen grünen Tee aus Shizuoka mit zehn Eiswürfeln, dann ging ich ins Kino. Dort würde es schön kühl sein. Zu Hause sparte ich nach Möglichkeit Strom. Gerade war ein neuer Film angelaufen, den ich unbedingt sehen wollte. Zwar lief der Film in Japan nicht in Dauerschleife, aber er war prämiert worden und hatte dementsprechend internationale Beachtung gefunden.

Ich war schon früh an der Cinema Hall und einer der ersten, denen Einlass gewährt wurde. Ich suchte mir einen Platz in der Mitte und machte es mir bequem. Ein paar Minuten später, setzte sich jemand nur zwei Plätze weiter entfernt und begann, Popcorn zu essen. Das Geräusch ließ mich zur Seite schauen, nur ganz verstohlen, schließlich ist Popcorn-Essen im Kino nicht verboten. Und da sah ich sie, in Begleitung. Zwei junge Ausländerinnen, vermutlich aus Amerika oder Europa. Mein Herz machte einen regelrechten Sprung. In meinem Inneren tummelten sich die Schmetterlinge. Die Verursacherin hatte engelblondes Haar, das ihr bis zur Hüfte reichte. Vor meinem inneren Auge sah ich mich über dieses Haar streicheln und als meine Hand an der Hüfte angekommen war, strich ich unter den Haaren hindurch wieder Richtung Hals. Und dabei hatte ich sie gerade eben zum ersten Mal und das nur für den Bruchteil einer Sekunde gesehen. So ist es also, das, was man Liebe auf den ersten Blick nennt, flüsterte mir Amor zu. Sofort ansprechen, signalisierten die Schmetterlinge in meinem Bauch, doch da begann bereits die Reklame und die Lichter gingen aus.

In der Geborgenheit der schummrigen Lichtverhältnisse schwenkte mein Kopf immer wieder zur Seite, ich schaute und schaute. Doch der blonde Engel erwiderte meine Blicke nicht. Dann begann der Film und ich übte mich in Selbstdisziplin, konzentrierte mich auf den Inhalt. Als die Protagonistin dem Mann ihres Herzens den ersten Kuss gab, gab es für mich jedoch kein Halten mehr. Demonstrativ sah ich wieder zur Seite. Doch auch diesmal blieb mein Blick ohne Erwiderung. Die innere Leere, die sich nun einstellte, trotz der Erregung, die diese Frau in mir verursachte, ließ mich an Amor zweifeln. Diese Frau! – Endlich war der Abspann zu Ende und die Lichter gingen wieder an. Mein Aufatmen hat man gefühlt durch den ganzen Saal gehört. Jetzt musste es schnell gehen. Und so verlor ich keine Sekunde Zeit. Die beiden waren im Handumdrehen an der Treppe. Ungeachtet der japanischen Sitte, langsam und geordnet das Kino zu verlassen, schob ich die Leute vor mir beiseite und mich an allem, was die holde Blonde und mich trennte, vorbei. Atemlos brachte ich ein »Der Film war wirklich gut, die Kritiken hatten recht« hervor. Etwas Besseres fiel mir partout nicht ein. Und Japanisch hatte ich außerdem gesprochen. Lieber zart etwas in der Landessprache hauchen als auf Englisch einen Fauxpas begehen.

Sie fühlte sich sofort angesprochen und japanisierte zurück: »Ja, es hat sich gelohnt, herzukommen.« Die Begleiterin meines Engels nickte ebenfalls.

Dieses Lächeln! Sie hatte mir ein Lächeln geschenkt! Ich spürte meinen Blutdruck steigen. Mann, ich war aufgeregt wie ein Teenager.

Oh, war ich froh, dass das Gespräch sich ganz natürlich fortsetzte. Und dann der große Moment, als sie ihre Lippen öffnete und ihren Namen sagte: Sabrina. Fast hätte ich nicht mitbekommen, dass ihre Begleitung sich als Bellinda vorstellte. Sofort fühlte ich mich aufgefordert, ebenfalls nur meinen Vornamen zu nennen, obwohl das im Japanischen für einen Mann ungewöhnlich ist. Und dann ließen mich die Schmetterlinge in meinem Bauch alle Vorsicht vergessen und ich fragte die beiden ganz dreist nach ihrem Alter.

Ohne zu zögern antwortete der blonde Engel: »Wir sind beide fünfundzwanzig.« Die Antwort ließ die Gefühle fast mit mir durchgehen. Ich hatte die beiden wesentlich älter eingeschätzt. So war das eben, neben Japanern sahen westliche Ausländer stets älter aus. Ich selbst war gerade dreißig geworden. Das sagte ich vorsichtshalber, nicht dass der Engel mich etwa für einen Teenager hielt, mit dem er nichts anfangen konnte.

»Arbeitet ihr hier?« Ein Versuch mit der vertrauten Anrede. Keine der beiden zuckte auch nur mit der Wimper.

»Ja, wir hatten das Glück, direkt nach dem Uniabschluss eine Stelle zu finden, und das in Tōkyō«, antwortete Bellinda sofort.

»Aha, ihr seid Kolleginnen?« Mit dieser Schlussfolgerung lag ich richtig.

»Unser Arbeitgeber leistet einen Beitrag zur Förderung der Kultur und spendiert seinen Arbeitnehmern einmal pro Monat einen Kinobesuch.«

»Das ist ja eine nette Art. Dann habt ihr wohl kaum Überstunden zu machen?« Ich musste sofort herausfinden, ob sie Zeit für mich haben würde. Es musste nur noch ein günstiger Moment kommen.

»Manchmal schon, aber es hält sich in Grenzen«, kam die erfreuliche Antwort. »Und du?«, wollte der blonde Engel umgekehrt wissen.

»Ich lebe und arbeite auch in Tōkyō. Leider ist mein Arbeitgeber nicht so spendabel.«

Wir mussten alle lachen. Es war eine tolle Atmosphäre. Dann sagte ich den alles entscheidenden Satz:

»Hättet ihr nicht Zeit und Lust auf einen gemeinsamen Kaffee?« Ich verspürte dabei wieder dieses Herzklopfen.

»Das ist eine gute Idee«, stimmten Sabrina und Bellinda zu.

Diese Erleichterung! Schon bald würde ich sie daten. Jetzt durfte nichts schiefgehen. Wir gingen in das Café nur ein paar Schritte weiter. Chainten. Allgegenwärtig in Tōkyō. Nicht der große Renner, aber zum Kennenlernen bestens geeignet. Wir hatten Glück und fanden sofort einen Platz.

Unsere Münder standen nicht still, es war sehr nett. Doch dann überkam mich die Angst, vielleicht doch etwas aufdringlich zu sein und so leitete ich nach einer Stunde das Ende dieses ersten Treffens ein. Vielleicht war ich als Japaner zu vorsichtig. Aber auch die Deutschen sagen ja *Vorsicht ist die Mutter der Porzellankiste*. Und in einer solchen befand sich meine neue Beziehung, beziehungsweise das, was hoffentlich eine werden würde.

Amüsiert stellte ich schließlich fest, dass ich, während ich in Gedanken zu versinken drohte, Sabrina unentwegt angeschaut hatte. Wie ein ertappter Schuljunge lenkte ich meinen Blick einmal kurz zu Bellinda, nur um sofort wieder Sabrina anzuschauen. Ich sagte:

»Bevor wir diese Runde auflösen, wie wäre es, wenn wir unsere Mailadressen austauschten?«

»Oh ja, dann können wir uns den nächsten Film wieder gemeinsam ansehen«, stimmten Sabrina und Bellinda mir sofort zu. Mann war ich aufgeregt. Mir zitterten regelrecht die Finger, als ich ihre Adressen notierte. Ich war viel zu aufgewühlt, um sofort nach Hause zu fahren, und so ging ich noch einmal quer durch den Park in Sichtweite von Chainten. Ich spürte ihre Blicke in meinem Rücken. Diese Schwüle und dazu mein pochendes Herz. Alle paar Meter wischte ich mir den Schweiß vom Gesicht. Schließlich lenkte ich meine Schritte nach links. Bis zum Museum waren es schließlich nur noch ein paar Schritte.

Von der Ausstellung habe ich kaum etwas mitbekommen. Auch dass der Schweiß an meinem Körper in den Räumen schnell wieder trocknete, bemerkte ich nicht. Wohin ich auch schaute, überall sah ich nur sie.

Langsam lief ich an den ersten Gemälden vorbei. Nirgendwo blieb mein Blick hängen. Nichts interessierte mich. Ich ging weiter, von einer Sabrina zur nächsten. Doch gegen Ende der Ausstellung fesselte etwas meinen Blick, eine Sitzbank aus Holz. Schlicht mit sanft abgerundeten Kanten.

Sofort sah ich mich und Sabrina auf dieser Bank sitzen, deren Rückenlehne die einzige auffällige Zierde war, dreigeteilt in gekonnter Schnitzarbeit. Es war dieses Bild, das ich mit nach Hause nahm.

*

SABRINA

Zwei Wochen lang gingen wir zu dritt aus, Bettina, Maruhito und ich. Mal trafen wir uns zum Essen in einem netten Restaurant, mal fuhr er uns mit dem Auto aus Tōkyō heraus und wir genossen den Anblick der Berglandschaft, die das Land prägte. Dann kam der Tag, an dem Bettina nicht konnte. Ich wusste, dass dies Maruhitos und mein Schicksalstag werden könnte.

Er rief mich an. Nein, nicht trotzdem, gerade deshalb. Das brauchte er nicht zu sagen. Ich spürte es mit jeder Faser meines Herzens. Den Ausflugsort hatte er sich sehr genau überlegt.

»Was hältst du von einem Besuch bei der *Jōmon-Venus*?«, fragte er mich.

»Die *Jōmon-Venus*?« Meine Neugierde war geweckt.

»Das ist eine Tonfigur aus der Mitte der *Jōmon*-Zeit. Sie ist etwa dreitausend bis zweitausend vor Christus entstanden«, versuchte Maruhito sachlich zu bleiben. Seine Stimme verriet ihn trotzdem.

»Und wo steht sie?«, wollte ich wissen.

»In einem kleinen Museum in Chino, in der Präfektur Nagano.«

»Bei Nagano fällt mir sofort Hakuba ein, wo 1998 die Olympischen Winterspiele stattfanden«, erklärte ich.

»Seit 1995 ist die *Jōmon-Venus* sogar Nationalschatz«, fuhr er fort. Dann wurde er konkret: »Wie wäre es mit nächstem Sonntag? Ich könnte dich um acht Uhr abholen.«

»Ja gerne, so machen wir das.« Ich freute mich. Ein Tag, den wir in trauter Zweisamkeit verbringen würden.

*

MARUHITO

Der Sonntag kam und natürlich war ich superpünktlich. Es war eine weite Fahrt, doch um die Mittagszeit erreichten wir unser Ziel. Wir schauten uns zunächst ein wenig um, dann gingen wir ins Museum, von Vitrine zu Vitrine.

Im zweiten Raum stand sie. Siebenundzwanzig Zentimeter klein, überdimensional starke Ober- und Unterschenkel, zwei winzigkleine spitze Brüste. Dazu trug sie eine Kopfbedeckung, die oben vollständig abgeflacht war. Vielleicht der Vor-Vorläufer der Baskenmütze? Dann wäre Japan schon in grauer Vorzeit Modevorreiter gewesen. Gerade wollte ich Sabrina auf die antike Schönheit einstimmen, da kam aus ihrem zarten Mund ein: »Was ist das?« Im Takt dazu klirrten die Glasflächen an den Vitrinen.

»*Jishin*. Ein Erdbeben«, erklärte ich ihr ruhig. Schnell fügte ich hinzu: »Aber kein starkes. Du brauchst keine Angst zu haben.«

»Woher willst du das wissen?« Ihre Stimme verriet leichte Panik. Wie würde ein deutscher Mann die Dame seines Herzens wohl in so einer Situation beruhigen?

Ich sagte: »Mit den Jahren bekommt man ein Gefühl dafür. Wirklich starke Beben sind zum Glück selten.« Dabei schaute ich ihr unentwegt in ihre wunderschönen Augen und genoss es, dass meine Ruhe sich offenbar auf Sabrina übertrug.

»Ach so. Das war jetzt aber eine Japan-Lektion, die meine Knie hat erzittern lassen.« Nun lächelte sie schon wieder.

Ich wartete noch zwei Minuten. »Siehst du, es hat schon wieder aufgehört.«

Wir blieben noch etwas länger vor der Vitrine stehen. Gerade hatte ich Sabrina die Angst vor dem Erdbeben genommen. Ganz sicher ein Pluspunkt auf ihrem Maruhito-Konto. Für heute hatte ich mir vorgenommen, ihr meine Liebe zu gestehen. Es war schon kurz vor Mittag. Doch bislang hatte ich noch keinen Pieps herausbekommen. Die *Jōmon*-Venus schien mir zuzuzwinkern: Jetzt oder nie. Und Sabrina schien förmlich auf meine Offenbarung zu warten. Woran machte ich das aus? Egal, wirklich Verliebte spüren so etwas. Bevor mich der Mut wieder verließ, strahlte ich Sabrina an: »Und du bist meine Neuzeit-Venus!«

Ganz sicher hatte sie gespürt, dass mein Herz ein Zögern nicht ausgehalten hätte. Postwendend sagte sie mit ihrer Engelsstimme: »Na hoffentlich gleicht sich mein Körper nicht dieser Skulptur vor uns an«. Ein Lachen nur für mich. »Dann wäre ich ziemlich aus der Mode gefallen.«

Es war so schön. Das Museum war abgelegen. Momentan waren nur wir beide im Raum und bewunderten die jahrtausendealte holzfarbene Tonfigur. Als Antwort auf meine vermutlich ziemlich japanische Liebeserklärung lehnte Sabrina ihren Kopf an meine Schulter. Ich war sehr stolz, dass ich größer war als sie. Die meisten Japanerinnen überragte sie, auch die meisten Männer. Ich schaute mich vorsichtig im Raum um, dann nahm ich allen Mut zusammen und gab Sabrina den ersten Kuss. Ganz schnell, aber nicht flüchtig. Dann flüsterte ich ihr, wieder auf Japanisch, ins Ohr: »Und heute Abend zeige ich dir die Venus am Sternenhimmel. Die heißt auf japanisch *Kinsei*, Goldstern. Von der Erde aus gesehen ist sie nicht weit vom Mond entfernt und scheint so hell, dass man sie mit bloßem Auge sehen kann.«

Mehr traute ich mich nicht, schlenderte möglichst gelassen zur nächsten Figur. Ich Trottel. Damit war die romantische Stimmung vorüber. Zu allem

Überfluss betrat dann auch noch eine japanische Familie den Raum und stellte sich direkt vor die *Jōmon-Venus*. Pech gehabt.

*

SABRINA

Fortan trafen wir uns in jeder freien Minute. Und die waren gezählt. Die Arbeit hatte uns beide fest im Griff. Mal gingen wir ins Museum, mal ins Kino, mal einfach nur spazieren. Es gab so viele Stellen in Tōkyō, die ich noch nicht kannte.

Mitte September schließlich fuhren wir nach Saitama zum *Kinchakuda*, das berühmt für seine *Higanbana*, die *Lycoris radiata*, ist. Ganze Blütenfelder erfreuten das Auge, unterbrochen von den Bäumen, um die herum sie standen. Blumen ohne Blätter, nur mit Blütenblättern an langen grünen Stengeln.

Wieder mietete Maruhito ein Auto und holte mich ab. Ausflugsziele in und um Tōkyō waren sehr schnell überlaufen. Und so staute es sich schon mehrere Kilometer vor dem Ziel stark. Stop and go. Mir war klar: in Zielnähe hatten wir keine Chance auf einen Parkplatz.

»Bist du einem kleinen Spaziergang nicht abgeneigt? Dann stelle ich den Wagen auf den nächsten öffentlichen Parkplatz und wir laufen den Rest des Weges«, schlug Maruhito vor.

»An allen Autos vorbei?«, wollte ich nur wissen.

»An allen Autos vorbei«, bestätigte er.

Direkt am nächsten Parkplatz stellte er den Wagen ab.

Nach etwa einer dreiviertel Stunde Fußmarsch kamen die ersten Vorboten in Sicht. »Ich sehe schon überall rot«, lachte ich.

Er sagte: »Kein Wunder. Fünf Millionen Blüten sollen es sein.«

»So viele?« Ich konnte es kaum erwarten, in das Blütenmeer einzutauchen.

»*Higanbana* gibt es auch in weiß, nur hier so gut wie nicht«, erklärte er.

»Die heißen übrigens auch *Manjushage*.«

»Aha, wie Chrysantheme und Asta.« Maruhito wirkte überrascht, vielleicht sogar ein wenig enttäuscht, dass diese doppelte Benennung von Blumen nichts typisch Japanisches war. Vielleicht hätte ich das nicht sagen sollen, wenigstens nicht so spontan.

Dann kamen wir an den Eingang.

»Fünfhundert Yen Eintritt verlangten sie um die Jahreszeit, ganz schön viel, wenn man bedenkt, dass man dort sonst kostenlos spazierengehen kann«, erklärte Maruhito mir.

Der Bereich war nur für die Blütezeit abgesperrt. Es sah alles etwas provisorisch aus.

Wir begannen sofort zu fotografieren, anfangs die Blumen, dann uns gegenseitig und schließlich ein Selfie zu zweit. Und dann, als wir vor einer der raren Stauden mit weißen *Higanbana* stehenblieben, fasste er ganz vorsichtig nach meiner Hand. Ich ließ es geschehen. Da drückte er meine Hand noch einmal. Ganz sanft. Ich erwiderte den Druck. Jeder sah den strahlenden Blick des anderen. Es war das Glück pur, das durch unsere Körper rauschte. Offenbar war uns *Hotei*, die japanische Glücksgottheit, gewogen. Wir liefen ein Stück weiter, hielten inne und lauschten den Zikaden.

Maruhito sagte: »Da, an dem Baumstamm, das ist eine *Abura-semi*.«

Ich brauchte etwas, bis ich die gut getarnte Zikade auf dem rauen Untergrund ausmachen konnte.

»Mit der Zeit bekommst du einen Blick dafür«, versicherte er.

Ein paar Schritte weiter zeigte er auf viele kleine hellbraune Hüllen an einem Baumstamm in Augenhöhe. »Diese Außenhäute bleiben übrig, wenn eine Nymphe geschlüpft ist. Meist findet man diese Überreste nur einzeln.« Ich neigte den Kopf und genoss es, ihm zuzuhören.

»Zikaden legen ihre Eier auf den Bäumen ab. Von dort fallen sie auf die Erde und gelangen unter die Erde. Erst nach Jahren, bei manchen Arten sind es fünf, bei anderen dreizehn oder sogar siebzehn Jahre, kriechen die Larven wieder an die Oberfläche und krabbeln die Bäume hoch. Dort schlüpfen sie und hinterlassen diese *Nukegara*.« Ich sog das Glücksgefühl in mich hinein.

Erneut fasste er ganz vorsichtig nach meiner Hand, gerade so, als hätte er immer noch ein wenig Angst, dass ich sie zurückziehen könnte. Ich tat es nicht. Da drückte er meine Hand wieder ganz sanft und ich erwiderte den Druck auch diesmal.

Es wurde Mittagszeit.

»Wo sollen wir essen? Hier an den Ständen, die für die Zeit der Blüte hier stehen, oder sollen wir weiterfahren und uns ein Restaurant suchen?«

Seine Frage beantwortete ich mit einer Gegenfrage: »Was gibt es denn hier? Ein paar Sitzgelegenheiten sind ja vorhanden.«

»Gebratene *Soba*-Nudeln, und *Tako-yaki*, Teigbällchen mit Tintenfisch.« Er schaute mich skeptisch an, suchte in meinem Gesicht nach einem Hinweis darauf, ob das nicht vielleicht doch zu japanisch war. Doch ich sagte sofort:

»Oh, *Tako-yaki* esse ich für mein Leben gern!«

»Dann lass uns eine Portion davon nehmen. Die teilen wir uns, und anschließend gehen wir in ein Restaurant richtig essen. Denn von den *Tako-yaki* allein wird man nicht wirklich satt«, schlug er vor.

»Super, so machen wir das!«, stimmte ich sofort zu.

Wir mussten eine halbe Stunde anstehen. Der Andrang war riesig. Aber es war aufregend, als wir die Teigbällchen mit Tintenfisch vom selben Plastikteller aßen.

Die Chance dieser guten Stimmung nutzte er und fragte mich, »Was meinst du, ob wir nächstes Wochenende wieder etwas unternehmen sollen?

Mein verliebter Blick war bestimmt schon Zustimmung genug. Trotzdem sagte ich: »Oh, das können wir gerne machen!« Dabei rückte ich ein Stückchen näher an ihn heran.

*

MARUHITO

Das Zusammensein mit Sabrina war immer unendlich harmonisch. Meine Gefühle für sie waren so intensiv, sie stellten alles in den Schatten, was ich bis dahin erlebt hatte. Und ich war mir sicher, dass auch sie dieselben starken Gefühle für mich hegte. Sabrina war die erste Frau, bei der ich an Heirat dachte, gestand ich mir ein. So besonders war sie für mich. Wir kannten uns erst gut vier Monate, doch ich, sonst stets der Zögerer, war mir meiner Gefühle für sie absolut sicher.

Und auch ihrer Gefühle für mich.

Dann mache ich nun Nägel mit Köpfen, beschloss ich und sah mich noch am selben Tag bei einem Juwelier um. Dem Preisschild war zu entnehmen, dass es sich um einen Aktionspreis handelte. Das erleichterte mir die Entscheidung.

Sorgfältig wählte ich das Datum aus. Der 25. Dezember sollte unser Tag werden. Gut vorbereitet kam ich zu unserem Date. Im Restaurant wollten wir ein köstliches Abendessen genießen. Das Besondere an dem Restaurant ist, dass es sich ganz langsam dreht, so dass die Aussicht sich ständig ändert, ein dreihundertsechzig-Grad-Panorama um den Bahnhof Tōkyō. Sabrina war begeistert, das Essen ein Gedicht. Genüsslich schleckte sie sich die Lippen. Und ich fragte mich, ob das eine deutsche Manier war oder eine eindeutige Aufforderung.

Ich wartete bis zum Dessert, dann zückte ich den Ring und überreichte ihn ihr.

»Dieses Dunkelblau. Und dieser Schliff! Ist das ein Saphir?«, fragte sie und hielt den Atem an.

»Ja, aus Tansania«, sagte ich während ich ihr den Ring auf den Finger schob.

Sie strahlte mich an.

Ehe ein falsches Wort die Atmosphäre stören konnte, stellte ich die alles entscheidende Frage: »Willst du mich heiraten?«

Sabrina blickte abwechselnd auf den Ring und auf mich. Ich wollte kein Schweigen aufkommen lassen und sagte: »Ich weiß, wir kennen uns noch nicht so lange. Aber ich bin mir meiner Gefühle für dich ganz sicher.« Zunächst sagte sie nichts. Sie lächelte nur ihr einmaliges Lächeln.

Dann hauchte sie »Ja, ich will dich heiraten.« Dabei stand sie auf und beugte sich über den Tisch, wobei sie ihren Mund spitzte.

Oh Mann, war mir das peinlich. Ich spürte richtig, wie mir das Blut in den Kopf schoss. Ich stammelte nur: »Aber doch nicht hier vor allen Leuten!«

Was war ich froh, dass sie sich einfach wieder setzte und nur leise lachte: »Das wird ja eine gute Ehe, wenn wir uns schon bei dem Verlobungskuss nicht einig sind!« Und nach einer kleinen Pause fügte sie sanft hinzu: »Das ist das schönste Weihnachten meines Lebens.« Dann machte sie eine kleine Kunstpause. »Übrigens ist in Deutschland der Hauptevent zu Weihnachten der 24. Dezember, Heiligabend.«

Au weia. Das war gestern. Wirklich unglaublich. Kaum hatte ich den Mund aufgemacht, da kritisierte meine Zukünftige an mir herum. Zum Glück hatte ich schon genug deutsche Firmenkontakte, so dass ich das nicht persönlich nahm. Ihre Reaktion löste umgekehrt meine Zunge. »Na, Hauptsache, unsere Körper schütten genug von dem Hormon Oxytocin aus«, sagte ich.

»Was meinst du denn damit?«, wollte sie wissen.

»Das ist das Hormon, das bei Mensch und Tier bewirkt, dass sie sich dem Partner und Kindern besonders zuneigen.«

»So ähnlich wie Dopamin?«

»Noch viel stärker als das Glückshormon!«

»Dann auf das Beziehungshormon!« Damit hob, nun meine, Sabrina ihr Weinglas und prostete mir zu. Wir stießen an, ganz vorsichtig: »*Kampai!* Auf uns!«, sagten wir fast gleichzeitig. Alles verlief so harmonisch zwischen uns. Nicht die kleinste Unstimmigkeit. Wir werden ein Traumpaar, das war mir in diesem Moment klar.

*

SABRINA

»Ach Sabi, ich bin doch nicht dagegen, dass du heiratest«, sagte meine Mutter nun schon zum xten Mal.

»Aber es klingt so, Muttchen«, insistierte ich.

»Ich sage doch nur, du kennst diesen Maruhito O ... Wie war noch gleich sein Nachname?«

»Obihara.«

»Also, diesen Maruhito Obihara doch noch gar nicht. Ihr geht doch erst ein paar Wochen miteinander aus. Natürlich mache ich mir da Sorgen. Große sogar. Und in Japan soll doch alles so anders sein.«

»Aber ihr kommt doch zur Hochzeit?«, bog ich die weitere Diskussion ab.

»Na klar. Aber lieber erst nächstes Jahr oder so.«

»Na also. Nun lachst du schon wieder«, stellte ich befreit fest. »Das ist halt so bei Liebe auf den ersten Blick. Wie war das eigentlich bei Paps und dir? Auf den wievielten Blick hat es bei euch gefunkt?« Ich hoffte, meine Mutter damit ein wenig in die Defensive drängen zu können.

»Wir kannten uns schon etwa zwei Jahre. Also lange genug, dass wir uns sicher sein konnten, ein Leben lang miteinander gut auszukommen.«

»Bist du eigentlich immer noch verliebt in Paps? Und er in dich?«

»Ich glaube schon. Aber wir haben einander auf Herz und Nieren geprüft, bevor wir uns das Ja-Wort gegeben haben.« Meine Mutter konnte wirklich beharrlich sein.

»Und? Haben wir trotzdem euren Segen?«

»Ach mein Kind.«

»???« Meine Frage stand unüberhörbar im Raum.

»Natürlich wünschen wir euch alles Gute, auch wenn ihr alles so überstürzt. Du bist doch nicht schwanger, oder?«

Was für ein Gedankensprung! »Nein, nein. Mit Enkelkindern hat unsere Entscheidung nichts zu tun. – Aber schön, dass du wieder lachen kannst.«

Wir redeten noch eine Weile über Gott und die Welt und in mir machte sich Unruhe breit. Meine Mutter hatte gesprochen wie eine Kassandra. Bisher hatte sie immer Recht behalten. An dem Tag, als mein Vater den schweren Unfall hatte, hatte sie ihn nicht aus dem Haus gehen lassen wollen, als ihre Mutter starb, hatte sie sie spontan besucht und gefunden, und und und. Aber mein Maruhito? Nein, sie musste sich irren.

*

MARUHITO

Schon am darauffolgenden Wochenende begannen wir mit den Hochzeitsvorbereitungen. Ich konnte es kaum erwarten, war der glücklichste Mann der Welt. Alles in mir war beseelt von dem Wunsch, diesen blonden Engel für den Rest meines Lebens an mich zu binden.

Und dann – endlich, am 29. Mai - die Hochzeitsfeier. Ich konnte das Ende kaum erwarten. Dann würde ich Sabrina über die Schwelle zu unserer gemeinsamen Wohnung tragen. Ganz wie im traditionellen Deutschland. Ich hatte heimlich Gewichte stemmen geübt, damit ich meine schwere deutsche Frau mit meinen zarten japanischen Armen souverän hochheben konnte. Zum Glück hatte sie nur Kleidergröße 38. Und dann das. Mitten im schönsten Moment unserer Hochzeitsfeier diese Demütigung. Immer wieder fragte ich mich, wer steckt dahinter? Wer? Wen hatte ich mir zum Feind gemacht? Wer hatte die süffisanten Fotos von Sabrina vor der Hochzeitsgesellschaft enthüllt? Niemandem in meinem Bekanntenkreis traute ich solch eine Tat zu. Wieder und wieder stellte ich sogar Überlegungen an, ob das gar nicht mir gegolten haben könnte. Dann hätte ich eine Frau geheiratet, die einen Feind mit in die Ehe gebracht hat. Aber nein, Sabrina versicherte mir immer wieder, sie wüsste nicht, wer aus ihrem Freundes- und Bekanntenkreis zu so etwas fähig sein könnte.

Das Bild vor meinem inneren Auge wollte nicht weichen. Stets driftete es zu dem *Nakōdo* ab, wie er die Taste drückte. Und dazu die Reaktionen aus dem Publikum:

»Ehhh!?!« »Waaas!?!« »Unglaublich!« »Igitt!«

Dazu die verzweifelten Worte Sabrinas: »Das bin nicht ich. Das ist nur mein Kopf. Den Mann neben mir im Bett, den kenne ich nicht.«

Es dauerte eine gefühlte Ewigkeit. Dann kam mein Schwiegervater und stellte ganz souverän den Apparat aus. Er blickte einmal streng in die Runde, dann ging die Feier weiter, als wäre nichts gewesen.

Ich grübelte seither täglich, wie konnte so etwas möglich sein. Das hätten die Veranstalter im Vorfeld feststellen müssen. So ein Foto, das hätten sie doch nicht zeigen dürfen. Irgendeinem hätte es verdammt noch einmal auffallen müssen!

*

SABRINA

Vollkommen irritiert wiederholte ich Maruhitos Worte, wie ein Papagei: »Ich habe beschlossen, wir kaufen uns ein Haus.«

»Ja, aber, wir sind doch gerade erst hier in diese Wohnung eingezogen«, widersprach ich sofort, als die Bedeutung seiner Worte mein Gehirn erreicht hatten.

Doch statt einer Erklärung bekräftigte Maruhito nur »Ja. Das habe ich so beschlossen.«

Oh nein, bitte nicht. Ein handfester Ehekrach direkt nach der Hochzeit. Ganz vorsichtig und mit dem zartesten Lächeln zu dem ich in dem Moment fähig war, fragte ich, »Wann hast du das beschlossen? Wir haben doch gestern erst geheiratet.«

Statt einer Antwort sagte Maruhito nur: »Ich dachte, du freust dich darüber.«

Da kam mir der Gedanke, dass mein Mann womöglich aus dieser Wohnung fliehen wollte. Schließlich sprach er pausenlos von den Ereignissen auf der Hochzeitsfeier. Meine verhaltene Reaktion war offenbar nicht in seinem Sinne. Aber hatte er wirklich Begeisterung erwartet? Hätte ich ihm etwa um den Hals fallen sollte? Mein fragender Blick fixierte seine Lippen. Und so erklärte er:

»Die Miete ist zu teuer und in Japan geht der Mietvertrag nur über zwei Jahre, dann werden bei der Verlängerung wieder Zusatzgebühren an den Vermieter fällig. Da finde ich, rechnet sich ein Haus eher.«

»Und wenn wir es uns eines Tages anders überlegen, können wir es ja weiterverkaufen«, sagte ich, immer noch um jeden Preis den Kollisionskurs vermeidend. Doch mein Bemühen kam nicht rüber.

»Das ist ein zu großer Verlust«, wehrte Maruhito den Gedanken sofort ab.

»Wie? Das leuchtet mir nicht ein«, wunderte ich mich.

»Mit jedem Jahr verliert ein Haus an Wert. Auch die Mieten fallen, wenn ein Haus älter wird.«

»Aha.« Nach einer kurzen Pause meinte ich dann, immer noch nur halbherzig: »Nun ja, wir sind zwei Verdiener, da bekommen wir bestimmt einen Kredit.«

»Na klar, die Immobilienfirma hat bestimmt einen Vertrag mit einer Bank«, sagte mein frisch angetrauter Ehemann.

Ich horchte auf. »Servicegesellschaft Japan«, lachte ich dann. »Auf was für Dinge muss ich mich noch einstellen?«, schob ich vorsichtshalber nach, nicht dass Maruhito etwa meinte, ich sei Feuer und Flamme.

»Für den Vertrag zum Hauskauf brauchen wir einen besonderen Stempel. Den muss man eintragen lassen und dann hüten wie seinen Augapfel. So sagt ihr doch, oder?«

Was für eine fremde Welt. Ich nickte bedächtig. Stempelgesellschaft Japan.

»Und wenn der Stempel in falsche Hände gerät, ist das Haus futsch«, schlussfolgerte ich im nächsten Moment laut. Sofort änderte sich Maruhitos Gesichtsausdruck.

»Das darf nicht passieren. Du darfst niemals jemandem verraten, wo du diesen Stempel versteckt hältst.«

Ich nickte nur und dachte: Bankschließfach. Wenn es das ganze Land so handhabt, wird schon nichts passieren, beruhigte ich mich selber und sagte nur: »Versprichst du mir etwas?«

»Was immer du willst!« Nun lachte Maruhito wieder -endlich!

»Erklärst du mir immer die Andersartigkeit der Sitten? Gerade habe ich nämlich verstanden, dass ich ohne dich hierzulande aufgeschmissen bin.«

»Wenn es mehr nicht ist«, versprach mir mein japanischer Ehemann, fügte aber sofort verschmitzt hinzu: »Aber nur unter einer Bedingung.«

Ich bekam große Ohren. »Und die wäre?«

»Dass wir zu Hause weiterhin immer Japanisch miteinander sprechen.«

Nun war es an mir, befreit zu lachen. Es gab nichts, was mich an seinen Worten zweifeln ließ.

*

MARUHITO

Nachdem Sabrina mir zugestimmt hatte, legte sich meine innere Panik etwas. Ich war auf der Flucht, gestand ich mir ein. Auf der Flucht vor dem großen Unbekannten, der mich bis auf meine Hochzeitsfeier verfolgt hatte.

Die nächsten Wochenenden verbrachten wir mit der Suche nach einem Eigenheim. Einigermaßen zentral sollte es auch sein. Bei unserer Preisvorstellung war die Auswahl nicht allzu groß.

Makler, auch für gebrauchte Immobilien, gibt es in Tōkyō wie Sand am Meer. Und so wurden wir überraschend schnell fündig. Schließlich einigten wir uns auf einen Termin zur gesetzlich vorgeschriebenen zweistündigen Vertragserläuterung und bei der Gelegenheit drückten wir unsere Stempel auf den Vertrag. Was für mich selbstverständlich war, überraschte Sabrina aufs Äußerste: Die Immobilienfirma übernahm alles. Für den Gang zum Grundbuchamt hatte sie jemanden an der Hand, der die Eintragung organisierte.

Und sie überwachte den Eingang der Zahlung des Käufers. Nach exakt drei Monaten war es dann soweit, die Schlüssel wurden uns übergeben.

*

SABRINA

Mann, ging das schnell. Kaum hatten wir geheiratet, da nannten wir schon ein kleines Häuschen unser eigen. Schlüsselfertig, wie landesüblich. Wir mussten nur noch unsere Sachen einräumen. Der Umzug fand an einem Sonntag statt. Japanischer ging es nicht. Ich stand vor dem Einbauschrank in meinem Zimmer und räumte die Umzugskartons aus. Wo sollte ich den Vertrag am besten unterbringen? – Eine Viertelstunde stand ich unentschlossen vor dem Schrank, dann glitten meine Gedanken zu der nächsten Aufgabe.

Unser Häuschen hatte zwar keinen Garten, doch vor dem Haus, den kleinen Streifen, den könnten wir begrünen. Dort hatte die Baufirma zwar bereits ein paar Sträucher gepflanzt, die gepflegt werden wollten, aber ich war ganz wild darauf, unserem Minigärtchen meinen persönlichen Stempel aufzudrücken.

»Am besten pflanzen wir noch ein paar Blümchen dazu, damit in jeder Jahreszeit etwas blüht. Was meinst du?«, schlug ich Maruhito vor, der plötzlich vor mir stand.

»Das ist eine gute Idee! Du bist bei uns die Blumenfee. Ich lasse dir da freie Hand.«

»Blumenfee? Vor nicht allzu langer Zeit hast du mich als deine Venus bezeichnet. Habe ich jetzt Karriere gemacht? In deinem Herzen meine ich.«

Mein treuherziger Blick bewirkte, dass Maruhito wieder so richtig schön verlegen wirkte. Solche Art der Konversation war er ganz offensichtlich nicht gewöhnt. »Blumenfee« wiederholte er und grinste dabei verschmitzt.

»Na, hoffentlich werde ich nicht unsichtbar«, lachte ich. Dann kam mir ein anderer Gedanke. Ob das seine Übersetzung aus dem Japanischen war? In Japan bezeichnete man die frisch verheiratete Frau als *Hanayome. Hana* war die Blume und *Yome* die Braut. Was für ein süßes Wortspiel hatte Maruhito sich da ausgedacht. Extra für mich.

*

MARUHITO

»Was meinst du, was sollen wir den Nachbarn als Einstandsgeschenk kaufen?«

»Als Einstandsgeschenk? Nicht nur ein paar Blümchen?«, entgegnete Sabrina.

»In Japan schenkt man, wenn man umzieht, den neuen Nachbarn eine Kleinigkeit, zum Beispiel ein kleines Handtuch oder etwas Essbares, Tee oder Ähnliches.«

»Das ist ja eine nette Geste. Und wie viele Nachbarn werden damit bedacht?«

»Nur die direkten, also die rechts und links und die drei Parteien gegenüber.«

»Die von gegenüber auch? Das ist ja interessant.« Dann überlegte sie: »Hmmm. Was sollen wir ihnen schenken?«

»Ich persönlich ziehe Lebensmittel vor«, half ich ihr ein wenig.

»Wie wäre es mit schwarzem Tee?«, kam der Vorschlag von Sabrina. »Vielleicht finden wir ja ostfriesischen. Ihr Japaner liebt es doch, Geschenke aus der Heimat zu machen.«

Die Idee gefiel mir. »Dann treffen wir uns morgen nach der Arbeit im Kaufhaus Momoya. Zünftig eingepackt sollte das Geschenk nämlich auch sein.«

Damit regte ich ihre Japanbegeisterung an. »Oh ja, ihr Japaner legt sehr viel Wert auf Verpackungen. Ihr seid darin wahre Weltmeister.«

Ihre Worte zauberten ein Lächeln auf mein Gesicht. Ich wusste, das liebte sie an mir. Wobei ich hoffte, dass sie nicht allzu enttäuscht sein würde, wenn sie eines Tages den Unterschied zwischen *tatemae*, also den nur vorgetäuschten Gefühlen und *honne*, den ehrlich gemeinten, erkannte. Manch ein Ausländer war schon an dieser Erkenntnis gescheitert. Und natürlich hoffte ich, dass sie merkte, dass ihre Begeisterung für Japan mich glücklich machte.

»Zum Haus hätte ich noch eine Idee«, fuhr Sabrina fort. »Wir könnten die Fenster verspiegeln lassen. Das ersetzt die Gardinen. Wo wir doch im Wohnzimmer bodentiefe Fenster haben.«

»Keine Gardinen? Das ist für mich gewöhnungsbedürftig«, entgegnete ich, der den Begriff interkulturelle Andersartigkeit bisher nur als Fremdwort kannte. Ich hatte zuvor in einer Mietwohnung mit ausschließlich matten Fensterscheiben gewohnt. Sabrinas Kommentar dazu: »Wie im Gefängnis!«

»So verhindern wir Nachbarschaftskonflikte«, hatte ich ihr erklärt.

»Wie meinst du das? Gibt es hier so viele Leute, die verdächtig herumschleichen?«, hatte sie sofort wissen wollen.

Nun war ich derjenige gewesen, der nicht mehr wechseln konnte. »Nein, nein, so ist es nun auch wieder nicht«, hatte ich gestammelt.

Daran musste ich jetzt denken und lächelte stumm vor mich hin.

Meine mangelnde Gegenrede verstand Sabrina in ihrem Sinn und rief, natürlich für meine japanischen Ohren ein wenig zu laut: »Du bist ein Schatz.« Zum Glück sagte sie es auf Deutsch, wäre auf Japanisch auch schlecht möglich gewesen, wir bezeichnen unsere Lieben nicht als Schätze. Und Gefühlsausbrüche wie diesen, den ich dann erlebte, sind uns ebenfalls fremd. Als ihre Arme mich wieder freigaben, sagte sie: »Dann schlage ich vor, das Fenster zu meinem Zimmer, dein Arbeitszimmer und die Wohnzimmerfenster mit Spiegelfolie bekleben zu lassen. Mein Fenster zeigt ja auf die Straße, das kleine Fenster im Wohnzimmer auch, das große zeigt auf das freie Feld direkt hinter dem Haus.« Sabrina war gar nicht mehr zu bremsen.

»Ob das Mehrfamilienhaus neben uns schon älter ist? Sieht zwar frisch gestrichen aus, aber das Schild »Zu vermieten« ist schon ziemlich ramponiert.«

»Es ist garantiert schon älter. Zwei Parteien haben die Waschmaschine noch neben dem Eingang stehen«, erklärte ich.

»Warum das?«

Sabrina war so bezaubernd, wenn ihre Grübchen um den Mund Unverständnis zeigten.

»Die Wohnungen waren zu klein, da nimmt eine Waschmaschine zu viel Platz weg.«

»Wow. Da hätte ich ständig Angst, dass sie geklaut wird«, lachte Sabrina.

»Das kam wohl nicht vor. - Früher war dies hier übrigens einmal Großgrundbesitz. – Hier, diese Karte war letztens in der Zeitung.«

Sofort beugte Sabrina sich darüber. Ihre langen Haare schob ich sanft von der Karte. Der Duft ihres Shampoos aus Deutschland war betörend. Zart strich ich ihr über den schlanken Rücken bis zum Po.

»Doch nicht jetzt«, stupste sie meine Hand verspielt beiseite.

»Ja, und damit stirbt allmählich die Landwirtschaft in Tōkyō aus«, wurde ich wieder sachlich.

»Schade, gerade das ist etwas, das Tōkyō von anderen Metropolen unterscheidet«, sagte sie.

»Zudem baut man hier jetzt auch richtige Hochhäuser. Regelrechte Wolkenkratzer.«

»Ob die wohl wirklich einem starken Erdbeben standhalten?« Sabrina schaute mich zweifelnd an.

»Ja, die Erdbebentechnik soll inzwischen so weit fortgeschritten sein, dass solche Bauten genehmigt werden.«

Sabrina schaute mich traurig an. Ich wollte sie trösten und wusste dennoch, dass es nicht originell war: »So ist nun einmal der Lauf der Welt.«

*

SABRINA

Am Tag nach dem Umzug bewaffneten wir uns mit dem Ostfriesentee, der nett verpackt in einer kleinen Papiertragetasche steckte, und stellten uns den Nachbarn vor. Eine gute Nachbarschaft war uns wichtig.

»Wenn wir uns mit den Nachbarn gut stellen, können wir auch Blumen im Haus haben«, freute ich mich, als wir wieder in unserem Wohnzimmer standen. »Wir geben dann einfach den Nachbarn den Schlüssel, wenn wir wegfahren.«

Maruhitos Kopf flog in meine Richtung. Er klappte den Mund auf und wieder zu, und das zweimal hintereinander. Dabei machte er ein Gesicht, das mich zum Lachen reizte.

»Was ist dir denn über die Leber gelaufen?«, wollte ich wissen.

»Das macht man in Japan nicht. Man gibt fremden Leuten nicht den Haustürschlüssel.«

»Oh, das überrascht mich.« Sofort verging mir das Lachen. »In Deutschland ist das vollkommen normal«, sagte ich wie zur Entschuldigung.

»Das überrascht mich jetzt«, erwiderte Maruhito.

Nun mussten wir beide lachen. Weil er aber immer noch einen

undefinierbaren Gesichtsausdruck zeigte, fasste ich ihn einmal an den Händen und zog ihn tanzend im Kreis herum. Ich wusste, dass meine langen blonden Haare dabei wild fliegen würden, und ich wusste, dass Maruhito das sehr liebte. Schließlich waren wir beide ganz außer Atem. Dann lagen wir uns in den Armen. Das Leben konnte so schön sein!

*

SABRINA

Trautes Heim, Glück allein. Doch dieses unbeschwerte Glück sollte nicht lange währen. Schon zwei Wochen nach unserem Einzug machte ich eine Beobachtung. Sofort rief ich den Mann, von dem ich sicher war, wir würden für den Rest unseres Lebens an einem Strang ziehen.

»Maruhito-*san*, sieh doch einmal aus dem Fenster. Da steht schon wieder diese Frau. Gestern und vorgestern war sie auch da. Ich glaube, sie beobachtet uns.«

Wie ich es erwartete hatte, folgte Maruhitos Blick meinem Zeigefinger. Er blickte aus dem Fenster und - zuckte sichtlich zusammen. Ich beobachtete nun meinen Mann, wie er offenbar nach Worten rang. Ich wartete ab. Mit jeder Sekunde wuchs meine Anspannung. Schließlich sagte Maruhito: »Kümmere dich nicht weiter um sie.«

Überrascht schaute ich ihn an. »Sie will aber von allen gesehen werden, so wie sie dort steht. Sie verhält sich komisch. Gestern stand sie sogar im strömenden Regen dort.« Dann kam mir eine Eingebung. »Oder kennst du sie?«

Statt einer Antwort schaute Maruhito wie gebannt weiter nach draußen. Er taxierte die Frau regelrecht.

»Nun sag schon, kennst du sie?«

Maruhito druckste herum.

»Kennst du sie?«, wiederholte ich meine Frage ein weiteres Mal, diesmal mit Nachdruck.

»Wenn du mich so fragst, *ja*.« Ich dachte, ich höre nicht richtig.

»Woher denn?«, wollte ich sofort wissen.

»Wir waren befreundet, bevor wir beiden uns kennengelernt haben.«

Nein! Maruhito kannte diese Frau nicht nur, er war ... Meine Gedanken wechselten in Kapriolen.

»Willst du damit sagen, ich habe dich ihr ausgespannt?«, fragte ich nach.

»Ja, so kann man das wohl ausdrücken.«

»Aber davon hast du mir nie etwas gesagt!« Meine Stimme überschlug sich.

»Sie hat sich ja bisher auch nicht komisch verhalten. Sie ist für mich Vergangenheit.«

»Aber diese Frau da draußen, die ist Gegenwart.«

»Nun werde doch nicht gleich ironisch. Das kann ich überhaupt nicht gut ab.« Der Unterton in der Stimme meines Mannes sagte mir, dass ich zu deutsch reagiert hatte.

»Diese Frau ist passé für mich. Das ist wirklich so. Das musst du mir glauben.«

Sein Blick. So ein typisch japanisches Pokerface. Undurchdringlich. Und doch spürte ich seine innere Anspannung. Ich hatte keine Worte. Nur um irgendeine Reaktion zu zeigen, nickte ich bedächtig. Ich glaubte ihm. Diese Frau war für ihn Vergangenheit.

*

MARUHITO

Soweit war ich bei der Wahrheit geblieben. Doch verschwieg ich Sabrina, dass ich erst Schluss gemacht hatte, als der Heiratstermin mit ihr bereits feststand. Immer wieder hatte ich ihretwegen meiner Ex abgesagt, obwohl ich ihre Eifersucht fürchtete wie die Christenwelt den Teufel. In mir machten sich Schuldgefühle breit. Vielleicht haben wir doch zu überstürzt ein Haus gekauft, vielleicht hätte ich den Ärger voraussehen und die Heirat mit Sabrina verschieben sollen. Hätte, hätte, hätte. Doch nun war es zu spät. Die Zeit ließ sich nicht zurückdrehen.

Sie glaubte mir. Und dennoch rutschte es ihr heraus: »Na, und warum hat sie dann in Erfahrung gebracht, wo du wohnst und zeigt sich mir?« Erschrocken drosselte Sabrina ihre Stimme. Trotzdem klang sie noch nicht wieder neutral. Sie wollte offenbar keinen Streit. Das war gut so. Noch nie hatten wir gestritten. Wir waren jung verheiratet und verliebt. Das durfte sich nicht ändern. Ich zwang mich zu einem Lächeln.

»Das weiß ich auch nicht. Aber das mit ihr war nichts Ernstes. Ich habe sie noch nicht einmal meinen Eltern vorgestellt.« Sofort ging Sabrina darauf ein und wollte wissen:

»Hat sie dich denn ihren Eltern vorgestellt?«

Hoffentlich würde die Wahrheit nicht zu einem Problem.

»Nein, die waren schon tot, bei einem Autounfall ums Leben gekommen«, sagte ich.

»Hmmm. Willst du einmal rausgehen und mit ihr sprechen?«

Ich schüttelte den Kopf. Was hätte ich auch sagen sollen? Sie machte ja nichts. Sie stand nur auf einer öffentlichen Straße. Ich hoffte inständig, dass sie es dabei belassen würde.

Meinen mangelnden Tatendrang nahm Sabrina zum Anlass sich anzubieten. »Oder soll ich mit ihr sprechen?«

Ruckartig löste ich den Blick von meiner Ex und starrte Sabrina an. Doch ihre Stimme hatte die gewohnte Neutralität wiedererlangt. Innerlich atmete ich auf. Dann schaute Sabrina mich direkt an. Erwartung, aber auch ein wenig Kampfeslust lagen in diesem Blick.

Am liebsten wäre ich in ein anderes Zimmer gelaufen. Aber ich hielt diesem Blick stand. Vermutlich deshalb begann Sabrina wieder zu lächeln. Auch ich lächelte versöhnlich, froh, dass Sabrina mir keine Szene machte. Ich hatte schon viel von dem Temperament gehört, das deutsche Frauen beim Streiten entwickeln sollen.

Ich nahm den Faden wieder auf und sagte, »Nein, noch sprich bitte auch du nicht mit ihr. Wir warten erst einmal ab. Vielleicht kommt sie ja nicht wieder.« Ich hoffte, dass Sabrina Ruhe gab. Sofort hatte ich die Szene vor Augen, als ich zwei Mal hintereinander verspätet zu meiner Ex kam. Kaum hatte sie mir aufgemacht, kippte sie mir noch heißen Tee ins Gesicht.

»Was ...?«, mehr bekam ich nicht heraus. Da hielt sie mir auch schon den Mund zu. Im nächsten Moment fuhr sie mit Aloe-Extrakt über mein Gesicht, damit nicht etwa Brandblasen zurückblieben. In Wut war sie vollkommen unberechenbar. Also lieber zunächst passiv bleiben.

»Wie gut, dass wir unsere Telefonnummer für das Festnetztelefon nicht im Telefonverzeichnis haben eintragen lassen. Mir ist ihr Verhalten jedenfalls nicht geheuer«, holte Sabrina mich in die Gegenwart zurück.

»Meine Handynummer hat sie zwar, die hat sich ja nicht geändert, bislang hat sie sich aber nicht gemeldet. Wie gesagt, ich denke, wir sollten sie einfach ignorieren.« Ich sagte dies so ruhig wie möglich. In Wahrheit hatte mich eine innere Unruhe gepackt.

»Dann hoffe ich einmal, dass du recht behältst.« Sabrina schaute noch einmal aus dem Fenster und erneut öffnete sich ihr Mund: »Dieser Gesichtsausdruck, den die Frau draufhat!«

Im Sprechen riss sie ihren Blick endgültig los, nahm ihre Tasche und machte sich auf den Weg zur Arbeit. Seit wir geheiratet hatten, unterrichtete sie Deutsch an einer Universität in Tōkyō. Dorthin fuhr sie eine Stunde mit der Bahn und brauchte noch nicht einmal umzusteigen. Für Tōkyōter Verhältnisse der reinste Luxus.

Obwohl sie jetzt nicht mehr zu sehen war, sah ich meine Ex immer noch vor mir. Sie hatte jetzt die Haare abgeschnitten. Stand ihr gut, fand ich. Aber das würde ich niemals über die Lippen bringen. Und ihre Kleidung. Vom Nobelsten. Sogar die Brille sah aus, als wäre sie mit Diamanten besetzt. Das war früher anders gewesen. Wollte sie mir damit etwas sagen?

*

SABRINA

Als ich aus dem Haus ging, winkte ich noch einmal Maruhito hinter dem verspiegelten Fenster zu. Ich war sicher, dass er noch dort stand. Ob er zurückwinkte, konnte ich natürlich nicht sehen. Mein Herz klopfte schneller bei dem Gedanken, direkt an dieser Frau vorbeigehen zu müssen. Ich würde sie ignorieren. Zeit, sich mit ihr auseinanderzusetzen, hatte ich jetzt ohnehin nicht. Ich musste meine Bahn bekommen. Auch als ich schon um die nächste Ecke gebogen war, drehte ich mich immer wieder um und hielt Ausschau nach dieser Frau. Was sollte ich tun, wenn ich auf sie stieß? Ich spielte in Gedanken verschiedene Szenarien durch. Hoffentlich begegnete ich ihr nicht.

Ich schickte erneut ein Stoßgebet zum Himmel und hatte Glück. Maruhitos Ex war wie vom Erdboden verschluckt.

Eigentlich hätte mich das beruhigen müssen, stattdessen schaute ich mich ständig um. Wohin war diese Frau wohl verschwunden? Ob sie jetzt wieder vor unserem Haus stand? Ob Maruhito wohl jetzt mit ihr sprach? Andererseits muss er auch gleich zur Arbeit. Aber nein, er hatte sich doch heute einen Tag frei genommen. Das war jedoch, bevor wir die Frau gesehen hatten. Oder, kam mir ein neuer Gedanke, hatte er diese Frau bereits vor mir entdeckt und sich deshalb frei genommen? Nein, das hätte er mir gesagt, sagte ich mir, entsetzt von meinen Gedanken.

*

MARUHITO

Als Sabrina das Haus verlassen hatte, begann ich mit der Hausarbeit. Ich wusste, dass meine Frau das nicht als selbstverständlich ansah, sondern als ein Zeichen meiner Sympathie und Liebe für sie. Ich betrachtete unser Hochzeitsfoto und merkte, wie meine Gesichtszüge weicher wurden. Sabrina hatte darauf bestanden, dass wir es eingerahmt auf die Anrichte stellten. Ich empfand das als Gefühlsduselei, doch meine Frau ließ sich nicht davon abbringen. Und nun stand ich just vor diesem Foto und meine Gedanken begannen abzuschweifen, zurück zu meiner Ex-Freundin, nein Verlobten. Was wollte sie von mir? Ich schüttelte mich leicht, so als ob ich damit die unliebsamen Gedanken fortschütteln könnte, und räumte den Abfall zusammen. In Plastiktüten brachte ich ihn an die Straßenecke zum Müllplatz. Dienstags und freitags wurde der brennbare abgeholt. Die Nachbarn hatten bereits ihren Abfall dort deponiert. Diese Woche waren Sabrina und ich an der Reihe und mussten den *Gomiba* nach der Abfuhr reinigen. Normalerweise machte das Sabrina, doch heute, da ich frei hatte, würde ich das übernehmen. Insbesondere die Nachbarinnen achteten sehr streng darauf, dass alle in der kleinen Straße ihrer Reinigungspflicht nachkamen. War eine nachlässig, hängten sie das Krähennetz schief über die Mülltüten, um ihre Unzufriedenheit zum Ausdruck zu bringen. Und ohne solch ein stabiles Netz zerfledderten die bösen Raben die Mülltüten auf der Suche nach Essensresten ihrer menschlichen Zeitgenossen.

Bevor ich ins Haus ging, schaute ich an der Kreuzung noch einmal die Straße hinauf und hinunter. Ich atmete tief durch und dachte: die kommt garantiert wieder, und genauso zweifellos wieder bis an unser Haus. Ich konnte nur hoffen, dass meine Sabrina es locker nahm. Warum tauchte meine Ex gerade jetzt auf, jetzt, wo Sabrina und ich die ersten Nachbarschaftskontakte geknüpft hatten? Wieder schüttelte ich mich, ging ins Haus. Ich brauchte Abwechslung und stellte das Radio an.

... meine Tochter traute sich noch nicht einmal mehr, ihre Wäsche auf dem Balkon aufzuhängen. Verzweifeltes Schluchzen war zu hören. *Meine Kleine, wofür hat sie bloß ständig Anzeige erstattet? Trotzdem haben sie ihr nicht geholfen. Tot ist sie. Mausetot.* Und wieder nur Schluchzen. *Endlich schärfere Gesetze gegen Stalking. Dann wäre der Tod meiner Tochter wenigstens nicht umsonst.*

Das konnte ich jetzt nicht gebrauchen. Ich suchte einen anderen Sender. Umweltpolitik.

*

SABRINA

Endlich am Bahnhof, oh, der Zug wartete schon. Ein Blick auf die Anzeigetafel. Doch, es war der richtige, der um acht Uhr drei. Kaum zu glauben, dass ich den noch erreicht hatte. Ich spürte Blicke in meinem Rücken. Unwillkürlich schaute ich mich auf dem Bahnsteig um. Keine Ex zu sehen. Ob sie wohl noch vor unserem Haus herumlungerte? Maruhito war allein zu Hause. Ob er doch mit ihr sprach? Dieser Gedanke wollte sich diesmal nicht verdrängen lassen. Rasch zog ich mein Handy aus der Tasche und tippte mit zitternden Fingern: »Ist die Frau noch da? Schau doch bitte nach, es lässt mir keine Ruhe. Ich habe sie auf dem Weg zum Bahnhof nicht gesehen.«

»Nein, sie ist weg«, kam postwendend die Antwort.

»Vielleicht kannst du ja im Laufe des Tages checken, ob sie da ist. Ich habe ein komisches Bauchgefühl.«

»Alles klar. Mach dir keine Sorgen.«

Schnell zog ich mein Deutschbuch aus der Tasche und ging in Gedanken den Unterrichtsablauf der ersten Stunde am Morgen noch einmal durch.

*

REINA SORIHAMA

Aus der Deckung heraus beobachtete ich, wie die Frau, die mir meinen Zukünftigen weggeschnappt hatte, in die Bahn stieg.

Die Bahn fuhr an und ich wusste, ich konnte wieder unter der Treppe hervorkommen. Zum Glück hatten wir in der Firma Gleitzeit, so dass ich morgens zeitlich relativ ungebunden war. Hauptsache, ich war bis zehn Uhr an der Stechuhr.

In Shinjuku stieg ich um.

Auf dem Weg zu meiner Firma lief die Zeit mit Maruhito noch einmal vor meinem inneren Auge ab. Die Minuten, als er den Schlussstrich zog, ließen mich nicht los. »Ich heirate eine andere«, hatte er gesagt. Einfach so, ganz lapidar. Keinen Moment hatte er auf meine Gefühle Rücksicht genommen. Zunächst hatte ich das für eine dumme Laune gehalten. Aber in dem Moment, als klar war, dass er wirklich Schluss gemacht hatte, da hatte ich mir geschworen, ich würde dafür sorgen, dass wir uns nicht das letzte Mal gesehen haben. Ein letztes Mal wird es für uns nicht geben.

Ich kannte Maruhito gut genug, ich wusste, dass er meinetwegen nicht auf die Hochzeit verzichten würde. Also brauchte ich nichts zu überstürzen. Ich musste mir nur die wesentlichen Informationen besorgen. Seine Mails zu hacken war ein Kinderspiel. Ich hatte schließlich zehn Jahre in der Programmierabteilung gearbeitet. An seine neue Adresse zu kommen, war eine Kleinigkeit. Schließlich wusste ich, wo er arbeitete und wann ungefähr er Feierabend machte. Ich war sehr vorsichtig, aber er unterhielt sich ohnehin angeregt mit einem Kollegen. Trotzdem behielt ich Perücke, Mund- und Nasenschutz auf. Zudem hatte ich mir eine neue Jacke und neue Schuhe gekauft. In dieser Verkleidung konnte ich mich sogar in denselben Waggon trauen. So hatte ich Maruhito immer im Blick. Beim Umsteigen hätte ich ihn in dem Gedränge zur Stoßzeit doch noch fast aus den Augen verloren, ihn, den Mann, der wieder zu mir zurückkommen sollte. Nein, musste! Und dann bin ich einfach mit ihm ausgestiegen. Vollkommen arglos war er direkt nach Hause gegangen, und ich habe ihn bis zu seiner Haustür verfolgt. Als ich sah, wie er die Haustür aufschloss, übermannten mich die Gefühle. Mein erster Impuls war, mit ihm ins Haus zu gehen und diese Sabrina achtkantig rauszuschmeißen.

Natürlich habe ich mir sofort die Adresse notiert. Maruhito und seine ausländische Frau waren so nett, das offizielle Adressschild, das der Kunde beim Hauskauf ausgehändigt bekommt, neben der Klingel anzubringen. Adressen werden nach Stadtviertel, der Nummer des Unterviertels, Nummer des Häuserblocks und der Hausnummer bezeichnet. Von dieser Norm gibt es einige Abweichungen, manchmal haben auch mehrere Häuser dieselbe Hausnummer.

*

MARUHITO

Heute achtete ich sehr genau darauf, wann die Müllabfuhr kam, denn dann konnte ich mich, mit Besen und Schaufel in der Hand, länger draußen aufhalten, ohne aufzufallen. Die Zeit nutzte ich, um mich ganz genau umzusehen. Reina Sorihama war nirgendwo zu sehen, stellte ich fest. Das hieß noch gar nichts. Ich kannte sie und wusste, wozu sie fähig war. Womöglich hatte sie vor, uns zu erpressen, nach dem Motto, wenn meine Frau und ich in Ruhe leben wollten, müssen wir dafür bezahlen. Ich spürte, wie meine Kiefer sich aufeinanderpressten. Ich musste die Anspannung loswerden. Ich klappte die Kiefer bewusst auseinander. Doch schon nach ein paar Sekunden bemerkte ich, dass sie wieder angespannt waren. Ich zwang mich, rational zu denken: Ich musste früh morgens und nach Arbeitsschluss wachsam sein. Reina Sorihama arbeitete bis sechs, wenn sich nichts geändert hatte. Das heißt, sie konnte gegen halb acht wieder in unserer Nähe sein. Dann war Sabrina in der Regel schon zu Hause, ich selbst war immer erst zwischen acht und neun zurück. Dann aßen wir gemeinsam zu Abend.

Wie lange Reina Sorihama hier wohl schon herumgeschlichen war? Oder haben wir sie gleich beim ersten Mal gesehen?, fragte ich mich. Aber nein, Sabrina hat sie ja schon mehrfach gesehen, hat sie gesagt. Offenbar wollte sie gesehen werden. Immerhin stellte sie sich vollkommen ungeschützt mitten auf die Kreuzung unserer wenig belebten Straße. Und wieder kreisten meine Gedanken nur um meine Ex. Die vielen Eifersuchtsszenen, die sie mir in den zwei Jahren, die wir zusammen waren, geliefert hatte. Ganz krass war es, als die Kolleginnen mir zum Valentinstag am vierzehnten Februar *Giri-schoko*, Pralinen schenkten, die traditionell die Kolleginnen am Valentinstag den Kollegen überreichten. Stundenlang fragte sie nach, wie diese Kolleginnen denn zu mir stünden. Anschließend, zur Versöhnung sozusagen, sagte sie jedes Mal, sie wolle ein Kind von mir. Leicht war das nicht immer, bestimmt nicht, denn diese Frau war eine Meisterin der Verführungskunst.

*

SABRINA

Der nächste Tag kam und ich war schon wach, bevor der Wecker schellte. Ich stellte ihn aus und küsste meinen Mann wach. Der schaute mich erst verschlafen an, dann zog er mich zu sich auf seinen *Futon*. Unter uns nur die *Tatami*s, die Reisstrohmatten, kein hinderliches Bettgestell.

»Wenn wir doch nur die Zeit anhalten könnten«, seufzte ich.

»Können wir aber nicht, und deshalb erkläre ich für jetzt unsere romantischen Minuten für beendet«, lachte Maruhito. Er zog den Überfuton beiseite.

»Huh, wie kann man nur so unromantisch sein. Und kalt ist es außerdem!«, schalt ich ihn und machte einen Schmollmund.

»So bin ich zu dir«, grinste Maruhito und stand auf.

Er ging zuerst nach unten. An seinen Schritten hörte ich, dass er sofort an das große Fenster ging. *Banzai!* Hoch lebe die Hellhörigkeit japanischer Einfamilienhäuser. Mit einem Satz war auch ich aus dem Futon und schaute vom Schlafzimmer aus. Zunächst war niemand zu sehen, dann sah ich unsere direkte Nachbarin zur linken Hand, Kawakami-*san*, die den Abfall zum

Müllplatz um die Ecke trug. Sie kam nicht sofort wieder. Vielleicht hatte sie eine andere Nachbarin getroffen. Oder vielleicht hatten die Krähen oder Katzen den Müll zerfleddert und sie räumte auf. Ich wartete noch zwei, drei Minuten, aber dann hörte ich Maruhito in den Vorraum zum Bad gehen. Offenbar putzte er sich die Zähne. Ich musste heute erst gegen Mittag aus dem Haus, hatte nur nachmittags Unterricht. Den Vormittag wollte ich für meine Unterrichtsvorbereitungen nutzen.

Sobald Maruhito aus dem Haus war, brachte ich den Müll weg. Auch ich zog das Krähennetz wieder sorgfältig über die Plastiktüten. Sofort dachte ich an die Frau. Ich schaute mich gründlich um, sogar hinter die Müllbox warf ich einen Blick, doch ich sah niemanden. Falls die Frau wirklich unkoschere Ambitionen hegen sollte, kam sie dennoch offenbar nicht jeden Tag. Ich atmete auf. Andererseits, überlegte ich weiter, musste diese Sorte Mitmensch nicht zwingend jeden Tag ihr Opfer drangsalieren, um als kriminell zu gelten.

Auf dem Weg zum Haus schaute ich in den Briefkasten. Mein Herz klopfte schneller. Dann entspannte ich mich wieder. Bis auf die Zeitung war der Kasten leer. Ich griff danach und ging ins Haus. Zunächst stellte ich eine Maschine Wäsche an, dann setzte ich mich an den Schreibtisch. Eine knappe Stunde hatte ich nun Zeit, bis die Maschine fertig sein würde.

Mein Schreibtisch stand direkt am Fenster, denn dort war es schön hell. Ich begann zu arbeiten. Schließlich gab die Waschmaschine Laut, dass sie fertig war. Ich unterbrach meine Arbeit und hängte die Wäsche auf. Da das Wetter schön war, auf den Balkon. Damit hatte er wenigstens eine Existenzberechtigung. Obwohl er so groß war, war er ein ausschließlicher Wäschebalkon. Länger hielt man sich dort nie auf. Dabei könnten wir einen kleinen Tisch und Stühle daraufstellen. Aber andererseits, spann ich den Faden weiter, bei der Mückenplage im Sommer würden auch wir vielleicht das Wohnzimmer vorziehen. Dort würden die Fliegengitter vor den Fenstern die ungebetenen Gäste abhalten.

Die Wäsche hing, und ich ging wieder zurück an meinen Schreibtisch. Um halb zwölf schaute ich auf die Uhr. Oh, ich musste Schluss machen, stellte ich fest. Ich aß im Stehen noch schnell ein Butterbrot, hängte im selben Tempo die schon fast trockene Wäsche vom Balkon ins Bad, dann machte ich mich auf den Weg zum Bahnhof. Wo ist die Frau von eben wohl jetzt?, fragte ich mich unwillkürlich. Sofort zwang ich mich, an etwas anderes zu denken. Interkulturalität und japanische Wäschegewohnheiten fiel mir ein. Mit zwei Griffen hatte ich eine ganze Maschine voll Wäsche vom Balkon ins Badezimmer verfrachtet. Das Geheimnis verbargt sich in den hierzulande üblichen Wäschehängern, statt der in Deutschland gebräuchlichen Wäschespinnen oder Wäscheleinen. Eine Maschine voll Wäsche passte genau auf zwei Hänger. Und die Stange im Badezimmer fasste genau zwei Hänger. Alles perfekt aufeinander abgestimmt. Und optimal platzsparend. Während man in Deutschland für Wäscheleinen und Wäschespinne einen gesonderten Raum oder einen größeren Garten brauchte, benötigte man in Japan nur eine Wäschestange, an die man die Hänger hängte. Daneben gab es auch noch Bügel mit Klammergriff im Durchmesser der Stangengröße, für die Pullover oder Blusen, die man nicht an den Hänger klammern wollte, um die Druckstellen durch die Klammern zu vermeiden.

Die Bahn fuhr ein und holte mich aus meinen Wäscheträumen. Sie hielt so, dass sich die Türen exakt an den auf dem Bahnsteig dafür eingezeichneten Stellen befanden. Präzisionsarbeit. Die Türen öffneten sich und die Fahrgäste stiegen aus und ein. Um die Uhrzeit war die Bahn gähnend leer. Sehr schön, da konnte ich mir einen Sitzplatz aussuchen.

Am Abend hatte ich bis halb sieben Unterricht, danach ging ich noch einmal in mein Zimmer, checkte die Emails und machte mich dann auf den Heimweg. Meist war ich auch an den Dienstagen vor Maruhito zu Hause. Doch heute wurde ich von zwei Studierenden aufgehalten.

»Obihara-*sensei*, was kommt denn im Test dran?«

»Ich habe dazu bereits im Unterricht alles gesagt.«

»Ja, aber vielleicht können Sie es ja noch etwas ergänzen.«

»Auf dem Ohr bin ich taub, dass sollten Sie doch wissen«, entgegnete ich.

»Ach bitte, nur ein kleiner Hinweis.«

»Nein, und dabei bleibe ich.« Verstohlen schaute ich auf die Uhr. Es würde halb neun sein, bis ich zu Hause wäre, stellte ich fest. Da würde es schon stockdunkel sein. Vor meinem inneren Auge erschien diese Frau. Unwillkürlich schüttelte ich mich. Bloß nicht im Dunkeln ihr begegnen! Der bloße Gedanke an diese Möglichkeit bereitete mir Gänsehaut. Ich rieb mir die Unterarme und war froh, dass meine Studierenden sich verabschiedeten. Nun konnte ich nach Hause gehen.

Ich bog um die vorletzte Ecke. Was war denn das? Da huschte doch gerade ein Schatten bei uns an der Ecke vorbei. Konzentriert blickte ich in die Richtung, doch ich sah nichts mehr. Zu Hause angekommen, schaute ich in den Briefkasten, nahm die Post und ging ins Haus.

Ich hörte Maruhito oben in der Küche. Er hatte also schon mit dem Kochen angefangen. Wie immer machte ich in meinem Zimmer kein Licht, als ich den Mantel aufhängte. Die Helligkeit der Straßenlaterne draußen reichte mir. Voller Unruhe schaute ich aus dem Fenster. Was war denn das? Wieder ein Schatten, diesmal hinter dem Auto von Shinos gegenüber. Ich wartete gebannt. In meine Anspannung hinein rief Maruhito: »Das Essen ist fertig.«

Ich zuckte regelrecht zusammen. Doch irgendetwas hielt mich davon ab, meinen Fensterplatz zu verlassen. Wie elektrisiert schaute ich weiter in die Dunkelheit. Und prompt, der Schatten bewegte sich. Als das Licht der Straßenlaterne auf sie fiel, sah ich, es war tatsächlich wieder diese Frau, und diesmal hatte sie sich hinter dem Auto von Shinos versteckt. Sie hatte bestimmt mitbekommen, dass Maruhito zum Essen gerufen hatte, denn das Toilettenfenster stand offen. Da fühlte sie sich bestimmt unbeobachtet. Wohin sie wohl gehen wollte? Ach, sieh mal einer an. Jetzt schlich sie sich bei uns um die Hausecke.

Das war ja dreist! Statt sofort in die Küche zu gehen, rannte ich ohne weiter nachzudenken aus dem Haus. Damit schlug ich sie in die Flucht. Ich sah Maruhitos Ex gerade noch an der Kreuzung nach rechts abbiegen. Sie war offenbar zu Fuß unterwegs. Ich ging zurück ins Haus und schloss die Haustür sorgfältig hinter mir ab.

Mein Gott, was raste mein Herz jetzt. Tief durchatmen, einmal, zweimal, dreimal. Und den Eintrag in den Taschenkalender nicht vergessen, ermahnte ich mich. Letzte Woche hatte ich damit angefangen: *M's Ex hinter Shinos Auto entdeckt, 21:15 Uhr.* Was für eine Krakelschrift. Das machte die Aufregung. Und nun nichts wie an den Esstisch. Maruhito wartete schon. Er hatte offenbar nicht mitbekommen, dass ich noch einmal draußen war.

»Oh, wie das wieder duftet!« Maruhito sollte nichts von meiner inneren Unruhe bemerken.

36

»Na, probier erst einmal, ob ich wirklich deinen Geschmack getroffen habe«, bremste er meine Euphorie. Sein Tonfall sagte mir jedoch, dass er sich über meine Bemerkung freute.

Ich ignorierte das Understatement und tat wie mir geheißen. Dann leckte ich mir demonstrativ über die Lippen. Eine Geste, die Maruhito eigentlich nicht sehr mochte, da man sich in Japan eher die Lippen mit einem Tuch abtupft, statt mit der Zunge darüberzufahren. In diesem Zusammenhang fasste er die Geste jedoch in meinem Sinn auf.

»Möchtest du noch einen Nachschlag? Es ist noch etwas da.«

»Aber gerne, bester Ehemann der Welt«, strahlte ich ihn an, wieder einmal auf Deutsch, um das Defizit an Liebesbekundungen der japanischen Sprache zu umgehen. Umgekehrt gab es im Deutschen kein Äquivalent für den Ehemann, den Japanerinnen in ihren besten Jahren als *Sodaigomi*, Sperrmüll, bezeichneten, weil der Mann nur tatenlos zu Hause herumsaß und ihnen damit bei der Hausarbeit im Wege war. Aber Maruhito und ich gehörten der nächsten Generation an, da half der Mann im Haushalt mit.

*

MARUHITO

Nach dem Essen setzten wir uns aufs Sofa. Wir sahen nie viel fern, doch regelmäßig. Die Sendungen, die wir auf keinen Fall verpassen wollten, zeichneten wir auf. Kaum war die Sendung vorbei, rückte Sabrina nervös auf dem Sofa hin und her. Plötzlich stieß sie hervor:

»Du, Maruhito-*san*, ich habe vorhin wieder deine Ex gesehen. Sie hatte sich hinter dem Auto von Shinos versteckt.«

»Was?« Ich war ehrlich überrascht.

»Ja, was? Das habe ich mich auch gefragt. Ganz schön dreist, so ein Verhalten. Aber offenbar will sie von uns nicht gesehen werden. Nicht mehr gesehen werden. Oder vielleicht nicht immer gesehen werden. Was sollen wir machen?« Sabrina schaute mich an, als hätte ich eine Lösung parat.

»Als ich zurückgekommen bin, war sie nicht da. Oder ich habe sie übersehen, weil sie sich versteckt hatte«, sagte ich.

»Das war jetzt das zweite Mal in kürzester Zeit. Wie heißt sie eigentlich?«, wollte meine Frau nun wissen.

»Reina.«

»Reina, und wie weiter?«

»Reina Sorihama. Solange wir nicht wissen, was sie will, können wir vermutlich gar nichts machen, außer sie zu ignorieren. Sie bedroht uns nicht, und die Straßenkreuzung gehört zu einer öffentlichen Straße. Würde sie sich hier direkt vor unserem Haus aufbauen, sähe es anders aus. Dies ist eine Privatstraße. Die gehört uns Anwohnern. Darauf hat man uns beim Hauskauf ja extra hingewiesen.« Während ich dies sagte, klang mir Reina Sorihamas Stimme im Ohr, ihre Worte, die sie mir zum Abschied gesagt hatte: »Niemals werde ich dir vergeben, dass du mich verlässt!«

»Ja, aber sich hinter Nachbars Auto zu verstecken, das ist sicherlich eine Form von Hausfriedensbruch. Schließlich liegt der PKW-Abstellplatz auf Shinos Grundstück. Sollen wir Shinos von meinen Beobachtungen erzählen?«

Ich musste mich zwingen, meiner Frau genau zuzuhören. Die Gedanken an meine Ex lenkten mich ab. »Nein, lieber nicht. Nachher gelten wir als Unruhestifter. Solche Leute mag man in Japan nicht«, wiegelte ich ihren Vorschlag ab. Und das weiß Reina Sorihama ganz genau, darauf legt sie es vermutlich an. Doch diese Gedanken fasste ich nicht in Worte.

»Oh, das klingt aber gar nicht gut.« Sabrinas Stirn legte sich in Falten.

Jetzt hatte ich doch zu viel gesagt. Nun machte sich Sabrina Sorgen. Ich beschloss zu schweigen. Das veranlasste auch Sabrina zu verstummen. Doch ihre innere Unruhe wuchs. Das spürte ich deutlich. Sabrina ging in ihr Zimmer.

»Wenn die nicht aufhört, gehe ich zur Polizei«, hörte ich sie leise sagen, bevor sie die Tür schloss.

*

SABRINA

In den eigenen vier Wänden sein und Angst haben müssen vor der Ex meines Mannes. Ich sah sie schon als Einbrecherin vor mir. Sie war sehr hübsch, strahlte aber gleichzeitig eine merkwürdige angsteinflößende Atmosphäre aus, wie sie sich versteckte und wie sie lief. Katzengleich. Nicht mit mir!, schwor ich in meinem Herzen. Die Frau mussten wir stoppen, bevor sie zu härteren Mitteln griff, um uns einzuschüchtern. Manchmal gingen ja regelrechte Schauergeschichten durch die Presse. Von Mailterror bis zu handfesten Morddrohungen, und in ganz krassen Fällen sogar bis zum Mord reichte die Palette. Ich ging in den Vorraum zum Bad, öffnete den Spiegelschrank und nahm die Bürste in die Hand. Dann begann ich, mein Haar zu glätten. Dabei schaute ich unverwandt mein Spiegelbild an. Ich bin die Frau, die Maruhito liebt, ging es mir durch den Kopf. Und draußen lungert irgendwo die Frau herum, die er einmal geliebt hat. Und das ist noch gar nicht allzu lange her. Ich bürstete weiter, immer weiter, bis auch das letzte Haar glattgestrichen war. Diese monotonen Bewegungen wirkten beruhigend. Etwa eine Viertelstunde stand ich so vor dem Spiegelschrank, dann legte ich die Bürste wieder zurück, nur um sie im nächsten Moment wieder herauszuholen. Ich entfernte die Haare, die sich darin verfangen hatten. Nun war ich wirklich fertig.

*

MARUHITO

In der kommenden Woche schien Reina darauf bedacht, nicht gesehen zu werden. Doch sie war nicht sehr einfallsreich, was ihr Versteck betraf. Und unser Blick schulte sich schon nach ein paar Tagen. Wir unternahmen nichts, was bei ihr den Eindruck erwecken konnte, wir hätten sie gesehen. Doch was wollte sie von mir? Von uns? Ich hatte Schluss gemacht. Und Schluss hieß Schluss.

»Eine Woche ist um, und wir haben diese Person jeden Tag gesehen. Sie ist wirklich penetrant«, erboste sich Sabrina, als sie am Samstag den Frühstückstisch deckte.

»Ja, aber sie sagt nicht, was sie von uns will«, ging ich darauf ein, obwohl ich lieber in Ruhe gefrühstückt hätte. Dieses deutsche Bedürfnis, alles ausdiskutieren zu müssen, begann mich zu nerven. Jetzt schon, obwohl der Ärger erst angefangen hatte.

»Stimmt. Sie sucht keinen direkten Kontakt zu uns, weder zu dir noch zu mir. Im Gegenteil, sie versteckt sich.«

Ich beschränkte mich darauf, gewichtig mit dem Kopf zu nicken, während sie das sagte.

»Sie hat offenbar ihre Taktik geändert. Sollen wir sie aus der Reserve locken?«, hörte ich meine Frau sagen.

Ich erschrak. »Du meinst, sie provozieren?«, fragte ich ungläubig nach. Schon im nächsten Moment hatte ich mich wieder im Griff. Gefasst sagte ich: »Das halte ich für keine gute Idee. Menschen, die provoziert werden, reagieren manchmal irrational.«

»Aber auf Dauer ihr Versteckspiel ignorieren, finde ich, ist auch keine Lösung«, entgegnete Sabrina prompt.

»Lass uns noch etwas warten, bis wir wissen, was sie von uns will.«

»Wenn du meinst«, rückte sie fürs Erste von ihrem Vorschlag ab. Immerhin war meine Ex Japanerin und da wusste ich möglicherweise besser, wie sie tickte, zumal ich sie ja kannte, zu gut kannte.

Wie in Gedanken ging Sabrina nach unten und schaute vom dunklen Zimmer aus auf die Straße. Ich stellte mich hinter sie. Im Moment war niemand zu sehen. Sie ging wieder nach oben ins Wohnzimmer und legte eine CD ein.

*

SABRINA

Einige Wochen gingen ins Land, und täglich sahen wir Maruhitos Ex hinter Shinos Auto. Als ich eines Montags von der Arbeit kam und in den Briefkasten schaute, lag dort ein Brief mit dem Absender Reina Sorihama. Adressat

Maruhito Obihara. Ich war überrascht davon, wie cool ich den Brief in der Hand hielt. Ich las die Adresse. Sie wohnte also keine Stunde von uns entfernt. Das war für Tōkyōter Verhältnisse ein Katzensprung. Kein Wunder, dass sie ständig hier herumlungerte. Verstohlen schaute ich zu Shinos Auto. Nein, im Moment versteckte sich dort niemand. Ich gab mir selbst den Befehl, wieder ins Haus zu gehen. Das funktionierte.

Ich platzierte den Fund ungeöffnet auf dem Esstisch, so dass Maruhito ihn sofort sehen musste, wenn er nach Hause kam. Dann überlegte ich, dass das vielleicht keine so nette Begrüßung war, und legte das *corpus delicti* auf den Wohnzimmertisch. Wenigstens in Ruhe essen lassen wollte ich meinen Mann.

Später beim Essen sprachen wir nicht viel. Maruhito sagte nur: »Puh, bin ich heute K.O.«

Er tat mir leid. Aber ich würde zu ihm stehen und ihm den Rücken stärken. Das nahm ich mir ganz fest vor. So einfach lassen wir uns keinen Keil in unsere Liebe treiben. Diese Person wird sich an uns die Zähne ausbeißen! Nach dem Essen ließ ich noch einige Zeit verstreichen, dann begann ich:

»Du, Maruhito ...«

»Ja?«

»Heute hat diese Reina Sorihama ihre Taktik geändert.«

»Inwiefern?«

»Sie hat einen Brief in unseren Kasten geworfen.«

»Einen Brief?«

Ich stand auf und holte ihn. Meine Hand zitterte wieder, denn ich ahnte, dass der Inhalt nichts Gutes enthalten würde.

»Ja, diesen hier. Er trägt keine Marke.« Und damit reichte ich ihn Maruhito. »Er ist an dich adressiert.«

Schweigend öffnete Maruhito den Umschlag.

»Maruhito-*san*«, begann er vorzulesen, »*vielleicht hast du mich ja bereits gesehen. Ich war bei dir und deiner Frau, was ich ja eigentlich werden wollte, und habe dir diesen Brief persönlich vorbeigebracht. Ich hoffe, du freust dich darüber, etwas von mir zu hören.*

Ich kann dich nicht vergessen. Ich will dich auch nicht vergessen. Niemals! Damit du mich auch nicht vergisst, melde ich mich bei dir.

In dem Stil ging es zwei Seiten lang. Dann kam der Schluss:

Ich werde dich stets an mich erinnern, heute, immer wieder, solange, bis du zu mir zurückkommst. So viel Freude schenke ich dir.

»Die hat sie doch nicht mehr alle! Zu dir zurückkommen. Die spinnt ja wohl komplett. Was sollen wir jetzt machen?« Meine Stimme vibrierte vor Erregung.

»Erst einmal abwarten. Wenn ich auf das Schreiben nicht reagiere und sie dann weitermacht, lassen wir uns einmal beraten«, blieb Maruhito die Ruhe selber.

»Beraten? Von wem?«, wollte ich wissen.

»Das weiß ich auch noch nicht, aber es gibt bei der Stadt bestimmt eine Anlaufstelle für solche Fälle. Ich muss mich erkundigen.«

»Lange sollten wir aber nicht warten.« Mist, jetzt fing ich an, ihn unter Druck zu setzen.

»Dann nehme ich mir morgen einen Tag frei, damit ich Zeit zum Telefonieren habe. Beruhigt dich das?«

»Das beruhigt mich schon, doch es kommt natürlich auch darauf an, was du herausfindest.« Schon wieder klangen meine Worte wie eine Gegenrede. Ich merkte es selbst, doch ich konnte nicht aus meiner Haut.

»Na, nun male mal nicht den Teufel an die Wand. Japan ist schließlich ein Rechtsstaat.«

Da kam es mir plötzlich, ich stand da wie zur Salzsäule erstarrt. Ich fühlte mich, als wäre alles Blut aus mir gewichen. In mir machte sich die Erkenntnis breit, dass wir es mit einer Stalkerin zu tun hatten. Ihr ganzes Verhalten war plumpe Stalkerei.

*

SABRINA

Auch am nächsten Morgen kam Reina Sorihama und beobachtete unser Haus. Obwohl sie Sneaker trug und sich auch diesmal hinter dem Auto von Shinos versteckte, entdeckten wir sie.

»Noch machen wir nichts«, sagte Maruhito und es klang wie eine Anweisung.

»Ich mache doch überhaupt nichts«, erwiderte ich, wie so oft eine Spur zu heftig.

»Ich meine ja nur.« Maruhitos Tonfall war sehr sanft gewählt, offenbar wollte er auf keinen Fall am frühen Morgen streiten. Das wäre auch der erste Streit, seit wir uns kannten. Dann musste ich zur Arbeit.

Kaum zurück in unseren eigenen vier Wänden, purzelten die Worte auch schon aus meinem Mund:

»Hast du bezüglich der Stalkerin schon etwas herausgefunden?«

»Ja, bei der Stadt wollten sie wissen, ob sie einfach nur stalken wollte, um daraus eine Befriedigung zu ziehen, oder ob sie uns bedrohte. Ich habe das Schreiben vorgelesen, und da meinten sie, derzeit sei es keine Bedrohung. Sie gaben mir jedoch den Rat, da ich sie kenne, sollte ich ihr beim nächsten Mal, wenn wir sie sähen, schriftlich geben, dass ich ihr das Stalken direkt untersage. Wenn sie dann immer noch keine Ruhe gibt, sollte ich zur Polizei gehen. Sie haben mir auch empfohlen, den Brief als Kopie unbedingt gut aufzubewahren und ein Stalkertagebuch zu führen.«

»Na, das ist doch schon einmal etwas«, gab ich meinem japanischen Ehemann ein Gefühl der Anerkennung. Dann aber wurde ich wieder deutsch. »Aber es ist etwas wenig, finde ich. Ich hatte erwartet, dass wir ihr direkt mit dem Gefängnis drohen könnten. Irgendwie bin ich jetzt innerlich noch nicht wirklich ruhiger«, gestand ich meinem verdutzten Ehemann. Dann setzte ich noch einen drauf: »Die Antworten klingen in deutschen Ohren, als hätte man dich hingehalten.«

Maruhito schaute mich nur an mit einem Blick, den ich nicht zu deuten vermochte. Aber er sagte nichts mehr. Da nahm ich mir den Computer. Also denn, eine Datei mit dem Namen *Reina Sorihama* musste her. Darin übertrug ich meine Kalendereinträge und ergänzte diese um die neuesten Beobachtungen. Nach drei Stunden war ich fertig. Und nun noch eine Datei, eine mit dem Namen *Reina Sorihama Übersetzungen*. Vermutlich konnten die japanischen Behörden kein Deutsch. Doch jetzt war es schon Mitternacht. Morgen war auch noch ein Tag. Rom wurde schließlich auch nicht an einem Tag erbaut.

In der Nacht schlief ich schlecht, korrigierte sogar im Geiste die Übersetzung an einigen Stellen. Am Morgen dann, kaum dass die Haustür hinter Maruhito ins Schloss fiel, begann ich, meine Übersetzung im Stalkertagebuch zu verbessern. Der Übersetzungssoftware traute ich nicht. Vielleicht eines Tages.

*

MARUHITO

»Deine Ex steht schon wieder da«, sagte Sabrina, offensichtlich in bemüht neutralem Ton.

Ich verließ meinen Platz im Vorraum zum Bad, wo ich mich gerade rasieren wollte und sagte: »Dann übergebe ich ihr jetzt direkt mein Schreiben. Viel Zeit habe ich heute nicht, wir haben einen wichtigen Kunden, da darf ich nicht zu spät kommen.« Ausgerechnet an so einem Tag musste meine Ex wieder in Erscheinung treten. Ich nahm mir vor, sie ganz schnell abzufertigen.

Ich ging zur Kreuzung. Da war niemand zu sehen.

»Reina komm hervor, wir haben dich doch längst gesehen«, rief ich mit verhaltener Stimme. Aus dieser Stimme war eindeutig die Neutralität verschwunden. Sie hatte einen rauen Unterton.

Prompt schlich Reina Sorihama hinter dem Auto von Shinos hervor und stellte sich vor mich. Mir direkt gegenüber, für mich ein Zeichen, dass sie um Harmonie bemüht war. Fragt sich bloß, was sie unter Harmonie verstand.

»Hier ist meine Antwort auf dein Schreiben!« Damit übergab ich ihr den Brief. »Lies sie bitte jetzt sofort.«

Sie nahm den Umschlag entgegen, öffnete ihn und begann zu lesen. Plötzlich unterbrach sie die Lektüre. Ihre Stimme überschlug sich förmlich: »Was? Du bezeichnest meine Liebe zu dir als Stalkerei? Das kann ich nicht glauben. Das hat dir bestimmt deine Neue eingeredet. Hör bitte nicht auf sie.«

»Nein, das hat mir niemand eingeredet. Das ist meine Ansicht zu deinem Verhalten. Ich habe damals Schluss gemacht und damit meinte ich Schluss.«

»Aber ich will dich! Ganz und mit Haut und Haar!« Sie schaute mich mit einer Mischung aus Verzweiflung und Verlangen direkt an.

»Ich komme nicht zu dir zurück. Das kannst du vergessen. Für einen Neuanfang gibt es Dating-Apps. Mit Computern und Programmen kennst du dich ja aus.«

Kaum hatte ich die Worte ausgesprochen, drehte ich mich um und ging zurück ins Haus. Die Zeit saß mir definitiv im Nacken. Das war vielleicht gut so, sonst hätte ich mich womöglich auf ein nicht enden wollendes Gespräch eingelassen, wobei meine Ex wie ein Papagei immer nur die selben Worte wiederholt hätte.

Sabrina hatte am Fenster gestanden und die Szene verfolgt, wie ich jetzt bemerkte. Von außen war sie durch die Spiegelglasscheiben nicht zu sehen gewesen. »Du, ich glaube, die heult jetzt«, nahm sie mich in Empfang.

»Das ist mir egal. Im Prinzip hat in Japan der verloren, der eine Frau zum Weinen bringt, aber in diesem Fall liegen die Dinge anders.«

»Ach so. Das ist ja interessant, dann sind das womöglich gar keine echten Tränen, sondern bloße Taktik, um dich in die Defensive zu drängen!«, schlussfolgerte Sabrina prompt.

»Das kann gut sein. «

Damit stürmte ich, unrasiert, wie ich war, aus dem Haus, an der heulenden Reina Sorihama vorbei und um die nächste Ecke.

*

REINA SORIHAMA

Maruhito hatte sich noch nicht einmal von meinen Tränen erweichen lassen. Kalt wie Hundeschnauze hatte er reagiert. Und das alles nur, weil er sich nicht traute, zu seiner Liebe zu mir zu stehen.

Ich musste unbedingt in der Firma anrufen und Bescheid sagen, dass ich heute nicht erscheinen würde.

Erst einmal nach Shinjuku. Ich brauchte jetzt die Anonymität der Großstadt. Ziellos lief ich von einem Geschäft in das nächste. Wohin ich auch blickte, überall sah ich nur Maruhito: Im Departmentstore, bei Denkiya. Selbst als ich mir in B1 beim JR-Bahnhof in Ermangelung an Sitzmöbeln im Stehen ein italienisches Eis gönnte. Nach drei Stunden unermüdlichen Laufens taten mir aber die Füße weh. Schnell das Eis aufessen, und dann also doch nach Hause, dorthin, wo mich kein Maruhito erwartete. Ich griff nach dem Brief in meiner Tasche und Wut übermannte mich. Diese miese kleine Ausländerin!

*

REINA SORIHAMA

Wieder in meinen eigenen vier Wänden, ließ ich mich von meinen Gefühlen fortreißen. Mit einem Unmutslaut, der bestimmt noch bei meinen Nachbarn zu hören war, schmiss ich Maruhitos Antwort auf den Boden und stampfte darauf herum. Ich stampfte und stampfte, um meinem Ärger Luft zu machen. Ich heulte drauflos. Keine netten Worte, die mir Hoffnungen gemacht hätten, nur ein förmliches Schreiben, in dem er mein Verhalten als Stalkerei bezeichnete. Aber er hatte sich geirrt, wenn er glaubte, mich so leicht abschütteln zu können. Abschütteln wie nasse Regentropfen. Oder Tränen. Schnell nahm ich ein Papiertaschentuch und trocknete sie. Dann schwor ich mir, mich nicht mehr weiter zu verstecken, sondern möglichst täglich an der Kreuzung zu stehen. Dann musste Maruhito wenigstens ab und zu mit mir sprechen. Vielleicht könnte ich ihn morgens sogar bis zum Bahnhof begleiten. Mit der Zeit würde er schon merken, dass seine ausländische Frau ihm nicht die Fürsorge angedeihen lassen konnte, die ich ihm damals geboten hatte. Als wir davon gesprochen hatten zusammenzuziehen, habe ich ihm sogar täglich ein japanisches traditionelles Frühstück versprochen. Das hieß, jeden Morgen Reis mit *Miso*suppe und eine Beilage, manchmal sogar Fisch. Ganz nach seinem Geschmack wollte ich das Essen ausrichten. Und so ein Paradies auf Erden hat er gegen so ein - so ein - so ein jämmerliches Dasein getauscht!

*

MARUHITO

»Nun hatten wir drei Wochen Ruhe, jetzt steht deine Ex mittlerweile jeden Morgen an der Kreuzung und starrt auf unser Haus. Sie versucht gar nicht mehr, sich zu verstecken. Inzwischen sprechen mich die Nachbarinnen auf sie an«, sagte Sabrina, als sie aus dem Fenster schaute.

Ich hatte es mir auf dem Sofa bequem gemacht und las die Automobilzeitschrift. Ich war gerade dabei, das nächste Ausflugsziel zu markieren, Nikkō, wo sich das Grab des ersten *Shōgun*, Tokugawa Ieyasu, befand.

Mich packte das blanke Entsetzen bei dem Gedanken, dass wir jetzt Gegenstand des Nachbarschaftsklatsches werden könnten.

»Was hast du ihnen gesagt?«, wollte ich sofort wissen, bemüht, meine Nervosität zu verbergen.

Sabrina setzte sich neben mich und schaute mich sehr ernst an. »Die Wahrheit.«

Ich blickte mit gemischten Gefühlen zurück und sagte: »An deinem Blick erkenne ich, dass du etwas vorhast. Was willst du unternehmen? Ich habe ihr schriftlich gegeben, dass wir ihr Verhalten als Stalking empfinden.«

Sabrina wartete einen Moment. Vielleicht wollte sie mich nicht durch unüberlegte Worte verschrecken. Dann sagte sie mit einem Selbstbewusstsein, dass mir Angst machte: »Deinen Brief hat sie in deinem Beisein gelesen. Und trotzdem hält es sie nicht davon ab, dich weiter zu beobachten. In Deutschland wäre ich schon längst zur Polizei gegangen.«

Ach, darauf lief es hinaus. »In Japan geht man aber nicht sofort zur Polizei«, versuchte ich Sabrina von der Idee abzubringen.

Doch die konterte: »Sofort? Die verfolgt uns schon eine ganze Weile. Außerdem haben sie dir doch bei der Beratung gesagt, dass du zur Polizei gehen sollst.«

»Ja aber, bedenke doch einmal die Konsequenzen«.

»Konsequenzen? Was meinst du denn damit?«

»Na, ihre Firma, ihr Bruder«, versuchte ich es noch einmal.

Sabrina schaute nur noch verwirrter.

»Was wird aus denen?«

Ich hoffte, dass sie mich nun verstehen würde. Aber weit gefehlt. »Kannst du das bitte so erklären, dass auch ich es verstehe?« Ihre Stimme verriet Ungeduld.

Ich musste sie sehr entgeistert angeschaut haben, denn nun wechselte ihr Gesichtsausdruck. Sie lächelte mich an.

»Wenn wir sie anzeigen, wird sie womöglich die Arbeit verlieren, und ihr Bruder auch. Und die Firma unter die Lupe genommen. Das sind sehr weitreichende Konsequenzen. So weit müssen wir doch nicht gehen, meine ich.«

»Aber ich behaupte doch gar nicht, dass irgendjemand sie angestachelt hat.«

Mein Gott, Sabrina verstand mich immer noch nicht. Mir fehlten die Worte. Da fragte sie:

»Du meinst, diese Stalkerin zieht Sippenstrafen nach sich?« Meine deutsche Frau schaute mich vollkommen ungläubig an. »Meinst du das im Ernst?«

»Ist das denn in Deutschland nicht so?« Ich war sehr überrascht.

»Von so etwas habe ich noch nie gehört! Wo kommen wir denn da hin, wenn jedem der Kopf eingeschlagen würde, nur weil er zufällig mit einem Kriminellen verwandt ist!«

Au weia. Nun hatte ich ein Problem, mit dem ich niemals gerechnet hatte. Sabrina kannte sich in den japanischen Sitten nicht wirklich aus und ich mich nicht in den deutschen. Eine Weile schwiegen wir uns an. Dann sagte Sabrina in die Stille hinein:

»Also gut. Zwei und zwei können offenbar auch fünf sein. Wenn das in Japan so ist, wie du sagst, dann weiß Reina Sorihama das. Und dann nimmt sie in Kauf, dass andere Leute ihretwegen Schwierigkeiten bekommen.«

Da hatte Sabrina verdammt noch einmal Recht. Aber trotzdem. Ich wollte nicht derjenige sein, der das Drama in Gang setzte. Ich vermied es, meine Frau direkt anzusehen.

»Also, wir gehen morgen zur Polizei. Die Frau muss ihre Grenzen gesetzt bekommen«, beharrte Sabrina auf ihrer Meinung.

Ich versuchte es mit weiterem Schweigen, stand auf und setzte Teewasser auf.

»Keine Ablenkungsmanöver«, kam prompt von Sabrina. Sie folgte mir.

»Also, was ist?« Erwartungsvoll schaute sie mich an.

Ich fühlte mich hilflos wie ein kleines Kind.

»Also gleich morgen«, bekräftigte sie ihre Absicht ein weiteres Mal.

Da entfleuchte meinem Mund ein »Hmmm. Wenn du meinst.«

»Ja, meine ich.« Diese Unerbittlichkeit in ihrer Stimme! »Wenn sich die Nachbarn sogar schon an ihrem Verhalten stören, ist das sicherlich schwerwiegend genug.«

»Morgen nehme ich mir den Vormittag frei, du hast ja erst am Nachmittag Unterricht, dann gehen wir zur Polizei.«

»Ich nehme dich beim Wort!«, sagte sie sofort. Dann lächelte sie wieder ihr unnachahmliches Lächeln, das ich so liebte und sagte: »Danach haben wir hoffentlich Ruhe.«

»Das hoffe ich auch«, sagte ich, obwohl ich mir da nicht so sicher war. Reina Sorihama konnte sehr penetrant sein. Nachgeben war nicht ihr Ding.

Nach diesem Gespräch merkte ich, dass Sabrina wieder ruhiger wurde. Ich hatte zugestimmt. Warum nur hatte ich das getan?

Ich schaltete den Fernseher ein. Nichts Sehenswertes dabei. Also stellte ich auf Video um und klickte einen Krimi an, der gestern im Programm gelaufen war. Sabrina setzte sich zu mir und nach einer Weile kuschelte sie sich an mich. Ich wollte sie gerade abschütteln, weil ich sauer war, dass sie mich zu einer Entscheidung gebracht hat, die gar nicht meine war, da flüsterte ihre sanfte Stimme mir ins Ohr: »Morgen wird sich eine Lösung finden. Ganz bestimmt.«

*

MARUHITO

Direkt neben der Post an der großen Kreuzung mit Namen *Am Präfektur Tōkyō-Polizeipräsidium* befand sich dieses. Wir warteten an der roten Ampel. Uns war warm geworden, wir waren etwa zwanzig Minuten zu Fuß gelaufen. Sabrina schaute auf das große mehrstöckige Gebäude gegenüber. Ich wartete darauf, dass sie etwas sagte. Das Gebäude wirkte schon älter. Die Fassade unter den leicht vorstehenden Fenstern war verschmutzt. Wie wir dort wohl empfangen würden? Wir waren beide noch nie auf einer Polizeistation gewesen. Die Ampel schlug um, und mit jedem Schritt trieb ich einen größeren Keil zwischen Reina Sorihama und mich. Wir ließen den Bürgersteig hinter uns und die großen Glasflügel am Eingang öffneten sich automatisch, sobald wir nahe genug waren. Der Eingangsbereich war großzügig angelegt. Ich ging zunächst zur Anmeldung, Sabrina lief wie ein Schatten hinter mir her.

»Guten Tag, wir wollen Anzeige wegen Stalking erstatten«, hörte ich mich im nächsten Augenblick sagen. Meine Stimme klang wie aus einer fernen Welt.

»Dafür sind die Kollegen im dritten Stock zuständig. Wenn Sie hier bitte das Formular ausfüllen möchten.« Damit schob die Dame in Polizeiuniform einen Vordruck über die Theke.

Dann bekamen wir eine Besuchermarke, die wir uns um den Hals hängen sollten, und durften nach oben gehen. Im Treppenhaus begegneten uns mehrere uniformierte Polizistinnen und Polizisten. Es herrschte reger Betrieb. Im dritten Stock angekommen, lief eine nicht junge Frau an uns vorbei. Sie fiel mir auf, weil sie keine Uniform trug. Ob die wohl auch Anzeige erstattet hatte? Doch jetzt hatte ich keine Zeit für Grübeleien. Am Aufzug rechts hatten sie an der Information gesagt.

Wir kamen in einen winzig kleinen Raum, der an ein Großraumbüro grenzte und nur durch einen Schreibtisch von diesem abgetrennt war. Unter der Plastikauflage auf dem Schreibtisch lagen größere und kleinere Zettel wild durcheinander. Sofort kam ein Polizist zu uns und stellte sich vor: »Guten Tag. Ich heiße Kabamata.« Dann stand er noch einmal kurz auf und holte einen Notizblock.

»Sehr sympathisch«, flüsterte Sabrina. »Ob sich in Deutschland die Beamten auch so leutselig geben und sich sogar vorstellen?«

Seit wann stellen sich Polizeibeamte mit Namen vor? Das hatte ich ja noch nie gehört. Das musste eine neue Sitte sein. Gerade machte ich den Mund auf, da kam Kabamata-*san* wieder.

»Guten Tag, wir wollten Anzeige wegen Stalking erstatten«, trug ich unser Anliegen vor.

»Nehmen Sie bitte hier Platz. Kennen Sie die stalkende Person?«

»Ja, es ist meine Ex-Freundin.« Als ich dies aussprach, rückte meine Beziehung zu dieser Frau in eine weit zurückliegende Vergangenheit.

»Wie lange sind Sie schon nicht mehr mit ihr zusammen?«

»Als ich meine Frau hier kennengelernt habe, habe ich die Beziehung beendet.«

»Wann war das?«

»Vor etwa einem Jahr.«

»Und seitdem hatten Sie keinen Kontakt mehr?«

»Nein, keinen.«

»Wissen Sie, mit welcher Absicht ihre Ex-Freundin stalkt?«

»Sie will, dass ich zu ihr zurückkomme.«

»Aber natürlich weiß sie, dass Sie inzwischen geheiratet haben.«

»Ja, das weiß sie natürlich, denn sie verfolgt mich ja bis nach Hause.«

»Sie verfolgt Sie? Seit wann stalkt sie denn und wie sieht das konkret aus?«

»Gesehen haben wir sie, wie sie an der Straßenkreuzung steht und auf unser Haus starrt. Regelmäßig versteckt sie sich auch hinter dem Auto eines Nachbarn.«

»Was sagt der Nachbar dazu?«, wollte Kabamata-*san* wissen.

»Das können wir nicht sagen, wir wissen gar nicht, ob der Nachbar dieselben Beobachtungen gemacht hat wie wir.«

Während ich das sagte, holte Sabrina einen Computerausdruck aus der Tasche und überreichte ihn dem Polizisten.

»Das ist gut, dass Sie Tagebuch führen«, lobte dieser. »Das erste Mal, dass Sie die Frau beobachtet haben, ist also sechs Wochen her.«

Sabrina und ich nickten.

Wie heißt die Person denn?«

»Reina Sorihama.«

»Mit welchen Zeichen schreibt man das?« Damit schob der Beamte mir einen Zettel und einen Stift hin.

Ich spürte, wie Sabrina die Tücken der japanischen Schrift belächelte. Aber der Polizist hatte natürlich Grund zur Vorsicht. Nachher gab es jemanden mit dem selben Namen, der sich nur anders schrieb. So etwas kam häufiger vor.

Kabamata-*san* nahm Zettel und Stift wieder entgegen. »Wissen Sie zufällig auch die Adresse?«, fragte er noch.

Ich diktierte sie ihm.

»Dann will ich einmal nachsehen, ob sie schon einmal auffällig geworden ist. Einen Moment, bitte.«

Damit ging der Gesetzeshüter zu einem Computer und recherchierte eine Weile. Sabrina drückte meine Hand. Nun wird alles wieder gut, hieß das. Ich sah das anders und schaute sie nicht an. Dann kam der Polizist zurück und ich nutzte die Gelegenheit und entzog ihr meine Hand. Unser Gegenüber sagte:

»Noch liegt nichts gegen sie vor. In diesem Fall würde ich sagen, wir, die Polizei, verwarnen die Stalkerin erst einmal und verbieten ihr das Stalken. Sollte sie die Verwarnung ignorieren, werden wir massiver.«

Wir nickten wieder.

»Melden Sie sich sofort, wenn sie wieder vor Ihrem Haus auftaucht. Am besten, Sie rufen dann den Notruf, die Hundertzehn, damit wir sie auf frischer Tat dingfest machen können.«

*

SABRINA

Auf dem Weg nach Hause bemerkte ich, dass auch Maruhito viel in der Gegend herumschaute. Je näher wir unserem Haus kamen, desto einsilbiger gab er sich. Die Umgebung nahm offenbar seine ganze Konzentration in Anspruch. Wieder daheim, aßen wir noch gemeinsam zu Mittag und gingen dann, was selten vorkam, zusammen zum Bahnhof. Auf dem Weg besprachen wir das Abendessen. Und wieder ebbte das Gespräch sehr schnell ab.

»Sie folgt uns nicht«, fasste ich schließlich meine Beobachtungen in Worte.

»Nein, ich sehe sie auch nicht«, bestätigte Maruhito.

»Sie verbringt also nicht den ganzen Tag in unserer Nähe.«

»Hattest du das erwartet?« Er war überrascht.

»Es hätte mich nicht gewundert«, gestand ich.

»Dann können wir nur froh sein, dass deine Befürchtungen nicht eingetroffen sind.« Ich bemerkte, dass er hektischer den Kopf bewegte als zuvor.

»Vielleicht kommt sie ja hauptsächlich morgens, bevor sie zur Arbeit geht«, sinnierte ich.

»Das kann gut sein«, pflichtete Maruhito mir bei, war aber nicht mehr ganz bei der Sache.

»Die soll sich ja in Acht nehmen. Beim nächsten Mal schalten wir sofort die Polizei ein.«

Maruhito kämpfte sein Entsetzen ob meiner Worte nieder und sagte mit möglichst ruhiger Stimme: »Ja, aber hoffen wir, dass es nicht soweit kommt.«

Ich schaute ihn verstohlen von der Seite an. Ob er sich wohl an unsere Abmachung halten würde? Oder hegte er gar noch positive Gefühle gegenüber dieser Person?

*

MARUHITO

Wir gingen schweigend weiter, plötzlich wölbte sich in einiger Entfernung vor uns die Straße. Der Asphalt wurde zu einer riesigen Welle, die direkt auf uns zurollte.

»Du meine Güte, was ist das denn?« Sabrina klammerte sich an meinen Arm. Auch ich konnte gar nicht so schnell denken, wie diese Urgewalt sich ausbreitete. Da, das Haus links neben uns hatte plötzlich einen Riss, eine große Topfblume fiel uns direkt vor die Füße. Aus dem Haus hörten wir einen Hund laut jaulen.

»Ein Erdbeben!« Mein Mund war vollkommen ausgetrocknet.

Wir blieben stehen und fassten uns an den Händen.

»Der elfte März 2011. Das ist unser letztes Stündchen«, sagte Sabrina tonlos.

»Der Tag, an dem ich Reina Sorihamas Schicksal und das ihres Bruder besiegelt habe«, flüsterten meine Lippen.

Wie lange wir so standen und krampfhaft versuchten, das Gleichgewicht zu halten, wussten wir hinterher nicht mehr. Die Erde beruhigte sich wieder, der Asphalt hatte der Naturgewalt standgehalten. Wir gingen, nein liefen nach Hause. Zu einem Zuhause, das es hoffentlich noch gab.

*

SABRINA

Ich konnte kaum laufen, so sehr raste mein Herz. Maruhito zog mich hinter sich her. Und dann, unser Haus, es stand noch. Es hatte dem Erdbeben getrotzt. Oder? Als Erstes gingen wir einmal um das Haus herum. Keine Risse zu sehen. Schnell schlossen wir auf und beeilten uns, die Räume von innen in Augenschein zu nehmen.

»Es ist kaum zu glauben, aber wir haben anscheinend den größten Schutzengel gehabt, den man sich denken kann«, fasste Maruhito seine Gedanken in Worte. Er griff sich die Fernbedienung und schaltete den Fernseher ein. Der hatte einen großen Ständer und war leicht verrutscht, aber nicht von der Anrichte gefallen.

»Tōhoku, Erdbeben mit der Momenten-Magnitude 9,1, Epizentrum vor der Küste von Miyagi«, zeigte das Laufband, während der Reporter mit sich überschlagender Stimme kommentierte.

»Miyagi? Das ist fast vierhundert Kilometer von Tōkyō entfernt.«

Meine Beobachtung aus der Küche: »Die Türen der Küchenschränke haben nicht gehalten. Es ist einiges an Geschirr herausgefallen« kommentierte Maruhito nur mit einem »Das ist egal, vollkommen egal.«

Seine tonlose Stimme ließ mich Schlimmstes ahnen. Ich schaute auf den Fernseher und sah die Bilder des Tsunami, wie er alles und alle mit sich riss. Fassungslos starrten wir auf den Bildschirm und konnten gar nicht glauben, was wir sahen. Selbst hier in Tōkyō hatte das Beben noch die Stärke von weit über fünf. Und unser Haus hatte einer solchen Naturgewalt standgehalten. Ein Glück, wie man es vermutlich nur einmal im Leben hat, dachte ich dankbar.

Schließlich eiste ich mich los und ging in mein Zimmer. Auch dort waren Gegenstände heruntergefallen, vor allem Bücher. Wie sah wohl mein Zimmer in der Uni aus? Und wie war es wohl den Kollegen ergangen, die heute anwesend sein mussten? Und dann kam mir ein Gedanke, für den ich mich vor mir selbst schämte. Wir hätten heute gar nicht zur Polizei zu gehen brauchen. Denn solange die Bahnen nicht fahren konnten, hatten wir ohnehin Ruhe vor der Stalkerin.

*

MARUHITO

In der Nacht schlief ganz Japan schlecht. Das stärkste Erdbeben, das dort je gemessen wurde, drängte sich in die Träume der Menschen. Doch die Zeituhr tickte unerbittlich weiter, und der nächste Morgen kam.

Ich schlug kaum die Augen auf, da schaltete ich auch schon den Fernseher wieder an, um die neuesten Erdbebennachrichten zu erfahren. Das Atomkraftwerk in Fukushima war in Mitleidenschaft gezogen worden. Der Wind wehe in Richtung Tōkyō, hieß es. Wir sahen uns an. Sabrina hatte Tränen in den Augen.

»Mach dir keine Sorgen, wir sind weit genug weg«, versuchte ich sie zu trösten. Sehr selbstbewusst klang das ganz sicher nicht.

»Kannst du mir bitte einmal die Apfelmarmelade reichen?«, versuchte sie dann beim Frühstück ein Gespräch in Gang zu bringen. »Die ist mir doch gut gelungen, oder?«

»Hmmm«, brummte ich Zustimmung.

Morgens war ich selten zu Gesprächen aufgelegt und so verebbte auch dieser Gesprächsansatz.

»*Itte-kimasu*, ich bin jetzt weg.« Die Bahnen schienen zu fahren. Konnte aber sein, dass es heute später würde. In der Firma herrschte bestimmt Ausnahmezustand.«

*

SABRINA

»Tsch …« Weiter kam ich nicht, der Kuss, den Maruhito mir gab, versperrte dem Wort den Weg aus meinem Mund. Ich riss die Augen weit auf. Noch nie hatte mein Mann mir einen Abschiedskuss gegeben, wenn er das Haus verließ. Ich erwiderte den Kuss innigst und schloss die Haustür hinter Maruhito wieder sorgfältig ab. Dann sank ich kraftlos in die Knie. Die Stalkerin, das Erdbeben und jetzt dieser Kuss, als wäre es ein Abschied für immer. Meine Nerven lagen blank.

*

REINA SORIHAMA

In den nächsten Wochen und Monaten beherrschte das Tohoku-Erdbeben ganz Japan und weite Teile der Welt darüber hinaus. Doch ich interessierte mich nicht für das Schicksal der Menschen, ich hatte nur einen Gedanken: Ich wollte, dass Maruhito Obihara wieder zu mir zurückkam. Vielleicht könnte ich ihn jetzt, da auch in Tōkyō immer neue Hotspots festgestellt wurden, dazu überreden, mit mir weg zu gehen aus Tōkyō. Die Idee war gut, die gefiel mir. Doch dann kam die Ernüchterung: Ich durfte ihm doch gar nicht mehr schreiben. Wie sollte ich dann mit ihm kommunizieren. Wut mischte sich in meine Gefühle. Direkt bei ihm schellen, wenn seine Frau nicht zu Hause war? Das könnte ich versuchen, aber solche Überraschungsbesuche waren nicht nach seinem Geschmack. Und wieder ging ein Tag ins Land, den ich zu Hause in meinen vier Wänden verbrachte, weil ich nicht bei meinem Maruhito sein konnte. Aber der Tag würde schon noch kommen, da war ich mir sicher. Bei der ersten Ermahnung gleich klein beigeben, das könnte dieser Ausländerin passen.

*

MARUHITO

Vier Monate vergingen, ohne dass weder Sabrina noch ich Reina Sorihama sahen. Doch ich traute dem Frieden nicht. Es wäre das erste Mal, dass meine Ex eine Idee, der sie verfallen war, kampflos aufgab.

Und richtig, schon ein paar Tage später schlug Sabrina Alarm. Sie zeigte mir die Stalkerin. Wieder hockte sie hinter Shinos Auto. Und das bei dem Regen heute, und dem Wind, der wieder aus Fukushima herüberwehte und das Nass kontaminierte. Aber wir hatten sie beide gesehen, da konnte sie ihre Aktion im Nachhinein nicht etwa als Hirngespinst darstellen. Wenn die trotz Verbot so penetrant war, wer weiß, was ihr als Nächstes einfiel, dachte ich besorgt.

Und schon sagte Sabrina: »Wir rufen am besten sofort die Hundertzehn.« Und ehe ich es mich versah, drückte sie auch schon die Tasten.

»Nein!«, schmetterte ich ihr entgegen.

Vollkommen entgeistert stellte Sabrina ihr Handy aus. »Was hat dich denn gebissen?« Sie wusste es offenbar wirklich nicht.

»Wenn sie ins Gefängnis muss, verliert womöglich sogar ihr Bruder den Job«, schob ich deshalb hinterher. Das habe ich dir doch erklärt.«

Mit vollkommen ratloser Miene sah Sabrina mich an.

Ich sah sie flehend an.

»Und was sollen wir jetzt tun? Zu seinem Arbeitgeber gehen und ihm erklären, dass wir dem Bruder überhaupt keinen Vorwurf machen?«

Auf was für Ideen Deutsche aber auch immer kamen. Ich schüttelte innerlich nur mit dem Kopf.

»Komm, wir lassen die Polizei aus dem Spiel, ja?«, sagte ich dann laut.

»Nein, Maruhito. Alles, was recht ist. Aber das nicht. Die hört doch sonst nie auf. So haben wir wenigstens die Chance, sie für eine gewisse Zeit loszuwerden«, widersprach Sabrina.

»Du meinst, weil sie ins Gefängnis muss?« Meine Stimme war kaum zu hören, so leise und kraftlos kam diese Frage.

»Ganz genau. Wehret den Anfängen!« Entschlossen griff Sabrina erneut zu ihrem Handy.

*

REINA SORIHAMA

Ich dachte, ich sehe nicht richtig. Da kam doch plötzlich ein Polizeiauto um die Ecke, weiß mit dem typisch schwarzen Streifen. Noch war zwar nicht sicher, dass ich in meinem Versteck aufgefallen war, aber feststand, dass ich schon bald auffallen würde. Ich gab Fersengeld. Ich lief, so schnell ich konnte, nahm mir noch nicht einmal die Zeit, den Regenschirm aufzuspannen. Doch ich war nicht schnell genug. Die drei Polizisten holten mich schon ein, noch bevor ich die nächste Straßenecke erreicht hatte.

»Bleiben Sie stehen!«, rief der erste, als er unmittelbar hinter mir war. Das führte jedoch dazu, dass ich meine Kraftreserven noch einmal bündelte und abrupt die Richtung änderte.

»Stehenbleiben!« Und dann sah ich nur ein paar Meter vor mir einen weiteren Polizisten um die Ecke biegen und mir den Weg abschneiden.

Sie führten mich zum Streifenwagen. Ich weigerte mich, einzusteigen. Die beiden Polizisten drückten mich schließlich unsanft auf die Rückbank im Auto. Einer setzte sich rechts und einer links von mir, damit ich nicht etwa aus dem Auto springen konnte.

Nachdem mir die Flucht unmöglich gemacht worden war, schellte der dritte Polizist bei Sabrina und Maruhito. Zu hören war nichts, ich sah nur wie Sabrina auf das Auto ihrer Nachbarn zeigte. Also wieder diese Ausländerin. Wie ich sie in dem Moment hasste!

Sie nahmen mich mit aufs Revier. Nachdem sie mir über Stunden gehörig zugesetzt hatten, legte ich ein Geständnis ab, sagte, dass ich in der letzten Woche fast täglich hinter dem Auto der Nachbarn gehockt hatte und meinen Ex-Verlobten und dessen Frau heimlich beobachtet hatte. Dann wollten sie wissen, ob mir klar war, dass ich damit gegen das Verbot der Polizei, Maruhito Obihara zu stalken, verstoßen hatte. Was sollte ich darauf schon antworten. Ich nickte nur und tat möglichst geknickt. Sofort entspannte sich der vernehmende Beamte zusehends. Na klar. Auf das Geständnis war es ihm angekommen. Dass ich aus Liebe gehandelt hatte, das war der Polizei so etwas von egal. Unglaublich, wie kalt die Beamten waren! Dann ließen sie mich noch nicht einmal nach Hause gehen.

*

MARUHITO

Wir ließen den Tag vor dem Fernseher ausklingen. Ich bestand auf Fußball. Heute war Endspiel. Die Frauennationalmannschaft von Japan musste gegen die USA antreten. Natürlich hielten wir beide *Nadeshiko Japan* die Daumen.

»Ich bin sicher, es ist ein gutes Omen, dass sie auf deutschem Boden spielen«, sagte ich.

»Ach, das ist doch blanker Aberglaube. Entweder sie sind die Besten oder aber sie verlieren. Das hat doch mit dem Ort der Austragung nichts zu tun«, widersprach Sabrina lachend.

»Du wirst schon sehen«, gab ich mich selbstbewusst.

Für neunzig Minuten gelang es uns, die Stalkerin zu vergessen. Und dann der Jubel: drei zu eins für Japan! Die japanischen Frauen hatten das geschafft, was der Männermannschaft bislang verwehrt war, sie waren Weltmeisterinnen geworden.

»Eure Frauen sind echt stark«, kommentierte Sabrina, ohne nachzudenken.

»Unsere Frauen sind echt stark«, echote ich vollkommen entgeistert. Oh, Sabrina, wie kannst du nur. Ich weiß ja, dass du die Fußballerinnen gemeint hast, aber ich muss jetzt sofort wieder an eine andere starke Frau denken. Eine, die hoffentlich nicht so stark ist wie ich befürchte …

*

REINA SORIHAMA

Schon um kurz vor sechs schlug ich die Augen auf. Zehn Tage konnten sie mich hier festhalten. Dann würde ich erfahren, ob ich ins Gefängnis musste. In der Zeit würden Obiharas ihre Aussage machen. Missmutig setzte ich mich auf. Ich würde jetzt ohnehin nicht mehr einschlafen können. Heute würden sie in der Firma von meinem Zusammenstoß mit der Polizei erfahren. Ich sah mich in der Zelle um, strich über die *Tatami*-Matten. Die Reisstrohmatten erinnerten mich an meine Wohnung. Ich versuchte, an nichts zu denken.

Wie gerne hätte ich jetzt meine Wut abreagiert an den diversen Sportgeräten, mit denen ich mein Fitnesszimmer ausstaffiert hatte. Ein Beinbeuger, ein Rudergerät und ein Ergometer waren dort aufgebaut. Daneben lagen noch Hanteln und ein Expander. Ich wollte meiner Figur etwas Gutes tun und hatte nicht auf den Yen geschaut. Und schon griff ich nach dem fiktiven Expander und begann zu zählen: Eins, zwei, drei … Zum zweiten Mal haben Maruhito und diese Ausländerin mir die Polizei auf den Hals gehetzt. Die beiden hatten mich zum zweiten Mal angezeigt. Zweiundneunzig, dreiundneunzig … Ich ließ meine Arme sinken. Ich brauchte jetzt einen Rechtsanwalt.

Ich und eine Stalkerin, das ist doch lachhaft, sagte ich mir immer wieder. Ich will doch nur den Mann, den ich liebe und der mich ganz sicher ebenfalls liebt, ein wenig auf mich aufmerksam machen. Eine echte Stalkerin würde ihn mit Mails oder Anrufen traktieren. Das machte ich doch gar nicht. Das wäre billige Stalkerei. Da stand ich drüber. Dann wurden wir offiziell geweckt.

*

SABRINA

Fünf Minuten waren für die Urteilsverkündung angesetzt. Reina Sorihama wurde hereingeführt, in Handschellen und dem Seil um den Leib, das ein Wächter fest in Händen hielt. Kurz bevor der Richter eintrat, wurden ihr Seil und Handschellen abgenommen. Bevor sie noch ein letztes Mal aussagen durfte, verbeugte sie sich vor den Zuhörern.

Was für ein Urteil. Die Stalkerin war nicht zu einer Gefängnisstrafe verurteilt worden! Nur zu einer Geldstrafe. Ich schaute Maruhito an. Der sagte nur »Komm, wir gehen.« Wir verließen das Gerichtsgebäude. Es hatte angefangen zu regnen. Wir liefen die paar Schritte bis zur U-Bahn-Station.

»Zwei Millionen Yen, das ist die höchste Geldstrafe in dem Fall. Das hat der Richter nachdrücklich betont«, begann Maruhito.

»Ja, aber ich hatte gehofft, sie würde eine Weile weggesperrt. Er hätte sie genausogut zu zwei Jahren verdonnern können.«

»Sie hat glaubhaft beteuert, dass sie nie wieder stalken wird. Und in jedem Fall ist sie nach dem Strafgesetzbuch verurteilt worden. Das wiegt schwer«, sagte Maruhito. »Und sie hat von sich aus gesagt, dass sie mir eine Million Yen zahlen wird.«

»Ich verstehe es trotzdem nicht. Aber hoffen wir, dass das Urteil sie zur Vernunft bringt.«

Schweigend stiegen wir in die Bahn, und dann hing jeder seinen Gedanken nach. Außer der Tatsache, dass sie uns stalkte, war sie noch nie auffällig geworden im Sinne des Strafrechts. Und ihre Reuebekundungen, ihre Versicherung, nie wieder zu stalken. Deshalb keine Gefängnisstrafe. Ob Maruhito darüber wohl glücklich war? Ich beobachtete ihn in der Scheibe. Er schaute auf den Bildschirm schräg über der Tür. Da liefen gerade die Nachrichten des Tages. Ich machte es wie er und heftete ebenfalls meinen Blick an den Bildschirm, um mich abzulenken.

*

MARUHITO

Anfang Oktober war es, da machte ich Sabrina spontan den Vorschlag: »Sollen wir über das Wochenende wegfahren?«

»Super Idee! Wohin zieht es dich denn?«, wollte sie sofort wissen.

»Wenn wir zwei Übernachtungen einplanen, könnten wir sogar bis Kyushu fahren. Mit dem Shinkansen versteht sich.«

»Da hat meinen Mann also wirklich die Reiselust gepackt.« Meine Frau grinste.

»Das sind aber doch tausend Kilometer«, gab sie dann zu bedenken. »Da kostet die einfache Fahrt bestimmt schon fünfzigtausend Yen.«

»Ja, ich weiß, es ist etwas verrückt«, gab ich zu.

»Nicht verrückt, verdammt teuer. Und das für nur zwei Übernachtungen. Denn du musst ja am Montag schon wieder arbeiten.«

»Ich möchte dir trotzdem einmal einen ganz anderen Teil Japans zeigen.«

Sabrina schaute mich mit gemischten Gefühlen an. Sie überschlug die Kosten, das war klar. »Etwa dreihunderttausend Yen für nur ein Wochenende. Sonst bist du doch nicht so verschwenderisch«, blieb sie beharrlich. Was sollte ich ihr sagen. Ich wollte einfach räumlichen Abstand, einen, der die Stalkerin vergessen machte.

Als ob sie mir das angesehen hätte, sagte Sabrina plötzlich:

»Dann machen wir das doch einfach. Wir müssen aber akribisch genau planen, denn wir müssen mit öffentlichen Verkehrsmitteln fahren. Mit dem eigenen Wagen ist mir das definitiv zu stressig.«

»Es ist gerade noch Anfang Oktober, das Herbstlaub hat noch nicht seine ganze Farbenpracht entfaltet, da werden wir keine Probleme bei der Buchung haben, weder bei der Bahn, noch im Hotel«, plante ich hocherfreut weiter.

»Stimmt«, lächelte mein Engel Zustimmung.

»Hättest du Lust in einem *Ryokan* zu übernachten? Da gibt es morgens und abends japanisches Essen.«

»Und man schläft auf *Tatami*. Ich liebe Reisstrohmatten.« Sabrina blickte schwärmerisch zur Zimmerdecke.

»Die hast du doch hier zu Hause auch«, wunderte ich mich.

»Trotzdem, auch auf der Reise möchte ich sie nicht vermissen. Jedenfalls in Japan nicht.«

»Dann sei dir dieser Wunsch erfüllt!«

»Und wann soll es losgehen? Doch nicht etwa schon dieses Wochen-ende?« Meine Sabrina schaute mich erwartungsvoll an.

»Warum nicht. Ganz spontan. Das hat dann etwas von einem Abenteuer.« Während ich sprach, packte mich das Reisefieber.

»Ich war noch nie auf Kyushu, würde aber sehr gerne nach Oita zu dem Affenberg und natürlich nach Nagasaki fahren.«

»Okay. Takasakiyama-Tierpark und Nagasaki. Das müssten wir schaffen. Ich gehe mal schnell ins Internet. Oh oh, hoffentlich haben wir Glück, im September und Oktober sollen sich die Affen rarmachen«, stellte ich leicht enttäuscht fest.

Dann suchte ich weiter nach ansprechenden Übernachtungsmöglich-keiten, die so richtig schön japanisch anmuteten. Schon eine halbe Stunde später waren unsere Reisepläne unter Dach und Fach.

»Nach dem Stress mit deiner Ex ist das genau das Richtige«, freute sich Sabrina.

*

SABRINA

»Schon aus dieser Entfernung kann man die Affen auf den Bäumen sehen. Ist ja ein irrer Anblick.« Ich war begeistert.

»Und mitten unter den Affen werden wir gleich einen kleinen Spaziergang machen. Willst du Futter kaufen?«, fragte Maruhito.

»Ach nee, lass mal. Die werden bestimmt täglich kiloweise mit Futter versorgt, bei den Horden von Touristen, die hierherkommen sollen«, lehnte ich seinen Vorschlag ab.

»Jetzt ist noch nicht Hauptsaison.«

»Trotzdem, wir schauen doch ohnehin bei der offiziellen Fütterung zu.«

Wir erreichten den Tierpark und zahlten jeder die fünfhundertzwanzig Yen. Ich las die anderen Schilder am Eingang, die die Aufmerksamkeit des Besuchers auf sich lenkten, ebenfalls. Eines gefiel mir besonders.

»Hier kann man sogar seine Haustiere abgeben. Das ist ja eine goldige Idee. Aber bei dem Haustierboom derzeit würden sonst vielleicht viele Besucher gar nicht kommen«, sagte ich.

Doch Maruhito drängte nur: »Komm, lass uns gehen. Gleich beginnt eine Fütterung.«

Wir näherten uns dem Gelände, auf dem das Ereignis stattfinden sollte. Um uns herum wimmelte es plötzlich nur so von »Verwandten«. Ein Wärter im Laufschritt zog seinen großen Handkarren an uns vorbei. Daraus fiel das Futter für die Affen. Es waren solche Horden, da käme man mit der Fütterung per Hand überhaupt nicht nach.

»Wie gut, dass wir kein Futter gekauft haben!« Ich lachte und Maruhito stimmte ein.

»Oh, manche Affen interessieren sich auch für die Besucher«, rief ich plötzlich entgeistert und riss mir den Rucksack herunter. Ein Affe war mir auf meinen braunen Reisebegleiter gesprungen und hatte sich in meinen Haaren festgekrallt. »Das ist mir etwas zu viel Nähe.«

Ich hatte Glück. Das Futter des Wärters war attraktiver und der abgeschüttelte Affe lief weiter.

»Ja, wir müssen vorsichtig sein, manchmal kommt es zu Übergriffen«, kommentierte Maruhito.

»Die Affen hier werden zwar täglich gefüttert, aber im Prinzip sind es wilde Tiere.« Ich nickte zu seinen Worten.

Wir gingen noch eine gute Stunde spazieren, dann verließen wir den Tierpark wieder und fuhren weiter nach Nagasaki. Vier Stunden Fahrt. Doch in Nagasaki konnten wir entspannen. Wir hatten den ganzen Samstag und den halben Sonntag Zeit.

Unser *Ryokan* zu finden, war kein Problem. Die Wegbeschreibung aus dem Internet war hervorragend.

»Jetzt brauche ich ein schönes heißes Bad«, sagte Maruhito, sobald wir unsere Rucksäcke im *Tatami*-Zimmer abgestellt hatten. Ich streckte mich sofort wohlig auf den Reisstrohmatten aus und räkelte mich ausgiebig.

»Welch ein schönes Zimmer, sogar mit Ziernische. Das ist der reinste Luxus«, jubelte ich.

»Ja, und den krönen wir jetzt mit einem heißen Bad«, kam Maruhito noch einmal auf sein Anliegen zurück. Ich schaute ihn ungläubig an.

Vollkommen unbeeindruckt griff er sich das bereitliegende Handtuch und den daneben platzierten *Yukata*, den leichten Hauskimono, den er nach dem Bad anziehen würde, und sah mich auffordernd an.

»Oh mein Ehemann, wie kann man in so einer romantischen Umgebung nur als erstes ans Baden denken? Essen und Sex sind die beiden Dinge, die die Endorphinausschüttung im Gehirn anregen. *Danach* fühlen wir uns so richtig wohl«, erwiderte ich und schüttelte demonstrativ mit dem Kopf. Und mein Ehemann? Er tat einfach so, als hätte er meine Worte nicht gehört, schlüpfte in seine *Ryokan*-Pantoffeln und war im nächsten Moment draußen auf dem Flur. Resigniert schnappte ich mir meinerseits die »Badesachen« und los ging es.

Es war ein relativ großes *Ryokan* und ich wusste nach den ersten Ecken schon nicht mehr, wie wir wieder zurückfinden sollten. Doch Maruhito ging unbeirrt weiter, bis wir an die großen *Noren*-Vorhänge kamen, die die obere Hälfte des Eingangs verdeckten. Auf dem roten stand das *Kanji* für Frau 女, auf dem blauen das für Mann 男. Auf ins heiße Naß!

»Verehrte Gäste!«, rief es hinter uns.

Wir drehten uns um und sahen die *Ryokan*besitzerin auf uns zueilen.

»Heute haben wir keine weiteren Gäste. Sie sind die Einzigen, die es an diesem Freitag hierhergeführt hat. Wenn Sie möchten, können sie ausnahmsweise gemeinsam baden.«

Ich schaute Maruhito an. Er wirkte genauso überrascht wie ich es war, doch er fasste sich schneller.

»Vielen Dank. Das nehmen wir gerne an«, hörte ich ihn sagen.

Die Besitzerin deutete auf das Herrenbad.

Ich hielt den *Noren* beiseite und Maruhito schlüpfte hindurch. Ich folgte ihm auf dem Fuße.

»Dass wir so einen romantischen Ausflug machen würden, davon hattest du mir gar nichts gesagt«, neckte ich meinen Mann.

»Ich wusste bislang auch nicht, dass es hierzulande solch einen Service gibt.«

Wir entkleideten uns im Vorraum, legten unsere Sachen fein säuberlich in den bereitstehenden Korb, stellten diesen ins Regal und betraten das Bad.

Sofort drehte Maruhito mich mit dem Rücken zu sich und begann, diesen gründlich mit dem kleinen mitgebrachten Handtuch und der bereitliegenden Seife abzuschrubben.

»Jetzt tun wir es unseren ›Verwandten‹ von vorhin gleich?«

Einen Moment stutzte Maruhito. »Du meinst, wir lausen uns jetzt wie die Affen?«

Beide mussten wir lachen.

»Pssst. Nicht so laut«, mahnte Maruhito aber sofort, »wir sollten die Freundlichkeit der Wirtsleute nicht überstrapazieren.«

Oho! Obwohl keine anderen Gäste hier waren, durfte man trotzdem im Flur nicht zu hören sein. Eine weitere wesentliche Japan-Lektion.

*

MARUHITO

»Schau mal, Maruhito, welches Foto ist am schönsten? Ich habe so viele gemacht, das bringt es nicht, die alle aufzuheben.« Meine Frau sah mich erwartungsvoll an.

»Kaum sind wir wieder zu Hause, da sortierst du schon die Fotos? So ordentlich werde ich nie.« Doch dann schaute ich mir brav die Fotos an.

»Aber nur eine Stunde, dann hole ich die Futons raus. Ich bin total KO. Unsere Kompakttour hat mich doch ziemlich Kraft gekostet«, sagte ich vorsichtshalber.

»Allein fünfzig vom Friedenspark in Nagasaki habe ich gemacht«, ließ Sabrina sich nicht aus der Ruhe bringen. »So groß ist der nun auch wieder nicht, dass wir die alle verwahren sollten.«

»Aber wenn du sie einmal gelöscht hast, kannst du sie nicht mehr wiederbeleben«, gab ich zu bedenken.

»Ja, wenn ich immer alle Fotos verwahren wollte, würde der Speicher schon bald aus allen Nähten platzen.«

»Kein Problem, da gibt es diverse Möglichkeiten, den zu vergrößern. Wir haben ja auch Videos gemacht.«

»Ja, mit denen befasse ich mich ein andermal, das dauert länger«, entgegnete Sabrina.

»Stopp. Das war das erste Foto von Dejima«, unterbrach ich Sabrinas Fotoschau.

»Von dem, was einmal Dejima war. Heute ist von dem Inseldasein nichts mehr übrig«, berichtigte Sabrina mich.

»Oh ja, der nächste geschichtsträchtige Ort.« So langsam begann ich mich für die Fotoschau zu begeistern.

»Wenn es diese alte, kleine künstliche Insel damals nicht gegeben hätte, wer weiß, ob Japan seine Öffnung so weit fortgetrieben hätte, dass in der Jetztzeit Leute wie du und ich uns finden können und ein Leben lang zusammen sein dürfen«, geriet meine Frau ins Philosophieren.

Ich schaute sie mit gemischten Gefühlen an. Ob sie jetzt wohl auch an Reina Sorihama denken musste? *Ein Leben lang zusammen sein dürfen.* Da hat es in meinem Hirn sofort wieder Klick gemacht. Zusammen, aber mit Sabrina. Eine andere Frau kommt für mich nicht in Frage!, rief ich mich zur Ordnung. Tief in mir, sagte mir eine Stimme, dass es nicht gut für mich wäre, wenn ich meine Ex zu sehr in meine Gedanken einflechten würde. Ich erschrak. Bisher war das kein Thema.

Doch Sabrina schien von meinen Gedankengängen nichts zu ahnen und holte die Fotos vom *Okunchi*-Straßenfest auf den Bildschirm, eines nach dem anderen. »380 Jahre *Okunchi* – das Oktoberfest von Nagasaki«, lachte sie.

»Sieh mich doch nicht so streng an, war doch nur ein Scherz. Ich weiß ja, das deutsche Oktoberfest hat mit Religion nicht das Mindeste zu tun. Gehuldigt wird da bestenfalls dem Biergott.«

Nun konnte auch ich wieder lachen.

*

SABRINA

Ich schlug die Augen auf und streckte mich als erstes ausgiebig auf dem Futon. Fünf Uhr. Die Sonne war schon zu erahnen. Maruhito schlief noch tief und fest. Er atmete leise und regelmäßig. Der Deckfuton hob und senkte sich im Rhythmus mit. Ich betrachtete den Mann, den ich liebte. In den letzten Monaten wachte ich fast täglich schon so früh auf, wurde mir dann bewusst. Das machte die Aufregung wegen dieser Stalkerin. Das heißt, dass ich innerlich noch nicht den nötigen Abstand zu der Sache gewonnen hatte, obwohl es schon fünf Monate her war. Was nicht ist, muss aber schon bald werden, gab ich mir innerlich Anweisung. Dann stand ich aber dennoch auf und ging automatisch nach unten in mein Zimmer, zog die Vorhänge auf und schaute aus dem Fenster, soweit ich die Straße einsehen konnte. Das machte diese verdammte unterschwellige Angst, diese Stalkerin könnte wieder auftauchen. Dieses Gefühl musste ich abstellen. Wie einen Lichtschalter. Bis Maruhito aufstand, musste ich mich ablenken. Ich setzte mich an meinen Schreibtisch, stellte die Rückenlehne am Schreibtischstuhl auf entspanntes Sitzen und schaltete meinen Laptop an. Ich klickte mich durch Youtube. Ein weiterer Klick und es ertönte *Du bist die Welt für mich*. Welche Stimme! Und dieser Text, uralt, aber Romantik pur. Genau das, was ich jetzt brauchte. Prompt stellte ich mir vor, Maruhito sänge dieses Lied für mich. Ich begann zu träumen. Mit den letzten Worten glitt mein Blick versehentlich wieder aus dem Fenster. Die Träume verflogen augenblicklich. Ich klickte das Lied nochmals an, doch die wunderschönen Phantasien wollten nicht mehr zurückkommen. Ich stellte den Stuhl wieder auf Arbeitshaltung und begann die Hausaufgaben des Vortages durchzusehen. In Japan musste alles am Besten schon gestern erledigt werden. Das galt auch im Lehrberuf. Morgen hatte ich wieder in derselben Klasse Unterricht. Da erwarteten die Studierenden, dass ich ihnen die Hausaufgaben korrigiert zurückgab. Das führte manchmal zu Nachtschichten. Als ich um halb sieben Maruhito hörte, unterbrach ich meine Arbeit und ging in die Küche, um das Frühstück zuzubereiten. Das machte am Morgen zwar etwas Arbeit, aber ich genoss es sehr, wenn wir uns gemeinsam an den gemachten Tisch setzten und den Tag in trauter Zweisamkeit beginnen konnten. Wenn wir uns schon tagsüber kaum sahen. Und heute, am Neujahrstag hatte ich eine Neuigkeit für meinen Mann, eine wirklich tolle Neuigkeit. Da war ich doppelt froh, dass wir nun vor der Stalkerin in Sicherheit waren.

»Das neue Jahr fängt für uns gut an«, lenkte ich das Gespräch auf das Thema, das mir heute am Herzen lag.

»Ja? Ich höre.«

»Eigentlich wollte ich es dir schon letzten Monat sagen.«

»Na, da bin ich aber gespannt!«

»Ich glaube, ich habe uns ein *Omiyage* aus Nagasaki mitgebracht.«

»Ein Mitbringsel aus Nagasaki? Was meinst du denn damit?« Maruhito legte die Stirn in Falten. Schließlich hatte ich dort überhaupt keinen Einkaufsbummel gemacht.

»Nun sag schon, was hast du uns von unserer Reise mitgebracht?« Er schaute sich suchend im Zimmer um.

»Kalt!«, kommentierte ich, »Eisekalt. Aber hier ist es heiß.« Ich zeigte auf meinen Bauch und amüsierte mich köstlich über meinen begriffsstutzigen Ehemann.

»Ja, soweit reicht meine Erinnerung. Nach dem schönen heißen Bad haben wir ein hervorragendes Abendessen serviert bekommen. Sogar auf dem Zimmer.«

»Und dann?«, half ich Maruhito auf die Sprünge.

Dann hatte ich ihn an mich gezogen und wir waren eng umschlungen auf die *Tatami* gesunken. »Lieber zu Hause«, hatte er noch geflüstert und irgendetwas von »nur im eigenen Schlafzimmer sind wir sicher« gemurmelt. Dann hatte auch er sich von seinen Hormonen steuern lassen.

»Wir werden in absehbarer Zeit zu dritt sein«, lüftete ich schließlich das Geheimnis.

Maruhito war nicht anzusehen, ob er sich freute.

»Na, ist das keine Neuigkeit?«

»Doch, doch, natürlich, ich freue mich riesig!« Die Blockade hatte sich schlagartig gelöst. Endlich hellte sich sein Gesicht auf. Er strahlte wie die Sonne, die durch das Fenster auf den Esstisch schien.

»Wann ist es denn soweit?«

»In sechs Monaten.«

»Oh, ich kann es kaum erwarten!«

»Ja, und da ist noch etwas.«

»Ja?«

»Ich hatte eben gemeint, wir würden zu dritt sein. Das war nur die halbe Wahrheit. Ich erwarte Zwillinge.«

»Waaas? Zwei auf einen Streich? Da haben wir uns aber gehörig angestrengt.«

Maruhito kniete vor mir nieder und gab mir ganz vorsichtig zwei Küsse auf den Bauch, für jedes Kind einen. »Hallo, unsere kleinen Schätze, hört ihr mich?«

»Ja, momentan geht es den winzigen Wesen gut, meint der Arzt.«

»Oh, hast du die Bilder? Ich würde so gerne einmal einen Blick darauf werfen.«

*

MARUHITO

»Welche Namen sollen wir unseren beiden denn geben?« Sabrina schaute mich zärtlich an.

»Es sollten Namen sein, die unsere Kinder zu etwas Besonderem machen. Zumindest für uns«, meinte ich.

»Zudem sollten es Namen sein, die sowohl in der japanischen als auch in der deutschen Kultur wohlklingen«, ergänzte mein Engel. »Auf keinen Fall möchte ich ihnen Namen geben, die die Anzahl der Kinder durchzählen. Also nicht *Ichirō* und *Jirō*, Erstgeborener und Zweitgeborener oder *Hajime*, der erste Sohn.«

Ich spürte wie sich meine Stirn in Falten zog. »Solche Namen sind inzwischen sehr viel seltener. Wie wäre es mit Kai? Der Name ist nicht so lang und in Deutschland gibt es ihn auch«, machte ich schließlich den ersten konkreten Vorschlag.

»Ja, Kai gefällt mir auch«, nickte Sabrina. »Man kann ihn mit i oder mit y schreiben.«

»Japanischer ist es mit i«, meinte ich sofort.

»Dann brauchen wir aber noch einen Namen. Es sollte auch ein kurzer sein, schließlich sind es Zwillinge.«

»Hmmm«, überlegte Maruhito, »wie wäre es mit Rui?«

»Kai und Rui. Klingt gut«, befand Sabrina. »Es klingt wie unser Louis. Aber«, wandte sie dann ein, »in einer meiner Klassen habe ich derzeit eine Studentin mit dem Namen Rui. Ist das Geschlecht bei dem Namen egal?«

»Das erkennt man an den *Kanji*. Wir werden für ihn natürlich Schriftzeichen aussuchen, die für Jungen üblich sind.«

Unsere Eltern nahmen die Wahl freudig entgegen. Meine Eltern stellten sofort Überlegungen bezüglich der Schreibweise an. Beide Namen würden mit zwei chinesischen Zeichen geschrieben, das für i sollte dasselbe sein. Und die Zeichen sollten positive Konnotationen auslösen, denn sie begleiteten den Menschen ein Leben lang. Wir diskutierten hin und her, vertagten das Problem ein paarmal, und schließlich waren die schönsten Zeichen gefunden, die ihre Besitzer hoffentlich in ein schönes, sorgenfreies Leben führen würden.

Während dieser Zeit philosophierte Sabrina viel über die japanischen Schriftzeichen. Drei Schriftsysteme, die parallel gebraucht wurden. Das war eine enorme Lernleistung, fand sie. Und was sie am meisten beeindruckte, war, dass diese nicht nur der eine oder die andere erbrachte, sondern ein ganzes Volk. Gut, die *Hiragana*, die für Verbendungen, Postpositionen und Ähnliches gebraucht wurden, waren nur 46 an der Zahl, ebenso wie die Zahl der *Katakana*, die für Fremdwörter oder auch zur Hervorhebung, zur Klarstellung von Namenslesungen *et cetera* gebraucht wurden. Doch um ein Leseverständnis zu erreichen, das die Zeitungslektüre erlaubte, musste der Mensch mindestens 2000 Schriftzeichen, auf Japanisch *Kanji* genannt, lernen. Und diese wurden je nach Bedeutung des Wortes miteinander kombiniert, was den Lernaufwand noch einmal erheblich erhöhte. Sabrina schaute aus dem Fenster. Sie begann die *Kanji* an dem Mietshaus laut vorzulesen: »Leerstand vorhanden. Telefonnummer 03-5555-XXXX.« Sie wandte den Blick wieder ab. Fast automatisch fiel er auf den Küchentisch. Dort lag die japanische

Zeitung. »Ja, wohin man auch blickt, irgendein Schriftzeichen hat man immer im Blick. Das spornt an.« Dabei lächelte sie ihr unbeschreibliches Lächeln. Wie ich diesen Augenblick genoss!

*

SABRINA

Das Telefon klingelte. Festnetz. Garantiert aus dem Ausland.

»Obihara«, meldete ich mich auf Deutsch.

Während ich sprach, schaute ich auf die Uhr. Schon elf Uhr abends. Dann die Stimme meiner Mutter.

»Um die Zeit seid ihr Herumtreiber zu Hause. Endlich habe ich dich erreicht. Wie geht es dir und den beiden Kleinen in deinem Bauch?«, wollte sie sofort wissen.

»Uns allen geht es gut. Wir haben schon die Namen ausgekungelt. Rui und Kai sollen sie heißen. Und schöne *Kanji* dafür haben wir auch schon gefunden. Da haben die Schwiegereltern stark mitgeholfen.«

»Wenn Schriftzeichen so eine große Rolle spielen, dann könntet ihr sie doch auch Gold und Silber nennen. Ihnen solch einen Namen mit in die Zukunft zu geben, fände ich grandios. Oder ist das nicht möglich?« Typisch meine Mutter, sofort wurde sie kreativ.

»Die Idee ist nicht neu. Das berühmteste Zwillingspärchen Japans hieß so, *Kin-san* für Gold 金 und *Gin-san* für Silber 銀. Das waren allerdings zwei Frauen. Berühmt wurden sie, weil sie beide weit über hundert Jahre alt geworden sind. Sie sind noch nicht so lange tot, weshalb diese Form der Namensgebung doch immer noch mit der holden Weiblichkeit verbunden ist.«

»Die beiden leben nicht mehr? Wie schade.«

»Ja, die waren immer wieder in der Presse und freuten sich über die Abwechslung, die die Reporter in ihr Leben brachten.«

*

REINA SORIHAMA

Zu zwei Millionen Yen Geldstrafe hatte man mich verdonnert. Das hing mir Monate später noch nach. Zwei Millionen Yen, weil ich dem *Kinshi meirei*, dem Verbot der Polizei zuwidergehandelt hatte. Ich verdiente 315.000 Yen im Monat. Das war für eine Frau in fester Anstellung nicht schlecht. Doch die Aussicht, die nächsten Monate für die Justiz mein Geld verdienen zu müssen, machte mich von Woche zu Woche wütender. Zum Glück wusste die Justiz nicht über meine wahren Finanzen Bescheid. Zwar war ich nicht die reichste Frau der Welt, aber immerhin, in den obersten Rängen rangierte ich schon. Aber die Tatsache, dass ich jetzt als Wiederholungstäterin aktenkundig war, das ging mir verdammt nochmal gegen den Strich. Und das nur, weil Maruhito, dieser Trottel, sich von so einer hatte einlullen lassen. Sogar geheiratet hatte er sie. Unglaublich, wie dumm dieser Mann sein konnte.

Um mich abzulenken, setzte ich mich vor den Fernseher. Bei einer Sendung über invasive Tierarten, also solche, die vom Ausland aus nach Japan eingeschleppt worden waren, blieb ich hängen. Gerade war eine Spinne im Bild:

Den Namen Rotrückenspinne verdankt sie dem großen roten Fleck auf dem Rücken der Weibchen.

Diese Spinnenart stammt ursprünglich aus Australien und war in Japan nicht heimisch, inzwischen ist sie in allen Präfekturen nachgewiesen. Wir haben ihre Spur am Bahnhof Yotsuya verfolgt. Trotz einer geringen Körpergröße von nur zehn bis zwölf Millimetern verfügen die Weibchen über eine starke Waffe, über Gift. Dieses enthält Alpha-Latrotoxin, was zu Krämpfen und sehr starken Schmerzen führt. Wenn diese Krämpfe im Atembereich auftreten, kann dies zu Lähmungen bis hin zum Tod führen.

Ich schaltete das Fernsehen aus und lehnte mich auf dem Sofa zurück. Dann schnellte ich, die von der Justiz Geohrfeigte, wie elektrisiert hoch, genau, das war *die* Idee. Wenn ich einige dieser Spinnenweibchen einsammelte und bei dieser Ausländerin zum Beispiel in dem Briefkasten platzierte, dann hätte ich vielleicht schon bald die Genugtuung, die ich haben wollte. Die Wahrscheinlichkeit, dass sie meinen Maruhito bissen, war sehr gering, denn diese Ausländerin holte ihre Post. Wenn es anders wäre, nein, dann würde ich es nicht machen. Triumphgefühl machte sich in mir breit.

Jetzt brauchte ich ein geeignetes Gefäß, in dem ich die Spinnen transportieren konnte, begann ich meinen Plan in die Tat umzusetzen. Ich hatte doch letztens erst eine leere Cremedose entsorgt. Ich nahm mir meinen Plastikabfall vor und wurde schnell fündig. Ein nie gekanntes Prickeln überkam mich. Ich kratzte mich an beiden Armen gleichzeitig, so aufgeregt war ich.

Am nächsten Tag setzte ich mich nicht wie sonst mit meinen Kolleginnen an den Mittagstisch, um das von zu Hause mitgebrachte *O-bento* zu essen, sondern verließ das Büro wie die Männer, die auswärts essen gingen. Das fiel auf. Gafft mich doch nicht alle so an, erboste ich mich innerlich.

»Wohin gehst du denn?« wollte meine Sitznachbarin wissen.

»*Chotto soko made*«, antwortete ich. »Nur kurz die Füße vertreten.«

Zum Glück fragte niemand weiter. Das ist der Vorteil einer Floskeln liebenden Sprache, dachte ich bei mir. Eine Floskel wird nicht hinterfragt.

Yotsuya war zum Glück nur eine Bahnstation von meiner Arbeitsstelle entfernt. Dort fand ich sehr schnell die Stelle, die am Vortag im Fernsehen gezeigt worden war. Ich ging am Bahndamm entlang, an der Ignatiuskirche, eine der wenigen katholischen Kirchen in Japan, vorbei, drehte die ersten Steine um. Fehlanzeige. Die alten Kirschbäume warfen ihren Schatten auf den Weg. Das Naturschauspiel verstellte mir womöglich den Blick auf die kleinen Biester, vermutete ich. Dann will ich einmal noch ein paar Steine umdrehen, sagte ich mir, und wenn ich hier unten am Baumstamm mit den Wegwerfstäbchen noch etwas herumprockele, dann ... Jubel, der erste große rote Fleck wurde sichtbar. Dann auch das dazugehörige Spinnenweibchen. Wusste ich doch, irgendwo mussten diese kleinen Monster schließlich sein. Wie spät war es eigentlich? Ich schaute auf die Uhr. Noch zehn Minuten, dann musste ich zurück. Oh, da, direkt vor mir, da krabbelte unter der Baumrinde eine Spinne hervor, und auch sie hatte den entscheidenden roten Fleck auf dem Rücken! »Komm schon, du kleine Spinne! Komm hinein in mein Döschen!« Und schon hatte ich die zweite gefangen. Ich nahm mir den nächsten Baumstamm vor. Und meine Strategie ging auf. Der rote Fleck auf dem Rücken war wieder nicht zu übersehen. »Na, da bist du ja. Schnell, leiste Nummer eins und zwei Gesellschaft. Ich habe heute noch Großes mit euch vor.« Noch eine dritte Spinne, das musste reichen.

Ich schaute erneut auf die Uhr. Wenn ich in der Firma nicht durch Zuspät-
kommen auffallen wollte, musste ich mich jetzt schleunigst auf den Rückweg
machen. Aber um ein Baguette zu kaufen, musste die Zeit reichen.

Die Bahn war nicht voll. Ich setzte mich in die Ecke und begann vorsichtig,
mein Mittagsmahl zu verzehren. Verstohlen blickte ich um mich, doch die
Umsitzenden schauten gebannt auf ihr Smartphone und beachteten mich
nicht weiter. In der Regionalbahn zu essen war nicht üblich. Hoffentlich war
nicht gerade ein Bekannter vom Chef mit im Waggon.

Kurz vor eins. Wie gut, da konnte ich mir noch schnell die Zähne putzen. Ich
ging sofort auf die Toilette. Prüfend schaute ich in den Spiegel, Oh, warum
musste ich immer solch große rote Flecken entwickeln, wenn ich aufgeregt
war, fluchte ich in mich hinein. Solch verräterische Flatschen. Die waren
noch deutlich zu sehen. Und wie die wieder juckten. Also nicht die Zähne
putzen, sondern das Gesicht kühlen. Noch fünf Minuten. Danach musste ich
nach außen wieder ruhig erscheinen und in der Lage sein, mich wieder auf
meine Arbeit zu konzentrieren! Ich war für die Innovation in der Computer-
programmierung zuständig, und wenn dabei ein Fehler auftrat, würde ich den
Zorn der Kollegen auf mich ziehen.

Sechs Uhr. Ich ließ die Hände von der Tastatur gleiten. Heute ging ich pünktlich, hatte schließlich eine große Mission vor mir. Eineinhalb Stunden später
stand ich vor Obiharas Haus. Verstohlen blickte ich mich um. Tiefe Dunkelheit lag über der Stadt. Nur die Straßenlaternen taten ihren Dienst. Unter-
stützt wurden sie von den Außenlampen vieler Einfamilienhäuser. Am Himmel war nur die Mondsichel zu erkennen. Der Großstadthimmel verhinderte,
dass das menschliche Auge die Sternenpracht wahrnahm. Aber dafür hätte
ich jetzt ohnehin keinen Blick gehabt. Ich schaute noch einmal nach allen
Seiten. Es war niemand von den Nachbarn draußen. Trotzdem zitterten
meine Hände. Schnell die Cremedose aus der Tasche geholt. Das Betreten
des Grundstücks von Obiharas erfüllte den Tatbestand der Stalkerei, hallten
die Worte von Justizia in meinen Ohren wider. Das Herz klopfte mir bis zum
Halse. Und schon im nächsten Moment stand ich auf Obiharas Grundstück
und öffnete erst die Cremedose, dann die Klappe am Briefkasten. Ich schüttelte die Dose und half bei der letzten Spinne mit einem Essstäbchen nach.

»Nu komm schon, auch du bist in meiner Mission unterwegs«, sprach ich leise auf die Spinne ein. Wie hilfreich, dass Briefkästen an Einfamilienhäusern nicht abschließbar sind, frohlockte ich. Die werden oft in die Gartenmauer eingelassen und einfach nur mit einer Klappe versehen. Diese Klappe fiel hinter der dritten Spinne. Nun aber nichts wie weg.

Etwas wahllos lief ich durch die kleinen Gassen. Bloß nicht Sabrina und schon gar nicht Maruhito begegnen, dachte ich immer wieder. Die Wege führten zunächst in die Gegenrichtung, nicht zum Bahnhof. So einen kleinen Umweg nahm ich gerne in Kauf, sinnierte ich und entschloss mich, bis zur übernächsten Station zu laufen. Damit nahm ich mir zwar das Vergnügen, Zeugin zu werden, wenn die Spinnen zubissen, doch das Risiko, gesehen zu werden, war mir zu groß.

*

SABRINA

Ich hätte schon längst daheim sein können, doch ich hatte mich nach der Uni noch mit einer Kollegin im Café verabredet, zum Semestereinstandstrunk sozusagen. Wir schwatzten und schwatzten, bis schließlich der Blick auf die Uhr fiel.

»Oh, schon so spät! Ich muss jetzt los.« Ich griff nach meiner Tasche.

»Ja, aber es war schön, mal wieder geplaudert zu haben«, sagte mein japanisches Gegenüber.

»Ich fand es auch schön«, bestätigte ich. Gern hätte ich ihr von der Stalkerin erzählt, die uns zusetzt, überlegte ich, doch mein Mann wollte nicht, dass ich darüber spreche, also zog ich es vor zu schweigen.

Um kurz vor acht kam ich zu Hause an. Ich sah auf mein Smartphone und las die Message: *Komme um halb neun zurück. Maruhito.* Ich bereitete das Abendessen, die Hauptmahlzeit des Tages, vor und ging dann kurz hinaus, um wie jeden Tag in den Briefkasten zu schauen. Das war bei uns vor allem Frauensache. Klappe auf und einen kurzen Blick hineingeworfen. Heute keine Post, noch nicht einmal eine Rechnung. Ich ließ die Klappe wieder zufallen und schlenderte zurück ins Haus. Kurz darauf hörte ich die Haustür. Das musste Maruhito sein. Ich ging ihm entgegen und begrüßte ihn: »*O-kaeri nasai.*«

Mein Mann entgegnete den Gruß: »*Tadaima.*«

Beim Essen unterhielten wir uns über die Ereignisse auf der Arbeit und lachten miteinander. Das gemeinsame Abendessen genossen wir täglich neu. Wie glücklich wir doch sind, dachte ich. An die Stalkerin dachte ich schon längst nicht mehr. Seit ihrer Verurteilung am 5. August letztes Jahr hatten wir sie nicht mehr gesehen. Und jetzt war schon wieder der Juni angebrochen.

*

REINA SORIHAMA

Am nächsten Morgen machte ich mich schon in aller Frühe auf zum Haus von Obiharas. Heute war Dienstag. Da nahm Sabrina bestimmt wieder den Zug um acht Uhr drei. Also musste ich dort sein, bevor sie das Haus verlassen würde. Falls sie dazu heute in der Lage sein würde. Schadenfroh malte ich mir aus, wie Sabrina mit geschwollenem Arm statt zur Arbeit zum Arzt ging. Diesmal versteckte ich mich hinter einer Lebensbaumhecke, die zu dem kleinen Mietwohnkomplex rechts neben Obiharas gehörte und damit direkt an der Straßenkreuzung zu deren Haus stand. Diese Hecke war schön dicht gewachsen, befand ich, dort, zwischen dem Lebensbaum und der Hauswand, war ich nicht zu sehen, da war ich in Sicherheit.

Etwa eine Viertelstunde harrte ich dort aus, dann sah ich Sabrina. Forschen Schrittes und mit einem Lächeln im Gesicht, wie es nur eine glückliche Ehe herzaubern kann, kam sie aus dem Haus und verschwand auch schon im nächsten Moment um die Straßenecke.

Der haben die Spinnen offenbar nichts getan – noch nichts getan, verbesserte ich mich in Gedanken. Und was, wenn gestern doch ausnahmsweise Maruhito die Post geholt haben sollte, durchzuckte es mich dann. Mein Maruhito. Mir wurde heiß. Was konnte ich dann tun? Ach was, warum sollte er gerade gestern die Post geholt haben. Und wenn doch? Mir wurde noch heißer. Doch dann kam Trotz in mir auf: Dann hat er eben Pech gehabt, soll sich halt von dieser Ausländerin trennen!

Einige Zeit später trat auch Maruhito vor die Haustür, schloss ab und verschwand ebenfalls um die nächste Ecke. Sein Gesichtsausdruck zeigte das gleiche Lächeln wie zuvor Sabrinas, und auch er war allem Anschein nach unversehrt. Ich merkte, wie die Wut sich meiner bemannte. Ich kroch aus meinem Versteck hervor und ging in die Gegenrichtung zum nächsten Bahnhof. Im Gehen klopfte ich mir das abgerissene Grün von der Kleidung. Wenn die Giftspinnen im Briefkasten nicht den gewünschten Erfolg brachten, musste ich mir etwas anderes einfallen lassen. Ich zwang mich zur Ruhe. Vielleicht schauen die beiden ja nicht jeden Tag rein. Solche Leute soll es ja auch geben. Mit diesem Gedanken im Hinterkopf stieg ich in die Bahn und erreichte pünktlich meinen Arbeitsplatz.

»*Ohayō gozaimasu*. Guten Morgen«, grüßte ich meine Kolleginnen und Kollegen.

»*Ohayō gozaimasu*«, grüßten diese zurück, nichts ahnend von meinem Kampf um meinen Maruhito.

*

SABRINA

Auch heute kam ich zuerst nach Hause, und auch heute war es schon stockfinster draußen. In Japan wurde es halt auch im Sommer schon früh dunkel. Zunächst stellte ich meine Tasche im Haus an ihren Platz. Ich hatte noch kein Licht gemacht und auch die Vorhänge noch nicht zugezogen. Und so verbreitete die Beleuchtung der Straßenlaterne vor unserem Haus in meinem Zimmer genügend Licht, um Jacke und Tasche abzulegen. Gerade wollte ich zum Briefkasten gehen, da sah ich Shino-*san* vorbeigehen. Vor den Spiegelscheiben an meinem Fenster blieb die Nachbarin stehen und begann, an ihren Haaren herumzunästeln. Sie fühlte sich ganz offensichtlich unbeobachtet. Ich grinste und kostete diese kleine Freude des Alltags gemütlich aus. Unserer lieben Nachbarin war offenbar nicht klar, dass die Spiegelscheiben nur den

Blick von außen nach innen abhielten, nicht aber den von innen nach außen. Als sie die Haarsträhnen wieder zu ihrer Zufriedenheit geordnet hatte, ging sie weiter und verschwand aus meinem Blickfeld. Ich wartete noch etwas, dann ging ich noch einmal hinaus und warf einen Blick in den Briefkasten. Er war von der Straßenbeleuchtung nur schwach erhellt. Aber das Licht reichte, um einen Umschlag darin zu entdecken. Ich griff danach, doch er war etwas schwer zu fassen. Ich brauchte zwei Anläufe, dann hielt ich ihn in Händen. Nur Reklame. Woher hatte diese Immobilienfirma schon wieder unsere Adresse? Wofür brauchten wir einen Makler? Wir hatten nicht vor, hier wieder auszuziehen. Am liebsten hätte ich ein Schild angebracht, *Reklame einwerfen verboten*, doch das wollte Maruhito nicht. Er schaute sich, im Gegensatz zu mir, manchmal die Reklame sogar an und fand sie an manchen Tagen ganz interessant. Ich indes war der Ansicht, wenn man heutzutage Informationen brauchte, bekäme man die im Internet. Briefkasten-Reklame war in meinen Augen Papierverschwendung und damit eine unnötige Umweltbelastung. Sie landete ohnehin nur im Altpapier.

Aus Gewohnheit schaute ich noch einmal in den Kasten und sah, dass eine Abbuchungsbescheinigung ebenfalls darin lag. Ohne Umschlag und etwas größer als eine Postkarte. »Du kommst auch noch mit«, sprach ich vor mich hin und schaute genauer auf den Zettel. Er war von der Gas- und der Stromfirma. Seit Neuestem arbeiteten die zusammen.

Wieder im Haus wusch ich mir zunächst die Hände. Komisch, an meiner rechten Hand entdeckte ich einen größeren roten Fleck. Wo habe ich mich denn da gestoßen?, überlegte ich. Doch ich kam zu keinem Ergebnis. Muße zu überlegen hatte ich zudem nicht. Es war schon wieder Zeit, das Abendessen zu kochen. Ich ging in die Küche. Die Zutaten hatte ich auf dem Heimweg gekauft. Der Supermarkt hatte fast täglich attraktive Sonderangebote und zudem bis abends um zehn Uhr geöffnet. Der Fleck begann zu schmerzen. Ich rieb mir die Hand. Autsch, tat das weh. Mein nächster Gedanke war jedoch, ich habe jetzt keine Zeit für Wehleidigkeiten. Ich beschloss, die Schmerzen zu ignorieren. Das Essen sollte pünktlich fertig sein, wenn Maruhito nach Hause kam.

Kaum, dass wir am Tisch saßen, erblickte Maruhito den Fleck auf meiner Hand und fragte:

»Was hast du denn gemacht? Du hast ja einen großen roten Flatschen auf dem Handrücken.«

»Ich weiß auch nicht. Er ist mir aufgefallen, als ich nach Hause kam. Wo ich mir den geholt habe, keine Ahnung.«

»Juckt er denn?«

»Nein, aber er ist sehr schmerzhaft.«

Maruhito nahm vorsichtig meine Hand und schaute sich den Fleck genauer an. Er drückte ihn leicht. Prompt zuckte ich zurück.

»Tut das weh?«, fragte er besorgt.

»Ja«, bestätigte ich.

»Sieht aus, als wärest du gestochen worden. Bist du denn allergisch gegen Mücken- oder Wespenstiche?«

»Nein, nicht dass ich wüsste. Das heißt, bisher jedenfalls nicht. Obwohl ich so oft noch nicht von solchen Wesen gestochen worden bin. Meinst du, das war eine Wespe?«

»Ich bin natürlich kein Arzt, aber nach einem gewöhnlichen Mückenstich sieht es nicht aus.«

»Nein. Mückenstiche tun auch nicht weh«, gab ich meinem Mann recht.

»Wenn es zu schlimm wird, gehen wir heute Abend noch ins Krankenhaus. Das ist sicherer.«

»Ja, aber lass uns erst noch etwas warten. Vielleicht gehen die Schmerzen ja von selbst wieder weg.« Ich hoffte es, denn ich hasste Arztbesuche.

»Das Spülen übernehme ich heute.« Die Stimme meines Mannes holte mich zurück an unseren Esstisch.

»Danke, das ist lieb von dir. Wir können heute aber auch ausnahmsweise die Spülmaschine benutzen. Dann wissen wir wenigstens, warum die Baufirma eine Küche mit Spülmaschine hat einbauen lassen.«

Beide lachten wir, dann sagte Maruhito:

»Aber so viel zu spülen ist ja nicht, dann entscheiden wir uns auch heute für die Umwelt und gegen die Spülmaschine.«

Zwei Stunden später betrachtete Maruhito meine Hand noch einmal genauer.

»Tut es noch weh?«

»Ja, der Schmerz ist stärker geworden und ich habe Probleme, die Finger zu bewegen.«

»Und da sagst du nichts? Lass uns sofort ins Krankenhaus fahren.«

»Meinst du, dass sie mich dabehalten?«

»Das glaube ich nicht. Du kannst aber vorsichtshalber eine Tasche packen und mitnehmen.«

Ich ging in mein Zimmer und suchte die nötigsten Sachen zusammen. Die Sporttasche musste reichen. Die Sporttasche. Jetzt kam sie endlich einmal zum Einsatz. Warum nur hatte ich die gekauft? Wir trieben beide keinen Sport. Ein Rucksack in derselben Größe wäre praktischer gewesen. Nun gut. Jetzt war es zu spät. Aber ich hatte halt ein Faible für derartige schrankfüllende Gegenstände, wie ich mir eingestand. In einer ruhigen Minute würde ich einmal gründlich ausmisten, sonst sprengten die vielen Taschen bald die Kapazitäten unserer Schränke.

Eine knappe halbe Stunde später saßen wir im Auto und machten uns auf den Weg. Zum Glück wohnten wir in Zentraltōkyō und bis zum nächsten Krankenhaus war es nicht weit. Die Einfahrt zum Parkplatz war direkt hinter der Ampelkreuzung *Am Krankenhaus*.

»Hoffentlich müssen wir uns nicht zu lange gedulden«, sagte ich, als wir uns in den Wartebereich setzten. Ich schaute mich um. Dabei fiel mir auf, dass die Zahlen vier und neun an den Zimmern fehlten.

»Diese beiden Zahlen vermeiden viele Japaner, da sie einen negativen Klang haben«, erklärte Maruhito mir. »So hört sich die vier *shi* an wie *Tod*, auch wenn sich die Worte mit anderen chinesischen Zeichen schreiben. Und neun heißt auf Japanisch *ku*. Und damit verbindet man *kurushimu, Schmerzen haben* oder *Opfer anderen Ungemachs zu sein*.«

»Aha. Und solche Assoziationen will das Krankenhaus seinen Patienten nicht zumuten«, schlussfolgerte ich.

»So ist es, mein Schatz.« Wieder einmal kam die deutsche Sprache zum Einsatz.

Wenn aber selbst Krankenhäuser dieser Sitte huldigten, dann steckte da bestimmt mehr hinter als nur ein bloßer Aberglaube. Maruhito schob die Tür zum Arztzimmer auf, ließ mir als Patientin aber den Vortritt. Trotzdem fühlte ich mich geehrt, da er sonst wie landesüblich stets als Mann der Erste sein wollte.

»Und Sie haben keinen Stich oder Biss gespürt?«, wollte der Arzt wissen.

»Nein, nur plötzlich Schmerzen und dadurch erst habe ich den roten Fleck bemerkt.«

»Und wann traten die Lähmungserscheinungen auf?«

»Etwa eine Stunde, nachdem ich den Fleck bemerkt habe.«

»Es sieht aus wie der Biss einer Spinne, einer Giftspinne. Waren Sie gestern draußen in der Natur?«

»Nein, nur auf der Arbeit, da sind einige Stellen begrünt. Aber auch bei uns haben wir ein paar Sträucher vor dem Haus. Da sind natürlich auch Spinnen.«

»Ja, aber dieser Biss hier ist typisch für eine Spinnenart, die Rotrückenspinne genannt wird. Nur die Weibchen beißen und setzen dabei Gift frei. Ich habe erst kürzlich in einer Fachzeitschrift darüber gelesen. Rotrückenspinnen kommen ursprünglich aus Australien, aber sie haben sich in den letzten Jahren auch in Japan heimisch gemacht. Man erkennt die Weibchen sehr leicht an dem großen roten Fleck auf dem Rücken.«

Der Arzt zeigte uns im Internet Fotos. Der rote Fleck war auch für einen Laien auf den ersten Blick eindeutig zu erkennen.

»Vielleicht schauen Sie einmal bei sich in den Sträuchern und in Ritzen, ob Sie Vertreter dieser Spinnenart finden. Dann töten Sie sie am besten sofort. Jetzt verschreibe ich Ihnen ein Gegenmittel, damit die Schmerzen aufhören und die Lähmungserscheinungen sich nicht verstärken. In ein paar Tagen klingen sie ab, wenn kein neues Gift hinzukommt.«

»Sind diese Bisse auch lebensgefährlich?«

»Nur wenn Sie von Horden solcher Spinnen überfallen und gebissen werden, oder an der falschen Stelle, zum Beispiel in die Atemwege. Ein einzelner Biss ist zwar unangenehm, aber für einen erwachsenen Menschen leicht zu verkraften.«

»Und die Lähmungserscheinungen? Gehen die wieder zurück?«, fragte ich sorgenvoll.

»Ja, wenn das Gift abklingt, klingen auch damit verbundene körperliche Unzulänglichkeiten ab.« Die Antwort ließ mich hoffen.

*

MARUHITO

Auf dem Heimweg meinte ich: »Heute Abend brauchen wir gar nicht erst zu suchen, in der Dunkelheit finden wir ohnehin nichts. Ich nehme mir morgen einen halben Tag frei und mache mich auf die Suche. Dann kannst du unbesorgt zur Arbeit gehen.«

»Das ist lieb von dir. Danke. Hoffentlich findest du die Biester.« Sabrina schaute besorgt.

»Ja, hoffentlich. Das heißt, wenn sie sich bei uns eingenistet haben, werde ich sie finden, und wenn ich jeden Krümel Erde einzeln umdrehen muss!«

»Ist schon klar. In der Hinsicht bist du unermüdlich. Da hast du viel mehr Geduld als ich.«

»Es geht schließlich um etwas«, redete ich meine Ambitionen klein. In Wahrheit freute ich mich darüber, dass sie mir solche Ausdauer bescheinigte.

*

SABRINA

»Was hast du denn gemacht? Deine Hand sieht ja schlimm aus«, empfing mich meine Kollegin, als ich das Zimmer betrat. Momohara-*san* war Japanerin und teilte sich mit mir ein Zimmer an der Uni. Sie unterrichtete ebenfalls Deutsch und war immer froh, wenn sie mich traf, denn sie hatte stets eine Frage zur deutschen Sprache. Mir meinerseits waren diese Fragen ganz lieb, denn so lernte ich sehr schnell, wo die Schwierigkeiten für die japanischen Lernenden lagen. Wir verstanden uns gut, worüber ich sehr froh war.

»Ich bin gebissen worden, allem Anschein nach von einer Rotrückenspinne. Die sind giftig. Ich war gestern noch im Krankenhaus, aber der Arzt hat mich beruhigt. Der Biss ist nicht weiter gefährlich, nur unangenehm, bis die Wirkung des Gifts nachlässt.«

»Na, da hast du aber Glück gehabt. Wo bist du denn gebissen worden?«

»Das weiß ich nicht.«

»Doch nicht etwa hier in der Uni?« Entsetzt riss Momohara-*san* die Augen auf. Ich war etwas irritiert ob des maßlosen Entsetzens, das aus ihnen sprach. Und dass, obwohl sie sonst stets bemüht war, ihre Gefühle nicht zu äußern.

Ich sagte: »Daran habe ich noch gar nicht gedacht. Die Möglichkeit besteht natürlich auch. Falls du hier eine Spinne siehst, die einen großen roten Fleck auf dem Rücken hat, töte sie bitte sofort.«

»Eine Spinne mit einem großen roten Fleck auf dem Rücken? Das ist ja sehr auffällig. Ich hoffe allerdings, dass wir hier keine solchen Spinnen haben.«

Meine Kollegin schüttelte sich. Ich schaute sie immer noch an und dachte, ich weiß, was du jetzt denkst: Kaum auszudenken, dass ich womöglich im nächsten Augenblick einer solchen Spinne begegnen kann. Und ich befand: Ein bisschen mehr Mitgefühl mit meiner Wenigkeit hättest du schon zeigen können. Der Fleck auf dem Handrücken ist schließlich nicht zu übersehen und die Schmerzen habe ich auch nicht verheimlicht. Aber diese Gedanken behielt ich für mich.

Fortan gingen meine Kollegin und ich nicht mehr unbeschwert über das Unigelände, sondern schauten uns in den Sträuchern um. Vorsichtshalber sagte ich beim Wachdienst Bescheid. Zwei Stunden später fand ich ein Rundschreiben in meinem Mailkasten, in dem die Uni offiziell vor Rotrückenspinnenweibchen warnte. Diese Schnelligkeit, typisch japanisch, dachte ich, während ich die Mail las. Zum Glück war mein Name darin nicht erwähnt. Wäre ja auch noch schöner, wenn alle Welt das Übel mit mir in Verbindung brächte. Oder dachte ich da schon zu japanisch?

*

REINA SORIHAMA

Nur die Krähen wussten es. Ihrer Beobachtungsgabe entging nichts. Doch sie schauten mit einer dem Menschen nichts sagenden Miene. Der Morgen kam und brachte den angesagten Nieselregen. Es hatte mich nicht mehr zu Hause gehalten, Stalkingverbot hin oder her, ich musste wissen, ob mein Plan aufgegangen war. Aber bloß nicht gesehen werden.

Nun wartete ich hier schon seit einer geschlagenen Stunde in meinem Versteck und nichts rührte sich. So allmählich könnte diese Ausländerin aber wirklich den Müll wegbringen. Hoffentlich haben die Spinnen sie gebissen! Meine Gedanken wurden jäh unterbrochen: Da, da kam sie. Und der große rote Fleck auf dem Handrücken. Das war ja grandios gelaufen, jubelte ich stumm vor mich hin. Ich hatte meine Genugtuung. Fortan würde ich mir weitere Gemeinheiten einfallen lassen, mit denen ich Sabrina zusetzen konnte. Mir würde schon etwas einfallen. Auf die Idee mit den Spinnen hatte mich ja auch Freund Zufall gebracht.

Nun musste ich nur noch Maruhito abwarten, meinen Maruhito. Aber so allmählich lief mir die Zeit davon. Was sollte ich tun? Aufgeben und zur Arbeit gehen? Während ich hin- und hergerissen überlegte, schaute ich weiter gebannt auf Obiharas Haus. Da öffnete sich die Haustür und Maruhito kam mit einem längeren Stab in der Hand heraus. Wurde aber auch Zeit! Mich so lange warten zu lassen. Ich beobachtete ihn, wie er systematisch alle Blumen und Zweige vor dem Haus beiseite bog. Maruhito war unversehrt. Das wollte ich nur wissen, deshalb hatte ich so lange in meinem Versteck ausgeharrt. Ich schaute auf die Uhr. Die Zeit drängte. Unruhig dachte ich, mein geliebter Maruhito, verschiebe deine Suchaktion auf später. Ich musste zur Arbeit. Viel Zeit hatte ich nicht mehr.

Ich wartete noch etwas, dann passte ich einen günstigen Moment ab, schob mich aus meinem Versteck und ging schnell nach rechts, wo ich schon nach ein paar Schritten für Maruhito nicht mehr zu sehen war. Die Krähen krächzten hinter mir her. Doch an die Stimmen dieser schwarzgefiederten Gesellen ist man in Tōkyō mehr als gewöhnt. Und so blickte auch Maruhito nicht auf, als die Krähen meinen Abgang verkündeten.

*

MARUHITO

» *Ohayō gozaimasu* «, grüßte Shino-*san* mich, als sie den Müll zum *Gomiba* brachte.

» *Ohayō gozaimasu* «, erwiderte ich den Gruß.

Auf dem Rückweg sprach sie mich an:

»Haben Sie etwas verloren?«

»Nein«, ich richtete mich auf. »Meine Frau ist von einer Giftspinne gebissen worden, und die vermuten wir hier zwischen den Sträuchern. Die Weibchen sind sehr auffällig, sie haben einen großen roten Fleck auf dem Rücken.«

»Oh, davon habe ich erst vor ein paar Tagen im Fernsehen einen Bericht gesehen. Ist der Biss sehr schlimm?«

»Ja und nein. Es ist offenbar kein tödliches Gift, jedenfalls nicht, solange es nur ein Biss ist und nicht in die Luftröhre. Aber die Bissstelle schwillt an und ist sehr schmerzhaft. Die Finger der Hand weisen Lähmungserscheinungen auf. Die sollen jedoch nach ein paar Tagen wieder abebben.«

»Hoffentlich geht es Sabrina-*san* bald wieder gut. Solche Spinnen können ja in allen Sträuchern hier ringsum sein. Ich werde bei uns auch einmal suchen. Man kann ja nie wissen. Aber erst helfe ich Ihnen einmal«, dröhnte Shino-*sans* Stimme durch die Straße. Sie hatte eine auffallend laute Stimme und war sich dessen auch bewusst. Direkt bei ihrer ersten Begegnung hatte sie erklärt, dass mit der Geburt ihres ersten Kindes sich die Qualität ihrer Stimme drastisch verändert hätte. Mit dieser Stimme könne sie niemals über Geheimnisse sprechen, hatte sie noch humorvoll hinzugesetzt.

Nach einer Weile kam auch Morikawa-*san* und brachte ebenfalls den Müll weg. Auch sie grüßte mich und wollte wissen, nach was wir beiden denn suchten. Als ich auch ihr die Geschichte von Sabrina erzählte, erschrak sie sehr: »Vor drei Tagen war das, glaube ich, da habe ich zufällig aus dem Fenster geschaut, als es draußen schon dunkel war. Aber im Schein der Straßenbeleuchtung habe ich eine Frau beobachtet, die sich an Ihrem Briefkasten zu schaffen machte, Obihara-*san*. Nicht von der Außenseite, sondern sie ist die Treppenstufen hochgegangen und hat ihn geöffnet. Ich weiß natürlich nicht, ob da ein Zusammenhang besteht, aber die Frau war mir unsympathisch.«

»Der Briefkasten? Vielen Dank für den Hinweis. Da habe ich noch gar nicht daran gedacht. Aber wer kommt schon auf so etwas?«

Sofort ging ich hin und öffnete die Klappe. Der Kasten war leer. Ich schaute genauer hin. Jetzt bei Tageslicht sah ich auch bis in die hintersten Ritzen. Und da war sie, die Rotrückenspinne, ganz offensichtlich ein Weibchen mit dem unverkennbar großen roten Fleck auf dem Rücken. Ich holte die Spinne mit dem Stock heraus und zeigte sie den Nachbarinnen. Dann setzte ich sie auf die Straße und trat sie tot.

»Wer weiß, ob das die Einzige war«, sagte ich und ging noch einmal zum Fundort. Ich schaute noch einmal sehr sorgfältig und prompt entdeckte ich die Nächste.

Wieder zeigte ich sie den Nachbarinnen und trat dann auch diese Spinne tot.

»Wo zwei Spinnen waren, kann auch noch eine dritte sein«, sagte ich und ging ein weiteres Mal zum Briefkasten. Doch nichts. Die beiden Nachbarinnen kamen zu mir und wir suchten zu dritt am Eingangsbereich, doch fanden wir keine weitere Spinne mehr.

»Das war`s dann wohl fürs Erste«, meine ich schließlich. »Ich werde noch etwas in den Sträuchern suchen, aber der Kasten war wohl das eigentliche Übel. In den letzten Tagen hat wie fast immer meine Frau die Post geholt. Aber wer rechnet denn auch schon mit einem Spinnenbiss im Briefkasten?«

»Vielleicht sollten Sie Anzeige gegen unbekannt stellen, denn ich habe schließlich eine Frau beobachtet, die sich daran zu schaffen gemacht hat.

Ich horchte auf. Vorhin hatte ich vor Aufregung die Bemerkung überhört. »Wie sah sie denn aus?«, wollte ich wissen.

»Sie sah aus wie die Frau, die bei Ihnen gestalkt hat.«

»Waaas?« Ich traute meinen Ohren nicht.

»Doch, da bin ich ganz sicher.«

»Vielen Dank für den Hinweis.« Warum hatte sie das nicht sofort gesagt? Ich war wie betäubt. Wie aus weiter Ferne nahm ich die weiteren Worte unserer Nachbarin wahr:

»Sie sollten wirklich zur Polizei gehen.«

Nicht schon wieder, dachte ich. Laut sagte ich indes: »Da waren wir bereits.«

»Am besten Sie rufen direkt die Hundertzehn, dann können die gleich die toten Spinnen mit protokollieren.«

Beide Nachbarinnen sahen mich auffordernd an. Sie konnten ja nicht ahnen, in welchem inneren Konflikt ich mich befand. Trotz ihrer Boshaftigkeit hegte ich insgeheim noch eine Art Zuneigung für sie, ganz tief in meinem Innern. Oder vielleicht war es einfach die Vertrautheit, die sich über die zwei Jahre mit ihr eingestellt hatte. Ich war halt ein Mann, der sich nur auf eine Frau einließ, wenn er sich vorstellen konnte, sie auch zu heiraten. Da war ich sehr japanisch. Andererseits konnte ich jetzt schlecht einfach nichts tun. Die Nachbarinnen würden garantiert hinter der Gardine stehen und aufpassen, wann die Polizei kam.

»Alles klar«, hörte ich mich wie von ferne sagen. Ich zückte mein Smartphone.

Kurz darauf bog ein Polizist auf dem Fahrrad um die Ecke. Sofort gingen wir drei auf ihn zu. Der Beamte erklärte, sie würden Reina Sorihama zu den Anschuldigungen vernehmen. Er erkundigte sich per Sprechgerät, das er ständig am Ohr trug, und erfuhr, dass in dem Gebiet, in dem wir wohnten, noch keine Rotrückenspinne gemeldet worden war. Das nährte den Verdacht, der Biss käme von der oder den Spinnen, die gezielt im Briefkasten platziert worden waren.

*

SABRINA

Der Gong läutete das Ende der Stunde ein und ich ging nur noch einmal kurz in mein Büro, E-Mails checken und meine Tasche holen, dann machte ich mich auf den Heimweg. Von der Uni zum Bahnhof war es nicht weit. Es war eine alte Uni, wie viele Universitäten in Japan vor über hundert Jahren von den damals ins Land drängenden »westlichen« Ausländern gegründet. Mit »westlich« waren Europäer und Amerikaner gemeint.

Zu Hause angekommen, begrüßte Maruhito mich mit den Worten:
»Habe heute gleich zwei Rotrückenspinnenweibchen entdeckt und unschädlich gemacht.«
»Oh, dann haben sie sich hier schon heimisch gemacht!« Ich war entsetzt.
»Wo hast du sie denn gefunden?«
»Bei uns im Briefkasten. Und vermutlich sind sie hier noch nicht heimisch.«
»Nicht heimisch? Im Briefkasten? Das glaube ich nicht. Darauf wäre ich nie gekommen. Da hätte ich nie gesucht.« Ich war baff.

»Ich auch nicht, aber Morikawa-*san* meinte, sie hätte vor drei Tagen beobachtet, wie eine Frau sich an der Klappenseite zu schaffen gemacht hätte.«

»Eine Frau? Hat sie die näher beschrieben?«, fragte ich von einer bösen Vorahnung gedrängt.

»Ja, es war Reina Sorihama.«

»Waaas?«

Maruhito nickte: »Ich bin genauso entsetzt. Die Nachbarinnen meinten unisono, wir sollten die Polizei rufen. Ich habe dann auch direkt den *Hyakutōban* gerufen. Zudem habe ich dem Polizisten gesagt, dass wir bereits zuvor schon zweimal Anzeige erstattet haben.«

»Und was unternimmt die Polizei jetzt?«, wollte ich wissen.

»Der Polizist meinte, dass sie sicherlich zu einer Gefängnisstrafe verurteilt werden wird. Die Nachbarn fühlen sich jetzt mit attackiert. Spinnen bewegen sich schließlich frei und wir wissen nicht, ob die beiden Spinnen, die ich im Briefkasten gefunden habe, die einzigen waren.«

»Diese Frau ist ja gemeingefährlich. Am liebsten würde ich mir einen großen scharfen Hund halten und auf diese Stalkerin abrichten«, ließ ich meinen Gefühlen freien Lauf.

»Mach das bloß nicht!« Maruhito war ehrlich entsetzt. »So etwas solltest du auf gar keinen Fall irgendjemandem gegenüber äußern.«

»Jetzt sage nicht, dir ist nicht nach solchen Gefühlsausbrüchen zumute?!« Ich forschte im Gesicht meines Mannes. Vorsichtshalber setzte ich hinzu: »Keine Angst, das sage ich nur aus Wut, um mich abzureagieren, nicht als Plan, den ich in die Tat umsetzen will.«

»Trotzdem, sage so etwas bitte nie wieder.«

»Darf man sich in diesem Land überhaupt nicht einmal Luft verschaffen?« Ich schaute Maruhito herausfordernd an.

»Jedenfalls nicht auf diese Weise. Stell dir vor, der Frau passiert irgendetwas. Dann machen dich solche Äußerungen sofort verdächtig.«

Resigniert rang ich mir ein Lächeln ab.

»Vielleicht schauen wir einmal auf die Homepage der Polizei, welche Strafe sie diesmal erwartet«, sagte Maruhito und griff sich seinen Laptop. »Sieh mal hier. Bei Wiederholungstat kann sie zu einer Geldstrafe von zwei Millionen Yen oder zwei Jahren Gefängnis verurteilt werden.«

»Uns Giftspinnen in den Briefkasten zu setzen ist aber doch mehr als nur bloßes Stalken. Das ist ein Angriff auf unsere Gesundheit, wenn nicht gar auf unser Leben«, setzte ich hinzu.

Am Abend, kaum dass ich über den Hausaufgaben meiner Studierenden saß, drifteten meine Gedanken sofort wieder zu Reina Sorihama ab. Sie hatte damals geschrieben, sie wollte, dass Maruhito wieder zu ihr zurückkäme. Aber das glaubt sie doch selber nicht, überlegte ich, dass ein Mann, der gerade erst geheiratet hat und dabei ist, sein Leben neu zu gestalten, dass der wieder zurückgeht zu seiner verflossenen Liebe. Und noch dazu, wenn diese Frau ihn stalkt. Dann schalt ich mich selber: Schon wieder denke ich an diese Frau! Den ganzen Abend schon. Ununterbrochen denke ich an sie. Das kann ja noch was werden, wenn das Theater nicht aufhört. Doch wie stellt man solche Gedanken ab? Wo ist der entsprechende Knopf? Ich schaute zur Uhr. Zeit, schlafen zu gehen.

*

MARUHITO

Sabrina erzählte noch eine ganze Weile täglich, dass sie an den Vorfall erinnert würde, da die Lähmungserscheinungen in den Fingern ihr doch länger zu schaffen machten, als der Arzt vorausgesagt hatte. Sie musste alles mit links machen, konnte kaum die Kreide halten, wenn sie etwas an die Tafel schreiben wollte. Zum Glück schrieb sie von jeher für ihre japanischen Studenten in Druckschrift, weil diese Schreibschrift nicht so gut entziffern konnten. Ich fühlte mich meiner Frau gegenüber schuldig. Ich hatte ihr vor der Hochzeit nichts von Reina Sorihama erzählt.

Ein paar Tage, nachdem ich wegen der Spinnen die Polizei gerufen hatte, klingelte es abends. Sabrina war schon zu Hause und schaute auf die Gegensprechanlage. Ein Polizist in Uniform war auf dem Monitor zu erkennen. Sabrina öffnete die Haustür. Der Beamte kam sofort zur Sache.

»Wir haben Reina Sorihama eingehend befragt, sie hat gestanden, die Rotrückenspinnenweibchen in Ihrem Postkasten platziert zu haben.«

Sabrina schaute mich triumphierend an. Doch ich fragte mich, warum kam der Polizist diesmal, ohne dass wir ihn gerufen hatten? Ich beschloss, einfach abzuwarten.

Und dann sagte der Uniformierte den alles entscheidenden Satz, der uns beide in Panik versetzte.

»Ja. Nach ihrer letzten Aussage sollen es drei Spinnen gewesen sein, die sie in Ihrem Briefkasten platziert hat.«

»Oh …« Sabrina wurde bleich, »wir haben aber nur zwei gefunden. Dann muss eine dritte noch hier irgendwo versteckt sein.« Die Gänsehaut an ihren Armen sagte mir alles. Instinktiv ging sie zum Fundort, öffnete die Klappe und sah noch einmal akribisch hinein. »Hier ist offenbar keine mehr, die eine muss schon weitergewandert sein. Warten Sie bitte einen Augenblick. Ich hole schnell einen Handspiegel und kontrolliere noch einmal alle Ritzen. Es dauert nur fünf Minuten.«

Sabrina kam zurück und schaute ein weiteres Mal sorgfältig in den Briefkasten.

»Da seit Ihrem Suchen ein paar Tage vergangen sind, kann die Spinne natürlich inzwischen überall sein, und nicht zwingend auf Ihrem Grundstück. Warnen Sie vorsichtshalber auch die Nachbarn. Es wäre gut, wenn Sie die dritte Spinne auch noch finden könnten. Dann geben Sie bitte der Polizei Bescheid.«

»Ja, dann werde ich gleich in der Nachbarschaft die Runde machen«, versicherte Sabrina.

»Und seien Sie auch selbst auf der Hut.«

»Wo hatte die Stalkerin denn die Spinnen her? Züchtet sie die etwa?«, wollte Sabrina noch wissen, als der Polizist sich schon zum Gehen wandte.

Der Gefragte lachte einmal leise auf. »Nein, soweit ist sie nicht gegangen. Sie hat erklärt, dass sie sie am Bahnhof Yotsuya gefunden hat. Den Hinweis darauf hätte sie aus einer TV-Sendung.«

Dann stieg der dunkelblau Uniformierte wieder auf sein weißes Polizeifahrrad mit dem ebensolchen Kasten auf dem Gepäckträger und fuhr davon.

»Die Nachbarinnen waren ganz offensichtlich wenig erbaut, als ich ihnen von der noch fehlenden Spinne erzählt habe«, berichtete Sabrina am Abend.

»Doch zum Glück haben alle ruhig Blut bewahrt. Sie haben auch versprochen, die Augen offen zu halten und die dritte Spinne sofort zu töten, wenn sie sie finden.«

»Hoffentlich finden wir sie«, warf ich ein. »Nicht auszudenken, wenn die noch hier herumstreunende schwanger ist.«

Sabrinas Gesichtsausdruck wechselte zu Entsetzen. Mit bebender Stimme brachte sie ein »Jetzt male mal den Teufel nicht an die Wand« hervor. »Das hätte noch gefehlt, dass die Stalkerin sich auf diese Weise in unserer Nachbarschaft unvergessen macht.«

Schnell hatte sie jedoch wieder ihre Gefühle im Griff. »Der Polizeigewahrsam, der sie erwartet, wird sie wohl zur Vernunft bringen und von weiterem Stalken abhalten. Und dass sie diesmal nicht zu einer Gefängnisstrafe verknackt wird, das ist so gut wie unmöglich, hatte uns der Polizist ja angedeutet.«

»Ja«, nickte ich zu ihren Worten. Wieder gewann dieses beklemmende Gefühl in meiner Brust die Oberhand.

»Gemeinsam sind wir stark!«, lachte Sabrina mich an. Ihr Lachen. Nichts auf der Welt konnte schöner sein, hätte ich vor ein paar Stunden noch gedacht. In diesem Moment konnte ich es kaum ertragen. Ich ertappte mich immer wieder dabei, dass ich die Zeit mit Reina Sorihama nicht hinter mir lassen konnte.

»Nachher darf ich nicht vergessen, den Computereintrag für diesen Tag zu machen«, hörte ich Sabrina noch sagen, dann war das Thema zum Glück erst einmal beendet.

∗

SABRINA

Der Mittwoch verging, der Donnerstag folgte, eine ganze Woche verging, ohne dass jemand eine Spur von einer Rotrückenspinne gesehen hätte. Dann, am Samstag, schellte es. Der Monitor der Gegensprechanlage zeigte Morikawa-*san*. Kaum trat ich aus der Haustür, sprudelte es auch schon aus ihr heraus:

»Es hat sie doch kein Spatz gefressen, ich habe sie gefunden, Sabrina-*san*! Ich wollte eigentlich nur den Abfall um die Ecke bringen, hatte schon das Krähennetz angehoben und meine Mülltüte auf die bereits vorhandenen gestellt. Ich wollte gerade das Netz wieder herabsenken, da traute ich meinen Augen nicht. Da seilte sich doch das noch ausstehende Rotrückenspinnenweibchen blitzschnell ab, als es die Bewegung spürte. Dadurch wurde ich erst auf die Spinne aufmerksam. Mit einem Blick erkannte ich den großen roten Fleck, so wie Ihr Mann ihn beschrieben hatte.«

Ich jubelte mit ihr.

»*Na warte! Du wirst keinen mehr beißen!*, dachte ich bei mir und damit zog ich einen Gummischlappen aus, und im nächsten Moment klebten die Überreste der Giftspinne an der Mauer, knapp über den Mülltüten auf dem Boden!«

Automatisch heftete sich mein Blick auf die Latschen an den Füßen unserer Nachbarin. Solche pflegten Japaner zu tragen, wenn sie nur kurz aus dem Haus gingen. Dabei sagte ich immer wieder, wie froh ich war ob dieser guten Nachricht. Ein Gefühl fast wie Weihnachten.

Auch die Nachbarinnen mit kleinen Kindern waren erleichtert. Dann meldete ich, wie versprochen, den Fund der Polizei. Ein Polizist kam angeradelt und machte ein Foto vom Fundort.

»Und wenn noch etwas sein sollte, die Türen bei der Polizei stehen ihnen jederzeit offen.«

Mit diesen Worten überreichte auch er seine Visitenkarte, dann verabschiedete er sich.

Eine zweite Woche verging, ohne dass weitere Spinnen in Erscheinung getreten wären. So allmählich beruhigten sich die Nachbarn und wir uns. Dann hatte die Stalkerin vermutlich die Wahrheit gesagt über die Anzahl der ausgesetzten Spinnen. Bei der kriminellen Energie, die sie bewiesen hatte, überraschte mich das. Ich hoffte inständig, dass ich jetzt wieder ruhiger würde schlafen können.

Nachdem Morikawa-*san* wieder gegangen war, brachte ich unseren Abfall zum Müllplatz. Dort traf ich Shino-*san*.

»Na, das sind ja wirklich gute Nachrichten«, freute auch die sich und setzte hinzu, »wir Nachbarn hatten schon Angst, was als Nächstes kommt, nachdem der Giftanschlag durch die Spinne ja ein Anschlag auf die gesamte Nachbarschaft geworden war.«

Ich sah in das plötzlich starre Gesicht unserer Nachbarin und spürte ein wenig Feindschaft bei diesen Worten. Doch die Nachbarn würden sich sicherlich wieder beruhigen, jetzt, wo die Justiz tätig geworden war, hatte Maruhito gemeint.

»Und uns hat sie in die Sache ja mit hineingezogen, denn hinter unserem Auto hat sie sich ja versteckt«, setzte sie noch hinzu. Dann wechselte ihr Tonfall. Wesentlich freundlicher sagte sie:»Na, dann hoffen wir einmal, dass wir diese Frau nie wiedersehen.«

Damit wandte sie sich etwas zu abrupt für meinen Geschmack dem *Gomiba* zu und spannte das blaue Spezialnetz sorgfältig über den Müllplatz, das Krähenschnäbeln und Katzenkrallen widerstand und sie daran hinderte, die Mülltüten aufzureißen und Chaos anzurichten.

*

MARUHITO

Sabrina und ich kamen gerade von einer Ausstellung zurück, da sprach uns Shino-*san* an:»Schön, dass jetzt wieder Ruhe eingekehrt ist.«

»Ja, nun brauchen wir uns keine Sorgen mehr zu machen«, pflichtete ihr Fujimoto-*san* bei, die direkt um die Ecke wohnte.»Das könnten wir eigentlich feiern und ein Straßenfest planen, mit allen Anwohnern der Straße. Eine nette Grillparty wäre doch etwas Feines«, fuhr sie fort.

Gerne gingen auch Sabrina und ich darauf ein und wir beteiligten uns selbstverständlich auch an den Kosten, und Sabrina ging mit einkaufen.

Der Samstag kam und sogar drei der Mietshausbewohner gesellten sich eine Weile dazu.

Das erste Thema war natürlich die Stalkerin. Alle reagierten beruhigt, als ich erklärte, dass sie zu einem Jahr Gefängnis verurteilt worden war.

»Nach dem Jahr sehen wir sie hoffentlich nie wieder«, kommentierte Kawakami-*san* und sprach damit allen aus der Seele. Dann herrschte für einen Moment Schweigen, das Shino-*san* unterbrach, indem sie alte japanische

Sitten zum Besten gab. Ich sah es meiner Sabrina sofort an, sie war ganz Ohr.

»So lange ist das noch gar nicht her«, fiel auch Morikawa-*san* ein, »da haben wir Nachbarinnen gemeinsam Großputz gemacht, immer kurz vor Neujahr, dem höchsten religiösen Fest in Japan. Damals hatte man noch fast ausschließlich Reisstrohmatten als Fußbodenbelag in Privatwohnungen. Und diese *Tatami*matten mussten stets sauber gehalten werden, um die Ausbreitung von Zecken zu verhindern.«

»Ja«, pflichtete ihr Takadai-*san* bei, »diese Zeckenbisse sind zwar nicht gesundheitsschädigend, doch sieht man an der Dreieckskonstellation der Bisse sofort, dass die Hausfrau die *Tatami* nicht gut genug pflegt.«

»Und wenn wir schon bei den japanischen Sitten sind«, lachte Shino-*san*, »dann verraten wir Ihnen auch, Sabrina-*san*, dass in Japan wir Frauen finanziell die Hosen anhaben. Wir gehen zwar traditionell nicht arbeiten, lassen uns aber das gesamte Gehalt aushändigen. Unsere Männer speisen wir mit einem Taschengeld ab.«

»Ehrlich?«, fragte Sabrina ungläubig.

»Und zwar mit einem miniikleinen«, mischte sich nun Shino-*san*s Mann ins Gespräch.

»Warum hat mir das keiner bei der Hochzeit gesagt?« Sabrina hob theatralisch die Arme in die Höhe.

»*Mō ato no matsuri da*«, freute ich mich, der den wichtigsten Teil der Kommunikation mitbekommen hatte.

Sabrina schaute völlig irritiert. Ich sah ihr an, dass sie gerade im Kopf die Worte zusammensetzte. *Mō* hieß *schon*. Das wusste sie. *Ato* kannte sie als *später, hinterher, no* war die Genitivverbindung und *Matsuri* war das *Fest*. Schon/späteres Fest??? Bestimmt dachte sie an das Straßenfest heute. Sie machte ein entsprechend ratloses Gesicht.

Ich beugte mich über den Tisch zu Sabrina hinüber, bis sich unsere Nasen fast berührten. Zu meinem Entsetzen löste ich damit eine für mich unvorhersehbare Automatik bei meiner Frau aus: Sie spitzte den Mund und gab mir einen schnellen Kuss mitten auf den Mund!

Ich konnte nicht verhindert, dass ich vor Verlegenheit leicht rot wurde. Die Nachbarinnen quittierten dieses kleine Ehedrama mit leisem Kichern.

»*Nu isses zu spät*«, heißt das, klärte ich meine deutsche Frau auf. »Von wegen nach Jahren der finanziellen Glückseligkeit grausame männerfeindliche Sitten bei uns einführen.«

Alle lachten und auch Sabrina stimmte ein. Dass ein harmloses Straßenfest für sie mit solch einem Erkenntnisgewinn einhergehen würde. Wer hätte das gedacht?

Solche und andere Geschichten machten diese Begegnung für meine Japan gegenüber stets aufgeschlossene Sabrina zu etwas Besonderem.

Natürlich wurde auch über die bevorstehende Geburt gesprochen.

»Wann ist es denn soweit?«, wollte Takada-*san* wissen.

»Der Termin ist übernächsten Freitag.«

»Oh, schon so bald. Dann ist es mit der Nachtruhe vorbei«, lachte Shino-*san* uns an und alle Nachbarinnen nickten zustimmend.

Die Vorfreude auf die Kinder bewirkte, dass wir die Stalkerin aus unseren Gedanken verdrängten. Ohne, dass wir es bewusst wahrnahmen, schwelgten wir in einer Mischung aus Glückseligkeit und einem trügerischen Gefühl der Sicherheit.

*

SABRINA

Ich genoss es, mich dem Tagesrhythmus unserer Kleinen anzupassen. Ich schlief mit den beiden jetzt unten in einem Zimmer, damit Maruhito nachts nicht gestört wurde. Dafür war er mir sehr dankbar, auch wenn die Rechnung nicht immer aufging, da japanische Häuser sehr dünnwandig sind. In seiner Firma war es nicht üblich, dass der Mann nach der Geburt eines Kindes Urlaub nahm oder nur noch Teilzeit arbeitete, obwohl die Gesetze auf seiner Seite waren. Und Maruhito wollte dort nicht der erste sein, der neue Sitten einführte. Er hatte Angst, danach gemobbt zu werden. Auch seine anstehende Beförderung würde er damit zunichtemachen. Und deshalb war er für jede Nacht dankbar, die er durchschlafen konnte. Und all diese neuen Lebensumstände lenkten uns ab und ließen uns wieder gemeinsam lachen.

*

REINA SORIHAMA

Am Dienstag war ich aus dem Gefängnis entlassen worden. Auf den Tag hatte ich gewartet. Wenn doch nur schon Dienstag wäre, dann bin ich wieder frei, wie oft hatte ich das voller Ungeduld gedacht. Dann kam der entscheidende Dienstag, und die Gefängnistore öffneten sich. Noch auf dem Heimweg ging ich in einen größeren Gärtnereibetrieb und kaufte ein Vergissmeinnicht. Oh, diese Erinnerung, die damit verbunden war! Ich sah Maruhito vor meinem inneren Auge, wie er mich vor dem Vergissnichtkraut mit Küssen bedeckte. Und das sollte ich nie mehr erleben, nur weil diese Ausländerin nicht weichen wollte. Ich spürte meinen Blutdruck steigen.

Wieder zu Hause in meiner Eigentumswohnung suchte ich als Erstes im Internet nach den Bahnverbindungen. Und da war es wieder, dieses unstillbare Verlangen nach Maruhito Obihara, dem Mann, den ich niemals wiedersehen durfte. Ich versuchte mich abzulenken. Doch überall sah ich nur ihn. Was sollte ich nur tun? Meinen Job hatte ich verloren. Und ohne Maruhito machte das Leben keinen Sinn.

Wie ferngesteuert begann ich meinen kleinen Ausflug vorzubereiten. Zum Schluss setzte ich das Vergissmeinnicht in eine kleinere Tasche, damit es bei der Bahnfahrt nicht umfallen sollte. Ich fuhr so, dass ich mit der letzten Bahn wieder zurückfahren konnte.

Als ich am Zielbahnhof ausstieg, begann mein Herz laut zu klopfen. Hoffentlich begegne ich keiner Polizeistreife, dachte ich immer wieder. In Zentraltōkyō war die Polizei omnipräsent, auch noch spät am Abend. Ich war froh, als ich von der Hauptstraße abbiegen konnte. Hier war ich vor den Blicken der Polizei so gut wie sicher.

Je näher ich Obiharas Haus kam, desto heftiger wurde mein Herzklopfen, und desto heftiger zitterten mir die Hände. Warum nur mussten die Straßenlaternen so hell leuchten? Und, warum mussten die Leute hier nachts ihre Außenleuchten brennen lassen? Mir erschien die Umgebung taghell. Die in bunten Farben leuchtend blühenden Blumen vor den Häusern ringsum, die einen süßlichen Duft verströmten, standen in krassem Gegensatz zu meinen düsteren Gedanken. Ich ermahnte mich, das Schritttempo nicht zu verlangsamen. Schließlich bog ich um die letzte Ecke, puh, das war geschafft, und ich war niemandem begegnet. Das hatte ich um diese

Uhrzeit allerdings auch nicht anders erwartet. Verstohlen blickte ich mich nach allen Seiten um.

Jetzt. Schnell die Blume auf die oberste Treppenstufe platziert. Ein erneuter Blick nach rechts und einer nach links, es war immer noch keiner zu sehen. Nur nichts wie wieder weg. Und ja nicht in einen Dauerlauf verfallen, das wäre zu auffällig. Schließlich war ich wirklich auf der Flucht und es könnte jemand aus dem Fenster schauen.

Am Bahnhof angekommen, atmete ich erleichtert auf. Mein Zeitplan hatte perfekt funktioniert. Kaum durch die Sperre, wurde meine Bahn, die letzte am heutigen Tag in meine Richtung, angesagt.

∗

MARUHITO

»Schau mal, Maruhito, wie lieb, die ist bestimmt von Morikawa-*san*. Ist die nicht schön!« Damit hielt Sabrina mir eine Topfblume entgegen.

»Ja, sehr schön«, bestätigte ich. »Hast du Morikawa-*san* denn gerade getroffen?« Ich starrte auf die Topfblume.

»Nein, die stand bei uns auf der Außentreppe. Wenn nicht von Morikawa-*san*, von wem soll sie sonst sein? Sie ist hier in der Straße doch der Blumen-fan.«

»Ja, natürlich«, bog ich das weitere Gespräch ab. Mich beschlich sofort ein komisches Gefühl. Zeitlich passte es, das eine Jahr war um. Das Datum hatte sich in mein Gedächtnis eingebrannt. Ich kannte mich in der Botanik zwar nicht wirklich aus, doch eine Pflanze, die kannte ich: das Vergissmeinnicht. Vergiss-mein-nicht. Wilde Erinnerungen drängten sich in meine Gedanken. Kaum war diese Frau wieder auf freiem Fuß, verirrte sich ein Vergiss-mein-nicht auf unsere Außentreppe. Das war kein Zufall. Niemals! Und das gerade jetzt, wo wir sie wirklich schon so gut wie vergessen hatten. Hoffentlich kam da nichts nach. Am besten, wir reagierten nicht, dann hörte sie hoffentlich auf. Trotzdem würde ich in den nächsten Tagen vermehrt darauf achten, ob Reina Sorihama wieder bei uns in der Straße auftauchte, nahm ich mir vor. Erst dann würde ich Sabrina von meinem Verdacht erzählen. Noch bestand die vage Möglichkeit, dass die Blume von einer Nachbarin war. Wirklich? Und schon begannen die Zweifel erneut an mir zu nagen.

*

SABRINA

Es dauerte ein paar Tage, dann hatte ich alle Nachbarinnen gefragt, ob sie uns das Vergissmeinnicht geschenkt hätten. Doch das Ergebnis ließ mich erschaudern, alle verneinten.

»Dann muss die Blume einen anderen Spender haben«, sagte ich schließlich zu Maruhito.

»So gut kenne ich mich mit Pflanzen nicht aus. Aber das ist ein Vergissmeinnicht«, sprach mein Mann zum ersten Mal den Namen der Pflanze aus.

»Ja und?« Ich hatte das Gefühl, meine Ohren öffneten sich ein Stück weiter bei dem Tonfall von Maruhitos Stimme.

»Ich schaue vorsichtshalber noch einmal im Internet nach, nicht, dass ich mich vertue«, wurde der plötzlich vorsichtig.

Ich war schneller und fuhr den Laptop hoch.

»Ja, hier. Die Blätter und die mittelblauen Blüten mit den fünf Blütenblättern und den gelben Stempeln sind eindeutig. Es ist ein Vergissmeinnicht«, gab ich ihm recht. Dann überlegte ich laut: »Aber wer sollte uns ein Vergissmeinnicht schenken? Was heißt schenken? Einfach so vor die Tür stellen.«

»Ja, wer könnte das sein?« Ich sah Maruhito an, dass er mir etwas zu verheimlichen suchte. Ich probierte es mit Humor:

»Heute ist auch kein Festtag, zu dem man eine Blumenüberraschung erwarten könnte.« Dabei schaute ich meinen Ehemann direkt an.

»Einen solchen Festtag kennen wir in Japan nicht«, erklärte der arglos.

»Na, zum Beispiel ein Hochzeitstag«, grinste ich vielsagend. Ob er wohl verstanden hatte, dass ich zu unserem Hochzeitstag etwas anderes als den normalen Alltag erwartet hatte? Doch die Enttäuschung hatte mich gelehrt: Im nächsten Jahr würde ich die Sache in die Hand nehmen!

Wir rätselten noch eine Weile über den Blumengruß, dann hob Maruhito den Blick vom Computer und schaute mich ernst an. Ich freute mich, gleich würde er die Katze aus dem Sack lassen.

»Denkst du, was ich jetzt denke?«, fragte er und ließ sich Zeit mit seiner Vermutung. Aber er brauchte auch nichts mehr zu sagen, ich hatte verstanden.

»Wie heißt Vergissmeinnicht auf Japanisch?« Ich fixierte seinen Mund, gerade so, als ob ich die Antwort aus ihm heraussehen könnte.

»Im Prinzip genauso, *Wasurena-gusa*, also `Vergiss-nicht-Kraut`«, drangen seine Worte in mein Bewusstsein.

Ich war sicher, mir war das Entsetzen ins Gesicht geschrieben. Mein Blick schweifte zu unseren Kindern, die auf dem Fußboden krabbelten und sich miteinander beschäftigten.

»Sollen wir zur Polizei gehen?«, fragte ich leise.

»Ich weiß es nicht. Ich glaube nicht, dass sie dafür wieder ins Gefängnis muss. Dann würde ihr der Polizeibesuch womöglich Auftrieb geben«, redete Maruhito auch diesmal dagegen.

»Ich denke aber, das ist besser. Die hört sonst womöglich nie auf.« Ich schaute meinen Mann forschend an. Und auch heute fragte die Stimme in meinem Innern, ob mein Mann wohl doch noch positive Gefühle für seine Ex hegte. Augenblicklich verschloss ich diesen Gedanken ganz tief im Schrein meines Herzens und fragte stattdessen noch einmal: »Sollen wir die Hundertzehn anrufen? Jetzt gleich?«

Maruhito blickte mich mit einem ganz merkwürdigen Ausdruck an und ließ sich viel Zeit mit seiner Antwort.

»Dann sehen das die Nachbarn. Lass uns lieber aufs Präsidium gehen«, sagte er schließlich.

Und so verbrachten wir mit den beiden kleinen Kindern den weiteren Vormittag auf dem Polizeirevier. Die Pflanze hatten wir mitgenommen, damit die Polizei die Fingerabdrücke nehmen konnte.

Schon nach kurzer Zeit bestätigte das Daktylogramm, die Fingerabdrücke stammten zweifelsfrei von Reina Sorihama. Ich spürte, wie die Farbe aus meinem Gesicht wich. Ein Blick auf meinen Mann sagte mir, dass diese Gewissheit auch ihm einen Stich versetzt hatte. Vermutung und Gewissheit waren eben zwei Paar Schuh. Wir hatten jetzt eine Feindin, eine, die vor Schikanen nicht zurückschreckte. Das war eine Tatsache. Es brachte nichts, davor die Augen zu verschließen. Das Vergissmeinnicht war vermutlich nur der Anfang, so realistisch war ich. Bereute ich, dass ich Maruhito geheiratet hatte, fragte ich mich zum ersten Mal in meinem Leben. Schließlich hatten wir jetzt Kinder. Nein, dachte ich entschieden, ich bereute es nicht. Ich liebte ihn und würde um ihn kämpfen. Um ihn und mit ihm.

»Was raten Sie uns nun zu tun?«, fand Maruhito als erster die Sprache wieder und riss mich damit aus meinen trüben Gedanken.

»Wir werden aufgrund der Beweislage natürlich bei der Dame vorbeischauen und sie zur Rede stellen«, antwortete der Polizist, der sich mit Akisora vorstellte.

»Und was passiert, wenn sie jetzt wieder regelmäßig stalkt?«

»Dann werden wir massiv. Die Auflagen der Justiz hat jeder einzuhalten.«

»Auf der Homepage des Präsidiums haben wir gelesen, dass bei Wiederholungstaten eine Freiheitsstrafe von bis zu zwei Jahren fällig wird.« Ich hoffte auf eine Bestätigung.

»Ja, aber ein Vergissmeinnicht vor die Tür stellen, dafür gibt es keine Gefängnisstrafe«, entgegnete Akisora-*san*. »Aber wir werden ihr verbieten, solch eine Tat zu wiederholen. Daran hat sie sich dann zu halten.«

Mit einem Blick auf uns beide ergänzte er:

»Seien Sie beruhigt, Sie schauen beide so entsetzt. Wir werden diese Frau die ganze Härte des Gesetzes spüren lassen. Das verspreche ich Ihnen. Immerhin ist sie bereits vorbestraft.«

»Und unsere beiden Kinder? Sie wird sehr schnell in Erfahrung bringen, dass wir jetzt zwei Kinder haben. Sind die vor ihr sicher?«

»Davon gehe ich aus. Sie hat ja die Erfahrung gemacht, dass Brutalität ihr selbst schadet«, sagte Akisora-*san* mit angenehm beruhigender Stimme.

Think positive, will er uns damit wohl sagen. Diese Äußerung bewirkte bei mir einen gänzlich neuen Gedankengang. Ich fasste das, was ich dachte, zwar nicht in Worte, aber in der japanischen Gesellschaft, da war ich mir sicher, war ich gegenüber der Stalkerin im Vorteil, weil ich gleich zwei Kinder mit dem Mann hatte, den ich liebte. Dieses Denken gab mir innerlich Halt, es gab mir die Gewissheit, dass Maruhito mich nicht so einfach wegen dieser Stalkerin verlassen würde. Oder? Und schon waren sie wieder da, die nervenzermürbenden Zweifel. Warum machten die sich immer und immer wieder in meinem Kopf breit? Mein Mann verlässt mich nicht, versuchte ich mich zu beruhigen. Doch wird dieser Umstand die Stalkerin zum Aufgeben bewegen? Ich merkte selbst, dass ich in meiner Lage versuchte, mich in die Japanerin, von der wir uns bedroht fühlten, hineinzuversetzen. Japaner liebten die Ruhe, und die war uns von der Stalkerin geraubt worden. Hoffentlich merkten die Nachbarn nichts. Die Bemerkungen, dass wir beide Unfrieden in die Nachbarschaft gebracht hätten, klangen mir immer noch im Ohr. Ich betonte noch einmal:

»Auch wenn es nur ein Vergissmeinnicht ist, wir haben große Angst, dass diese Frau uns weiterhin schadet. Wir und auch die Nachbarn waren gerade wieder zur Ruhe gekommen.«

»Ich verstehe, dass Sie sich Sorgen machen. Doch ich versichere Ihnen, dass wir mit aller Härte des Gesetzes gegen Sorihama-*san* vorgehen werden. Mehr kann ich im Moment nicht für Sie tun.« Damit verabschiedete Akisora-*san* uns.

*

REINA SORIHAMA

Ich kochte. Das hatte ich in dem Moment mit dem Teewasser gemein. Aber ich vor Wut. Darin lag der Unterschied. Ich gab ein Teelöffelchen *Macha* in die Teeschale, goss etwas heißes Wasser darauf und verrührte die Masse mit einem kleinen Schneebesen aus Bambus. Bereits der bloße Anblick des Schaums, der sich an der Oberfläche bildete, ließ mir das Wasser im Munde zusammenlaufen. Mit der Teeschale auf der Handinnenfläche setzte ich mich ins Tatami-Zimmer vor den kleinen Tisch und versuchte, meinen Tee zu genießen. Eine kleine Teezeremonie für mich allein, bei der ich mir Maruhito an meine Seite fantasierte. Ich trank ein kleines Schlückchen, drehte die Schale zweimal nach rechts und reichte sie weiter an das Phantom an meiner Seite. Der Tee war mir gut gelungen. Objektiv betrachtet. Doch er schmeckte mir trotzdem nicht. Ich schaute griesgrämig auf die Teeschale, wie mir die Glasscheiben im Schrank verrieten. Handarbeit, *Hagi-yaki*. War nicht billig gewesen. Und dann übermannte mich der Groll mit aller Macht: Diese verdammte Ausländerin! Erst nimmt sie mir den Mann weg, dann bringt sie mich ins Gefängnis. Und jetzt lässt sie mir sogar einen kleinen harmlosen Blumengruß verbieten. Die kann was erleben! Zu anderen Gedankengängen war ich nicht fähig. Im nächsten Moment beschloss ich, diesmal schreibe ich Maruhito einen geharnischten Brief, einen, den er nie vergessen wird, einen, in dem ich ihm die ganze Wahrheit über seine Ehefrau sagen werde. Doch was war die »Wahrheit«? Eigentlich wusste ich nichts über sie. Doch ich war mir sicher, mir würde da schon etwas einfallen. Für die Hochzeitsfeier damals war mir ja auch eine brillante Idee gekommen. So brillant, dass man mir nichts nachweisen konnte. Durch den Gefängnisaufenthalt hatte ich meine Arbeit verloren, und mein Arbeitgeber war nicht bereit, mich wieder einzustellen. Und das alles wegen dieser Ausländerin, die mir meinen Maruhito abspenstig gemacht hatte!

Geldsorgen hatte ich zum Glück keine, nein, ich konnte es mir leisten, mein Leben lang nicht zu arbeiten. Das war eine Genugtuung. Ich dachte an meine Eltern und wie ich schon früh alleine dastand. Das Erbe musste ich mir zwar mit Yoshihiko teilen, doch bei der ansehnlichen Summe konnte mir das egal sein. Das hatte ich Maruhito damals nicht gesagt, ich wollte nicht, dass er mich wegen des Geldes heiratet. Doch jetzt, jetzt war der richtige Moment gekommen, entschied ich, er hatte bestimmt Schulden, weil er für das Haus ganz sicher einen Kredit hatte aufnehmen müssen. Das war der Zeitpunkt, zu dem er wohl für einen Geldsegen empfänglich sein würde.

Was hätte ich bloß ohne das Erbe gemacht? Dann hätte ich in der Zeit, die ich im Gefängnis verbracht habe, die Eigentumswohnung nicht halten können. Wenn das stimmte, was die Mitgefangenen geraunt hatten, hätte die Polizei mir dann eine Wohnung weit außerhalb Tōkyōs dringend angeraten, in möglichst großer Entfernung zu dem Opfer. Und das »Anraten« wäre einer strikten Anweisung gleichgekommen.

All diese Gedanken kreisten in meinen Gehirnwindungen, als ich schrieb:
Mein teurer Wasurena-otto, mein teurer »Vergissnicht-Ehemann«! Ich weiß, dass du sofort gewusst hast, dass ich dir den netten Blumengruß habe zukommen lassen. Keine Schnittblumen, die du nach ein paar Tagen wegwerfen würdest. Nein, eine wunderschöne Topfpflanze, die du hegen und pflegen wirst, so dass ich in ihr stets bei dir sein kann. So wie diese Blume in dem Blumentopf Wurzeln geschlagen hat, hat meine Liebe in deinem Herzen

Wurzeln geschlagen. Ich weiß, dass du dich dadurch an unsere Zweisamkeit erinnert fühlst, denn ich hatte dir damals ein Vergissmeinnicht gezeigt. Damals hast du mir versprochen, mich niemals zu vergessen. Damit du dein Versprechen nicht brichst, erinnere ich dich von Zeit zu Zeit an mich. Dagegen kannst du doch nichts haben. Und noch etwas: Höre auf, mich bei der Polizei schlecht zu machen. Sie hören auf dich, weil du als verheirateter Mann sozial in der stärkeren Position bist. Ich bin nur eine leidende alleinstehende Frau, die das Heiratsalter schon verpasst hat. Und das ist einzig und allein die Schuld der Frau, die dich genötigt hat, sie zu heiraten. Ich weiß, dass es von ihr ausging. Freiwillig hättest du mich niemals verlassen. Und noch etwas, wenn du zu mir zurückkommst, wirst du sofort deine Schulden los. Geld spielt für mich keine Rolle.

Das war es für heute. Gib mir ein Zeichen, damit wir gemeinsam die Frau, die dich mir entfremdet hat, wieder aus deinem Leben streichen können.

Reina Sorihama

Noch einmal flogen meine Augen über den Brief. Nun hatte ich doch nicht über Sabrina geschrieben, jedenfalls nicht in der Form, wie ursprünglich geplant, stellte ich fest. Warum nicht? Was hält mich davon ab? Ich geriet ins Grübeln. Warum? Ich weiß es nicht, ich kenne die Antwort auf diese Frage nicht. Doch ganz tief in mir sagte mir etwas, dass ich nicht einfach plump lügen wollte. Ich wehrte mich gegen diese Erkenntnis und sagte mir, ich kann ja immer weiter schreiben, und beim nächsten Mal werde ich eine schärfere Gangart einlegen.

*

MARUHITO

Wie fast jeden Morgen holte ich auch an diesem Tag die Zeitung. Noch ziemlich schläfrig, griff ich blind in den Postkasten und stellte überrascht fest, auf der Zeitung lag auch ein Brief. Von wem der wohl war? Ich nahm das Couvert und sah auf den Absender:

Ich bin deine Vergissnicht. Eine Adresse war nicht angegeben. Das war auch nicht nötig, ich wusste ja, wo sie wohnte. Ich unterdrückte das Gefühl der gespannten Neugier, dass sich meiner bemächtigen wollte und befühlte den Umschlag neutral. Er enthielt mindestens eine Seite. Ich nahm noch die Zeitung und ging ins Haus.

»Hier, das habe ich gerade in unserem Briefkasten gefunden.« Damit zeigte ich Sabrina das Schreiben. Wir machten es gemeinsam auf. Es war wie eine Zeremonie, eine Zeremonie der Einheit, die uns gegen das nun kommende Übel wappnen sollte.

Mein teurer Wasurena-otto, mein teurer »Vergissnicht-Ehemann«!

Sabrina ließ mich gar nicht erst weiterlesen. »Was ist das denn für eine Wortspielerei als Anrede und dann bezeichnet sie dich als *otto*, als Ehemann, wobei man ihr bei der Wortwahl unterstellen muss, dass sie dir beziehungsweise uns damit sagen will, dass du ihr Ehemann bist.« Sie konnte es nicht glauben. »Solch eine Dreistigkeit!«

Wir lasen jetzt zu zweit weiter.

Ich weiß, dass du sofort gewusst hast, dass ich dir den netten Blumengruß habe zukommen lassen. Keine Schnittblumen, die du nach ein paar Tagen wegwerfen würdest. Nein, eine wunderschöne Topfpflanze, die du hegen und pflegen wirst, so dass ich in ihnen stets bei dir sein kann. So wie diese Blume in dem Blumentopf Wurzeln geschlagen haben, hat meine Liebe in deinem Herzen Wurzeln geschlagen. Ich weiß, dass du dich dadurch an unsere Zweisamkeit erinnert fühlst, denn ich hatte dir damals ein Vergissmeinnicht gezeigt. Damals hast du mir versprochen, mich niemals zu vergessen.

Eine Spur zu schnell fragte Sabrina: »Stimmt das?«

Ich sah sie mit gemischten Gefühlen an. Wie würde sie die Wahrheit wohl aufnehmen.

»Ja, wir waren damals halt verliebt und da hat es diese Szene mit einem Vergissmeinnicht gegeben. Und im Japanischen fehlt das »Mein« in dem Blumennamen, so dass der Bezug eher auf die Situation abstellt, als auf eine Person. Das war der Tag, an dem wir das erste Mal miteinander geschlafen haben. Darauf will sie hinaus.«

Meine Sorge war unberechtigt. Sabrina reagierte vollkommen gefasst. Wäre ich ein deutscher Ehemann gewesen, hätte sie mich dafür wohl abgeküsst.

»Oh, das ist gut zu wissen. Es ist also kein reines Wortspiel, sondern eine eindeutige Anspielung! Und dazu die Erwähnung des Geldsegens. Ich glaube, wir sollten wieder zur Polizei gehen. Der Brief hat es in sich.«

Diesmal versuchte ich nicht mehr, ihr diese Idee auszureden. Es war ohnehin zu spät. Die Dinge hatten bereits ihren Lauf genommen. Deshalb blieb ich auch ganz sachlich:

»Gut, diesmal nehme ich mir wieder einen halben Tag frei, falls die Polizei noch Fragen hat, kann ich sie vermutlich besser beantworten. Heute ist ohnehin nichts los in der Firma.«

»Der Schluss ist ja wirklich der Hammer! Mich aus deinem Leben streichen wollen. Was bildet die sich eigentlich ein?« Sabrina begann, sich in Fahrt zu reden.

»Nun rege dich bitte nicht auf. Die hat sich in eine fixe Idee verrannt. Die Polizei wird sie schon wieder auf den Boden der Tatsachen holen«, beeilte ich mich, sie zu beruhigen. Doch so schnell ließ sich meine Sabrina nicht auf Normalnull bringen.

»Reg dich nicht auf? Du bist gut!«, versetzte sie.

»Es nützt nichts, für diese Frau Nerven zu lassen, wollte ich nur sagen«, versuchte ich es dennoch erneut.

»In der Theorie gebe ich dir recht, doch in der Praxis rege ich mich natürlich auf!« Sabrinas Stimme wurde bedenklich laut.

Ich sah meine Frau bittend an, schwieg aber nun.

»Für mich ist es umgekehrt unglaublich, dass man bei so etwas die Ruhe bewahren kann!«

Ich verlegte mich aufs Schweigen. Damit bewirkte ich, dass auch Sabrina nichts mehr sagte. Doch ganz, ganz leise knurrte sie in meine Richtung: »Diese äußere Ruhe!«. Das war für mich eine ganz neue Erfahrung. Meine Ruhe wirkte keineswegs beruhigend auf sie. Ich schaute auf ihre Hände, die zitterten leicht. Sie blickte aus dem Fenster: »Mist, jetzt hat es auch noch angefangen zu regnen. Ich hasse es, durch Regen zu laufen! Seit der Havarie des AKW in Fukushima ist es zudem ein ungutes Gefühl.«

Ich schwieg immer noch. Meine Frau erhob sich, aber nur um sich ihre Handtasche zu greifen. Schicksalsergeben trottete ich hinter ihr her. Wir müssen ein seltsames Bild abgegeben haben.

*

SABRINA

War ich froh, dass ich noch in Mutterschutz war und mir meine Zeit halbwegs flexibel einteilen konnte.

»Wir sind schon wieder da«, bemerkte ich zur Begrüßung gegenüber dem Polizeibeamten im Präsidium. Es war wieder Kabamata-*san*.

»Nun schreibt sie also wieder einen Brief, diesmal sogar mit der eindeutigen Forderung, dass Sie, Obihara-*san*«, und damit richtete er seinen Blick auf Maruhito, »zu ihr zurückkehren sollen.«

Wir nickten stumm. Es entstand eine Pause. Offenbar erwartete der Polizist, dass Maruhito sich dazu äußerte. Doch der schwieg. Wenn sein Gegenüber eine Frage hatte, sollte er sie bitteschön direkt stellen, äußerte sein stummer Blick. Es dauerte nicht lange, da brach der Polizist das Schweigen.

»Das ist typisch für diese Form der Beziehungsstalkerei. Diesmal wird es nicht bei dem bloßen Verbot bleiben. Sie wird eine höhere Strafe erhalten.«

»Wird es wieder eine Freiheitsstrafe?«, wollte Sabrina sofort wissen.

»Ja, davon gehe ich unbedingt aus. Ein Jahr ist die Höchststrafe bei solch einer Wiederholungstat.«

»Und sie droht uns. Sie will unsere Ehe zerstören«, versuchte ich den Polizisten zu überzeugen. Aber der hatte die Gesetze ja nicht gemacht.

»Haben Sie denn Angst vor der Frau?«, erkundigte er sich dann aber doch.

»Ja!«, kam es von Maruhito und mir unisono.

»Große Angst?«, kam die Nachfrage.

»Sehr große Angst«, antwortete Maruhito postwendend.

Ich horchte auf. Offenbar kam es auf den Grad der Angst an.

Es folgte eine kurze Pause.

»Ja, und mehr kann ich heute nicht für Sie tun.«

Wir fühlten uns hinauskomplimentiert, was uns nicht ganz Unrecht war, denn die Kinder wurden unruhig. Wie gut, dass sie noch so klein waren und von dem ganzen Ärger nichts mitbekamen. Kaum auszudenken, wenn sie täglich in Angst und Schrecken leben müssten. Dieser Psychoterror nagt ja schon an den Nerven von uns wehrhaften Erwachsenen, kamen meine Gedanken auch auf dem Heimweg nicht zur Ruhe. Ich hielt den Kinderwagen an und streichelte beiden zärtlich über den Kopf. Wie schön es doch war, dafür ein Kinderlächeln zu ernten.

*

REINA SORIHAMA

Es schellte. Der Monitor zeigte drei Polizeibeamte in Uniform. Schnell schaute ich aus dem Fenster und sah den Streifenwagen. Die kommen mich holen, schoss es mir durch den Kopf. Nur bloß keinen Laut verursachen, ermahnte ich mich.

Als ich mich nach einigen Sekunden immer noch nicht rührte, klingelte es erneut. Ich geriet in Panik. Nichts wie weg! In Windeseile schnappte ich mir meine stets gepackte Handtasche, griff hastig nach dem Smartphone und rannte auf den Balkon. Zum Glück wohnte ich im Erdgeschoss. Aus den oberen Etagen wäre ich nicht so schnell entkommen. Heftig atmend hastete ich am Wohnblock vorbei auf die Straße Richtung U-Bahn-Station. Schnell wie der Wind lief ich die Treppen hinunter, drückte die *Prepaid-Card* auf den Sensor an der vollautomatischen Sperre und stieg wahllos in die nächste U-Bahn ein. Die fuhr Richtung Shinjuku, eines der Zentren von Tōkyō. Egal, ob gut oder schlecht weiß man ohnehin erst hinterher, übte ich mich in Pragmatismus.

Und nun?, fragte ich mich schon bald, als ich wieder etwas zu Atem gekommen war. Noch hatte ich keinen Plan. Noch nicht. Doch wird die Polizei mich nicht so schnell finden, schwor ich mir. Ich beschloss umzusteigen. Vielleicht raus aus dem Zentrum. Meine Füße lenkten mich in Richtung einer anderen U-Bahn. Nicht die Marunouchi-Linie. Damit würde ich im Zentrum bleiben. Lieber die Oedo-Linie. Und bis zur Endstation. Etwa eine halbe Stunde später stieg ich in Hikarigaoka aus. Endstation. Ich setzte mich auf einen der Sitze auf dem Bahnsteig und versuchte, einen klaren Gedanken zu fassen. Stimmt ja, in der Nähe von Shinjuku soll es doch ein Frauenhaus geben. Da gehe ich hin! Dort suchen verfolgte Frauen Schutz. Und ich wurde verfolgt. Also wieder zurück?

Aber wo genau war das? Zuerst das herausfinden. Ich bin jetzt lange genug mit der Bahn hin- und hergeirrt. Aber hier sind zu viele Überwachugskameras. Also doch wieder in die Bahn. Ich zog mein Smartphone aus der Tasche. Damit suchte ich eine ganze Weile, indes gab die Suchmaschine zwar Notrufnummern an, jedoch keinerlei Adresse von einem Frauenhaus.

Zum Glück war der Zug um die Uhrzeit gähnend leer. Da konnte ich telefonieren. Die beiden anderen, die noch mit im Waggon saßen, waren weit genug weg. Die Notrufnummer: 03 für Tōkyō, 3679-XXXX.

»*Moshi moshi?*«, meldete sich eine sanfte Frauenstimme.

Und ich sprudelte sofort los: »Ich bin auf der Flucht vor meinem Ex-Freund. Genaueres kann ich gerade nicht sagen.«

»Wo sind Sie denn?«

»Ich bin in der Bahn. Ich möchte in ein Frauenhaus.«

»Dann sollten wir uns unbedingt treffen. Wenn es dringend ist, am besten sofort«, bot mir die Frau am Telefon an.

»Dafür brauche ich die Adresse von dem Frauenhaus«, sagte ich und unterlegte meine Stimme mit Panik. Doch Fehlanzeige.

»In welcher Bahn sind Sie denn? Ach, in der Oedo-Linie. Kennen Sie das Café Brindisi in Hikarigaoka? Dort ist es in der Regel nicht so voll. Nehmen Sie sich notfalls ein Taxi. Wie lange brauchen Sie?«

»Etwa eine halbe Stunde, schätze ich«, überschlug ich.

»Gut, ich werde pünktlich dort sein, damit Sie nicht warten müssen. Nach dem Gespräch sehen wir weiter.« Zu mehr konnte ich die Dame nicht bewegen.

Ich spürte Wut in mir hochsteigen. Ich zückte meinen Handspiegel, Mist, wieder diese roten Flecken im Gesicht. Diese Frau hatte mir überhaupt keine Wahl gelassen, ärgerte ich mich weiter. Und das, obwohl ich nicht in meine Wohnung zurück konnte. Nun musste ich zu dem Treffen. Zum Glück kannte ich mich in der Gegend halbwegs aus und konnte so die Batterie von meinem Smartphone schonen. Wer weiß, wann ich es wieder aufladen konnte.

Brindisi. Ziemlich weit weg vom Bahnhof. Am besten, ich nahm mir wirklich ein Taxi. Ah, da kam ja eines. Schnell streckte ich den Arm aus. Das Taxi hielt direkt bei mir und die hintere Tür ging auf. Ich ließ mich auf den Rücksitz fallen und nannte dem Fahrer mein Ziel. Seine weißen Handschuhe glitten geschmeidig über das Lenkrad, als das Taxi sich in Bewegung setzte.

Mit dem Auto war es nur ein Katzensprung. Schon griff meine Hand nach dem Türgriff zum Café. Gehetzt ließ ich meinen Blick über die Gäste schweifen. Als ich mich so hektisch suchend umsah, winkte mir eine Frau zu, die ganz am Rand saß, so dass man den Tisch von der Straße aus nicht einsehen konnte. Oh Schreck, die war nicht alleine gekommen, durchfuhr es mich. Sie hatte eine Kollegin mitgebracht. Ich stand da wie vom Blitz getroffen.

»Guten Tag. Sie sind bestimmt die Dame, mit der ich vorhin telefoniert habe, nicht wahr?«, sprach mich die sanfte Stimme an.

»Ja.« Plötzlich hatte ich ein ungutes Gefühl in der Magengegend.

»Haben Sie das Café sofort gefunden?«

»Ja, das war kein Problem.«

»Ich heiße übrigen Tokumata. Und das ist meine Kollegin Idemoto.«

Was soll ich tun, überlegte ich. Am liebsten würde ich mich nicht mit meinem richtigen Namen vorstellen. Doch was, wenn sie mich nach einem Ausweispapier fragten? Dann flog meine Masche sofort auf. Schließlich hatte ich meine Papiere in der Tasche. Und richtig, Tokumata-*san* und Idemoto-*san* baten mich sehr schnell, mich auszuweisen. Ich legte ihnen meinen Krankenkassenausweis vor. Der hatte zwar kein Foto, war aber das landesübliche Ausweisdokument.

»Haben Sie auch schon eine *My-number-card*?«, wollte Tokumata-*san* dennoch wissen.

»Nein, die werde ich mir auch nicht besorgen. Wofür soll die gut sein?«, reagierte ich missmutig.

»Nun ja, bald wird dieses neu eingeführte Ausweisdokument auch für Steuern und als Krankenkassenausweisersatz verwendet werden. Und auch uns hilft die *My-number-card*, weil sie ein Foto enthält«, ergänzte Idemoto-*san*.

»Das gehört zum üblichen Prozedere, dient auch Ihrer Sicherheit«, sprach sie weiter, als sie meinen missmutigen Gesichtsausdruck sah.

»Aber wir sollten jetzt keine Zeit verlieren. Erzählen Sie uns einmal Ihre Geschichte. Warum halten Sie es zu Hause nicht mehr aus?«, ermunterte mich Tokumata-*san* zu sprechen.

»Und erzählen Sie uns auch, wie Sie Ihr Ex-Freund bedroht«, ergänzte Idemoto-*san*. Ich begann zu sprechen und redete und redete. Dabei beobachtete ich meine Gesprächspartnerinnen sehr genau. Was warfen die sich immer wieder so bedeutsame Blicke zu? Die glaubten mir nicht! Unverschämtheit! Ich spürte, wie ich unsicher wurde, Worte und ganze Sätze wiederholte. Ich muss mich konzentrieren, ermahnte ich mich mehrfach.

Als ich geendet hatte, machten die Mitarbeiterinnen des Frauenhauses mir einen Vorschlag:

»Wie wäre es, wenn wir zu dritt noch einmal in Ihre Wohnung führen und zumindest einen Koffer voll Kleidung holen würden. Ihr Ex-Freund arbeitet ja, wie Sie sagen, so dass er um diese Uhrzeit sicherlich nicht bei Ihnen stalken wird. Das heißt, wir haben den ganzen Tag Zeit.«

Alles, nur nicht jetzt zurück in meine Wohnung, durchfuhr es mich.

»Aber ich kann nicht sicher sein, dass mein Ex-Freund nicht doch in der Nähe ist. Ich habe Angst davor, die Wohnung zu betreten«, weigerte ich mich.

»Aber wir sind bei Ihnen, dann sind wir zu dritt. Gegen uns drei kommt ein Mann alleine nicht an«, versuchte Idemoto-*san* mir, der angeblich Verfolgten, Mut zu machen.

Mir schossen die Tränen in die Augen. »Aber ...« Ich geriet ins Stammeln.

»Kein Aber. Wir gehen jetzt und dann überlegen wir, wie wir Ihnen helfen«, bestand auch Tokumata-*san* auf der Rückkehr in die Wohnung.

Warum schauten die mich so durchdringend an? Und dabei war ich doch kurz vor einem Weinkrampf. Ich ließ meine Mundwinkel zucken. Mir wurde es immer unheimlicher. Nervös nestelte ich an den Ärmeln meiner Jacke. Hatte ich etwa die Angst vor meinem Exfreund nicht glaubhaft genug machen können? Hielten die beiden mich womöglich gar für die Täterin? Warum sonst sollten sie meine Wohnung in Augenschein nehmen wollen? Ich saß in der Falle!

*

MARUHITO

Derweil verließen Sabrina und ich das Polizeipräsidium.

»Na, jetzt haben wir hoffentlich Ruhe, bevor die Nachbarn etwas bemerken. Da können wir wirklich froh sein. Noch einmal solch einen Nervenkitzel wie mit den Giftspinnen, und wir können uns ein neues Zuhause suchen«, meinte ich, leicht in Gedanken versunken.

»Wie? Du willst doch wohl nicht sagen, dass wir ausziehen müssen? Wir sind schließlich die Opfer!«

Sabrinas Reaktion holte mich in die Gegenwart zurück. Oh Mann, da hatte ich etwas Dummes gesagt.

»Nein, ich glaube nicht, dass es soweit kommt. Es ist mir nur so herausgerutscht.« Ich bereute, dass ich mich nicht hatte zurückhalten können.

»Das wäre ja auch ein Ding, dann wären wir doppelte Opfer. Das kann ja wohl nicht sein.« Und da war sie wieder, die deutsche Logik.

»Nein, nein, nur über die Vorfälle sprechen sollten wir nicht, das löst womöglich Panik aus, wollte ich nur sagen. Wir würden uns sicherlich auch nicht wohlfühlen, wenn einer unserer Nachbarn Stalkingopfer wäre und der Stalker zu solchen Mitteln wie Giftspinnen griffe.« Doch auch diese abgeschwächte Variante ließ meine Frau nicht gelten.

»Nur kämen wir nicht auf die Idee, die Nachbarn zum Auszug zu zwingen, sondern würden der Polizei die Tür einrennen«, sagte sie ganz selbstverständlich.

Ich beließ es dabei, auch wenn mir ganz andere Szenarien durch den Kopf gingen. Die härteste Gegenwehr wäre, Reina Sorihama sozial vollständig auszugrenzen oder sie in den Wahnsinn zu treiben. Doch von solchen Methoden sprach ich Sabrina gegenüber nicht. Als Deutsche vertraute sie offenbar auf die Macht der Polizei. Interkulturelle Differenzen. So nannte man das wohl.

*

REINA SORIHAMA

»Das ist meine Wohnung«, flüsterte ich kaum hörbar und schloss auf.

»Die Balkontür steht offen«, bedeutete Tokumata-*san* ihrer Kollegin, kaum dass sie das Wohnzimmer betreten hatten.

Die nickte. Da ich sofort in die Küche gegangen war, dachten die beiden wohl, ich bekäme nichts mehr mit. Doch ich hörte genau, wie Tokumata-*san* ihrer Kollegin zuwisperte: »Die Haustür war aber abgeschlossen.«

»Vielleicht ist sie über den Balkon geflüchtet. Aber vor wem? Die Gewalttätigkeiten, von denen sie erzählt hat, die ihr Ex-Freund an ihr in letzter Zeit begangen haben soll, weisen logische Ungereimtheiten auf«, fuhr Tokumata-*san* kaum hörbar fort.

Ich hatte genug mitbekommen und ging ins Wohnzimmer zurück. Den grünen Tee nahm ich mit.

»Vielen Dank«, sagte Tokumata-*san*.

»Wie aufmerksam«, bedankte sich auch Idemoto-*san*.

Letztere griff zu ihrem Smartphone und schrieb ihrer Kollegin. Das schloss ich daraus, da diese auf ihr Smartphone schaute.

»Packen Sie in aller Ruhe einen Koffer«, wandte sie sich dann an mich. »Wir warten hier.«

Ich machte mich sofort an die Arbeit. Ich brauchte nur ein paar Minuten.

»Sie sind schon fertig? Das ist schön«, sagte Tokumata-*san* und schenkte mir ein verbindliches Lächeln. Das machte mich umso mißtrauischer.

»Wir haben uns überlegt, dass wir Sie zunächst nicht in einem Frauenhaus unterbringen, sondern in einer Sozialwohnung, die an einer anderen Bahnstrecke liegt, so dass Ihr Ex-Freund Sie nicht einfach finden kann. Dort melden Sie sich ganz regulär am Stadtamt an.«

Diese Sätze trafen mich wie eine eisige Dusche. Entsetzt schaute ich von einer Sozialarbeiterin zur anderen. Bei einem Umzug in ein Frauenhaus, hatte ich doch gelesen, war eine Ummeldung nicht notwendig.

Mein anfängliches Entsetzen schlug um in Gereiztheit ob dieser neuen Aussichten.

»Was soll das? Ich werde verfolgt, dann müssen Sie mich doch in einem Frauenhaus unterbringen.«

»Wie heißt eigentlich ihr Ex-Freund?«, erkundigte sich Tokumata-*san* statt einer Antwort.

»Und wo wohnt er?«, ergänzte Idemoto-*san*.

Ich sah meine Felle schwimmen. Doch ich antwortete möglichst arglos.

»Oh, ich habe eine wichtige Email erhalten. Ich gehe einmal kurz vor die Tür«, sagte Tokumata-*san* und warf ihrer Kollegin einen vielsagenden Blick zu.

Immer ruhig Blut, sagte ich mir. Die beiden sind schließlich nicht von der

Polizei. Warum verlässt sie die Wohnung zum Telefonieren? Verdammt noch einmal, was haben die vor mit mir?

Als es diesmal schellte, positionierte sich Tokumata-*san* vor der immer noch offenstehenden Balkontür. Idemoto-*san* blieb im Wohnzimmer. Und ich? Ich starrte auf die Haustür und war zu keiner Bewegung fähig.

Es schellte erneut. Gleichzeitig rief eine Stimme: »Polizei, aufmachen!«

»Machen Sie dir Tür auf«, befahlen mir die Mitarbeiterinnen des Frauenhauses.

Ich schaute fassungslos von einer zur anderen. Die hatten mich durchschaut!

*

SABRINA

»Was man nicht so alles während einer Gerichtsverhandlung erfährt«, sagte ich, als Maruhito und ich nach Hause gingen.

»Ja, wer hätte gedacht, dass sie wirklich steinreich ist.«

»Das stimmte also. Da ist es ihr bestimmt egal, dass sie ihre Arbeit verloren hat«, schlussfolgerte ich.«

»Aber immerhin hat sie als Wiederholungstäterin ein Jahr bekommen. Das ist doch schon einmal etwas«, meinte Maruhito. Ich war überrascht, dass er sich doch über das Urteil freute.

»Die Höchststrafe. Darin waren sich Richter und Staatsanwalt einig«, nickte ich.

Maruhito sah mich von der Seite an und sagte: »Ich weiß selbst nicht warum, aber als ich die in sich zusammengesunkene Reina Sorihama vor Gericht erlebt habe, tat sie mir leid, trotz allem Stress, den sie uns gemacht hat.«

Ob er wirklich dachte, ich würde solche Gefühle nachvollziehen können? Feige wich ich einer direkten Antwort aus.

»Ein Jahr haben wir jetzt Ruhe. Und Angst davor, dass die Nachbarn etwas mitbekommen, brauchen wir auch nicht zu haben. Die ist doch psychisch gestört, wenn sie immer noch nicht einsieht, dass sie im Unrecht ist.

So verblendet und realitätsfern kann doch keiner sein.« Ein Seitenblick auf Maruhito ließ mich verstummen. Was er wohl wirklich dachte?

Langsam gingen wir vom Bahnhof nach Hause. Abseits der großen Straße war Tōkyō gar nicht als Metropole zu erkennen mit den vielen zweigeschossigen Häusern. Als wir an unserer Straße um die Ecke bogen, wurden wir jäh aus unseren Gedanken gerissen. Shino-*san* und Kawakami-*san* standen auf der Straße und hielten angeregt Kaffeeklatsch.

»*Konnichi wa*«, grüßten wir und gesellten uns dazu. Mal sehen, ob eine von ihnen die Stalkerin erwähnte.

Zum Glück nicht. Es war nur ein normales Alltagsgeplänkel von Frauen, die den ganzen Tag ans Haus gebunden waren. Auch wir hüteten uns, die Stalkerin zu erwähnen.

Nach einer Weile verabschiedeten wir uns.

»War nett, einmal wieder geplaudert zu haben!«, verabschiedete uns Shino-*san*.

»Wir sollten demnächst einmal ein Straßenfest machen. Das letzte liegt schon länger zurück. Das Wetter soll nächste Woche gut sein«, sagte Kawakami-*san* noch.

»Gute Idee!«

»Aber darüber sprechen wir dann morgen weiter. Ich lade die Leute heute ein.«

»Alles klar, dann bis morgen.«

Ich wollte gerade den Schlüssel im Schloss umdrehen, da hörten wir, wie Morikawa-*san* mit plötzlich bewusst lauter Stimme sagte: »Und als Tischschmuck nehmen wir ein *Wasurena-gusa*.«

Mir gefror das Blut in den Adern. Also hatten die Nachbarn doch etwas mitbekommen! Vielleicht sogar beobachtet, wie die Stalkerin das Vergissmeinnicht bei uns platziert hatte.

Verstohlen schaute ich mich vor der Haustür um, doch nichts deutete darauf hin, dass Reina Sorihama noch ein weiteres Mal aktiv geworden wäre. Ich atmete erleichtert auf. Ein Jahr Ruhe, ab dem heutigen Tag, dachte ich. Die haben wir verdient. So, zunächst einmal die Nachträge in meiner Stalker-Datei machen. Zudem einen Kurzvermerk in den Kalender. Doppelt hält besser. Ausgerechnet Morikawa-*san* musste solch eine Bemerkung machen. Diese Nachbarin ist immer so interessant, liest stets die neuesten Krimis und spricht gerne darüber. Sie war mir immer besonders sympathisch. Ich seufzte tief, dann sah ich nach den Kindern.

*

MARUHITO

Als die beiden Kleinen im Bett waren, machten Sabrina und ich es uns auf dem Sofa gemütlich. Ich schaltete den Fernseher an, doch Sabrina achtete nicht darauf. Gedankenverloren griff sie in die *Karinto*-Tüte und knabberte ein süßes Reis-Stäbchen nach dem anderen. Als ich gerade einen Film vorschlagen wollte, öffnete meine Frau erneut den Mund. Doch diesmal um zu reden.

»Gut, dass sie ein Jahr bekommen hat. Das ist hoffentlich lange genug, damit sie uns endlich in Ruhe lässt«, sagte sie.

Mir war nicht nach reden. Meine Ex war zum zweiten Mal zu einem Jahr Gefängnis verurteilt worden. Mir war hundeelend. Vorsichtig schob ich Sabrina ein weiteres *Karinto*-Stäbchen zwischen die Zähne. Sie begann wieder zu knabbern. Doch dann unterwanderte sie meine Strategie und demonstrierte, dass sie dabei gleichzeitig reden konnte. Ich ergab mich in mein Schicksal.

Sabrina schaute mich betrübt an. Ich war überrascht, alles Kämpferische war aus ihrer Stimme gewichen.

»Wenn sie nicht arbeiten muss, heißt das aber auch, dass sie den ganzen lieben langen Tag Zeit für andere Dinge hat«, überlegte Sabrina laut.

»Du klingst jetzt wie Kassandra«, sagte ich hörbar missmutig.

Sabrina schaute mich mit weit aufgerissenen Augen an.

»Das war nur so dahingesagt. Ich hoffe inständig, dass sie in diesem zweiten Jahr, das sie im Gefängnis verbringt, vernünftig wird«, relativierte sie sofort ihre Äußerung. Ich konnte Sabrina dabei jedoch nicht ansehen.

»Das hoffe ich auch. Noch sind unsere Kinder so klein, dass sie nichts mitbekommen, aber sie werden größer, und ich möchte nicht, dass sie in Angst und Schrecken groß werden. Wir wollen ihnen doch eine sorgenfreie Kindheit bieten.« Immer wieder äußerte Sabrina diese Gedanken.

»Ja, warten wir es einfach ab. Mehr können wir nicht tun«, sagte ich, immer noch, ohne Sabrina anzusehen. Ich hatte Angst, dass mir der Unmut ins Gesicht geschrieben stand.

Reina Sorihama war steinreich. Das hatte mir einen Stich versetzt. Über ihre finanziellen Verhältnisse hatte sie nie gesprochen. Ich allerdings auch nicht. Doch ich hatte nur meinen Job als Einnahmequelle. Meine innere Unruhe wuchs. Hatte ein Mädchen aus reichem Elternhaus, das gewohnt war, seinen Willen durchzusetzen, wirklich die besseren Karten? Wenn sie nun nach dem Prinzip verfuhr, das Opfer mürbe machen, dann würde es schon gefügig. Würde ich ihren Schikanen genügend Widerstand entgegensetzen können? War ich stark genug, um ihr zu widerstehen? Ich spürte Resignation in mir aufkommen. Aus dem Augenwinkel blickte ich kurz zu Sabrina. Sie schaute mich direkt an, gerade so, als hätte sie etwas auf dem Herzen. Ich behielt meine Gedanken für mich, nahm alle Kraft zusammen und schaute meine Frau aufmunternd an.

»Und da ist noch etwas«, hörte ich sie sagen. Der Ton ihrer Stimme verhieß nichts Gutes. »Die Nachbarn haben es also doch mitbekommen. Sie wussten, dass das Vergissmeinnicht von deiner Ex ist.«

»Ja, die Bemerkung habe ich auch gehört. Hattest du es ihnen erzählt?«

»Wo denkst du hin. Wir hatten doch vereinbart, es nicht zu tun.« Sabrinas Stimme klang ärgerlich. Vermutlich hatte sie noch ganz andere Bemerkungen auf der Zunge liegen, doch schluckte sie diese herunter.

»Es war ja nur eine Frage«, lenkte ich meinerseits ein.

»Vermutlich haben sie zwei und zwei zusammengezählt, weil ich doch gefragt hatte, ob uns eine von ihnen das Vergissmeinnicht hingestellt hat.«

»Na, das lässt sich nun nicht mehr ändern. Nur gut, dass wir jetzt ein Jahr Ruhe haben. Die können wir gut gebrauchen.«

Ich wandte mich dem Fernseher zu und stellte den Ton lauter.

*

SABRINA

Während Maruhito sich auf das Geschehen im Fernseher zu konzentrieren schien, hing ich meinen Gedanken nach. Das eine Jahr Mutterschaftsurlaub war wie im Flug vergangen. Nun würde schon bald das Wintersemester beginnen. Ja, der goldene Oktober, und ich gehe dann wieder regelmäßig drei Tage in der Woche zum Unterrichten in die Uni. Und eine Babysitterin hatten wir für die drei Tage auch gefunden. Im Moment konnten wir richtig zufrieden sein, sinnierte ich. Mein Unterbewusstsein registrierte, dass ich Maruhito versonnen anblickte.

Nach einer Weile schaute er zu mir herüber. Er sah meinen Blick und zog die Stirn in Falten. Ob er sich die Konsequenzen ausmalte, wenn die Polizei bei uns auf der Arbeit Nachforschungen anstellte? Ich spürte, wie plötzlich die Aufregung in ihm hochstieg. Sie schlug ihm auf die Hormone. Er begann durchzudrehen. Ich spürte es ganz genau. Sein Verstand schaltete sich aus und augenblicklich setzte er sich ganz dicht an mich heran. Er begann, mich zu küssen. Nein, nicht einfach nur zu küssen, regelrecht abzuknutschen. Ich war irritiert. Für einen Moment wich ich leicht zurück. Ich spürte, dass seine Gedanken nicht bei mir waren. Dieses Gefühl kannte ich nicht. Panik überkam mich. Was war mit meinem Mann los? Was sollte ich tun? Ich war wie gelähmt und rührte mich einfach gar nicht mehr. Dann würde er wohl von mir ablassen. Doch weit gefehlt. Er knutschte weiter und weiter, begann meinen Körper dabei wie wild zu kneten. Ich wehrte mich nicht, traute mich nicht, sein Verhalten schürte die Angst in mir, meinen Mann gegen mich aufzubringen. Oh Gott, wann würde er endlich aufhören, dachte ich nur immer wieder. Im nächsten Augenblick riss Maruhito mir die Kleider vom Leib. Ratsch, ratsch. Die neue Bluse war hin. Klack. Der Hosenknopf fiel auf den Fußboden. Ich war fassungslos. Wie gut, dass die Kinder schon schliefen, war der einzige Gedanke, zu dem ich noch fähig war.

*

MARUHITO

Ich habe mich gerade abscheulich verhalten, durchfuhr es mich, als ich mich erschöpft zur Seite rollte. Mich so an Sabrina abzureagieren. Aber ich hatte ein Ventil gebraucht, sonst hätte ich Mordgedanken entwickelt. *Reina Sorihama sitzt im Gefängnis*, hörte ich mein Gewissen sagen, *an die wärst du gar nicht herangekommen.* Ich kam mir noch schäbiger vor.

Unwillkürlich dachte ich weiter an meine Ex, wie ich sie einst geliebt hatte. Insgesamt war es eine schöne Zeit mit ihr, ging es mir durch den Kopf. Bis auf die paar Mal, wenn sie mir Eifersuchtsszenen lieferte. In meine Gedanken mischte sich ein regelrechter Hass auf mich selber. Ob Sabrina wohl gemerkt hatte, dass ich in Gedanken bei der anderen war und die ganze Zeit an diese andere gedacht hatte? Bitte, nur das nicht. Verstohlen lauschte ich den Geräuschen aus dem Badezimmer. Hörte Sabrina denn gar nicht mehr auf zu duschen?

*

REINA SORIHAMA

Ich saß wieder in der Frauenhaftanstalt Tochigi in meiner Zelle auf den *Tatami*-Matten, die Bettgestell und Stuhl ersetzten. Auch meine vier Zellenmitinsassinnen hockten auf dem Boden. Im Gefängnis hatte ich wieder einen streng geregelten Tagesablauf. Das fiel mir sehr schwer. Zu Hause hatte ich die Tage viel auf dem Sofa verbracht und Musik gehört und ferngesehen. Und natürlich geschlafen, denn ich war müde, wenn ich schon früh morgens zu Obiharas fuhr, um Maruhito zu sehen. Ein solches Leben war jetzt nicht mehr möglich. Zwölf lange Monate nicht mehr möglich. Und das alles wegen dieser Ausländerin! Nur gut, dass ich wenigstens ab und zu ein paar Worte mit den anderen Insassinnen wechseln konnte. Auch wenn das nicht frei möglich war. Stets war jemand zugegen. Das nervte.

Ich wusste, gleich holten sie mich wieder ab zur Beschäftigungstherapie. Warum hatte ich eigentlich Schnitzen gewählt? So prickelnd fand ich das doch gar nicht. Achtung, ich hörte schon die Schritte des Justizvollzugsbeamten.

Etwas später saß ich vor den Holzscheiten, unlustig und machte ein entsprechend missmutiges Gesicht und rührte keinen Finger. Was sollte ich bloß schnitzen?, dachte ich ein ums andere Mal. Plötzlich setzte ich mich mit einem Ruck kerzengerade auf den Schemel. Das war *die* Idee! Ich war wie elektrisiert. Ich werde Maruhito Obihara schnitzen! Wenn ich mir genug Mühe gab, musste es gelingen. Schade, dass ich kein Foto von ihm dabeihatte.

Aus dem Gedächtnis heraus begann ich, meinen Ex-Verlobten zu schnitzen. Erst die groben Umrisse. Ich nahm mir Zeit. Fortan feilte ich in jeder zur Verfügung stehenden Minute an dieser Statue. Nach etwa vier Monaten blickte ich auf mein Opus und dachte, mit dieser Arbeit kann ich zufrieden sein. Das Werk war vollbracht. Jeder, der ihn kannte, würde darin Maruhito Obihara erkennen. Da war ich mir vollkommen sicher. Ich zog die Mundwinkel zu einem Lächeln hoch. Dann drehte ich den Kopf zur Seite. Mein eigenes kaltes Lächeln, durch die Fensterscheiben abgemildert, schlug mir entgegen.

Nachdem ich nun nichts mehr zu tun hatte, verfiel ich tagsüber wieder in die gewohnte Lethargie. Doch nur so lange, bis mir eine weitere Idee kam. Ich schnitzte als nächstes mich selbst. Das war genial, fand ich. Wieder nahm ich mir viel Zeit, bis ich mit meinem Werk zufrieden war. Ich stellte beide Figuren nebeneinander. Nur nicht nervös werden, zwang ich mich zur Ruhe. Gut, dass mir die Idee schon jetzt gekommen war, im richtigen Winter, wenn die Finger vor Kälte steif waren, wären mir die beiden Werke sicherlich nicht so gut gelungen. Im Ausland soll das anders sein, hatte ich einmal gehört, aber in Japan waren die Zellen im Gefängnis nicht beheizt. Egal, ob wir Gefangenen froren wie die Schneider, eine Heizung gab es nicht. Ich musste daran denken, dass auch ich selbst früher gemeint hatte, dass das ein Teil der gerechten Strafe war, und als solche hatte ich diese Sitte nie infrage gestellt. Aber jetzt sah der Fall anders aus. Jetzt war ich Opfer, ein Justizopfer. Ich war keine Täterin. Das behauptete bloß diese Ausländerin. Genau. Das alles hat mir diese Sabrina eingebrockt, die mir den Mann, den ich für mich haben wollte, ausgespannt hat. Dafür würde sie büßen! Mir musste etwas einfallen, ich brauchte nur etwas Zeit zum Überlegen.

*

MARUHITO

Die letzten Wochen waren furchtbar. Nachts konnte ich kaum schlafen, und tagsüber war ich durch den Wind. Die Kollegen machten schon Bemerkungen, weil ich oft unkonzentriert war. »Das macht der Stress«, hörte ich sie flüstern. Eine Kollegin, die sich gerne als Laien-Doktor aufspielte, erklärte sogar »Das liegt an dem Hormon Cortisol. Das wird in den Nebennieren gebildet. Wird das freigegeben, erhöht das die Konzentration. Doch Dauerstress wie bei unserem Obihara-*Kakarichō* führt zum Gegenteil, zu unendlicher Müdigkeit und Konzentrationsschwäche.«

Ich war viel zu erschöpft, um auch nur ansatzweise dagegen anzureden. Zudem hatte sie ja gar nicht mit mir gesprochen.

Der Familie gegenüber tat ich indes so, als genösse ich das nun unbeschwerte Leben. Sabrina hatte ja recht, solange Reina Sorihama in Justizgewahrsam war, konnte sie uns auch in der Nachbarschaft nicht schaden. Das wäre furchtbar, wenn sie hier Unfrieden säte.

»Lasst uns doch am Wochenende nach Ikebukuro ins Aquarium gehen«, drang Sabrinas Stimme an mein Ohr. »Die Kleinen sind jetzt im richtigen Alter dafür.«

»Oh ja, ins Aquarium. Hurra, wir gehen ins Aquarium.«

Die Kinder waren begeistert. Zum ersten Mal sahen sie Krabben, Wasserschildkröten und Wasserschlangen aus nächster Nähe. Sie konnten gar nicht genug bekommen. Anschließend aßen wir am Außenstand in der Nähe ein Crepe. Das mochten die Kleinen so gerne. Ich biss in meins und spürte den cremigen Geschmack auf der Zunge. Wie zart sich das anfühlte. Wie, wie, ... Wie die Haut von Reina Sorihama, schoss es mir durch den Kopf. Oh nein, nicht schon wieder! Stets und ständig drängte sich diese Frau in meine Gedanken. Selbst in so einem Augenblick.

Während ich in meinen Selbstzweifeln zu versinken drohte, plante meine Frau schon den nächsten Ausflug. Ich lächelte sie an und hoffte, dass es nicht zu gequält aussah. Bedeutete mir die Stalkerin, wie Sabrina sie stets nannte, vielleicht doch noch etwas? Ich versuchte, ehrlich zu mir zu sein. Und dann der nächste Gedanke. Natürlich war es schmeichelhaft für mein Ego, dass meine Ex sich so ins Zeug legte, um mich zu sich zurückzuholen. Aber es war zu spät. Ich hatte jetzt Sabrina und die Kinder. Doch schon im nächsten Augenblick begannen erneut Selbstzweifel an mir zu nagen.

*

REINA SORIHAMA

Inzwischen war der Winter nicht mehr zu leugnen, die Temperaturen sanken fast täglich unter Null und ich hatte einen weiteren Plan geschmiedet. Weihnachten stand vor der Tür. Nicht, dass ich Christin wäre, ich nicht, aber diese Ausländerin. Und das war meine Chance. Das Fest würde ich ihr gründlich verderben. Dafür brauchte ich einen Rechtsanwalt, der für mich mit der Außenwelt in Kontakt trat.

Drei meiner Zellenmitbewohnerinnen nannten mir ihre Rechtsanwälte. Für mich wollten diese jedoch nicht arbeiten, weil ich schon zum zweiten Mal wegen derselben Sache einsaß. Also einen weiteren Brief schreiben und noch einen. Dann endlich, der sechste Rechtsanwalt, den ich kontaktierte, war bereit zu einem Treffen. Und so saß ich schon bald zum ersten Mal Oka-*sensei* gegenüber. Er machte in seinem dunkelblauen Nadelstreifenanzug mit weißem Hemd und dezenter Krawatte einen sehr seriösen Eindruck. Natürlich waren auch seine braunen spitz zulaufenden Schuhe blitzblank geputzt. Er arbeitete noch nicht lange in seinem Beruf, war also noch recht unerfahren und natürlich daran interessiert, Erfahrungen zu sammeln.

»Ich möchte, dass Sie mich hier aus dem Gefängnis herausholen. Sie sehen ja, wie ich hier lebe. Zu fünft werden wir in eine Zelle gepfercht und noch nicht einmal mit Ihnen kann ich in einem normalen Raum sprechen, wir sitzen in einem minikleinen Kabuff, noch nicht einmal die Arme kann man vollständig ausstrecken, und sind durch eine dicke Glasscheibe getrennt. Nur die paar Löchlein in Mundhöhe lassen den Schall durch. Wieviel Geld Sie verlangen, ist mir egal. Ich zahle jede Summe.«

»So einfach, wie Sie sich das vorstellen, ist die Sache nicht. Schließlich sind Sie Wiederholungstäterin und die Fakten sprechen eindeutig gegen Sie«, bremste der junge Mann meine Ambitionen.

»Ich will raus aus diesem Loch, habe ich gesagt«, wiederholte ich mit etwas lauterer Stimme.

»Ich verstehe Sie nur zu gut, doch das liegt nicht in meiner Macht. Auch kein Kollege von mir würde das schaffen.«

Vermutlich sagte er die Wahrheit und ich kam nicht vor einem Jahr hier wieder raus, dachte ich missmutig. Im Geiste rechnete ich nach, noch sieben Monate. Also erst einmal an meiner Weihnachtsidee basteln. Heute war schon der achtzehnte Dezember. Laut sagte ich:

»Wenn Sie mich hier schon nicht rausholen wollen, dann geben Sie für mich wenigstens einen Brief auf, wenn Sie das nächste Mal kommen. Ich bereite ihn bis dahin vor.«

Oka-*sensei* schaute mich überrascht an. »Doch nicht etwa an die Gefängnisleitung?«, hakte er sofort nach.

»Nein, wo denken Sie hin!«, verwahrte ich mich gegen diese Idee.

»An wen wollen Sie denn schreiben?«, fragte der junge Rechtsanwalt sofort weiter. Ganz so unerfahren war er wohl doch nicht.

Das heißt, wenn ich dem die Wahrheit sage, nimmt er den Brief nicht an. Mir musste blitzschnell etwas einfallen. Eine Antwort musste her, die plausibel und für ihn als Rechtsanwalt akzeptabel war.

»An meinen Cousin«, antwortete ich so neutral wie möglich. Ganz konnte ich die innere Erregung nicht unterdrücken. »Ich will an meinen Cousin schreiben.«

»Das ist kein Problem. Den Brief kann ich gerne für Sie auf den Weg bringen.«

Yatta! Das hatte ja bestens funktioniert. Rechtsanwälte wurden nicht kontrolliert. Das war also die Lösung. Und schon stand mir die Welt wieder offen.

*

REINA SORIHAMA

Oka-*sensei* hielt Wort. Am zwanzigsten um zehn war er wieder zur Stelle.
Ich beschloss, dessen Ego ein wenig zu streicheln und sagte voller Empathie, sobald er sich vor die Trennscheibe setzte: »Danke. Danke, dass Sie Wort gehalten haben.«

Mit einem schüchternen Augenaufschlag übergab ich dem Wärter das verschlossene Schreiben, damit er es Oka-*sensei* gab. Der nahm es entgegen. Ich wartete. Mein Gegenüber sagte nichts. Sehr gut, ich hatte befürchtet, dass er heute dumme Fragen stellen könnte. Stattdessen schaute er nur auf den Umschlag und sagte:

»Ein gewöhnlicher Brief. Innerhalb Tōkyōs. Das kostet nicht viel Porto.«

»Sie wirken überrascht.«

»Ich hatte gedacht, es würde ein großer Umschlag sein.«

»Nein, nein, nur Weihnachtsgrüße«, gab ich mich gesprächig. Mein hintergründiges Lächeln entging dem noch unerfahrenen *Sensei*. Das Gespräch war damit beendet.

*

SABRINA

Zwei Tage darauf fasste ich in unseren Briefkasten, sobald ich nach Hause kam. Weihnachtspost. Oh, wie schön. Von wem wohl? Ich drehte den Umschlag um. Es traf mich wie ein Schlag. Ich starrte auf den Absender: *Reina Sorihama*. Nein. Nein. Nein! Das konnte nicht sein. Wir wähnten die Stalkerin im Gefängnis, und nun schrieb sie Maruhito wieder einen Brief. Und dabei hat die Polizei es ihr doch schon verboten. Ob sie wohl ausgebrochen war? Oh Gott, dann ist sie womöglich hier ganz in der Nähe. Vielleicht beobachtet sie mich sogar. Erst gestern war wieder ein Stalker mit dem Messer

123

auf sein Opfer losgegangen. Das war groß durch die Presse gegangen. Meine Gedanken überschlugen sich. Bloß nicht in Panik geraten.

Ich ging zurück ins Wohnzimmer. Vor ein paar Tagen erst hatte ich alles weihnachtlich geschmückt. Sogar einen kleinen Tannenbaum hatten wir aufgestellt, für die Kinder. Zwar aus Plastik und recyclebar, doch immerhin ein weihnachtlicher Familienmittelpunkt. An echte kam man halt so gut wie nicht ran. Und nun, die ganze schöne Weihnachtsstimmung. Wie weggeblasen, und das nur wegen dieser Kriminellen. Der anfängliche Schreck wich ohnmächtiger Wut. Ausgerechnet jetzt tourten meine Eltern durch Japan. Die letzte SMS vorhin war aus Miyajima vor Hiroshima. Ich schrieb zurück, nur ein paar Zeilen. Aber es tat gut zu wissen, dass jemand mich verstand, ohne dass ich mich für meinen Wutausbruch verteidigen musste.

Entgegen meiner Erwartung, war auch Maruhito völlig irritiert, als ich ihm den Brief am Abend zeigte: »Wie kann das denn sein? Ich dachte, sie hätte ein Jahr bekommen.«

»So lautete auch das Gerichtsurteil. Wenn wir es beide so gehört haben, muss es doch wohl stimmen«, befand auch ich.

»Papa, Papa, das da!«

»Ja, das habt ihr schön gemacht.«

Nun wollten die Kinder seine volle Aufmerksamkeit.

Ich stand auf und verteilte etwas Spielzeug im Raum. Damit waren die Kleinen eine Weile beschäftigt.

»Lass uns den Brief erst einmal lesen. Vielleicht ist es ja halb so wild«, meine Maruhito schließlich. Er griff zur Küchenschere. Wie sorgfältig er ihn öffnete. Zwei Millimeter schnitt er vom Umschlag ab, links oben bei der Briefmarke fing er an, und zog dann das Blatt Papier vorsichtig heraus. Aber das machen alle Japaner so, wusste ich. Noch nicht einmal bei der Stalkerin wich er von diesem Sorgfaltsprinzip ab.

Der Brief bestand aus einem Blatt Japanpapier und die Zeichen waren mit Tuschestift geschrieben. Was für eine schöne Handschrift. Ich war fassungslos. Solch edle Schriftzüge hätte ich der Stalkerin überhaupt nicht zugetraut. Ich schielte zu Maruhito. Sprach er darauf an? Er hatte ein Faible für Kalligraphie. Da konnte ich mit meiner Krakelschrift nicht mithalten. Frust bemannte sich meiner. Ob diese Reina Sorihama wohl die Prüfung als Kalligraphielehrerin gemacht hatte? Noch bevor ich ein Wort gelesen hatte, kamen mir schon wieder trübe Gedanken, ärgerte ich mich. Und das direkt vor Weihnachten. Das Fest hatte sie uns ganz schön versaut mit ihrer Boshaftigkeit. Bestimmt mit voller Absicht. Instinktiv rückte ich näher an Maruhito heran und sagte:

»Ließ ihn mir bitte vor, die zusammengezogenen Schriftzeichen kann ich nicht entziffern.«

Maruhito begann:

Allerliebster Maruhito,

Die Anrede hatte sie auf Deutsch geschrieben. Ich war fassungslos. Natürlich, auf Japanisch hätte sie lediglich »Maruhito-*san*« schreiben können, ohne jeden Zusatz. So kam ihre Absicht schon bei den ersten Worten rüber.

Frohe Weihnachten wünsche ich dir. An diesem Fest der Liebe denkst du bestimmt an mich, das weiß ich. Ich denke jeden Tag an dich, jede Stunde, jede Minute, jede Sekunde. Ich kann an gar nichts anderes denken. Ich möchte, dass du das weißt.

Nun haben wir schon monatelang, ach, was sage ich, fast ein Jahr lang nichts mehr voneinander gehört, da dachte ich, ich melde mich einmal, damit du nicht vor Sehnsucht nach mir vergehst. Mir geht es sehr schlecht, weil du nicht bei mir bist. Als Ersatz habe ich eine große Statue aus Holz von dir geschnitzt. Sie ist zwar nur halb so groß wie du, aber sie sieht dir sehr, sehr ähnlich. Und, damit wir immer zusammen sein können, werde ich auch eine von mir schnitzen. Die beiden Statuen werden in trauter Zweisamkeit so beieinanderstehen, dass sie sich stets ansehen. Bei Gelegenheit werde ich sie dir schenken. Ich bin sicher, dass du dich sehr darüber freuen wirst.

Heute schreibe ich nur so viel, damit du diesen kleinen Brief immer bei dir tragen kannst. Wäre er zu lang, würde er zu sehr auftragen. So rücksichtsvoll bin ich gegenüber dir. Ich wünsche dir wirklich von Herzen Frohe Weihnachten und dass du im Neuen Jahr den Mut haben wirst, wieder zu mir zurückzukommen.

Ich liebe dich

Mein teurer Wasurena-otto, mein teurer »Vergissnicht-Ehemann«!

Reina Sorihama

Wir lasen den Brief noch einmal. Mir fiel auf, dass er als Weihnachtsgruss deklariert daherkam, jedoch in japanischer Manier geschrieben war, von oben nach unten und von rechts nach links zu lesen, zudem die Anrede am Ende.

*

MARUHITO

Mich hingegen bewegten bei dem Brief Gedanken besonderer Art. Mein Blick blieb an den Zeilen zum Thema Rücksicht kleben. Es waren ganau vier Zeilen bis zum nächsten Absatz und die Sätze wirkten wie zu diesem Zweck aneinandergereiht. Sie drohte mir ganz offen. Entweder ich ginge wieder zu ihr zurück, oder aber sie würde mich per Rufmord fertigmachen. Ich wünschte, ich hätte den Brief Sabrina nicht gezeigt. Aber das wäre wohl kaum möglich gewesen, immerhin hatte sie ihn im Briefkasten entdeckt. Auf die Idee, dass meine deutsche Ehefrau derartige Vierersymbolik überhaupt nicht beachten würde, nein, gar nicht einmal erkennen würde, kam ich nicht. Das Beste wäre, wir würden den Brief einfach ignorieren, überlegte ich. Einfach eine Nullreaktion zeigen. Wenn ihre Aktionen ins Leere liefen, würde sie vielleicht das Interesse verlieren weiterzumachen. Doch da kam es auch schon von Sabrina:

»Dann lass uns den Brief nehmen und noch einmal zur Polizei gehen. Ich rufe sofort die Babysitterin an. Die Kleinen plappern derzeit alles nach, da müssen wir sie nicht mit zur Polizei nehmen. Sobald sie da ist, machen wir uns auf den Weg.«

»Wenn du meinst.« Das Zögern in meiner Stimme entging Sabrina nicht.

»Ja, natürlich. Wie sonst sollen wir herausfinden ob sie nicht etwa schon wieder auf freiem Fuß ist?« Sabrina schüttelte wieder einmal nur mit dem Kopf.

Reina Sorihama wieder in meiner Nähe? Auf die Idee war ich noch gar nicht gekommen. Ich hatte bis jetzt gar keine Zeit gehabt, zu überlegen, wie der Brief bei uns im Kasten gelandet sein könnte. Mich überkam eine bislang nicht gekannte schleichende Angst vor dieser Frau.

»Gut, aber lass uns erst zu Ende essen.« Etwas Anderes fiel mir nicht ein. Meine Sabrina ließ sich nicht unterkriegen. Sie wollte meine Ex wieder anzeigen.

Ihr das auszureden war zwecklos, so entschlossen wie sie auftrat. Andererseits, meine Ex war bereits zweimal zu einer Gefängnisstrafe verurteilt worden, da war es vermutlich egal, ob wir sie weiter anzeigen würden. Zudem hatte ich Sabrina keine Alternative zu bieten. Stillhalten war keine, würde sie sagen. Ich saß zwischen zwei Stühlen. Und auf beiden saß eine Frau, stellte ich mir meine Situation bildlich vor. Die eine hielt mit entschlossenem Gesichtsausdruck ein Schild hoch, auf dem steht *Komm gefälligst zu mir zurück*, die andere nicht minder selbstsicher eins mit der Aufschrift *Elende Stalkerin! Polizei, Anzeige*.

Die Türklingel riss mich aus meinen Gedanken. Die Babysitterin war da. Sie konnte zwei Stunden bleiben. Sofort machten wir uns auf den Weg.

*

SABRINA

Auf dem Polizeirevier im dritten Stock legte gerade der Polizist Izuhama-san den Hörer auf die Gabel. Die Rezeption hatte ihm uns offenbar angekündigt.

»Sie haben einen Brief von Reina Sorihama erhalten, obwohl diese im Gefängnis sitzen soll? Das ist in der Tat ein Grund, wieder zu uns zu kommen. Einen Moment bitte, ich muss den Fall erst recherchieren.« Damit verschwand er um die Ecke. Sehr schnell kam er wieder zurück.

»Unser Computer sagt mir, dass die Betreffende immer noch im Gefängnis sitzt. Ich rufe aber dort einmal an, damit die Bescheid wissen. Auf diese Weise erfahre ich hoffentlich auch, wieso ein solcher Brief die Gefängnismauern verlassen konnte. Haben Sie den Brief dabei?«

Ich reichte ihm den Umschlag und der Ordnungshüter las. Dann verschwand er wieder.

Nach einer Weile kam er zurück.

»Offensichtlich hat sie sich einen Rechtsanwalt genommen. Wir müssen den Fall noch einmal checken, aber die Wahrscheinlichkeit ist groß, dass der Brief auf diesem Wege zu Ihnen gelangt ist.«

»Oh, das ist ja kaum zu glauben. Diese Frau hört wohl nie auf! Jetzt beschäftigt sie sogar einen kriminellen Rechtsanwalt«, entfuhr es mir.

»Seien Sie ganz beruhigt. Das stellen wir sofort ab. Ein seriöser Rechtsanwalt lässt sich nicht für kriminelle Zwecke benutzen«, versicherte Izuhama-*san*.

»Verlängert sich ihre Gefängnisstrafe dadurch?«, fragte ich hoffnungsvoll.

»Nein, das wird nicht der Fall sein«, kam die ernüchternde Antwort.

Unglaublich, da hatte diese Stalkerin die Oberhand gewonnen. Sie saß zwar ein, hatte es aber doch geschafft, uns das Weihnachtsfest zu vermasseln und das auch noch ohne negative Konsequenzen für sich. Ich fühlte mich richtig down. Es war wirklich zum Auf-und-davon-Laufen. Wie gut, dass meine Eltern in zwei Tagen wieder bei uns sein würden.

*

REINA SORIHAMA

»Ein Brief für Sie.« Damit überreichte der Justizvollzugsbeamte mir einen Umschlag. Ein Brief ohne Briefmarke. Vom wem der wohl war? Ich schaute auf den Absender und erschrak. Sofort machte ich ihn auf und las das Schreiben. Justizia untersagte mir schriftlich, weiter solche Briefe, wie den an meinen »Cousin« zu schreiben. Nichts darf man hier, ich will hier raus! Ärgerlich stampfte ich mit dem Fuß auf den Boden. Sofort erschien ein Gesicht am Gitter und spähte in den Raum.

Oh, diese Wut in mir. Wut, gepaart mit einem Gefühl der Ohnmacht gegenüber der Justiz und Sabrina Obihara. Maruhito hat sich bestimmt über das Lebenszeichen von mir gefreut, daran zweifelte ich nicht eine Sekunde. Der Mann liebte mich und hatte sich nur von dieser Ausländerin einlullen lassen. So war es. Es konnte gar nicht anders sein. Und das, obwohl ich ihm nur *seasons greetings* habe zukommen lassen.

Kurz darauf drang eine Stimme an mein Ohr:

»Ihr Rechtsanwalt ist eingetroffen«, meldete der Justizvollzugsbeamte und unterbrach damit meine Gedanken. »Kommen Sie mit, ich bringe Sie in den Besucherraum.«

Kaum hatte ich Platz genommen, gab es die nächste Abreibung.

»Sie wissen, warum ich hier bin?«

»Ich kann es mir denken.«

»Ich muss Ihnen sagen, und das tue ich mit allergrößtem Nachdruck, dass ich mich nicht für kriminelle Zwecke benutzen lasse. Der Brief, den ich für Sie aufgeben sollte, fällt darunter.«

Deutlicher ging es nicht. Ich gab mir den Anschein zuzuhören. In Wahrheit ließ ich die Worte gar nicht erst an mich heran. Ich ließ Oka-*sensei* ausreden, dann sagte ich:

»Ich bin reich genug, um Ihr Honorar in angemessener Weise aufzustocken. Sie müssen mir nur ab und zu einen Gefallen tun.«

Mit einer solchen Antwort hatte mein Gegenüber nicht gerechnet. Für einen Moment verschlug es ihm die Sprache. *Solch eine Mandantin ist mir ja noch nie untergekommen*, stand ihm im Gesicht geschrieben. Als er sprach, war er die Ruhe selber. »Ich wiederhole mich nur ungern. Aber was ich eben gesagt habe, gilt. Damit dürfte alles klar sein und ich verabschiede mich jetzt wieder.« Er sagte dem Wärter Bescheid, dass er jetzt ging. Dieser betrat sofort den Besucherraum.

»Kommen Sie, ich bringe Sie wieder in Ihre Zelle«, wandte sich der Gerufene an mich.

Dort hockte ich mich wieder auf die *Tatami* und verfiel ins Grübeln. Mir musste etwas einfallen, etwas so Grandioses, dass kein Gesetz der Welt mich mehr erreichen konnte. Doch was konnte das sein?

*

MARUHITO

»Wenn ich das richtig sehe, hat sie uns aus der Haft heraus den Brief geschrieben«, resümierte Sabrina später.

»Ganz richtig«, bestätigte ich und setzte vorsichtshalber hinterher, »und das wird wohl nicht mehr vorkommen.«

»Immerhin ist sie noch in Polizeigewahrsam, das finde ich beruhigend«, blieb Sabrina beim Thema. »Dennoch fühle ich mich nicht mehr wirklich sicher.«

»Das Gefühl kann ich sehr gut verstehen«, gab ich zu.

»Wenn es so leicht ist, einen Brief aus dem Gefängnis zu schmuggeln, was kann sie dann noch alles aus ihrer Haft heraus unternehmen? Skulpturen hat sie geschnitzt, doch nicht irgendwelche, sondern solche, die sie zu Stalkerzwecken einzusetzen gedenkt. Schließlich hat sie geschrieben, sie will sie dir schenken.«

»Ja, aber zum Glück kennt die Polizei jetzt den Inhalt des Briefes. Damit sind wir auf der sicheren Seite«, versuchte ich meine Frau zu beruhigen. Doch die warf mir nur einen skeptischen Blick zu und schwieg.

*

SABRINA

Ich drappierte die Geschenke mit viel Liebe unter dem Tannenbaum. Die meisten waren für die Kinder. Aber auch Maruhito ging nicht leer aus. Das neueste Buch von Murakami hatte ich ihm besorgt. Das sei die richtige Bahnlektüre meinte er stets. Ob er wohl auch an mich gedacht hatte? Letztes Jahr hatte ich einen Gutschein bekommen und mir dafür ein schickes Sommerkleid gekauft, um dann gesagt zu bekommen, dass ein Businessdress in Japan aus Rock und Bluse bestehe. Kleider seien eher Freizeitlook. Daraufhin hatte ich überlegt. Kleider waren offenbar etwas Besonderes. Japanische Politikerinnen zogen sogar zum »Familienfoto« bei jeder Kabinettsneubildung Abendkleider an, allerdings ohne erkennbares Dekolleté und mit langärmeligem Jäckchen. Zu dieser Gelegenheit erschienen aber auch die Herren im Smoking. Was Maruhito wohl sagen würde, wenn ich mich heute Abend so feierlich anzöge. Hmmm.

Ich schaute mich noch einmal im Zimmer um, legte zuletzt noch schnell eine CD mit Weihnachtsliedern auf und summte leise mit. Die Weihnachtsstimmung, sie war zumindest in Ansätzen wieder da! Im Rausgehen stellte ich noch das Glöckchen zurück auf seinen Platz. Ich würde mich nur noch schnell umziehen. Spontan beschloss ich, mein violettes Winterkleid anzuziehen.

Von der Treppe aus sah ich, dass Maruhito an seinem Schreibtisch saß. Leicht vornübergebeugt, lächelnd, als würde er in einem schönen Buch lesen.

Ich stellte mich leise hinter ihn, um ihn nicht zu stören. Da erlebte ich eine Weihnachtsüberraschung der besonderen Art: Mein Mann las DEN Brief. Nein, das konnte doch nicht wahr sein, ich träumte. Bitte sage mir einer, dass ich träume, dachte ich. Auf Zehenspitzen entfernte ich mich wieder. Wie im Trance zog ich mich um. Mein Mann las zu Weihnachten die Briefe der Stalkerin. Sie bedeutete ihm immer noch etwas. Liebte er sie womöglich noch? Warum hatte er sich wirklich von ihr getrennt? Die Gedanken fuhren in meinem Kopf Karussell. Hilfe, ich brauchte Hilfe, ich drehte durch! Und das zu Weihnachten. Die schlimmste Weihnachtsüberraschung meines Lebens. Wie ferngesteuert ging ich die Treppe wieder hoch und läutete zur Bescherung. Gleich wünscht er mir Frohe Weihnachten, rebellierte es in meinem Inneren.

*

SABRINA

Und dann kam endlich der Tag, an dem meine Eltern wieder bei uns waren. Wie erwartet, waren sie und die beiden Kleinen ständig zusammen.

Mein Vater war ein lustiger Typ und unterhielt die Gesellschaft, wenn niemandem mehr etwas zu sagen einfiel. Gerade ließ er sich über Sackgassen aus. Dafür gebe es in Japan kein Verkehrsschild, hätte ich erzählt. »Wir sind auf unserer Reise bestimmt doppelt so viel gelaufen wie nötig, weil wir ständig in Sackgassen versunken sind«, sagte er gerade. Da konterte Maruhito »Ganz so schlimm war es doch sicherlich nicht. In der Regel wird darauf mit einer Straßenmarkierung auf dem Asphalt aufmerksam gemacht.«

»Warum sagst du uns das jetzt erst?«, lachte mein Vater und warf seinem Schwiegersohn einen demonstrativ grollenden Blick zu.

»Übrigens haben wir nirgendwo Frauen mit zusammengeschnürten Füßen gesehen!«

»Es braucht sicherlich einige Zeit, bis ihr euch hier eingewöhnt habt«, lachte ich. »Die Füße wurden in früher Zeit nur den hochgeborenen Frauen gebrochen und geschnürt, und das war in China. Japan kennt eine solche Sitte nicht. Auch wenn es vieles von den Chinesen übernommen hat, diese Sitte nicht. Zu keiner Zeit!«

»Dann gewöhnen wir uns lieber im heutigen Japan ein!«, lachte mein Vater.

Später, als ich mit ihnen allein war, meinte meine Mutter, so wie sie Maruhito erlebt hätten, könnten sie es sich gar nicht vorstellen, dass er und ich bezüglich der Stalkerin manchmal so unterschiedlicher Meinung seien.

*

MARUHITO

»Für Samstag hat der Wetterbericht gutes Wetter vorhergesagt«, verkündete Tadakai-*san* fröhlich.

»Dann machen wir unser Straßenfest doch ganz spontan jetzt Samstag«, erwiderte Shino-*san* voller Tatendrang.

»Ich gehe wieder mit einkaufen«, erbot sich Sabrina. Wie gut, dass sie rausgekommen war, als sie die Nachbarinnen zusammen hatte stehen sehen. Ein Straßenfest, das war so ganz nach ihrem Geschmack.

Ich fragte indes überrascht nach:

»Ein Straßenfest Ende März?« Grillpartys machte man üblicherweise im Sommer.

»Warum nicht?«, entgegnete Takadai-*san* nur.

Am Samstag half ich mit aufbauen. »Fünfzehn Stühle, das müsste reichen«, meinte ich.

»Drei Campingtische und zwei Grills haben wir auch«, pflichtete mir Fujimoto-*san* bei.

Ich stellte mich an den einen Grill, der Mann von Shino-*san* an den anderen. Es war eine nette Atmosphäre. Alle waren bester Laune und gaben den ein und anderen Kalauer zum Besten.

Doch plötzlich, als alle schon ziemlich viel Alkohol genossen hatten, fragte Shino-*san* von gegenüber vollkommen unvermittelt: »Was ist eigentlich aus der Stalkerin geworden? Haben Sie jetzt Ruhe vor dieser Person?«

Sabrina wirkte überrumpelt, ich grillte weiter die Würstchen.

»Wie kommen Sie denn jetzt auf die Stalkerin?«, versuchte sie ihren Schrecken zu vertuschen.

»Ich meine ja nur, einige sollen sehr hartnäckig sein. Und die Frau, die Sie gestalkt hat, schreckt ganz offensichtlich auch vor Körperverletzung nicht zurück.«

»Ja, Sie hat ein Jahr Gefängnis bekommen«, versuchte Sabrina sachlich und locker zu bleiben. Hoffentlich kommen sie nicht mit konkreten Nachfragen.

»Sie glauben ja nicht, wie wir hier in der Nachbarschaft gezittert haben, als es hieß, Sie hätten Giftspinnen im Briefkasten. Wir haben alles durchforstet, bis endlich die dritte Spinne gefunden war. Dieses Frühjahr haben wir wieder gesucht, es könnte schließlich sein, dass sie sich vermehrt hatten. Die Giftigen sind ja die Weibchen.«

So ging es noch eine ganze Weile hin und her.

Und dann kam von Shino-san: »Ein Jahr hat sie bekommen? Wann kommt sie denn wieder frei?«

Sabrina machte gerade den Mund auf, um zu antworten, da öffnete sich unsere Haustür.

»Oh, wer kommt denn da?«, begrüßte Morikawa-*san* im nächsten Moment die Zwillinge und das Kindermädchen. Ich sah Sabrina die Erleichterung an.

»Sie haben die Eltern aus dem Fenster gesehen und waren nicht mehr zu halten«, erklärte Margret.

»Trifft sich gut, dann können wir sie mit Gegrilltem vertraut machen«, sagte Sabrina, nun ganz die stolze Mama.

»Ja, so schön Gegrilltes bekommt ihr nicht jeden Tag«, sprach Takadai-*san* die Zwillinge an. Und der Mann von Shino-*san* brachte sofort für jeden ein Würstchen.

»Ab April gehen sie in die Kinderkrippe«, sagte Sabrina schnell.

»Was, so groß seid ihr schon?«

Im Nu waren die beiden Kleinen die Stars des Abends, und das Gespräch schwenkte auf sie um.

*

REINA SORIHAMA

Das Licht fiel spärlich in die Zelle. Noch drei Wochen, dann hatte ich dieses Leben hinter mir. Das Jahr war mir unendlich lang vorgekommen. Dreihundertsechsundsechzig Tage. Und nicht ein einziger dabei, an dem ich nicht an Maruhito Obihara hatte denken müssen. Ich brauchte einen perfekten Plan, um ihn zu mir zurückzuholen. Doch mir wollte partout nichts einfallen. Missmutig rutschte ich in meiner Zelle auf den *Tatami*-Matten hin und her. Ich gehörte schon zu der Generation, die zu Hause nicht mehr viel auf *Tatamis* saßen. Und so taten mir anfangs die Füße weh. Das hatte sich mit der Zeit zum Glück gegeben. Aber jetzt dachte ich wieder daran. Ich dachte an den Tag, an dem ich wieder ein freier Mensch sein würde. Ich malte mir aus, dass Maruhito Obihara sich für mich scheiden lassen und wieder zu mir zurückkehren würde. Es waren so wunderschöne Tagträume, auch wenn sie nie lange dauerten, weil irgendeine der Mitinsassinnen mich garantiert ansprach. Derartige Gedanken passten so gar nicht in meine derzeitige Umgebung. Zudem kam jedes Mal danach die Ernüchterung: So einfach lässt er sich nicht scheiden. Diese Ausländerin hat ihn voll im Griff. Und diese Gedanken bewirkten, dass ich hätte bersten können vor Wut. Und nichts und niemand, woran ich mich hätte abreagieren können.

»Wie lange musst du noch einsitzen? Was hattest du noch einmal gesagt?«, begann eine Zellenmitbewohnerin ein paar Tage später ein Gespräch.

»Noch drei Wochen«, gab ich zur Antwort.

»Und was machst du, wenn du draußen bist?«

»Darüber habe ich noch nicht nachgedacht.«

»Wirst du weiter stalken?«

»Ich habe nie gestalkt, ich mache mich nur bei dem Mann meines Herzens bemerkbar«, erwiderte ich empört.

»Nenne es, wie du willst, einsitzen tust du wegen Stalkerei«, kam es wie eine Ohrfeige zurück.

Sucht die jetzt Streit mit mir? Dann soll sie doch die Zelle wechseln!, dachte ich aufgebracht. Natürlich wusste ich, dass eine solche Vorstellung Tagträumerei war. Die Gefangenen hatten miteinander auszukommen. Mein Gesichtsausdruck wechselte von Freude an einer Gesprächsmöglichkeit hin zu Unmut und Ungeduld.

»Weißt du, wenn ich du wäre und das Stalken ständig verboten bekäme, würde ich in die Nähe des Mannes meines Herzens ziehen. Möglichst nah heran. Dann könntest du Tag und Nacht in seiner Nähe sein, ohne dass jemand etwas daran ändern könnte.«

»Umziehen?«

»Ja, umziehen.«

»Dass ich da nicht von allein drauf gekommen bin!« Sofort breitete sich Sonnenschein in meinem Innersten aus.

»Ja, so ist das eben. Die einfachsten Lösungen fallen einem nicht sofort ein. Aber verpetz mich nicht.«

»Du sitzt nicht mehr so lange, stimmt`s?«

»Nein, ich komme übermorgen raus.«

»Und was machst du dann? Haben sie dir schon eine Arbeit besorgt?«

»Ja, in einer Bäckerei. Viel Lohn bekomme ich nicht, aber es reicht, um eine Sozialwohnung zu bezahlen. Die zu finden, dabei haben sie mir auch geholfen.«

»Willst du jetzt ein normales Leben führen?«

»Ja, wenn ich den Job nicht verliere, ja.«

»Du könntest mir einen Gefallen tun. Gegen ein Entgelt natürlich.«

»Und der wäre?«

»Ich muss herausfinden, wer ein bestimmtes Mietshaus verwaltet, wenn es geht, auch den Eigentümer.«

»Das ist kein Problem. Wieviel zahlst du?«

»Zehntausend Yen.«

»Mehr nicht?«

»Also gut, zwanzigtausend.«

»Okay, gib mir die genaue Adresse oder Beschreibung der Immobilie und ich mache mich sofort auf den Weg, wenn ich draußen bin.«

»Das ist ein Wort. Und vielen ...«

Eine Justizvollzugsbeamtin stellte sich verdächtig in die Nähe unserer Zelle, weil wir zu lange miteinander getuschelt hatten. Ich verdrehte die

Augen in ihre Richtung und mein Gegenüber verstand. Wir schwiegen auf Anhieb.

Ich wartete, bis die Aufpasserin sich wieder entfernt hatte, dann beschrieb ich der Mitinsassin kurz den Weg.

»Vom Bahnhof aus sind es bloß gute zehn Minuten zu Fuß. Du musst nur am *Kōban* und am Friedenspark vorbei ein Stück Richtung Norden laufen und dann nach links gehen. Nach fünf Minuten kommt eine kleine Seitenstraße, und wieder nach links. Da auf der rechten Seite ist es.«

»Ich werde es schon finden.«

»Du Glückliche, wirst schon übermorgen entlassen.«

»Ich komme dich in ein paar Tagen besuchen und sage Bescheid, was ich herausgefunden habe.«

»Du kannst mir auch schreiben.«

»Nein, das ist zu gefährlich, der Brief wird geöffnet.«

Wieder stellte sich die Justizvollzugsbeamtin in unsere Nähe. Und wieder schwiegen wir wie auf Kommando.

*

REINA SORIHAMA

Eine gefühlte schiere Unendlichkeit lang musste ich mich gedulden, dann wurde mir Besuch gemeldet: Hana Mikawa. Meine ehemalige Mitinsassin wurde in den Besucherraum geführt, den wir schon von den Besuchen unserer Rechtsanwälte kannten.

»Na, da bist du ja endlich. Ich hatte schon befürchtet, dass sie dich nicht zu mir lassen.«

»Das hätte mich auch nicht überrascht«, entgegnete meine Besucherin. Sie sprach sehr leise, denn die Justizvollzugsbeamtin blieb im Raum. »Aber ich komme am besten sofort zur Sache.«

»Und, wie heißt der Eigentümer?«

»Kawakuma. Und die Immobilienfirma, die die sechs Wohnungen verwaltet, heißt *Immobilien Kawakuma*. Ich vermute, die sind verwandt.«

Kawakuma. Das ließ sich gut behalten.

»Kannst du mir das Geld stunden, bis ich wieder auf freiem Fuß bin? Ich sage dir meine Adresse. Dort kannst du dich in drei Wochen bei mir melden. Ist das Okay?«

»Ich hatte mich schon gefragt, wie wir das mit der Bezahlung halten sollen. Kann ich sonst noch etwas für dich tun?«

»Nein, das Anmieten übernehme ich selber.«

»Aha, der Mann, den du haben willst, wohnt also dort in der Nähe?«

»Pssst! Ja, nebenan«, wisperte ich zurück. Dabei klebten meine Augen förmlich an der Aufpasserin. Die machte ein vollkommen unbeteiligtes Gesicht. Ob die wirklich nichts mitbekommen hatte, oder einfach nur so tat? Mir wurde heiß und kalt zugleich bei der Vorstellung, dass mein neuer Plan schon im Ansatz der Planung zum Scheitern verurteilt sein könnte.

»Alles klar, dann habe ich dir ja einen guten Tipp gegeben. Vielleicht kannst du noch etwas auf die zwanzigtausend Yen draufpacken. Gute Tipps sind schließlich ihr Geld wert«, wisperte meine Informantin noch einen Deut leiser zurück.

Zahle ich nicht, lässt die den Plan womöglich auffliegen. Das hätte ich ihr gar nicht zugetraut, schoss es mir durch den Kopf.

»Also gut, fünfzigtausend Yen. Mehr kann ich nicht aufbringen«, log ich.

»Alles klar. Ich melde mich dann.«

Ich nannte ihr den Bahnhof und erklärte den Weg von dort zu meiner Wohnung. Leise wiederholte mein Gegenüber diese Informationen und verabschiedete sich dann schnell.

*

REINA SORIHAMA

Endlich. Der Tag meiner Entlassung war gekommen. Ich stellte mir vor, wie diese Ausländerin ganz in ihrer Rolle als Mutter und Lehrerin aufging. Für die war das Jahr bestimmt wie im Fluge vergangen. Mir hingegen, gut hundert Kilometer von Tōkyō entfernt, war es vorgekommen, als würde meine

Freiheit nie kommen. Und doch: Nur noch ein paar Minuten und ein gut bewachtes Tor trennten mich von ihr.

»Hier ist Ihre Kleidung. Und dies sind Ihre persönlichen Gegenstände. Bitte sehen Sie nach, ob nichts fehlt.«

Ich schaute kurz die Sachen durch. »Es ist alles da.«

»Dann folgen Sie mir.« Die Justizvollzugsbeamtin führte mich durch den Eingangsbereich und wandte sich in Richtung Straße, da sagte ich:

»Ich würde gerne in dem Shop noch etwas kaufen.«

Überraschung spiegelte sich in den Gesichtszügen meiner Begleitung: »Ich weiß aber nicht, ob gerade jemand beim Verkauf ist.«

»Es sind doch keine zehn Meter. Können wir nicht einfach vorbeigehen und nachsehen?«, wandte ich, die frisch Entlassene, ein.

Statt auf den Vorschlag einzugehen telefonierte die Angesprochene kurz. Dann sagte sie zu meiner Überraschung: »Sie haben Glück, der Shop ist gerade offen.«

Ich jubelte innerlich. Ich hatte nämlich vor ein paar Tagen darum gebeten, dass die Skulpturen, die ich geschnitzt hatte, in den Shop zum Verkauf gegeben werden sollten. Meiner Bitte war stattgegeben worden. Verschwiegen hatte ich allerdings, dass ich selbst sie kaufen würde.

Kaum hatte ich den Laden in dem kleinen provisorischen Container betreten, sah ich auch schon die Skulpturen. Ich tat zunächst so, als interessierte ich mich für die Stoffe und Taschen, die dort auslagen, dann ging ich ein paar Schritte bis an das andere Ende der Verkaufsfläche und tat so, als hätte ich die Skulpturen gerade erst bemerkt.

»Oh, die gefallen mir!« Ich schaute auf das Preisschild. Eine sollte fünfzehntausend Yen kosten. Geschenkt, dachte ich.

»Ich nehme die beiden hier«, sagte ich zu der überraschten Verkäuferin. Die verpackte die gewünschten Gegenstände sorgfältig und half mir, das große schwere Paket bis auf die Straße zu tragen.

Endlich wieder frei, dachte ich, als das Tor hinter mir wieder zugeschoben wurde. Es war ein unglaubliches Gefühl. Die Zeit im Gefängnis kam mir augenblicklich wie eine Ewigkeit vor.

Als erstes rief ich mir ein Taxi. Ich hatte Gepäck und keine Lust auf einen längeren Fußmarsch. Abgesehen davon, dass ich die Skulpturen gar nicht weit hätte schleppen können. Ich atmete ein paar Mal intensiv ein und aus. Erst einmal die Freiheit genießen.

Ich schaute noch einmal zurück auf die zweigeschossigen Gebäude, da kam das Taxi um die Ecke und hielt direkt neben mir. Mit einem Knopfdruck öffnete der Fahrer die hintere Tür. Also einsteigen und nichts wie weg von hier. Ich hievte das große Paket in das Wageninnere. Im Ausland sollen die Taxen den Kofferraum für Gepäck frei haben, gar nicht unpraktisch, dachte ich dabei. Ich atmete schwer. »Zum Bahnhof Yashū-Ōtsuka, bitte«, wies ich den Fahrer an.

Kaum war der links auf die Hauptstraße abgebogen, sagte ich jedoch: »Bitte halten Sie dort an dem Vierundzwanzig-Stunden-Laden. Ich möchte ein Paket aufgeben.« Dieses Geschäft war zudem die einzige Einkaufsmöglichkeit weit und breit.

»Wie Sie wünschen«, erwiderte der Taxifahrer nur.

Sehr schön, schon morgen würde das monströse Teil bei mir eintreffen. Dann ging die Fahrt weiter.

Vom Rücksitz des Taxis aus sah ich die Felder und die wenigen Wohnhäuser in der Nähe der Straße vorüberziehen. Ich zog an dem Streifen und öffnete ein *O-nigiri*-Reisbällchen. Ich hatte eines mit der Geschmacksrichtung sauer eingelegte Pflaume gewählt. Ich sah aus dem Fenster des fahrenden Wagens. Dort ein Schrein mitten auf einem Feld. A propos Schrein überlegte ich blitzschnell. Ich könnte mich kurz zu einem Schrein fahren lassen. Schnell wies ich den Fahrer an.

»Soll ich Sie am *Omote-sandō,* am Hauptweg zum Schrein, aussteigen lassen?«

»Nein, lieber am Weg hier direkt in der Nähe. Die Atmosphäre gefällt mir besser. Warten Sie bitte auf mich. Es dauert nicht lange.«

Fünf große Laternen zwischen denen jeweils drei kleine drappiert waren, säumten beidseitig den schmalen Weg zum Schrein. Ich ließ mir Zeit. Dann stand ich vor dem Hauptgebäude. Die Vorderfront war geöffnet. Ich stellte mich direkt davor und schaute in das Innere. Doch ich sah nicht den Schmuck, klatschte nur zweimal in die Hände, legte sie aneinander und betete laut: »Ihr Götter, macht, dass Maruhito Obihara wieder zu mir zurückkommt.« Dann stand ich einfach nur da und mein Blick verlor sich in dem, was ich eigentlich hätte sehen sollen. Nachdem ich so zwei, drei Minuten gestanden hatte, ging ich denselben Weg wieder zurück. Die vielen kleinen Nebenschreine beachtete ich nicht.

Ich ließ mich wieder auf den Rücksitz fallen. Das Taxi bog nach rechts in die Straße zum Bahnhof ein. Wie viele neue Häuser hier stehen, fiel mir auf. Und dort hinten sieht man schon die kleine Bahnschranke. Noch ist sie geöffnet. Für die Zugfahrt nach Hause reichte mein Bargeld noch, überschlug ich. Zu Hause würde ich dann gleich zur Bank gehen und Geld abheben. Ich brauchte schließlich fünfzigtausend Yen, um meine Schulden zu begleichen. Und stunden würde Mikawa-*san* mir das Geld nicht. Nicht um einen Tag.

Jeden Tag während meiner Haft hatte ich alle Geheimnummern und Passwörter im Geiste aufgesagt, damit ich bloß keines vergessen würde. Ich hatte sie nämlich nirgendwo notiert, weil ich ständig Angst hatte, bei mir könnte eingebrochen werden.

Einhunderttausend Yen, das musste erst einmal reichen. Fünfzigtausend davon für meine ehemalige Mitgefangene. Die wird sich sicherlich sofort morgen melden, wenn nicht heute noch. Meine Adresse hatte sich ja nicht geändert, noch nicht geändert, verbesserte ich im Geiste. In zehn Minuten sollte die Bahn kommen, die Bahn, die mich wieder nach Tōkyō bringen würde. Eigentlich hätte ich unbändige Freude verspüren müssen, doch das war nicht der Fall. Erleichterung ja, Freude nein. Ein wenig die Augen schließen und jede Ansage auf mich einwirken lassen. Hier sah mich ja keiner. Der Bahnhof war so klein, dass noch nicht einmal ein einziger Mann als Bahnhofspersonal abgestellt wurde.

Die Bahn fuhr ein und ich stieg in den Zug. Das Rattern der Räder war monoton und die Fahrt lang. Zwischen den Umsteigebahnhöfen schlief ich ein. Als nach zweimal Umsteigen endlich mein Zielbahnhof angesagt wurde, torkelte ich schlaftrunken raus. Mir war nach einem Fertiggericht, dachte ich und ging auch hier in einen Vierundzwanzig-Stunden-Laden. »Bitte wärmen Sie es auf«, bat ich die Angestellte beim Bezahlen. Dann war ich auch schon zu Hause.

An meiner Klingel stand kein Name. Vielleicht sollte ich für heute einen dranschreiben, extra für Mikawa-*san*, überlegte ich. Sie hatte zwar meine

Zimmernummer, aber ein Name an der Klingel wirkte vertrauter. Ich musste mich beeilen, sie konnte jeden Moment kommen.

*

REINA SORIHAMA

Es war kein gutes Gefühl, nach zwölf Monaten wieder in den eigenen vier Wänden zu sein. Das überraschte mich. Ich war einsam. Das war das Problem. Im Gefängnis hatte ich jeden Tag jemanden, mit dem ich ein paar Worte sprechen konnte, hier hatte ich niemanden. Niemanden, und vor allem nicht Maruhito. Aber zum Glück ist mir eine grandiose Idee gekommen, wie ich in seine Nähe kommen konnte. Sofort hellte sich meine Laune auf. Ich beschloss, die Freiheit zu genießen und schaute aus dem Fenster. Der Ausblick war nicht besonders aufregend, nur die umliegenden Häuser und in einiger Entfernung die hohen Masten und das Netz eines Golf-Übungsplatzes waren zu sehen. Frisch entlassen seufzte ich tief und ließ mich auf den nächstbesten Stuhl fallen. Ich begann zu essen. Es war zwar nur ein Fertiggericht, doch in Freiheit schmeckte es wie von einem Fünf-Sterne-Koch zubereitet, fand ich. Ich musste jetzt eine *Think-Positive*-Strategie fahren, um nicht depressiv zu werden. Und Gedanken konnte man beeinflussen. Alles eine Frage des starken Willens, beschwor ich mich. Und daran mangelte es mir nicht. Doch die Plastikgabel, die mit in der Tüte lag, schrie mir entgegen *Ich gehöre zu einem Fertiggericht.* Ich stand auf und holte mir ein Paar edle Essstäbchen aus *Hakone-zaiku* aus der Schublade. Wunderschöne Intarsienarbeit. Die Stäbchen waren sogar noch original verpackt. Damit stimmte das Ambiente wenigstens ein bisschen.

Und jetzt meine Mails checken. Es waren gar nicht so viele, ich hatte mit mehr gerechnet. Die meisten über drei Mailinglisten. Die konnte ich sofort löschen. Übrig blieben nur noch die Mails von ein paar Freundinnen und, nanu? Eine von meinem Cousin. Die war schon etwas älter. Ich begann zu lesen.

Können wir uns einmal sehen? Ich kann zu dir kommen. Eine Mail aus nur zwei Sätzen. Irgendwie fühlte sich die Sache dringend an, befand ich.

Ich schrieb zurück, *Momentan habe ich immer Zeit, wann willst du kommen?*

Er musste gerade am Computer sitzen, denn er antwortete postwendend, *Ich komme noch heute, am späten Nachmittag.*

Okay, mailte ich. *Ich erwarte dich.*

Und so saß er schon eine Stunde später bei mir am Wohnzimmertisch. Er hatte zwei Stück Torte mitgebracht. »Wie nett von dir«, sagte ich. Diese Geste signalisierte mir Neutralität, vielleicht hatte er mir sogar eine Freude bereiten wollen. Und das, obwohl wir eigentlich keinen Kontakt zueinander hatten.

»Ich freue mich, dich zu sehen«, begann ich das Gespräch.

»Ich bin heute in einer ernsten Angelegenheit hier«, blockte mein Cousin ab.

Ich erschrak, als ich ihn ansah. Sein harter Gesichtsausdruck verhieß nichts Gutes. Von wegen Neutralität.

»Ich hätte fast meine Arbeit verloren, weil du schon wieder im Gefängnis warst.«

»Woher wussten die das?«

»Die Polizei hat die Kollegen befragt, weil sie den Verdacht hatte, ich könnte gemeinsame Sache mit dir machen.«

Oh je, ich hatte Oka-*sensei* gegenüber ja behauptet, der Brief sei an meinen Cousin. Da hatte die Polizei bestimmt nachgeforscht.

»Kannst du den Mann, hinter dem du her bist, nicht einfach in Ruhe lassen? Du kommst doch aus dieser Spirale nicht heraus, oder glaubst du, er oder die Polizei würden kleinbeigeben, nur weil du wieder kriminell handelst?«

»Ich gestehe ihm doch nur meine Liebe. Ich weiß nicht, wieso er ständig von Stalken spricht.«

»Nun stell dich doch nicht so dumm. Natürlich ist das Stalken. Jeder würde dich dafür anzeigen.«

Es schellte. Mikawa-*san*! Das Geld nicht vergessen, ermahnte ich mich. Schnell griff ich mir meine Handtasche, entschuldigte mich bei meinem Cousin, und ging zur Tür. Meine ehemalige Mitinsassin stand leibhaftig vor mir. Sie hatte jetzt eine flotte Frisur, die Haare schulterlang. Vielleicht eine Perücke?

»Ich habe gerade Besuch und kann dich nicht hereinbitten. Das Geld habe ich hier.« Damit zog ich einen Umschlag aus der Tasche, den mein Gegenüber sofort öffnete: fünfzigtausend Yen, wie vereinbart.

»Alles klar. Dann habe ich hier noch einmal die Adresse und die Namen mit Telefonnummer von dem Eigentümer und der Immobilienfirma, die für die Vermietung zuständig ist, aufgeschrieben. Ich bin schließlich mein Geld wert. Die letzte Telefonnummer ist meine Smartphonenummer, falls du mich noch einmal brauchen solltest. Man kann ja nie wissen.«

»Oh, vielen Dank. Das weiß ich zu schätzen,« sagte ich und holte noch einen zehntausend-Yen-Schein aus der Tasche. »Das war es dann für heute.«

Mikawa-*san* tippte sich an die Mütze zu einem laxen Militärgruß, dann drehte sie auf dem Absatz um und ging davon. Ihre Haare wippten bei jedem Schritt mit.

Ich ging zurück zu meinem Cousin, der ein unbeteiligtes Gesicht machte. In Wahrheit hatte er garantiert die Ohren gespitzt und jedes Wort mitbekommen. Was hatte seine Cousine wohl jetzt wieder vor, fragte er sich bestimmt. Wir unterhielten uns noch eine Weile. Das Gespräch verlief zäh und meistens redete ich, die Gastgeberin. Schließlich stand er auf und verabschiedete sich: »Und tu mir und dir selbst den Gefallen und führe fortan ein Leben, für das sich die Justiz nicht interessiert.« Damit drückte er die Haustür auf und ging, ohne sich noch einmal umzudrehen.

*

SABRINA

Die Stalkerin tauchte garantiert wieder auf. Oder vielleicht doch nicht? Zwei Monate musste sie jetzt schon auf freiem Fuß sein. Diese Ungewissheit, so quälend. Ich gestand mir ein, inzwischen hatte ich wirklich Angst vor dieser Frau, natürlich auch für mich, aber viel mehr noch für die Kinder und Maruhito. Die beiden sind noch viel zu klein, um sich gegen eventuelle Übergriffe zu wehren. Mein Gesicht war inzwischen von Sorgenfalten gezeichnet. Mit Maruhito über die Stalkerin zu sprechen war nicht möglich, stets wiegelte er ab, meinte, ich solle mich nicht so aufregen. Aber sicher hatte auch er Angst vor dieser Person. Angst, über die er nicht sprechen konnte. Und Angst ist ein schlechter Ratgeber, überlegte ich. Sie führte zu Kurzschlussreaktionen. Hoffentlich blieben wir davon verschont!

Am nächsten Tag, ich war gerade auf dem Heimweg, da vibrierte mein Smartphone. Maruhito.

»*Moshi, moshi*? Ich kann gerade nicht sprechen, ich sitze in der Bahn.«

»Kein Problem. Ich wollte nur sagen, dass ich heute später komme, habe noch etwas vor. Ihr braucht mit dem Essen nicht zu warten. Bis heute Abend dann.«

Das war aber ein geheimnisvoller Anruf, fand ich. Was hatte mein Mann denn so plötzlich am Abend vor? Ohne Begründung das Abendessen mit der Familie absagen, das kannte ich von ihm gar nicht. Er arbeitete schließlich in einer Firma, in der seit dem Zusammenbruch der Bubble-Wirtschaft die Kollegen so gut wie nie mehr miteinander essen gingen, nur am Jahresende die *Bōnenkai*, die behielten sie noch bei. Dann disponiere ich eben um und koche etwas, das man aufwärmen kann, ohne dass der Geschmack leidet, beschloss ich. Vielleicht japanischen Curry-Reis, da jubelten die Kinder immer. Und der hatte die Eigenschaft, dass er an Geschmack gewann, wenn man ihn erst einmal erkalten ließ und dann wieder aufwärmte.

Ein paar Stunden später waren die Kinder abgefüttert und ich bestand darauf, dass sie zur gewohnten Zeit ins Bett gingen, auch wenn das hieß, dass sie heute den Papa nicht mehr sehen würden. Um wieviel Uhr er wohl wiederkam? Ich platzte fast vor Neugier, gestand ich mir ein, zu erfahren, welchen Grund seine Verspätung hatte. Am liebsten hätte ich ihn angerufen und gefragt, aber vielleicht wollte er uns ja überraschen. *Think positive!* Das will ich ja, aber diese Stalkerin, die ist wieder unter uns. Und da waren sie wieder, diese latenten Zweifel an der Liebe meines Mannes.

Endlich hörte ich den Schlüssel im Schloss. Ich beherrschte mich und lief Maruhito nicht entgegen. Ich hörte, wie er den Mantel aufhängte und seine Tasche abstellte. Dann machte er vorsichtig die Tür zum Kinderzimmer auf und kurz darauf genauso vorsichtig wieder zu. Ich schaute aus dem Fenster und sah mein Spiegelbild. Seine Liebe zu den Kindern zauberte ein Lächeln auf mein Gesicht. So saß ich noch, als Maruhito ins Wohnzimmer kam.

»*O-kaeri nasai*«, begrüßte ich ihn.

»*Tadaima*«, entgegnete er. »Ist noch etwas zu essen da?«

Ich war vollkommen entgeistert. Er hatte noch nicht gegessen. Ich wusste bald nicht, wie ich meine Neugier zügeln sollte. Aber ich sagte in betont neutralem Tonfall:

»Ich dachte, du hast schon gegessen. Aber kein Problem. Wir hatten heute Curry-Reis. Ich mache dir den Rest kurz warm. Dauert nur zwei Minuten. Reis ist auch noch genug da.«

»Das ist lieb.« Sagte es und ließ sich am Esstisch nieder. Als ich das Essen vor ihn auf den Tisch stellte, streifte er die Ärmel des Sweatshirts hoch. Ich nahm diese Geste unbewusst war. Irgendetwas ist anders als sonst, befand ich. Aber was? Ich schaute Maruhito beim Essen zu. Es schmeckte ihm ganz offensichtlich. Dann fiel es mir wie Schuppen von den Augen. Ich strich ihm über den linken Arm.

»Sag mal, hast du dir die Arme rasiert?«

»Das hast du sofort gesehen?«

»Ich bin perplex.« Nach einer Schrecksekunde kam mir die nächste Frage: »Nur die Arme?«

Maruhito grinste mich an.

»Nu mach es nicht so spannend!«

»Den ganzen Körper.«

»Wie bitte? Du hast dich vollkommen glatt rasiert?«

»Nicht ich. Ich war heute in einem Studio und habe es machen lassen.«

Mein Gesichtsausdruck entgleiste: »Sag, dass das nicht wahr ist, dass ich mich verhört habe.«

»Ich hatte gedacht, du freust dich. Das ist jetzt der letzte Schrei, alle Welt lässt sich rasieren.«

»Solche Reklame habe ich auch schon gesehen. Aber du hast doch ohnehin kaum Haare …, das ist wie …« Ich suchte nach einem Vergleich und fand keinen. »Ganz zu schweigen von dem Vermögen, dass du dafür gelassen hast.«

»Ja, das gebe ich zu, ganz billig war es nicht, aber wir hatten über die Firma Rabatt bekommen, zwei Kollegen sind auch mitgegangen.«

»Mir verschlägt es jedenfalls die Sprache.«

»Na, wenigstens bist du nicht in Ohnmacht gefallen.«

»Kommen die Haare denn wieder oder war das eine Entscheidung für die Ewigkeit?«

»Man konnte sich das aussuchen.«

»Und?«

»Ich habe die Version gewählt, bei der die Haare wiederkommen. Die endgültige Entscheidung wollte ich nicht ohne dich treffen.«

»Na, Gott sei Dank!« Ich sprang auf und schlang meine Arme um Maruhitos Hals. Und ich habe an der Liebe meines Mannes gezweifelt, sofort wieder an die Stalkerin gedacht und die Möglichkeit, dass er sich für diese Person entscheidet. Das zeigte, wie blank meine Nerven inzwischen lagen. Schwamm drüber. Von meinen Gedanken wusste ja niemand.

»In das Studio gehst du nie wieder, versprichst du mir das? Nie wieder, hörst du?«, wandte ich meine Aufmerksamkeit wieder Maruhito zu.

»Na, wenn du dermaßen dagegen bist.«

»Ja, bin ich.«

»Dann muss ich mir halt demnächst mit meinen paar Haaren schön vorkommen«, schmunzelte Maruhito.

»Ich bitte darum!« Was hatten Japaner nur gegen Haare? Frauen rasierten sich sogar die Wangen glatt. Und nun rasierten sich auch die Männer? Alle, aber meiner nicht! Mit dem Gedanken begann ich zu spülen.

*

REINA SORIHAMA

Wonnemonat Mai. Der Monat der Liebe. Jedenfalls in der europäischen Kultur. Ich durfte gar nicht daran denken. Ich liebte ihn, diese Ausländerin hatte kein Recht dazu, ihn mir wegzuschnappen. Dieser Gedanke war mein ständiger Begleiter. Ich war inzwischen seit fast drei Monaten auf freiem Fuß. Mit jedem Tag wurde ich missmutiger, da ich mein Ziel, Maruhito Obihara nah zu sein, immer noch nicht erreicht hatte. Ich durfte nicht mehr bei Obiharas auftauchen, ermahnte ich mich jeden Morgen schon beim Aufstehen. Das hatte man mir strikt verboten. Für meinen neuen Plan konnte ich keinen weiteren Gefängnisaufenthalt gebrauchen. Natürlich wäre ich nicht Reina Sorihama, hätte ich die Wochen in Freiheit einfach so ins Land gehen lassen.

Ich wurde immer wieder bei Kawakuma Immobilien vorstellig. Wann wird die Wohnung ganz links im ersten Stock frei?, wollte ich stets wissen. »Im Moment noch nicht, wir haben darauf keinen Einfluss«, sagte der Makler mir jedes Mal. »Manchmal ist es doch nur eine Frage von Kleingeld«, wurde ich schließlich deutlich. Mein Gegenüber schaute mich überrascht an. Na, ist der *Yen* endlich gefallen?, frohlockte ich. Hast du kapiert, dass es hier um etwas Wichtiges geht? Etwas, das du mit deinem geschäftsmäßigen Maklerverstand nicht im Traum erahnst?

Doch der junge Mann im akkuraten Outfit, erklärte mir äußerlich vollkommen unbeeindruckt:

»Wie gesagt, wir haben keinen Einfluss darauf, wann unsere Mieter ausziehen.« Der Mann gibt sich unbestechlich, stellte ich fest. Das gefiel mir gar nicht. Ob er wirklich strikt an seinen Prinzipien festhalten würde, wenn der Betrag nur hoch genug wäre? Sicherlich liefen seine grauen Zellen auf Hochtouren und er fragte sich inzwischen, warum mir so sehr an dieser Wohnung gelegen war. Da konnte er lange warten, darüber schwieg ich wie ein Grab.

»Die Wohnung hat eine schöne Aussicht. Das ist in Tōkyō selten. Und ich suche dringend nach einer neuen Wohnung«, nahm ich einen erneuten Anlauf. Doch auch der fruchtete nicht.

Dann muss ich eben meine Taktik ändern, überlegte ich schließlich. »Wie heißt denn der derzeitige Mieter in der Wohnung 201?«

»Darüber kann ich Ihnen keine Auskunft geben«, blockte der Sachbearbeiter ab.

Diesmal wirst du mir zu Diensten sein, schwor ich mir und fragte: »Werden wir uns bei hunderttausend Yen handelseinig?«

Oh ja, mein Gegenüber sah sich bereits nach allen Seiten um, ob das niemand mitbekommen hatte. Als der Makler jedoch immer noch nicht Zustimmung signalisierte, wartete ich nicht lange. »Hundertfünfzigtausend?«, erhöhte ich mein Angebot. Da griff der nette junge Mann zu Stift und Zettel und schob mir die gewünschten Informationen über den Tisch.

Na also, dachte ich, nahm den Zettel, zählte unter dem Tisch hundertfünfzigtausend Yen ab, steckte sie in den vorbereiteten Umschlag und schob diesen schnell über die Theke. Genüsslich trank ich erst noch meinen Kaffee aus, den man zur Begrüßung vor mich hingestellt hatte, dann verließ ich das Immobilienbüro. Oh mein Maruhito, gerade bin ich dir einen großen Schritt nähergerückt! Ich will in deiner Nähe sein. Das hatte ich mir in den Kopf gesetzt und den Plan würde ich umsetzen. Koste es, was es wolle.

Noch am selben Tag setzte ich einen Brief an den derzeitigen ahnungslosen Mieter auf, gab mich als der Vermieter aus und kündigte ihm zum ersten Juli. Er wird schon keinen Widerstand leisten, hoffte ich, hatte ja gut einen Monat Zeit, um sich um eine neue Bleibe zu kümmern. Plötzliche Kündigungen kommen ab und zu vor, und Ärger vermeidet man im Land der Harmonie, Mietvertrag hin, Mietvertrag her. Meine Rechnung musste einfach aufgehen!

*

REINA SORIHAMA

Ein paar Tage darauf lag ein Schreiben in meinem Briefkasten. Der Mieter hatte sich gemeldet. Oho, er verlangte Unkostenentschädigung für das Anmieten einer neuen Wohnung. Gar nicht so dumm. Denkt sich vermutlich, dass ich ihm aus einer Notlage heraus gekündigt hätte. Nun gut, auf einen Rechtsstreit konnte ich es nicht ankommen lassen. Wenn der rauskriegte, dass ich überhaupt nicht sein Vermieter war … Fünfhunderttausend Yen pauschal. Damit wird er wohl zufrieden sein. Das ist schließlich mehr als großzügig bemessen. Clever von ihm, mir die Bankverbindung direkt mitzuteilen.

Nun musste ich nur noch herausbekommen, ob er wirklich auszog, dachte ich, als ich die Überweisung getätigt hatte und den Computer wieder herunterfuhr. Nicht, dass ich da eventuell an den Falschen geraten war. Das konnte ich erst gegen Ende des Monats in Erfahrung bringen. Diverse Horrorszenarien vor Augen, schaltete ich den Fernseher an. Das half nicht. Meine Gedanken blieben beim Thema Mieter. Um an die notwendige Information zu kommen, musste ich noch einmal in das Immobilienbüro gehen. Einfacher wäre es, ich ginge hin und vergewisserte mich vor Ort. Aber dann würde diese Ausländerin wieder schreien, ich stalkte. Also Immobilienbüro. Der nette junge Mann würde mich sicherlich nicht vergessen haben. Da war ich mir ganz sicher, und in absehbarer Zeit, vermutlich schon ab Mitte November, würde ich die neue Mieterin dort sein.

*

SABRINA

»Ich habe gerade gesehen, nebenan in den Mietwohnungen zieht wieder jemand aus.« Ich drehte mich zu Maruhito um.

»Aha. Die wechseln dort häufiger, es sind ja nur Mietwohnungen, und zudem nur kleine.«

»Ja, ich weiß. Ich habe es nur erwähnt, weil ich gerade aus dem Fenster geschaut habe. Vielleicht ist es ja einer von den beiden, die nie zu unseren Straßenfeten gekommen sind.«

»Kann schon sein«, murmelte Maruhito, ohne von seiner Arbeit aufzuschauen.

»Mama, Mama, ich habe ein Bild gemalt.« Und damit hielt der kleine Künstler mir sein Werk entgegen.

»Ist das für mich? Dankeschön. Das ist aber …«

»Mama, Mama, ich habe auch ein Bild gemalt«, kam Rui seinem Bruder nach.

»Oh, und die sind beide für mich? Das ist aber lieb von euch. Und wie schön ihr schon malen könnt!«

Vor Stolz wuchsen unsere beiden Knirpse sichtbar um ein paar Zentimeter.

»Und? Habt ihr mir denn auch ein Bild gemalt?«, fragte Maruhito.

Etwas bedröppelt schaute Kai ihn an. Rui war schneller und sagte sofort: »Dir male ich jetzt auch ein Bild.« Damit nahm er den nächstbesten Stift und ein neues Blatt Papier und fing an, eine Figur zu malen. Nach ein paar Strichen war er fertig. Zufrieden betrachtete er das Werk. Dann ließ er sich vom Stuhl gleiten, nahm den Zettel und brachte ihn dem Vater.

»Das bist du.«

»Na, da hast du mich ja gut getroffen«, lobte Maruhito. »Schau mal Mama, das bin ich. So hat mich unser Sohn gemalt.«

»Na, das ist aber ein schönes Bild«, befand auch ich. Dann aber sagte ich:
»Zeig mir doch einmal, wie du den Stift hältst, wenn du malst.«

Vollkommen unbedarft griff Rui nach dem Stift und machte den ersten Strich.

»Schau mal, du hältst die Hand ja ganz verkrampft. Der Daumen überlappt ja die anderen Finger komplett. Das strengt die Hand zu sehr an. Wenn du den Stift so hältst, dann liegt der Stift ganz locker zwischen Daumen, Zeigefinger und Mittelfinger.« Offenbar achteten die Betreuerinnen in der Kinderkrippe nicht darauf.

Rui veränderte seine Stifthaltung und malte dann weiter.

»So ist es richtig«, bestätigte ich ihn.

Dann schaute ich wieder aus dem Fenster. Gedankenverloren sah ich den Leuten vom Umzugsunternehmen eine Weile zu.

*

REINA SORIHAMA

Mir ging das alles nicht schnell genug. Ich war wieder sehr rege, sprich, ich war erneut bei Kawakuma Immobilien vorstellig geworden.

»Ich wollte einmal nachfragen, ob die Wohnung, für die ich mich interessiere, mittlerweile zur Verfügung steht.«

»Sie haben Glück. Sie ist gerade frei geworden«, antwortete der Makler.

Sehr schön, der erste Teil meines Plans hatte also funktioniert, wenn auch mit minimaler Zeitverzögerung.

»Dann würde ich gerne direkt den Vertrag machen«, drängte ich.

»Wollen Sie sich die Wohnung nicht erst ansehen?«

»Ich kenne sie schon«, log ich.

Der junge Mann schaute etwas überrascht, sagte jedoch nichts weiter dazu. Der Kunde beziehungsweise die Kundin war König.

»Wir müssen die Wohnung allerdings erst generalüberholen, bevor wie sie weiter vermieten können. Die Tapeten werden erneuert und die *Tatami*-Reisstrohmatten neu bezogen. Dann kommt die Reinigungsfirma.

Da kann ich keine Ausnahme machen, das ist mit dem Eigentümer so vereinbart.«

Ich nickte, »Hm, hm.«

»Sollte der Umzug sehr eilig sein, könnten wir Ihnen eine andere Wohnung anbieten, die bereits instandgesetzt ist.«

»Nein, nein, so eilig ist es nun auch wieder nicht«, beeilte ich mich zu sagen. Und so wurden wir uns schnell einig.

»Die Kaution und die erste Miete zahle ich sofort und in bar.«

Das war nicht ungewöhnlich.

Doch zu solcher Eile ließ der Makler sich nicht drängen.

»Haben Sie Ihr Kontoheft dabei? Wir müssen uns bezüglich Ihrer Liquidität rückversichern.«

»Aber natürlich.« Damit reichte ich das gewünschte Dokument über die Theke. Ich hatte mir dafür ein spezielles Konto mit zehn Millionen Yen eingerichtet.

»Der Betrag ist ausreichend«, stellte der Makler fest. »Damit brauchen Sie keinen Bürgen.«

Nachdem er die Kopie des Kontoheftes zu den Vertragsunterlagen gelegt hatte, fuhr er fort: »Zum fünfzehnten November können Sie einziehen. Den Schlüssel schicken wir Ihnen ein paar Tage vorher zu. Zutritt haben Sie jedoch erst ab dem fünfzehnten.«

Den Körper kerzengerade gestreckt verließ ich triumphierend das Immobilienbüro. Jetzt konnte ich die Tage zählen, bis ich Maruhito wieder gegenüberstand. Ganz legal, wie ich befand.

Auf dem Weg zurück in meine Wohnung begann ich vor Aufregung zu hüpfen wie ein kleines Kind. *Dieses war der erste Streich, doch der zweite folgt sogleich,* fiel mir Wilhelm Busch ein. Wie so viele Japaner hatte auch ich als Studentin ein Jahr deutsch gelernt.

*

REINA SORIHAMA

Der fünfzehnte rückte näher und ich erhielt einen etwas dickeren Brief von der Immobilienfirma. Der Schlüssel! Nun war ich die neue Bewohnerin, es gab kein Zurück mehr für den Eigentümer. Den Umzugswagen bestellte ich für den fünfzehnten. Mit etwas Glück würde ich an dem Samstag direkt Maruhito sehen können, wenn auch nur aus der Ferne.

Am Tag vor dem Umzug kamen die Frauen vom Packdienst. Auch wenn ich nicht allzu viele Sachen hatte, solch eine langweilige Arbeit machte ich nicht selber, die ließ ich machen.

Ich war bester Laune und ein Siegerlächeln umspielte meine Mundwinkel. Was sollte ich mit meiner Eigentumswohnung machen? Ich überlegte hin und her und kam zu dem Schluss: Aus Erfahrung klug, sollte ich sie besser behalten. Jawohl. Das war das letzte Wort in dieser Sache. Ich konnte sie natürlich auch vermieten. Ach nein, lieber nicht, ich hatte keine Garantie dafür, dass der Mieter nach meinem Gutdünken wieder ausziehen würde. Es war schließlich nicht nur eine kleine Zweizimmerwohnung. Und als wahre Vermieterin den Mieter zu bestechen, nein, das konnte schiefgehen. Das Risiko war zu groß, wer weiß, nachher nahm der sich einen Rechtsanwalt oder mein Plan hatte einen anderen Haken, von dem ich derzeit noch nichts ahnte, und ich musste aus meiner neuen Wohnung wieder ausziehen. Dann brauchte ich von heute auf morgen meine Eigentumswohnung wieder. Die Verwaltergebühren musste ich zwar weiterzahlen, doch das waren für mich Peanuts, nicht der Rede wert.

*

SABRINA

Ich bin spät dran, bemerkte ich, normalerweise brachten wir den Abfall sehr früh aus dem Haus. Heute war es schon elf Uhr. Bevor ich zum Müllplatz ging, zupfte ich hier und dort noch ein Unkraut aus und überlegte, ob ich die Pfingstrose nicht doch beschneiden sollte. Sie war im letzten Jahr sehr stark gewachsen und nahm den anderen Blumen die Sonne. Andererseits waren die Blüten so enorm groß und schön, dass es schade darum wäre. Als ich so gedankenverloren vor dem Haus stand, fuhr ein LKW an mir vorbei. Ich blickte auf, ein Umzugswagen. Wer zog denn um? Ach ja, in dem Mietshaus war ja kürzlich jemand ausgezogen. Der Vermieter hatte wirklich Glück, in dieser zentralen Lage hatte er nie Probleme, neue Mieter zu finden. Er hatte fast nie auch nur eine Wohnung leer stehen. Jedenfalls zu Zeiten, wo keine Stalkerin für Ärger sorgte. Schon wieder geisterte diese Frau in meinen Gedanken herum. Würde es mir je gelingen, sie zu vergessen. Eine Melodie drang an mein Ohr. Oh, das war die Müllabfuhr. Schnell ging ich um die Ecke und stellte den Abfall ab. Mit meinem Auftauchen scheuchte ich eine Krähe auf. Nur bis zum Zaun des Grundstücks gegenüber flog sie. Von dort aus beobachtete sie mich genau. »Hier gibt es für dich nichts zu holen«, sagte ich laut und zog das Krähennetz wieder sorgfältig über die Mülltüten mit den Küchenresten, auch wenn die Müllabfuhr schon in Hörweite war. Als wenn sie die Worte verstanden hätte, flog die Krähe mit einem lauten kra kra auf den nächsten Baum. Auch von dort aus hielt sie mich weiter im Blick, bis ich im Haus verschwunden war. Im nächsten Moment flog sie wieder zum Müllplatz und hackte erneut auf das Netz ein.

Raben bringen Unglück, kam es mir. So ein Quatsch, wie kam ich denn da nur wieder drauf. In England gehörten sie sogar zum Königshaus dazu, starben sie aus, war die Monarchie in Gefahr, hieß es. Und in Japan? Ja, hierzulande haben diese schwarzen Gesellen schon vor Generationen Einzug in ein Kinderlied gefunden: *Kinder, wenn die Raben sich am Abend zur Ruhe begeben, geht brav nach Hause.* Der sechste September war sogar zum Tag der Krähen ernannt worden. Und dennoch, dieses Exemplar eben hinterließ bei mir ein ungutes Gefühl.

*

REINA SORIHAMA

Ich war zufrieden, sehr zufrieden. Der Umzug war superleise vonstatten-gegangen. In dem Wohnkomplex, zu dem meine Eigentumswohnung ge-hörte, herrschte Anonymität, so dass ich mich von niemandem verabschieden musste. Anders sah die Sache bei der Wohnung aus, in die ich neu ein-zog. Bloß keine Anonymität, dachte ich immer wieder. Ich brauchte den Kontakt zu den Nachbarn, um diese Ausländerin loszuwerden. Am besten stellte ich mich dort nicht bei den direkten Nachbarn in dem Mietshaus vor, sondern bei denen in den Eigenheimen. Es sind ja nur sechs Häuser in der Straße. Die kleinen Handtücher, die man im Sommer zum Schweiß-abtupfen benutzte, werden dafür sorgen, dass die neuen Nachbarn sich stets an mich erinnern.

Direkt am Tag nach meinem Einzug machte ich die Runde. Zuletzt schellte ich bei Obiharas. Ich hatte mir einen großen Hut aufgesetzt, der mein Ge-sicht weitestgehend verdeckte. Auf dem Monitor wollte ich nicht sofort zu erkennen sein.

»*Hai*? Ja, bitte?«, hörte ich Sabrinas Stimme durch die Gegensprech-anlage.

»Ich bin die neue Nachbarin aus den Mietwohnungen.«

»Maruhito, komm doch bitte kurz mit. Die neue Nachbarin aus den Miet-wohnungen will sich vorstellen«, hörte ich sie sagen.

Maruhito wunderte sich bestimmt, wer in den Mietwohnungen einzog, und sich sogar bei ihnen vorgestellt. Mich hatte er dabei ganz bestimmt nicht im Sinn. Ich lächelte triumphierend in mich hinein.

Sabrina und Maruhito kamen heraus und lächelten mich freundlich ab-wartend an. In dem Moment lüftete ich meinen Hut. Bei Sabrina fiel der Groschen erst, als sie den entsetzten Ausruf von meinem Maruhito hörte:

»Du?!?«

*

SABRINA

Mir blieb fast das Herz stehen. Das konnte doch wohl nicht wahr sein. Die Stalkerin war kaum entlassen, da zog sie bei uns direkt nebenan in eine der Mietwohnungen ein.

»In welcher Wohnung wohnst du denn?«, hörte ich Maruhito mit Eiseskälte in der Stimme fragen. Er war genauso perplex wie ich.

»Im ersten Stock, direkt hier.« Damit zeigte sie auf die Wohnung unmittelbar nebenan.

»Und warum bist du dort eingezogen?«

»Ich war sicher, hier würde es mir gefallen.« Die Stalkerin lächelte ihr unschuldigstes Lächeln und sah Maruhito dabei direkt an. Dessen Augen begannen in alle Richtungen zu flattern. Da wiederholte Reina Sorihama: »Ich bin sicher, hier gefällt es mir.«

»Lass uns fortan in Ruhe«, herrschte Maruhito sie an.

»Ich habe euch doch nie gestört. Das hast du dir nur einreden lassen. Jetzt sind wir Nachbarn und als solche sollten wir freundschaftlich miteinander umgehen. Ich freue mich schon darauf.« Sie überreichte uns ihr kleines Geschenk. Automatisch streckte Maruhito die Hand aus und nahm es entgegennahm. Mit einem triumphierenden Ausdruck im Gesicht verneigte sich diese raffinierte Person und wandte sich zum Gehen. Sie zögerte leicht, wollte sich noch einmal kurz umdrehen, verdrängte den Impuls jedoch offenbar und ging.

»Wart`s nur ab. Du landest schneller wieder im Gefängnis, als du kucken kannst«, knurrte ich ihr hinterher. Wir schauten der Stalkerin nach. Sie ging wirklich in die Wohnung, die sie zuvor beschrieben hatte. Wir blieben einige Sekunden fassungslos vor der Haustür stehen und starrten auf die Tür, hinter der sie verschwunden war. Bei Maruhito löste sich die Starre zuerst. Er nahm mich bei der Hand und zog mich hinter sich zurück ins Haus. Ich war es, die zuerst die Sprache wiederfand:

»Jetzt hat sie den Bogen aber bei weitem überspannt. Nachher gehen wir am besten zur Polizei, auch wenn es schon nach sechs ist.«

»Jetzt fängt meine liebe Frau schon wieder mit den Gesetzeshütern an.« Maruhito warf mir einen genervten Blick zu. »Noch hat sie nichts gemacht«, fügte er dann hinzu.

»Doch, sie ist in unsere unmittelbare Nähe gezogen. Krimineller geht es wohl kaum.«

»Ich glaube nicht, dass die Polizei ihr das Wohnen hier verbieten kann.«

»Aber dieser Schritt ist die Fortsetzung ihrer Stalkerei und darüber können wir die Polizei doch wohl informieren, oder? Was sie dann juristisch daraus machen, müssen wir halt abwarten.«

»Du klingst, als wärest du jetzt sauer auf mich«, beschwerte sich Maruhito.

Sofort machte sich in mir wieder die Angst breit, ich könnte meinen Mann dauerhaft verstimmen und der Stalkerin förmlich in die Arme treiben. Also sagte ich mit äußerster Zurückhaltung in der Stimme:

»Das tut mir leid, ich verstehe nur dein Zögern nicht. Wenn wir nachher noch zur Polizei wollen, muss ich jetzt versuchen, das Kindermädchen zu erreichen. Ich möchte die Kleinen nicht mit zur Polizei nehmen.«

»Heißt das, du hast es bereits beschlossen? Obwohl ich dagegen bin?« Maruhito war nun wirklich ärgerlich.

»Wie gesagt, wie es ausgehen wird, weiß ich auch nicht. Aber einfach nur hinnehmen möchte ich ihr Verhalten nicht. Dafür hat sie sich schon zu viel erdreistet.«

»Wenn ich jetzt nein sage, gehst du dann ohne mich?«, wollte mein Mann plötzlich wissen.

Was sollte ich darauf sagen? Während ich noch überlegte, gab er widerstrebend nach:

»Gut, dann rufe halt das Kindermädchen an und wir erstatten noch heute Bericht.« Damit ging er nach oben. Ich holte einmal tief Luft, ging in mein Zimmer und schmiss die Tür so heftig hinter mir zu, wie ich nur konnte. Nichts. Kein lauter Knall. Kein Schnappen des Türschlosses. Einfach nichts. Die Tür federte den Schwung ab. Das gibt es doch nicht, dachte ich. Selbst die Türen hierzulande eignen sich nicht zum Wut abreagieren!

*

MARUHITO

»Ich zittere am ganzen Körper«, sagte Sabrina.

»Nun sind wir schon an der Polizeistation, jetzt kannst du dich aber wirklich wieder beruhigen.« Ich gab mich gelassen, obwohl ich innerlich zu bersten drohte vor Anspannung. Heimlich hatte ich noch einmal den Weihnachtsbrief gelesen. Diese Drohung darin. Und jetzt war Reina Sorihama unsere Nachbarin. Da hatte sie alle Macht der Welt über mich, wenn sie es richtig anstellte.

»Tut mir leid, dass ich so dünn besaitet bin«, kam es von Sabrina.

Ich hatte jetzt keine Zeit mehr, in Gedanken zu versinken. Die großen Glastüren öffneten sich automatisch und wir betraten das Gebäude. Wie immer lenkten wir unsere Schritte zunächst zur Anmeldung.

»Guten Tag, Ihr Anliegen bitte?«

»Es geht um eine Stalkerin, die bereits mehrfach in Haft war deswegen. Sie belästigt uns schon wieder, kaum dass sie entlassen ist.«

»Füllen Sie bitte kurz dieses Formular aus.«

»Dritter Stock, das Zimmer direkt gegenüber dem Fahrstuhl.«

»Guten Tag, um was geht es bitte?«

»Die Stalkerin, die wir bereits mehrfach angezeigt haben, und die bereits wiederholt im Gefängnis war, ist jetzt direkt neben uns eingezogen.«

»Oh, das ist natürlich ein guter Grund, zu uns zu kommen. Hat sie sich bereits merkwürdig verhalten?«

»Jein, sie ist heute vorbeigekommen und hat sich als neue Nachbarin vorgestellt. Mehr ist noch nicht passiert.«

»Wo genau ist sie denn eingezogen?«

»Direkt neben uns in eine Mietwohnung.«

»Das ist eine unangenehme Situation für Sie beide, doch solange sie nicht wieder stalkt oder sich an Sie heranmacht, Obihara-*san*, kann ich nur bedingt etwas für Sie tun. Wir werden ihr erneut verbieten, sich Ihnen zu nähern.«

»Das habe ich mir schon gedacht«, sagte Maruhito. »Die kennt die Stalkergesetze bestimmt in und auswendig und die Schlupflöcher darin noch besser.«

Sabrina fasste unter dem Tisch nach meiner Hand. Sie hatte offenbar Angst, dass ich jetzt ausgerechnet hier einen Wutausbruch bekommen könnte. Doch ich entzog sie ihr schon bei der ersten Berührung. Hier war nun wirklich nicht der rechte Ort dafür.

»Aber ist es nicht bereits Stalken, wenn sie in so unmittelbare Nähe zu uns zieht, wo wir auf Tritt und Schritt Angst haben müssen, ihr zu begegnen?«, fragte Sabrina dann mit einem leichten Hoffnungsschimmer in der Stimme.

»Wenn Sie sie vor Gericht verklagen wollen, muss ich Ihnen sagen, das liegt im Ermessen des Richters.«

»Was empfehlen Sie uns?«

»Warten Sie einfach ab. Feinden Sie sie nicht an. Nach Ihrer Beschreibung hat sie ja kein Eigentum erworben, sondern wohnt lediglich zur Miete. Das heißt, sobald sie erneut stalkt, können wir versuchen, sie davon zu überzeugen, wieder wegzuziehen. Doch, solange sie sich ruhig verhält, haben Sie schlechte Karten. Auch wenn ich verstehen kann, dass Sie sich über so ein Verhalten ärgern.«

»Aber Sie werden ihr eine Annäherung verbieten. Das habe ich doch richtig verstanden?«, vergewisserte ich mich.

»Ja, natürlich. Das werden wir tun. Nur, wenn Sie sie am Müllplatz treffen oder auf der Straße, das allein erfüllt noch nicht den Tatbestand des Stalkens.«

»Vielen Dank für die Beratung. Wir werden uns danach richten.« Aus Sabrinas Stimme sprach Frust.

Kaum waren wir wieder an unserer Straße angekommen, sahen wir die Nachbarinnen zusammenstehen.

»*Konnichi wa*, guten Tag!«, grüßten wir.

»*Konnichi wa!*«, kam der Gruß zurück.

Wir blieben noch auf ein Wort stehen. Und prompt kam es wie es kommen musste:

»Haben Sie es schon mitbekommen? Die Stalkerin ist in die Wohnung dort eingezogen. Am Nachmittag war sie bei uns und hat sich vorgestellt.«

»Ja, bei uns war sie auch«, sagte Sabrina.

»Bei Ihnen war sie auch?«, kam das ungläubige Echo.

»Ja, wirklich.«

»Na, das ist ja dreist. Wir Nachbarn wissen jetzt auch nicht, was wir machen sollen. Mit den Leuten in dem Mietshaus haben wir ja im Normalfall

nichts zu tun, aber im Prinzip gehören die natürlich auch mit zur Nachbarschaft. Und wenn sie sich schon vorgestellt hat, sucht sie bestimmt Kontakt.«
»Das hätte uns noch gefehlt«, rutschte es Sabrina heraus. Ich warf ihr einen vorwurfsvollen Blick zu.

»Wir sollten erst einmal abwarten«, versuchte ich dann die Gemüter zu beruhigen, bemüht um einen verbindlichen Gesichtsausdruck. Innerlich war ich jedoch alles andere als die Ruhe selber.

*

SABRINA

Am nächsten Tag drang das Knattern einer Bohrmaschine an meine Ohren. Die Lautstärke deutete auf unmittelbare Nähe hin. Nah, aber nicht bei uns zu Hause. Es kam nur sehr selten vor, dass jemand bohrte. War meist überflüssig, denn eine gewöhnliche Schraube konnte man in die japanischen Holzwände mit dem bloßen Schraubenzieher eindrehen. Doch wir waren gerade mit den Kindern beschäftigt und kümmerten uns nicht weiter darum. Doch dann seilte ich mich ab und ging kurz raus, um eine Blume als Tischschmuck abzuschneiden. Da lenkte ich für einen Moment den Blick zu der entscheidenden Wohnung hoch. Und richtig: Dort war nun vor dem Küchenfenster eine Vorrichtung angebracht, auf die man Blumen stellen konnte. Und zwar eine stabile große. Wollte die Stalkerin dort etwa Sträucher pflanzen? Sich ganz umweltfreundlich zeigen? Dass der Vermieter die Vorrichtung genehmigt haben sollte, kam mir bei meinen weiteren Überlegungen komisch vor. Dafür war das Teil einfach zu groß. Wo sie die wohl herhatte? Noch standen zwar keine Pflanzen darauf, doch die Absicht, welche hinzustellen, war nicht zu übersehen. Ob sie mich damit ärgern wollte, weil hierzulande die Vorstellung herrschte, dass alle Deutschen ihre Fenster bepflanzen? Erst einmal abwarten, sagte ich mir dann.

Am späten Nachmittag fiel mir diese Vorrichtung wieder ein. Ich schaute aus dem Seitenfenster. Nun war die Absicht eindeutig. Drei Vergissmeinnicht prankten vor dem Fenster. Und das zeigte zur Straße. Schnell machte ich ein Foto.

Dann fuhr ich den Laptop hoch und machte einen weiteren Eintrag in meiner Stalkerdatei. Danach widmete ich mich wieder den Kindern, doch sie merkten sehr schnell, dass ich nicht ganz bei der Sache war. Wie sollte ich mich auch konzentrieren, wenn meine Gedanken immer wieder zu dem Vergissmeinnicht abschweiften. Diesmal waren es drei an der Zahl, und sie füllten den Platz vor dem Fenster bei weitem nicht aus. *Wasurena-gusa*, Vergiss-nicht-Kraut. Was da wohl noch kommen mochte?

»Mama, du hast verloren«, riss Ruis Stimme mich aus meinen Gedanken. Ich konnte mich noch nicht einmal auf eine so simple Sache wie ein Memory-Spiel konzentrieren. Und dass wegen dieser verdammten Stalkerin! Der Teufel soll sie holen!

Am Abend, die Kinder waren schon im Bett, erzählte ich Maruhito von meinen Beobachtungen.

»So etwas Penetrantes. Und wieder *Wasurena-gusa*«, regte ich mich erneut auf. Auch wenn ich wegen der schlafenden Kinder leise sprach, war der Zorn in meiner Stimme nicht zu überhören. Maruhito sagte diesmal dazu nichts. Stattdessen nahm er mich in die Arme. Für einen Moment war ich glücklich, dass er mich trösten wollte. Doch dann gab er mir einen Kuss, direkt auf den Mund. Mit eindeutig zuviel Schwung. Das war kein Trösten. Der Kuss war so kalt, so vollkommen ohne Leidenschaft. Ich wagte es nicht, ihn gerade jetzt vor den Kopf zu stoßen und ließ mich ins Schlafzimmer führen. Ich breitete die *Futons* aus. Als ich mich dann an Maruhito kuschelte, merkte ich sofort, dass er in Gedanken ganz woanders war. Doch wohl nicht bei der Stalkerin, bei seiner Ex? Mich befiel eine nie gekannte Panik, ich könnte Maruhito verlieren. Es schnürte mir die Kehle zu. Ich streichelte über Maruhitos inzwischen nachgewachsene Haare, da kamen mir wieder komische Gedanken. Für wen hatte er sich wohl rasieren lassen? Wirklich für mich? Wenn du alte Hexe mir den Vater meiner Kinder nimmst, mach ich dich alle, drohte ich in Gedanken der Stalkerin.

*

MARUHITO

Jeden Morgen fiel mein Blick automatisch als Erstes auf das Küchenfenster von Reina Sorihama. Und prompt, nach ein paar Tagen bemerkte ich eine Veränderung. Neben die *Wasurena-gusa* hatte meine Ex doch tatsächlich zwei Skulpturen platziert. Zwei größere Skulpturen mit eindeutigen Gesichtszügen. Die eine zeigte sie selbst, und die andere? Es war unglaublich, die andere zeigte mich! Ich starrte auf die Statuen. Und starrte und starrte. Ich spürte, wie etwas in mir zerbrach. Meine letzten Gefühle für sie. Jetzt war sie zu weit gegangen, mich vor den Nachbarn so bloßzustellen. Jeder konnte die Statuen von der Straße aus sehen. Am liebsten hätte ich sie ihr höchstpersönlich um die Ohren gehauen.

Plötzlich stand Sabrina neben mir. Sie folgte meinem Blick und schnappte nach Luft, so sehr erschrak sie bei dem Anblick. Während sich in mir Rachegedanken breitmachten, griff meine Frau blitzschnell nach dem Smartphone und machte ein Foto. Dann ging sie, den Eintrag in ihr Stalkertagebuch zu schreiben. Dann musste sie auch schon los.

Ich schaute weiter aus dem Fenster. Irgendetwas kam mir komisch vor. Und dann: Reina Sorihama! Ich beobachtete, wie Sabrina sich umdrehte und zu den Statuen hochschaute. Da stand Reina Sorihama am geöffneten Küchenfenster, den Blick auf Sabrina gerichtet. Schnell drehte die sich um und verschwand um die Ecke.

Ich dachte an unsere Kinder. Die mussten jetzt in solchem Zwist aufwachsen. Noch waren sie klein und bekamen nicht viel mit. Aber eines Tages?

*

REINA SORIHAMA

Mein Werk vor dem Fenster war mir gut gelungen, freute ich mich. Es war jedoch keine Freude, die aus dem Herzen sprach, wie ich mir eingestehen musste. Nur das Gefühl, das eine Stalkerin empfindet, wenn sie ihren nächsten Coup plant. Ich schaute auf die Fensterscheibe. Darin sah ich vage mein Spiegelbild. Ich schaute weg, gerade so, als konnte ich mir nicht mehr selbst in die Augen sehen. Und dann kroch die Angst in mir hoch. Die latente Angst, dass die Vergissmeinnicht wieder zu einer Polizeiaktion führen könnten. Ein hastiger Blick aus dem Fenster. Keine Polizei weit und breit. Und seit vorhin war ich sicher, dass zumindest diese Ausländerin die Statuen gesehen hat. Die Angst wich einer Genugtuung, die meinen Körper wohlig zu durchströmen begann. Ich seufzte genüsslich.

Die nächsten Tage in der neuen Wohnung brachte ich damit zu herauszufinden, wann Sabrina und Maruhito aus dem Haus gingen und wann sie wiederkamen. Fein säuberlich notierte ich alles. *Ein Kindermädchen namens Margret kommt regelmäßig. Wichtig: Das hat offenbar einen Schlüssel zum Haus.*

Sobald Margret mit den Kindern auf die Straße kam, um mit ihnen mit dem Ball zu spielen, ging ich ebenfalls raus. Ich sprach zunächst die Kinder an:
»Wie schön ihr mit dem Ball spielt! Das macht ihr wirklich gut.« Dann wandte ich mich an Margret:
»Die beiden sind aber wirklich süß. Wie alt sind sie denn?«
»Sie sind im Juli zwei geworden«, ließ die Ahnungslose sich bereitwillig auf ein Gespräch ein. »Sie gehen seit April in die Kinderkrippe.«
»Wo kommen Sie her, wenn ich das fragen darf.«
Die typische Frage an eine westlich aussehende Ausländerin, direkt nach der Begrüßung. Margret schaute etwas unwirsch. Vielleicht ging ihr das auf den Wecker. Doch sie antwortete:
»Ich komme aus London.«
»Ach deshalb. Ihr Englisch klingt so perfekt, wenn Sie mit den Kindern sprechen«, bemühte ich mich, die Wogen zu glätten.
Margret lachte. »Nun wundern Sie sich nicht mehr, stimmt`s?«
Ich lachte mit. Dann lernten die Kinder von Maruhito nicht nur Japanisch

und Deutsch, sondern schon in diesem Alter auch Englisch. Neid überkam mich. Ich selbst konnte nur Japanisch. Und Computer-Englisch. Mein Schulenglisch war mehr als nur mäßig. Ein Gefühl der Minderwertigkeit gegenüber Sabrina Obihara überkam mich. Ich redete einfach weiter: »Hier ist es schön für kleine Kinder, nicht wahr. Hier ist so wenig Verkehr, da können sie gut auf der Straße spielen.«

»Ja, ich soll mit ihnen viel nach draußen gehen«, sprang Margret darauf an. »Für diese Woche hat der Wetterbericht gutes Wetter angesagt, da können sie jeden Tag draußen sein.«

Wunderbar, frohlockte ich. Ich würde zur Stelle sein. Mein subtiles Lächeln entging dem Kindermädchen.

*

MARUHITO

Heute brachten wir die Kinder gemeinsam ins Bett. Die beiden waren todmüde, hatten den ganzen Tag gespielt und sich verausgabt und schliefen sofort ein. Wir gingen ins Wohnzimmer und machten es uns auf dem Sofa gemütlich. Ich hatte das dringende Bedürfnis, etwas an Sabrina wieder gutzumachen. Nie wieder durfte ich mich an ihr abreagieren, das hatte ich mir schon einmal geschworen.

Sie schaute mich direkt an. Ich ahnte, was nun kommen würde. Und schon sagte sie: »Wir gehen am besten direkt noch einmal zur Polizei. Das fällt bestimmt unter die Stalking-Gesetze.« Ich merkte, sie gab sich alle Mühe, ihrer Stimme einen neutralen Klang zu geben. Innerlich war sie sicher alles andere als die Ruhe selber.

Ich dachte an meine guten Vorsätze und gab ihr recht. »Ja, damit geht sie bestimmt zu weit«, sagte ich, ebenfalls in sachlichem Tonfall.

Meine Sabrina schaute mich überrascht an. Mit so einer Reaktion hatte sie wohl nicht gerechnet.

»Und die Polizei wird auch diesen Vorfall zu den Akten nehmen und eines Tages werden sie sie dingfest machen können«, fuhr sie fort. »Und dennoch, es hilft uns nicht hier und jetzt. Ich könnte platzen vor Wut.«

Ich schaute sie so lieb an, wie ich konnte. Ich bemerkte, dass ihre Mundwinkel herunterhingen. Das war mir noch nie aufgefallen. Richtig missmutig sah das aus. Oh, meine Sabrina, mein Engel, du musst wieder dein wunderbares Lachen erklingen lassen, dachte ich.

*

REINA SORIHAMA

Wie kann ich an den Haustürschlüssel von Obiharas gelangen? Ich hockte auf den *Tatami*-Matten und grübelte. Natürlich konnte ich auch via Computer meinen Maruhito beobachten, doch wusste ich, dass er keinen großen Computer besaß, sondern nur einen Laptop, und dass er die Angewohnheit hatte, diesen stets auszustellen und zuzuklappen, wenn er ihn gerade nicht benutzte. So sicherheitsbewusst wie er war, hatte er das gewiss auch seiner Frau ans Herz gelegt. Da waren herkömmliche Wanzen geeigneter.

Damit lag ich voll im Trend. Mehrere zehntausend Mini-Abhörgeräte gingen in Japan jährlich über die Ladentheke. Die Käufer: Menschen, die den Drang, andere zu überwachen, nicht zu zügeln vermögen.

Mit der Zuversicht, eines Tages an den Schlüssel meiner direkten Nachbarn zu gelangen, nahm ich meine Handtasche und mein Portemonnaie und fuhr nach Akihabara, dem Mekka der Elektroindustrie. Ein Elektroshop reihte sich an den anderen. Dort ließ ich mich eingehend über die gängigen Wanzen und ihre Anbringung beraten. Auf keinen Fall wollte ich eine mit Aufzeichnungsfunktion. Da müsste ich ja ständig nebenan einbrechen. Wie viele Wanzen brauchte ich wohl? Wohnzimmer, Schlafzimmer und eine für den Flur. Ich kaufte drei Stück und die entsprechenden Empfangsgeräte.

Ich war schon wieder am Bahnhof, da kam mir die nächste Idee. Trotzdem sollte ich mir einen Schlüssel zum Haus von Obiharas nachmachen lassen. Dann konnte ich nach Bedarf dort im Haus ein- und ausgehen. Wild entschlossen ging ich noch einmal zurück in den Laden.

»Ich suche nach den nötigen Utensilien zur Herstellung eines Nachschlüssels.«

»Bitte, hier entlang.« Der Angestellte führte mich zu einem Regal, in dem die gewünschten Teile lagen.

»Hiermit«, so erklärte er, »machen Sie den Schlüsselabdruck. Sie drücken den Schlüssel einfach in die Masse. Und hier haben wir auch das Material, aus dem Sie den Schlüssel fertigen können. Das bedarf allerdings einiger Übung. Ich würde Ihnen empfehlen, den Abdruck zu einem Schlüsseldienst zu bringen. Hier in der Nähe ist einer, der Schlüssel auch mit selbstgefertigten Abdrücken anfertigt.«

»Und wo finde ich den Laden?«, fragte ich sofort nach.

»Bitte sehr. Auf diesem Zettel finden Sie die Wegbeschreibung. Sie halten sich am Bahnhof rechts, dann können Sie ihn gar nicht verfehlen.«

Nach dem Kauf ging ich nicht direkt zum Bahnhof, sondern suchte zunächst den Schlüsseldienst. Die Wegbeschreibung war gut, dort war der Laden ja schon, ein unscheinbares Gebäude. Das lässt sich gut merken, frohlockte ich.

Wieder zu Hause angekommen, zog ich die Handschuhe noch nicht aus, löste zunächst die Wanzen aus ihrer Verpackung und verstaute sie mitsamt der Masse für den Schlüsselabdruck, die ich vorsichtshalber doch gekauft hatte, in einer Jute-Tasche. Dann erst zog ich die Handschuhe aus und legte sie ebenfalls in die Tasche. Was brauchte ich noch? Einen passenden Schraubenzieher und ein kleines Messer, um die Steckdosen zu öffnen. Beides wanderte zu den anderen Utensilien in die Jute-Tasche. Ach ja, einen Lappen zum Spurenverwischen, falls Krümel von der Bausubstanz beim Ausbauen der Steckdose auf den Boden fallen sollten. Damit müsste meine Vorbereitung perfekt sein. Nun musste ich nur noch in das Haus von Obiharas gelangen. Aber auch das Problem werde ich lösen, sprach ich mir Mut zu. Ich stand auf und ging zum Küchenfenster. Ich öffnete es und schaute versonnen auf die beiden Skulpturen direkt vor mir. »Ihr seid das Symbol für meine Zukunft mit Maruhito«, flüsterte ich ihnen verschwörerisch zu.

*

MARUHITO

Ich hatte mir einen halben Tag freigenommen, und Sabrina und ich gingen erneut zur Polizei. Ich diesmal widerstandslos. Reina Sorihama hatte den Bogen überspannt. Während ich mich bemühte, die Wut in mir nicht nach außen dringen zu lassen, drängten sich plötzlich die Bilder von unserer Hochzeit vor mein inneres Auge. Ein ungeheurer Verdacht kam in mir hoch. Da wurden wir bereits empfangen.

»Guten Tag, mein Name ist Izuhama«, stellte sich der Polizist vor und ich rückte voll konzentriert in die Gegenwart.

»Guten Tag, wir kennen uns bereits«, sagte Sabrina.

»Wir wollten in dem Stalker-Fall Reina Sorihama erneut Anzeige erstatten«, nahm ich ihr das Wort.

»Einen Moment bitte, ich hole mir kurz die Akte«, entgegnete Izuhama-*san*.

»Das letzte Mal, als wir hier waren, hatten wir angegeben, dass diese Person jetzt direkt neben uns eingezogen ist. Seitdem ist wieder etwas passiert. Sie hat vor ihrem Küchenfenster eine größere Vorrichtung anbringen lassen, auf die hat sie drei Vergissmeinnicht gestellt und zwei recht große Skulpturen aus Holz, deren Gesichter sie selbst und mich darstellen«, begann ich unser Anliegen vorzutragen.

»Sie? Sind Sie ganz sicher?«

»Ja, ich habe ein Foto davon gemacht. Hier ist der Stick.«

Der Polizist nahm ihn entgegen und ging zu einem Computer. Dann kam er zurück.

»Tatsächlich, Sie sind gut zu erkennen. Und Reina Sorihama-*san* auch.«

»Das empfinden wir als Stalken.«

»Ja, bei der Vorgeschichte gebe ich Ihnen recht.«

»Was werden Sie tun?«, wollte Sabrina wissen.

»Wir werden die Stalkerin auffordern, diese Handlung zu unterlassen. Das heißt, sie muss die Skulpturen und die Vergissmeinnicht wieder entfernen.«

»Diese Frau strapaziert unsere Nerven nun schon seit Jahren!«, rutschte es Sabrina heraus.

»Sie macht Ihnen Angst?«, fragte auch dieser Polizist. Wir nickten.

»Große Angst?«, fragte er nach.

»Ja, sehr große«, versicherte ich nachdrücklich.

Mit Genugtuung nahm ich zur Kenntnis, dass der Ordnungshüter eine Notiz machte.

Nachdem wir bereits eine Weile wieder zu Hause waren, sah Sabrina aus dem Fenster.

»Du Maruhito, vor dem Mietshaus steht ein Polizeifahrrad.«

»Ach so?« Ich war ganz Ohr.

»Hoffentlich geht es um diese elende Reina Sorihama«, sagte sie. »Am liebsten würde ich Mäuschen spielen.«

Eine Stunde später blickte Sabrina noch einmal aus dem Fenster.

»Na also, die *Wasurena-gusa* und die Skulpturen sind entfernt worden!«, verkündete sie nicht ohne Triumph in der Stimme.

»Das ist gut so«, antwortete ich, ehrlich erleichtert, dass die Polizei so schnell reagiert hatte.

Kurz darauf schellte es. »Es ist Reina Sorihama«, sagte ich mit einem Blick auf den Monitor der Gegensprechanlage. Mit einem Satz war Sabrina bei mir.

Ich drückte auf *Sprechen* und fragte unwirsch: »Was willst du?«

»Ich möchte dir etwas übergeben. Kannst du bitte kurz rauskommen?«

Den Bruchteil einer Sekunde überlegte ich, ob ich darauf eingehen sollte. Noch wusste ich ja nicht, was sie will, außerdem würde Sabrina bestimmt mitkommen. Also besser ihr direkt gegenübertreten.

Kaum stand ich vor Reina Sorihama, streckte sie mir den Arm entgegen. In der Hand hielt sie einen etwas dickeren Umschlag.

»Was ist das?«, wollte ich wissen.

Statt einer Antwort schwenkte sie mit dem Umschlag.

Jetzt erst sah ich genauer hin und erkannte, dass es ein Umschlag von der Bank am Bahnhof war. Ich nahm ihn ebenfalls ohne weitere Worte entgegen. Im nächsten Moment machte Reina Sorihama auf dem Absatz kehrt und ließ uns verdutzt zurück.

Im Wohnzimmer sahen Sabrina und ich uns an und beide mussten wir grinsen, obwohl wir innerlich aufgewühlt waren.

»Schon der Anblick dieser Stalkerin reicht, um unsere Gefühle in Wallung zu bringen«, bemerkte Sabrina. »Aber eine stumme Reina Sorihama haben wir aus nächster Nähe noch nicht erlebt.«

»Ja, das war ein Moment, der tat unserer Seele gut«, stimmte ich ihr zu.

Dann fragte Sabrina: »Was ist denn in dem Umschlag drin?« Sie rechnete offenbar mit dem Schlimmsten. »Er ist ja ziemlich dick und von der Bank.«

Ich befühlte ihn, dann öffnete ich ihn vorsichtig und legte den Inhalt auf den Tisch.

»Lauter zehntausend-Yen-Scheine?« Sabrina traute ihren Augen nicht.

»Größere Geldscheine gibt es nicht.«

»Ja, in fünf Bündeln. Sie denkt offenbar, dass sie uns mit Geld ruhig stellen kann«, überlegte ich laut. So eine Bemerkung wäre mir noch vor Kurzem nicht über die Lippen gekommen.

»Wieviel Geld ist es denn?«

Ich begann zu zählen. »Hunderttausend, zweihunderttausend, ... Fünfhunderttausend Yen.«

»Wow.« Sabrina nickte bedächtig. »Und das, ohne dass wir es gefordert hätten.«

»Vielleicht hat sie das der Polizei gegenüber angekündigt, damit die glauben sollen, sie sei bereit, sich zu bessern«, überlegte ich laut.

»Aha, da hat sie womöglich strategisch denken gelernt.«

»Das Geld lege ich vorsichtshalber mit zu »den Akten««, sagte ich und verschwand in meinem Zimmer. Sabrina kam mir hinterher.

»Soviel Bargeld möchte ich eigentlich nicht im Haus haben«, gab sie zu bedenken.

Ich sah sie nachdenklich an. »Nur für eine Weile. Dann bringe ich das Geld auf die Bank«, versprach ich.

*

SABRINA

Als ich am folgenden Tag den Müll wegbrachte, traf ich Morikawa-*san*.

»Haben Sie das gesehen?«, wollte sie von mir wissen. »Diese Reina

Sorihama hatte doch glatt zwei Skulpturen aufgestellt, die sie selbst und Ihren Mann zeigen. Heute habe ich sie nicht mehr gesehen, aber gestern standen sie stundenlang dort vor dem Küchenfenster.« Sie zeigte in die Richtung.

»Ja, wir haben die Skulpturen auch gesehen und waren deswegen bei der Polizei. Die haben ihr verboten, sie dort hinzustellen.«

»Ach so. Die Polizei war bei ihr. Das ist natürlich nicht schön unter Nachbarn.«

»Nein, natürlich nicht. Aber wir wussten uns nicht anders zu helfen.«

»Ich wollte Sie nicht kritisieren«, beeilte sich Morikawa-*san* zu sagen. Doch ich war mir da nicht so sicher.

»Vermutlich durfte sie die Vorrichtung vor dem Fenster gar nicht anbringen«, meinte ich dann.

»Das wäre ja ein Ding. Wenn der Eigentümer das nächste Mal kommt, werde ich sie ihm sofort zeigen«, sagte Takadai-*san*, die hinzugekommen war.

»Haben Sie guten Kontakt zu ihm?«, wollte ich wissen.

»Gut ist vielleicht zu viel gesagt, aber, wenn er hier in der Nähe etwas zu tun hat, schellt er schon mal bei uns.«

»Ach so. Falls sie das Teil ohne zu fragen angebracht haben sollte, dürfte ihr das Ärger mit dem Eigentümer einbringen. Sehe ich das richtig?«

»Ja, aber einen Kündigungsgrund wird das sicherlich nicht darstellen, solange es bei dem einen Mal bleibt«, meinte ihre Nachbarin.

»In Japan legen wir großen Wert auf eine gute Nachbarschaft«, ließ sich Takadai-*san* vernehmen. Unruhe macht uns nervös.« Dabei schaute sie Morikawa-*san* vielsagend an.

Wieso haben wir jetzt den Schwarzen Peter, fragte ich mich frustriert.

*

REINA SORIHAMA

In den nächsten Tagen baute ich meinen Kontakt zu Margret weiter aus. Ich passte das Kindermädchen ab und verwickelte es in Gespräche über Gott und die Welt. Und dann kam mein großer Augenblick.

Die Kinder spielten miteinander und lachten, dann liefen sie um die Ecke. »Entschuldigen Sie, ich muss nach den Kleinen sehen.« Margret ließ mich stehen und rannte eilig hinter den Kindern her. »Rui, Kai!«, rief sie. Ich blickte ihr hinterher. Irgendetwas war heute anders. Die lief so beschwingt, so unbelastet. Genau, sie hatte ihre Handtasche nicht mitgenommen, als sie aus dem Haus kam. Sehr schön. Im Gegensatz zu mir, die ich meine Jutetasche sehr wohl dabeihatte. Das war meine Chance. Schnell zog ich die Handschuhe an. Wie gut, dass auch das Kindermädchen die Haustür nicht abschloss, wenn es sich in der Nähe des Hauses aufhielt. Selbst dann nicht, wenn es kurz um die Ecke ging. Richtig japanisch. Im nächsten Moment war ich auch schon im Haus von Obiharas. Und was sah ich da? Ich konnte mein Glück gar nicht fassen. Direkt hier im ersten Raum stand die Handtasche des Kindermädchens. Schnell lief ich hin und schaute hinein. Sofort erblickte ich den Schlüsselbund. Daran waren zwei ähnliche Haustürschlüssel befestigt, stellte ich zu meinem Verdruss fest. Bloß nicht nervös werden, zwang ich mich zur Ruhe. Um herauszufinden, welcher der Haustürschlüssel von Obiharas war, musste ich erst vor die Tür gehen. Japanische Türen wurden von innen nicht mit Schlüssel abgeschlossen. Sie haben Drehknöpfe. Doch am hellichten Tag draußen am Haustürschloss zu hantieren, das war sehr riskant. Dann lieber die Abdrücke von beiden Schlüsseln nehmen. Ich arbeitete blitzschnell. Schon ein paar Sekunden später legte ich die Schlüssel wieder an ihren ursprünglichen Platz und verließ das Haus so heimlich, wie ich dort eingedrungen war. Im Hinausgehen registrierte ich noch die Steckdose im Eingangsbereich, an der ein Staubsauger zum Aufladen eingesteckt war.

Ich hörte die Stimme des Kindermädchens wieder näherkommen. Ich machte, dass ich in meine Wohnung kam. Puh. Das war knapp. Aber es hatte bestens funktioniert. Nun hatte ich also den Schlüsselabdruck, aber auch die Qual der Wahl, welcher der richtige war. Aber das war das geringste Problem. Bis jetzt war alles perfekt gelaufen. Ich hatte somit fortan jederzeit die Möglichkeit, mir einen Schlüssel nachmachen zu lassen. Einen Schlüssel zu einer fremden Wohnung, das war an sich bereits eine Straftat, stellte ich bei genauerem Überlegen sachlich fest. Darüber wollte ich nicht nachdenken, beschloss ich. Schließlich ging es um etwas. Maruhito sollte

zu mir zurückkommen. Dafür war mir jedes Mittel recht. Jedes! Ich stellte
das Radio an.

*

REINA SORIHAMA

In den letzten Tagen war es draußen schön warm, so dass ich den ganzen Tag
über das Fenster zum Feld ein Stückchen offenlassen konnte. So bekam ich
stets mit, wenn die Kinder wieder draußen spielten. Das kam mir sehr entgegen. Das Feld hinter dem Haus zog die Kleinen magisch an. Dort konnten
sie so schön mit der Erde spielen, »Kuchen backen« und noch vieles mehr.
Der Bauer war sehr kinderlieb und hatte ihnen extra eine Ecke zum Spielen
freigehalten, hatte Margret erzählt. Und um diese Jahreszeit wuchs ohnehin
nichts.

Schon ein paar Tage, nachdem ich die Schlüsselabdrücke gemacht hatte,
drangen wieder die Kinderstimmen vom Feld in meine Wohnung. Ein Blick
aus dem Fenster bestätigte mir, die Kleinen spielten wieder auf dem Feld
und das Kindermädchen war bei ihnen. Also ist die Haustür wieder offen,
schlussfolgerte ich. Schnell griff ich mir die vorbereitete Jutetasche, zog die
Handschuhe an und schlenderte wie zufällig zum Haus von Obiharas. Keine
Nachbarin war in Sicht. Die sind um die Uhrzeit sicherlich einkaufen, überlegte ich.
    Dass ich so schnell noch einmal die Gelegenheit haben würde, in dieses
Haus zu kommen. Ich sah es als Wink des Schicksals, das mich und Maruhito wieder zusammenführen wollte. Fürs Erste brauchte ich die Schlüsselabdrücke also gar nicht. Nur schnell im Inneren des Hauses verschwinden.
Schnell den Stecker am Staubsauger im Eingangsbereich herausziehen, jetzt
kam in die Steckdose eine Wanze! Blitzschnell löste ich die Abdeckung und
platzierte das Abhörgerät. Als hätte ich mein Leben lang nichts anderes gemacht, lobte ich mich. Dumm nur, dass ich von hier aus das Feld hinter
dem Haus nicht einsehen konnte. Besser ich beließ es bei der einen Wanze,
als dass ich ein Risiko einginge. Noch einmal checken, ob ich auch keine

verräterischen Spuren hinterlassen hatte. Nein, alles perfekt. Vorsichtshalber noch einen Blick aus dem Fenster werfen. Im nächsten Moment schlich ich mich aus dem Haus und gelangte auch dieses Mal ungesehen wieder zurück in meine Wohnung.

Am Abend, als Sabrina und Maruhito zu Hause waren, stellte ich mein Gerät auf Empfang. Sehr schön. Ich hatte keinen Fehler gemacht. Über die Wanze waren alle Gespräche gut mitzuhören, sogar die, die im Wohnzimmer geführt wurden, jedenfalls, wenn die Wohnzimmertür offenstand, was bei einem Haushalt mit kleinen Kindern auch im Winter häufig vorkommt, stellte ich hocherfreut fest.

Ich wollte den Empfänger gerade wieder abschalten, da lenkte Sabrina das Gespräch auf Morikawa-*san* und ihre Unterhaltung vom Morgen.

Oho, die Nachbarn hatten Anstoß an meiner Aktion vor dem Küchenfenster genommen. Das war aber gar nicht in meinem Sinne. Und noch weniger gefiel mir, dass diese Sabrina in der Nachbarschaft erzählt hatte, dass sie deswegen bei der Polizei waren. Ich musste also vorsichtiger vorgehen. Doch wie sollte ich das bewerkstelligen? Schließlich sollte Sabrina sich über mein Verhalten ärgern.

Zunächst einmal musste ich mich mit den Nachbarinnen gutstellen. Das war sicherlich etwas zeitaufwändig, doch nicht allzu schwierig, denn auf Freundlichkeit reagieren Japaner mit ebensolcher. Und ich hatte mich ja nicht gegen die Nachbarn gestellt. Natürlich wussten jetzt alle, dass ich wegen Stalken verurteilt worden war, doch ich hatte Zeit, Zeit, in der Gras über die Sache wachsen würde. Und mit steter Freundlichkeit gegenüber den Nachbarn würde ich Obiharas die Möglichkeit nehmen, gegen mich zu hetzen, feilte ich meinen weiteren Plan aus.

*

REINA SORIHAMA

Und so ging ich schon am nächsten Tag, als ich Shino-*san* draußen gewahr wurde, hinaus und gesellte mich zu ihr.

»*Konnichi wa*«, sagte ich, bedacht darauf, gute Laune zu zeigen.

»*Konnichi wa*«, grüßte diese ebenso fröhlich zurück.

Nachdem wir uns ein paar Minuten über belanglose Dinge unterhalten hatten, sagte ich:

»Sie werden es ja ohnehin erfahren. Ich war mit Maruhito Obihara verlobt.« Auf eine Reaktion auf diese verbale Bombe lauernd schaute ich Shino-*san* an.

»Ach, so war das«, bemerkte die nur.

»Ja, und dann hat er mich einfach sitzen lassen.« Ich beobachtete die Nachbarin genau. Kein Augenklimpern, nichts würde mir entgehen.

»Das war bestimmt schlimm für Sie«, zeigte sie Mitgefühl.

»Ja, vor allem, weil ich sicher bin, dass er mich immer noch liebt.«

»Ach, so ist das«, sagte Shino-*san* wieder und nickte diesmal bedächtig.

»Ja, und dann hat er eine Frau geheiratet, die bei ihrer Arbeit immer wieder mit dubiosen Gestalten gesehen wird, die sie zur Mitarbeit drängen.«

»Oh«, kam es nun von Shino-*san*, »ich muss mich jetzt um das Essen kümmern.«

Was fällt der denn ein, mich hier so einfach stehenzulassen!, erboste ich mich innerlich. Aber, warte nur ab, auch du wirst in absehbarer Zeit nichts mehr mit Sabrina Obihara zu tun haben wollen! Denn immerhin stellt sie ja das Problem dar. Wäre sie nicht, wäre Maruhito noch mit mir zusammen. Wäre er noch mit mir zusammen, wäre Ruhe in der Nachbarschaft. Das würde auch die Nachbarschaft schon bald so sehen. Da war ich mir ganz sicher. Soziale Unruhe und Polizeipräsenz liebte man nicht im Land der Harmonie.

*

SABRINA

Ein *Kairanban*, ein Zirkular für die Nachbarschaft, machte die Runde. *Wie wäre es mit einem Straßenfest? Wer Lust hat, bitte in die Liste hier eintragen* stand dort geschrieben. Wir trugen uns ein, dann reichten wir das *Kairanban* weiter an den Mieter nebenan im Erdgeschoss.

»Ob Reina Sorihama wohl auch kommt? Was meinst du?«, fragte ich Maruhito.

Der schaute mich mit diesem typisch undurchdringlichen Blick an, der mich erkennen ließ, dass mein Kommunikationsversuch zum Scheitern verurteilt war.

Ich spürte, wie der Gedanke an Reina Sorihama mir die Luft nahm. Auch Maruhito, fand ich, atmete etwas zu tief ein. Vermutlich ging es ihm genauso wie mir.

Die Vorbereitungen trafen wir Nachbarinnen wieder gemeinsam, dann versammelten sich, ausnahmsweise an einem Sonntag, alle an der langen Tischreihe. Und natürlich, Reina Sorihama war auch gekommen, sie war sogar eine der ersten, die am Tisch saßen, und sie war die Einzige aus dem Mietshaus. Maruhito machte sich am Grill nützlich. Gut zu wissen, ich setzte mich direkt dorthin. Und, wie konnte es anders sein, ließ Reina Sorihama sich in unmittelbarer Nähe von ihm nieder. Das fiel garantiert allen auf, und alle schwiegen dazu. Auch ich. Am liebsten würde ich ihr die Meinung geigen, fuhr es mir durch den Kopf. Doch was sollte ich ihr schon sagen? Hier, vor allen Leuten? Mit einem offenen Streit ein Straßenfest zu beginnen, das war sicherlich nicht ratsam. Instinktiv blickte ich zu Maruhito hinüber, doch der beschäftigte sich mit dem Grill und beachtete Reina Sorihama überhaupt nicht. Eine kleine Genugtuung für mich.

Als die erste Portion Fleisch und Würstchen gar war, richtete Maruhito sie auf einer großen Platte an und wollte sie gerade auf den Tisch stellen. Doch Reina Sorihama kam ihm zuvor. Sie nahm ihm die Platte ganz vorsichtig, nein, zärtlich, aus der Hand, wobei ihre rechte Hand seine streifte. Alle am Tisch atmeten hörbar ein. Einige Blicke trafen mich. Ich reagierte mit stoischem Desinteresse, beobachtete bloß scheinbar unbeteiligt die Szene. Doch viel mehr gab es nicht zu sehen. Maruhito ließ sich die Platte aus der Hand nehmen, dann wandte er sich wieder dem Grill zu und legte die nächste Portion Fleisch und Würstchen auf.

Reina Sorihama drehte sich erneut zu ihm, diesmal sprach sie ihn direkt an. Alle hielten den Atem an.

»Woher kommt eigentlich deine Frau, Maruhito-*chan*?«

Der vertraute Ton war es, der die Nachbarn aufhorchen ließ.

»Warum willst du das wissen?«

»Ist das etwa ein Geheimnis?«

Wieder atmeten alle hörbar ein. Wie Maruhito sich jetzt wohl fühlte? Ihm war nichts anzusehen. Doch er ließ die Frage nicht unbeantwortet. Als er sprach, klang seine Stimme neutral:

»Sie kommt aus Deutschland«, sagte er in beiläufigem Tonfall.

Abrupt ließ Reina Sorihama ihn stehen und wandte sich den Nachbarn zu. Mich schaute sie nicht an.

»Aus Deutschland kommt sie. Das ist das Land, das Mitte des neunzehnten Jahrhunderts eine Expedition nach Japan geschickt hat. Diese preußische Expedition ist mitverantwortlich dafür, dass heutzutage in unserem Land so viele Ausländer sind ...«

Nun hielten die Nachbarn kollektiv die Luft an.

»Und heute am Jahrestag von Nagasaki denkt man natürlich auch an den Atombombenabwurf auf Hiroshima und Nagasaki. Der Erfinder der Atombombe war Otto Hahn, auch ein Deutscher.«

Das konnte ja noch ein schöner Abend werden. Hätten sie doch bloß das Straßenfest Straßenfest sein lassen. Dieser Gedanke stand unseren Nachbarn auf die Stirn geschrieben.

Ich saß zwar am anderen Ende der Tafel, aber die Stalkerin hatte so laut gesprochen, dass auch bei mir jedes Wort angekommen war. Die Stimmung am Tisch schlug um.

In diesen Sommernachtsalbtraum hinein mischten sich von ferne her die Geräusche eines verspäteten Feuerwerks. Eigentlich waren die Samstage im Sommer die Pyrotechnik-Tage. Niemand sprang auf, um das Schauspiel aus der Nähe zu sehen. Alle schauten wie gebannt auf die Sprecherin.

*

REINA SORIHAMA

Die Stimmung hatte sich nach meinen Worten geändert. Vielleicht hatte ich doch etwas dick aufgetragen. Aber heute war nun einmal der neunte August, da konnte ich nicht an mich halten. Den Rest des Abends plauderte ich angeregt mit möglichst vielen der Anwesenden – außer natürlich Sabrina. Doch die Stimmung war dahin, das war nicht zu leugnen. Das bedeutete, dass dies wohl das letzte Straßenfest gewesen sein dürfte. Dann eben nicht. Trotz machte sich in mir breit. Mein Ziel war es, dass sich die Nachbarn von Sabrina abwendeten. Nur dann hatte ich eine Chance, Maruhito Obihara wieder für mich zu gewinnen. Warte nur ab, du kleine Ausländerin. Deinen Tagesablauf kenne ich inzwischen in- und auswendig. Dich werde ich schon noch das Fürchten lehren.

*

SABRINA

In dieser Nacht träumte ich schlecht. Ich sah mich, wie ich butterweiche Tomaten gegen Reina Sorihamas Fenster warf. Eine nach der anderen. Mehr und immer mehr. Ich griff in einen Korb, aber der hatte keinen Boden. Der Vorrat an Matschigrot ging mir nicht aus. Plötzlich sah ich Blaulicht hinter mir flackern. Dann wurde ich in Polizeigewahrsam genommen. »Nicht ich bin die Kriminelle. Das da ist die Stalkerin!«, hörte ich mich kreischen.

Etwas knallte knarrend immer wieder gegen das Fliegengitter im Schlafzimmer. Davon wachte ich auf. Das war kein Traum mehr. Was war das? Wir machten nachts die Klimaanlage nicht an, dafür die Fenster weit auf. Ich fuhr hoch. So ein Geräusch hatte ich ja noch nie gehört. Ich lauschte gebannt in die Nacht. Die Müdigkeit fiel schlagartig von mir ab. Jetzt erkannte ich das verzweifelte Schlagen von Flügeln wie aus Pergamentpapier. Einmal hier, einmal etwas räumlich versetzt, dann wieder knallte das Objekt erneut ans Fliegengitter. Plötzlich verstummte das Spektakel. Leise, um Maruhito nicht zu stören, erhob ich mich und schob vorsichtig das Fliegengitter an den bodentiefen Balkonfenstern beiseite. Vor mir lag eine Zikade auf dem Rücken. Kaum, dass ich sie ansah, begann das Flügelschlagen erneut. Ich war entgeistert und fasziniert zugleich. Ich blieb eine Weile gebannt im Fenster stehen. Dann beschloss ich weiterzuschlafen. Es dauerte jedoch eine gefühlte Ewigkeit, bis die Geräusche auf dem Balkon verstummten.

Am nächsten Morgen ging ich sofort auf den Balkon nachsehen. Dort lag die Zikade, immer noch auf dem Rücken. Im Unterschied zur Nacht rührte sie sich nicht mehr. Ich fasste mit spitzen Fingern einen Flügel und wollte sie gerade hochheben, da erwachte das Insekt zu neuem Leben. Vollkommen entsetzt ließ ich los und starrte und starrte, bis mir klar wurde, dass ich gerade dem Todeskampf der Sommersängerin beiwohnte. Das war das Letzte, was ich nach den Ereignissen gestern gebrauchen konnte. Helfen konnte ich der Zikade nicht. Ich schloss die Balkontür wieder und hoffte für das Insekt, dass es es bald geschafft haben möge.

*

MARUHITO

»Wir haben inzwischen eine lange Liste von Dingen, die wir anschaffen wollen«, merkte ich nicht lange nach dem Straßenfest an und schlug vor, »Vielleicht versuchen wir es zunächst bei SORELLA.«

»Gute Idee«, meinte auch Sabrina. »Das Wetter soll ja durchwachsen sein, da ist ein Indoor-Ausflug gerade richtig.«

»Inzwischen gibt es das Wort *SORELLA-Mania*. Das war vor einigen Jahren noch undenkbar. Der erste Versuch, in Japan Fuß zu fassen, ist sogar fehlgeschlagen«, erklärte ich meiner staunenden Frau.

»Na, jetzt sitzen sie umso fester im Sattel«, lachte sie mich an und machte sofort Nägel mit Köpfen: »Sollen wir Samstag oder Sonntag hinfahren?«

»Sonntag ist mir lieber, auch wenn es da sehr voll sein wird«, antwortete ich.

»Gut«, stimmte Sabrina zu, »dann lass uns so planen, dass wir dort zu Mittag essen können. Da bekommen unsere Kleinen den ersten kulinarischen Eindruck von der großen weiten Welt.«

»Mit dem Auto sind es etwa eineinhalb Stunden ohne Stau«, überlegte ich weiter. »Wenn wir um halb neun losfahren, sind wir direkt zu Geschäftsbeginn vor Ort, kaufen ein und essen abschließend zu Mittag.«

»Sehr schön. So machen wir es. Dann haben wir auch keine Parkplatzprobleme«, stimmte Sabrina mir zu.

*

REINA SORIHAMA

So, so, am Sonntag wollten sie zu SORELLA. Das Gespräch hatte ich gerade im O-Ton mitgehört und rieb mir die Hände. Die beiden würden Augen machen, wenn ich da plötzlich vor ihnen stand!

Der Sonntag kam und ich verfolgte genau mit, wie Sabrina und Maruhito die Kinder fertig machten. Die Stimmen wirkten noch ganz verschlafen.

»Vielleicht kommt ja doch der eine oder andere Sonnenstrahl und macht unsere beiden Langschläfer munter«, hörte ich Sabrina sagen.

Wieder kochte ich vor Wut. Die hatte gleich zwei Kinder mit dem Mann, den ich liebte. Ich wollte auch Kinder mit ihm haben. Aber warte nur, gleich wirst du dein blaues Wunder erleben.

Ich hatte, für eine Tōkyōterin nicht ungewöhnlich, kein Auto, also fuhr ich mit der Bahn. Ich war schon um kurz vor zehn bei SORELLA und bezog dort Posten. Strategisch günstig, so dass ich gleichzeitig die Rolltreppe im Auge behalten konnte, falls Obiharas ihren Einkauf im ersten Stock beginnen sollten.

»Lange zu warten brauche ich wohl nicht, sie wollen ja um zehn Uhr hier sein«, sprach ich leise vor mich hin und suchte erneut den Eingang mit Blicken ab. Dann war es soweit! Die Türen wurden geöffnet, jede Sekunde konnten sie kommen. Oh ja, da war ja Maruhito, und hinter ihm im Gänsemarsch seine Familie. Immer schön im Hintergrund bleiben, mein großer Auftritt kommt später, ermahnte ich mich stumm, erst wenn die Einkaufstasche der beiden gut gefüllt war.

Eine gute halbe Stunde später war es soweit. Jetzt!, gab ich mir das Kommando. Kaum hatte ich das ausgedacht, stellte ich mich so, dass ich gesehen werden musste. Maruhito war es, dessen Blick zuerst auf mich fiel. Seine Augen weiteten sich und sein Mund blieb offenstehen. Er schloss ihn wieder und seine Augen funkelten mich böse an.

*

SABRINA

Maruhito schaute plötzlich so düster, wie der Himmel unmittelbar vor einem schweren Sommergewitter.

»Was hast du denn?«, flüsterte ich. Dabei sah ich in die Blickrichtung meines Mannes und auch mein Mund öffnete sich. Unglaublich, stand da doch Reina Sorihama hier bei SORELLA vor uns und blickte Maruhito total verliebt an!

Maruhito wandte sich abrupt ab und mir zu. Dabei sagte er nur: »Die Kinder. Sie sollen nichts merken.«

Und so taten wir beide so, als hätten wir Reina Sorihama nicht bemerkt. Luft bist du für uns, sagte ich mir. Doch woher wusste diese Frau, dass wir heute bei SORELLA waren?

Bald schon war klar, wir hatten die Penetranz dieser Frau unterschätzt. Kaum hatten wir ihr den Rücken gewandt, da hörten wir ihre säuselnde Stimme hinter uns:

»Mein lieber Maruhito-*chan*. Ihr habt euch für zwei sehr schöne Kopfkissen entschieden. Schau einmal, ich habe mir das gleiche in meine Einkaufstüte gelegt.« Damit zeigte sie auf ihren Einkaufswagen.

Maruhito drehte sich einfach weg.

»Aber, aber, Maruhito-*chan*. Du willst nicht wissen, was ihr sonst noch alles kaufen wollt?«

Ich war außer mir. Das war ja ein starkes Stück. Da nennt diese Stalkerin meinen Mann doch glatt *chan*. Und das in aller Öffentlichkeit. So eine Unverfrorenheit. Als wenn sie noch mit ihm zusammen wäre. Und zudem tut sie so, als sei sie über unsere Einkaufsvorhaben bestens informiert. Das konnte ja nun wirklich nicht sein.

Maruhito schwieg weiter und führte die Kinder und mich um die nächste Ecke. Diese Strategie wirkte, die Stalkerin verschwand aus unserem Blickfeld.

Schließlich waren unsere Füße platt und das Portemonnaie leer.

»Auf ins Restaurant«, sagte Maruhito.

Wir gingen in den ersten Stock.

»Pech für uns. In der Mittagszeit bekommt man hier nur schwer einen Platz«, kommentierte ich.

Nach ein paar Minuten wurden wir doch fündig und ließen unsere Jacken dort, um den Platz als besetzt zu markieren.

Als wir mit dem Mittagessen zurückkamen und uns hinsetzten, bemerkten wir sie, die Stalkerin. Sie überreichte den Leuten am Nebentisch gerade ein paar Geldscheine, woraufhin diese ihr den gewünschten Platz an ihrem Tisch überließen.

Das war es dann wohl für heute, ging es mir durch den Kopf. Ich schaute Maruhito an. Der war ebenfalls aufmerksam geworden. Reina Sorihama starrte die ganze Zeit, während sie aß, zu uns herüber. Blind stocherte sie auf ihrem Teller herum und blind führte sie die Gabel zum Mund. Maruhito und ich versuchten, sie zu ignorieren. Die Kinder brauchten mit ihren drei Jahren immer noch etwas länger zum Essen, doch schließlich waren sie fertig.

*

MARUHITO

Immer wieder fühlte ich Reina Sorihamas Blick auf mir. Ich war heilfroh, dass Sabrina mit dieser Situation umgehen konnte.

Ich stand als Erster auf und brachte unser Geschirr zur Rückgabe. Prompt stand auch Reina Sorihama auf. Als wir in der Schlange wie zufällig wieder aufeinandertrafen, erdreistete sie sich erneut, mich anzusprechen. Mit *Umami* in der Stimme sagte sie:

»Mein lieber Maruhito-*chan*, könntest du mich nicht in deinem Auto mitnehmen? Ich habe schweres Gepäck und müsste sonst die Strecke bis zum Bahnhof laufen.«

Nun hatte ich aber den Kaffee auf. »Nimm dir ein Taxi«, knurrte ich sie an. Dann ließ ich sie einfach stehen.

»Ein Taxi. Keine schlechte Idee«, hörte ich sie hinter mir herflöten.

Kinder und Gepäck gut verstaut, machten wir uns auf den Rückweg. Es dauerte eine Weile, bis ich das Taxi hinter uns bemerkte. Ein weiterer Blick in den Rückspiegel, und ich wurde auch Reina Sorihama gewahr. Sie saß mitten auf dem Rücksitz. Ich zwang mich, mich auf die Straße zu konzentrieren. Ich hatte ihr zwar gesagt, sie solle sich ein Taxi nehmen, aber auf die Idee, dass sie uns damit verfolgen würde, darauf war ich beim besten Willen nicht gekommen. Bis nach Hause blieb das Taxi hinter uns. Unmittelbar hinter uns. Dann stiegen wir fast gleichzeitig aus.

»Bis morgen dann, Maruhito-*chan*«, rief meine Ex mir betont fröhlich zu, zahlte das Taxi, schleppte ihren Einkauf die Treppe hinauf und verschwand in ihrer Wohnung.

Wir starrten ihr fassungslos hinterher. Wie auf Kommando lösten wir uns aus unserer Starre und wandten uns den Kindern zu. Beim Reingehen übermannten Sabrina doch die Gefühle und sie flüsterte mir zu: »Wie ist das bloß möglich?«

Ich zuckte leicht mit den Schultern, eine Geste, die ich mir von meiner deutschen Frau abgeschaut hatte, und warf einen vielsagenden Blick auf die Kinder.

*

SABRINA

Heute hatte ich einen anstrengenden Tag. Keine freie Minute. Später zu Hause lenkten die Kinder mich ab. Ich spürte den Stress nicht mehr.

Erst nachdem Rui und Kai im Bett waren, fiel es mir wieder siedendheiß ein: Ich hatte total vergessen, das Geburtstagspäckchen an meine Mutter aufzugeben.

Ich schaute auf die Uhr. Halb neun.

»Ich fahre noch einmal schnell zur Hauptpost. Die hat ja noch bis neun geöffnet. Das schaffe ich. Morgen habe ich volles Programm, da geht gar nichts.«

»Deine Energie möchte ich haben«, meinte Maruhito nur. Dann wandte er sich wieder *Der Frau von der Spurensicherung* zu, dem Krimi, den er letztens aufgezeichnet hatte.

Ich trat kräftig in die Pedale. Kurz vor Torschluss kam ich bei der Post an. Die Leute standen bis auf die Straße. Um die Uhrzeit noch solch eine lange Schlange. Das ist ja kaum zu glauben. Resigniert stellte ich mich an. Ich dachte an meine Eltern. In Gedanken versunken schaute ich ein wenig in die Gegend. Plötzlich zuckte ich zusammen. Dort bei den Fahrrädern stellte gerade Reina Sorihama ihr Rad ab. Jetzt schlägt es dreizehn, durchfuhr es mich. Die Frau stellt uns nach, sogar noch bis um diese Uhrzeit. Nun war der Fall klar. Irgendwoher musste sie die Information haben, wo wir uns gerade aufhielten. Wir mussten wieder zur Polizei, beschloss ich. Aber was wollte diese Stalkerin um diese Uhrzeit noch bei der Post? Das wollte ich jetzt aber doch wissen. Sobald ich fertig war, ging ich in den hinteren Bereich des kleinen Nachtschalterraums. Dabei musste ich an Reina Sorihama vorbei. Ich tat auch diesmal so, als ob ich sie nicht bemerkt hätte. Aus einer sicheren Position heraus beobachtete ich meine Verfolgerin. Na, sieh mal einer an. Kaum war ich fertig, wollte sie gar nichts mehr von der Post. Geht raus aus der Schlange und wieder zu ihrem Fahrrad. Ich wartete bis Reina Sorihama um die nächste Ecke gefahren war. Dann ging auch ich zu meinem Fahrrad. Es hatte leise zu nieseln angefangen. Ich holte das Regencape aus der Tasche, warf es mir über und machte mich auf den Heimweg.

Vollkommen aufgebracht stürmte ich ins Haus: »Diese Person hat mich doch glatt bis zur Post verfolgt!«

»Was?« Maruhito war entgeistert. Doch schon im nächsten Moment sagte er vollkommen ruhig: »Vielleicht hatte sie ja dort etwas zu erledigen.«

»Nein, hatte sie nicht. Ich habe sie genau beobachtet«, widersprach ich vehement. »Wir müssen etwas unternehmen«, schlussfolgerte ich.

»Was willst du machen? Wenn sie bestreitet, überhaupt bei der Post gewesen zu sein?« Maruhito schüttelte den Kopf.

Ich schaute meinen Mann fassungslos an. Ich musste gestehen, diesmal hatte er recht. Ich hatte keine Beweise. Und sie hatte keine hinterlassen, denn sie hatte bei der Post ja nichts zu erledigen. Ein Gefühl der Ohnmacht kam in mir auf. Ich hätte platzen mögen.

*

SABRINA

»Unser Kai hustet schon wieder so komisch, das gefällt mir überhaupt nicht«, sagte ich knapp eine Woche später, als das Kind schon beim Aufstehen kräftig Schleim spuckte.

»Willst du einmal mit ihm zum Arzt gehen?«, fragte Maruhito.

»Ist vielleicht besser. Heiße Milch mit Honig hilft offenbar nur für den Augenblick. Wenn es morgen nicht besser ist, werde ich einmal mit ihm zum Kinderarzt gehen. Auf jeden Fall bleibt er heute zu Hause. Ich rufe direkt Margret an.«

Es war einen Tag vor Semesterende und es standen noch einmal Klausuren an. Ich konnte unmöglich zu Hause bleiben. Während ich Aufsicht führte, hatte ich viel Zeit zum Nachdenken, zu viel Zeit, befand ich, denn sofort drifteten meine Gedanken ab, einmal waren sie bei Kai, einmal bei Maruhitos Ex. Wie sah es wohl wirklich in deren Inneren aus, fragte ich mich. Dass sie Maruhito wirklich liebte, das kaufte ich ihr nicht ab. Ihr Verhalten war so abstoßend. Kein Mann auf der Welt würde zu solch einer Person zurückgehen. Oder? Nein, kein Oder, schalt ich mich. Maruhito empfand ihr Verhalten als genauso widerwärtig wie ich. Sonst käme er nicht immer wieder mit sie anzeigen. Oder? Nein! Kein Oder! Hoffentlich war die Stunde bald um, meine Gedanken machten mich richtig fertig.

Irgendwann waren die neunzig Minuten dann tatsächlich herum und ich sammelte die Klausuren ein. Ich würde sie mit nach Hause nehmen und in meinem Zimmer korrigieren. Da hatte ich mehr Ruhe als in der Uni. Aber jetzt nichts wie nach Hause und mit Kai zum Kinderarzt. Im Sturmschritt ging ich Richtung Bahnhof. In der Bahn checkte ich noch einmal die Öffnungszeiten. Oh nein, donnerstags machte der Kinderarzt schon um sechzehn Uhr zu. Das konnten wir nicht schaffen, wurde mir mit einem Blick auf die Uhr klar. Dann also morgen. Auf den einen Tag kam es hoffentlich nicht an.

Am Abend, als ich in meinem Zimmer die Klausuren korrigierte, hörte ich nebenan immer wieder Kai husten. Der Arztbesuch morgen würde ihm hoffentlich Linderung verschaffen. Dann vertiefte ich mich wieder in die

Korrekturen. Den Unterschied zwischen »du musst nicht« und dem Englischen »you must not« habe ich nun schon zig Mal erklärt, und immer noch haben es einige nicht kapiert, dachte ich unmutig. Deutsch und Englisch sind nun einmal verschiedene Sprachen. Nur weil etwas gleich klingt, heißt es noch lange nicht dasselbe. *False friends* sind das, mehr nicht. Aber morgen beginnt die vorlesungsfreie Zeit, sagte ich mir dann. Ob ich diesmal die Noten problemlos im Internet auf die entsprechende Seite würde hochladen können? Letztes Jahr war das unmöglich gewesen, die Daten löschten sich beim Speichern automatisch wieder. Die Hacker, es waren drei Informatik-Studenten, konnten sie zwar dingfest machen, aber noch galt die Altersgrenze zwanzig Jahre für die Volljährigkeit. Da waren die Übeltäter mit einem drohenden Zeigefinger davongekommen. Aber die Politik hatte bereits reagiert und in Planung, stufenweise das Alter für Volljährigkeit auf achtzehn herabzusenken. Dann würden auch japanische Studierende mit Eintritt in die Uni strafrechtlich voll zur Verantwortung gezogen werden können.

*

SABRINA

Am nächsten Morgen war der Husten von Kai immer noch nicht besser. Ich brachte Lui in den Kindergarten und fuhr dann mit Kai zum Kinderarzt. Gerade stellte ich mein Rad ab und ließ den Jungen absteigen, da streckte jemand demonstrativ den Kopf um die Hausecke der Praxis: Reina Sorihama. »*False friends* sind das, mehr nicht«, echote sie. Sie kostete meine Schrecksekunde voll aus. Ihrem Blick nach zu urteilen, stand mir das Entsetzen ins Gesicht geschrieben. Prompt setzte die Verfolgerin noch einen drauf: »Deutsch und Englisch sind nun einmal verschiedene Sprachen.«

Ich spürte, wie sich eine Gänsehaut über meinen Körper zog. Ich schaute Reina Sorihama an und dachte dabei: Wenn Blicke töten könnten, würde ich jetzt ein Beerdigungsinstitut glücklich machen. Die Stalkerin erwiderte den Blick vollkommen gelassen. Sie wartete, bis ich mich wieder gefangen hatte, dann grinste sie mich an und sagte ganz frech: »Deine Blicke besitzen aber keine Kraft. Wirklich schade.«

Ich machte, dass ich mit Kai in die Praxis kam, bloß weg von dieser Person. Reina Sorihamas diebische Freude, dass sie mich derart kalt erwischt hatte, verfolgte mich. Doch beschloss ich gleichzeitig, es dabei zu belassen und Maruhito nicht mit der Polizei zu nerven. Erst mussten wir wissen, was sie sich hatte einfallen lassen.

*

MARUHITO

Natürlich war ich wenig erbaut von der Nachricht, die mir meine Frau brachte.

»Was sollen wir jetzt tun?«, wollte Sabrina von mir wissen.

»Woher soll ich das wissen«, rutschte mir heraus. »Ich weiß auch nicht, wie sie das macht, immer gerade dort aufzutauchen, wo du dich aufhältst.«

»Ja, diesmal geht es gegen mich, den Eindruck habe ich auch«, gab mir Sabrina recht. Im nächsten Moment fragte sie: »Sollen wir einen Privatdetektiv engagieren?«

Ich schaute sie an, als hätte sie Chinesisch gesprochen.

»Keine gute Idee?«, fragte sie mit hochgezogenen Augenbrauen. Diese Geste machte ihre ohnehin schon großen Augen riesig. Ich ertrug diesen Blick nicht länger und schaute weg.

»Ich überlege, wie wir an Beweise kommen können«, erklärte sie mir dann überflüssigerweise.

»In Japan ...«, begann ich zu sprechen.

»Ja?«, sagte sie mit einer Mischung aus Interesse und böser Vorahnung.

»In Japan spicken viele Stalker die Wohnung ihres Opfer mit Wanzen. Auch heute noch, trotz fortgeschrittener Technik.«

Meinen fragenden Blick konterte sie mit den Worten:

»Dann lassen wir doch einen Wanzensucher kommen. Irgendwoher muss sie ja wissen, was hier gesprochen wird.« Sabrina war eindeutig wieder einmal in Kampfesstimmung. »Der Auftritt eben war definitiv zu viel.«

»Na meinetwegen. Dann lass halt einen kommen«, stellte ich mich nicht quer. Ich hatte mir schließlich vorgenommen, meiner Frau eine Stütze zu sein im Kampf gegen meine Ex. Natürlich war ein Ende dieser Schikanen auch in meinem Sinne. Das wollte ich gar nicht leugnen. Zudem dieser ungeheuerliche Verdacht, der mir neulich gekommen war. Unsere Hochzeit. Und meine Ex kannte sich mit Computern bestens aus. Und schon drängte sich ihr Antlitz vor mein inneres Auge.

*

REINA SORIHAMA

Ich saß in meiner Wohnung und wurde bei jedem Wort von Sabrina hibbeliger. Wenn sie tatsächlich einen Wanzensucher kommen liessen, kippte meine Wanze auf. *Chikushō!* Verdammte Scheiße aber auch! Um meine Panik niederzukämpfen, ging ich zu den beiden Statuen und stellte sie so, dass sich die Münder fast berührten. Eine Weile schaute ich traumversunken auf Maruhito und mich. Sehr gute Arbeit. Ich war stolz auf mich. Dann setzte ich mich vor den Fernseher und zermarterte mir den Kopf: Ich saß in der Falle. Was konnte ich bloß tun? Mir bleibt nur diese Nacht. Na klar, ich musste die Wanze wieder entfernen! Dann stünde diese Ausländerin ganz schön blöd da. Sofort stellte ich den Wecker auf zwei Uhr nachts.

*

SABRINA

Ich wälzte mich in meinem Futon und fand keinen Schlaf. Neben mir atmete Maruhito leise und gleichmäßig. Hatte die Stalkerin sich wirklich erdreistet, unser Haus zu verwanzen? Wenn ja, wusste sie von unserem Vorhaben, einen Wanzensucher kommen zu lassen? Hmmm. Vermutlich ja. Dann wusste sie jetzt, dass es sich nur noch um Stunden handeln konnte, bis sie aufkippte. Ein schadenfrohes Grinsen schickte ich in die Dunkelheit der Nacht. Dann überlegte ich, was würde ich an ihrer Stelle unternehmen, um das zu verhindern? Ich versuchte, mich in die Kriminelle hineinzuversetzen. Natürlich!

Ich würde die Wanzen wieder ausbauen, bevor sie entdeckt würden. Wie der Blitz schoss ich aus meinem Futon. Im nächsten Moment schob meine Hand den Zusatzriegel an der Haustür vor, der unabhängig von den beiden Türschlössern war und nur von innen zu öffnen. Hoch leben die japanischen Haustüren! Jetzt kam es darauf an, dieses Ungeheuer dingfest zu machen. So lange durfte ich das Haus nicht mehr verlassen. Und natürlich alle Fenster im Erdgeschoss geschlossen halten. Diese Schiebetechnik würde sie sonst mit einem Handgriff überwinden. Also möglicherweise Großauftrag für Margret, je nachdem, wann der Wanzensucher kommen konnte.

Wieder im Futon fand ich immer noch keinen Schlaf. Plötzlich hörte ich ein Geräusch. Es kam von der Haustür. Das ist sie! Diese verdammte Stalkerin versucht, bei uns einzubrechen. In Millimeterarbeit schlich ich zur Haustür. Durch die Glasscheibe darin sah ich eine Silhouette. Der Schatten wirkte verzerrt. Mein Herz raste wie wild. Ich traute meinen Ohren nicht, als ich den Haustürschlüssel sich im Schloss drehen hörte. Dann wurde die Tür einen kleinen Spalt geöffnet. Mehr ging ja nicht. Ich hielt die Luft an. Der Riegel hielt, was er versprach. Behandschuhte Finger schoben sich ein Stück durch den Türschlitz und befingerten ihn. Sie gehörten zu einer linken Hand, registrierte ich. Aber der Spalt war zu schmal. Ich erwachte aus meiner Angststarre. Mensch, du brauchst Beweise, schrie alles in mir. Aus einem Reflex heraus zog ich die Tür ruckartig so fest in meine Richtung, wie ich nur konnte. Die Finger zuckten und ein unterdrückter Schmerzenslaut durchzog die Stille der Nacht. Eine Frauenstimme! Ich ließ los, die Finger verschwanden und die Tür fiel ins Schloss. Der Spuk war vorüber.

Wie der Wind schoss ich in mein Zimmer. Und da sah ich die Stalkerin die letzte Stufe nehmen. Sie floh nach nebenan, zurück in ihre Wohnung. Wie gelähmt und immer noch zitternd blieb ich eine Weile so stehen, zu keiner Handlung fähig.

*

SABRINA

Als sich meine Starre wieder löste, griff ich zum Telefon und rief die Hundertzehn. Die Zeit, bis die Polizei eintraf, nutzte ich, um mich umzuziehen. Es klopfte, ich hatte darum gebeten, nicht zu schellen. Diese Stalkerin sollte Maruhito und die Kinder nicht um ihre Nachtruhe bringen.

Im Flüsterton erzählte ich von unserem Verdacht und meinem nächtlichen Erlebnis. Der Polizist, der mit mir sprach, gab sofort Anweisung, einen Wanzensucher kommen zu lassen. Und sein Blick hellte sich sichtlich auf, als ich von den geklemmten Fingern erzählte, an denen die Stalkerin, und ich war sicher, dass sie es war, zu erkennen sein würde.

Kurz darauf traf der Wanzensucher ein. Ob die Polizei die Wanzen wohl finden würde? Ich beobachtete den Wanzendetektor. Gerade so, als ob ich ihm damit magische Kräfte verleihen könnte. Kaum hatte der ihn führende Polizist angesetzt mit der Suche, wurde er auch schon fündig.

»Hier im Flur. Direkt am Eingang«, sagte er im Flüsterton zu seinen Kollegen. Vorsichtig demontierte er das kleine Gerät.

»Können Sie auch feststellen, zu wem sie führt?«, fragte ich, mit ebenso gedämpfter Stimme.

»Nein, das kann ich zwar nicht, aber die Reichweite von dieser Art Abhörgerät ist nicht besonders groß. Soviel kann ich sagen.«

Während er sich stumm ein Zimmer nach dem anderen vornahm, erklärte der Kollege, der mir am nächsten stand:

»Wir haben zudem feststellen können, dass Ihre Haustür mit einem Nachschlüssel geöffnet wurde.«

»Oh!« Mir fuhr erneut der Schreck in die Glieder.

»Wir werden jetzt sofort Reina Sorihama-*san* vernehmen. Bleiben Sie bitte auf jeden Fall im Haus und kommen Sie nicht auf die Straße.«

Entgeistert nickte ich, «*Wakarimashita*«. Ob das wohl hieß, dass die Frau bewaffnet war?

»Wieviel Wanzen waren es insgesamt?«, fragte ich noch schnell.

»Eine«, erhielt ich zur Antwort.

»Und was für eine Strafe erwartet die Stalkerin?« Jeden Wurm musste man diesen Herren einzeln aus der Nase ziehen, dachte ich dabei.

»Wenn unsere Recherchen ergeben, dass sie es wirklich war, dürften es bei dem Vorstrafenregister zwei Jahre werden. Aber ich bin natürlich nicht der Richter.« Damit drückte der Gefragte die Haustür auf und verschwand in die nur von der Straßenlaterne und den Außenleuchten der Häuser erleuchtete Nacht.

Du elende Stalkerin, dir werden wir das Handwerk legen!, dachte ich, als ich ihm hinterhersah.

Ob die Polizisten wohl noch einmal wiederkommen würden? Vorsichtshalber blieb ich noch eine Weile im Flur. Ich lauschte in die Nacht. Maruhito und die Kinder hatten das große Ereignis verschlafen. Alles war fast lautlos vonstatten gegangen.

Ich konnte nicht sagen, wie lange ich am Fenster gestanden hatte, aber schließlich bewegte sich etwas. Reina Sorihama wurde aus ihrer Wohnung geführt und musste in den Streifenwagen steigen.

Ich sah einen Polizisten auf unser Haus zukommen. Schnell öffnete ich die Haustür.

»Die gequetschten Finger ließen ihr keine Wahl. Reina Sorihama-*san* hat gestanden.«

Meine Gesichtszüge hellten sich spürbar auf.

»Es war gut, dass Sie uns sofort verständigt haben, als Sie sie in der Nacht beobachtet haben.«

»Das ist doch selbstverständlich«, hörte ich mich sagen. Was rede ich da, fragte ich mich im nächsten Moment. Oben schnarcht einer, der das womöglich nicht für selbstverständlich gehalten hätte. Mir wurde flau im Magen bei dem Gedanken, dass Maruhito mir diese Anzeige übelnehmen könnte. Ich versuchte gar nicht erst, wieder einzuschlafen. Ging stattdessen in mein Zimmer, nahm die Kopfhörer und hörte Musik. Leise summte ich mit.

*

189

MARUHITO

Als ich am Morgen wach wurde, streckte ich meine Hand nach Sabrina aus. Es war schließlich Samstagmorgen und wir hatten nichts Besonderes vor. Doch aus meinen Fantasien wurde nichts. Ihr Futon war leer und kalt. Sie musste schon länger auf den Beinen sein.

»Und, wann kommt der Mann von der Lauschabwehr?«, fragte ich beim Frühstück.

»Gar nicht«, antwortete Sabrina und schaute mich dabei fröhlich an. Meine Gehirnwindungen begannen auf Hochtouren zu arbeiten.

»Hast du dich selbst auf die Suche nach den Wanzen gemacht?«, kam mir eine plausible Idee.

»Kalt. Eiskalt«, strahlte sie mich an.

Irgendetwas war vorgefallen. Und es musste etwas Grandioses sein. So lieb ich konnte, schickte ich meiner Frau ein Fragezeichen über den Esstisch.

Sie erwiderte meinen Blick mit einem zärtlichen Lächeln und begann, das Pferd von hinten aufzuzäumen: »Sie bekommt aller Voraussicht nach zwei Jahre.«

»Wie bitte? Wir haben sie doch überhaupt nicht angezeigt.« Ich konnte meiner Sabrina beim besten Willen nicht folgen.

Die druckste noch etwas herum, doch dann ließ sie die Katze aus dem Sack.

»Ich fasse es nicht.« Ich war wirklich ungehalten. »Und da weckst du mich noch nicht einmal? Ich liebe es nicht, so vor vollendete Tatsachen gestellt zu werden. Ich will wissen, was in meinem Hause vorgeht!«

»In unserem, mein Schatz«, verbesserte Sabrina vorsichtig. Dabei lächelte sie mich glückselig an.

Ich ignorierte ihr Ansinnen, die Wogen zu glätten und sagte mit so entschiedener Stimme, wie ich nur konnte:

»Nach solcher Wortklauberei steht mir jetzt absolut nicht der Sinn.« Kaum hatte ich das ausgesprochen, da wurde mir klar, dass ich wieder einmal der Frau grollte, die ich liebte, weil die Frau, die ich einmal geliebt hatte, erneut kriminell gehandelt hatte. Ich spürte, wie meine Laune bei diesem Gedanken auf den Nullpunkt sank.

Sabrina ignorierte meine Kritik und fiel mir spontan um den Hals: »Zwei Jahre Ruhe! Das trage ich sofort in den Kalender ein.«

Sabrinas Frohsinn schwappte schließlich doch ein wenig auf mich über. Es war Galgenhumor, geboren aus der Erleichterung, dass uns kein größerer Schaden entstanden war.

*

SABRINA

Doch schon im nächsten Moment holte der Ernst der Situation mich wieder ein. Ich sagte mir, gar nicht auszudenken, wenn ich mich mit Maruhito nicht so gut verstünde. Keine ruhige Minute hätte ich dann mehr. Und jetzt? Woher nehme ich die Sicherheit, dass mein Mann bei mir bliebe? Natürlich wusste ich es nicht wirklich, aber ich spürte es. Meinem Mann konnte ich vertrauen, versuchte ich mich zu beruhigen. Vielleicht, weil wir ab und zu von unserer gemeinsamen Zukunft sprachen, Pläne schmiedeten für die Zeit, wenn die Kinder einmal groß sind. Das schweißte zusammen. Und wenn nicht? Wieder kommen mir solch trübe Gedanken. Solch unendlich quälende. Maruhito hatte mir doch gar keinen Anlass dazu gegeben. Und wie schon so oft, fragte ich mich, ob er nicht vielleicht doch eines Tages weich würde und zu der Stalkerin zurückgehen. Steter Tropfen höhlt den Stein, hieß es doch. Ich versuchte, aktiv gegen diesen Gedanken anzudenken. Das war Schwerstarbeit. Zu allem Überfluss blickte ich in den Spiegel. Sorgenfalten. Hier eine, dort eine. Mein Gott, wie diese Stalkerin mich inzwischen zugerichtet hatte.

*

REINA SORIHAMA

Kaum war ich wieder im Gefängnis, drehten sich meine Gedanken um meine Verurteilung. Eine Fachärztin für Psychiatrie und Psychotherapie sollte mich beurteilen. Die sollte herausfinden, ob ich eine Gefahr für Obiharas darstellte. Unglaublich! Ich und eine Gefahr für irgendjemanden. Wie würde so ein Gespräch wohl verlaufen? In Gedanken begann ich Sätze zu formen.

»Sie haben jetzt schon zwei Haftstrafen wegen desselben Delikts verbüßt. Immer wieder sind Sie verurteilt worden. Und immer sind Sie dennoch rückfällig geworden, Sorihama-*san*.«

»Ich liebe Obihara-*san*, und ich weiß, dass er mich auch liebt«, stellte ich mir meine Antwort vor.

»Hat er Ihnen das gesagt? Hat er Ihnen gesagt, dass er Sie liebt?«, wiederholte die Gutachterin ihre Frage.

»Nein.«

»Haben Sie ihm gesagt, dass Sie ihn lieben?«

»Ja.«

Die Gutachterin würde eine so simple Antwort bestimmt nicht akzeptieren.

»Er hat mir einen Brief geschrieben, dass er mich nicht liebt. Doch natürlich liebt er mich. Das weiß ich genau. Diese Ausländerin an seiner Seite hält ihn nur zurück, sonst wäre er schon längst wieder zu mir zurückgekommen.«

»Diese Ausländerin?«

Lieber schweige ich die an, als den Namen auszusprechen, dachte ich wütend. Der Name Sabrina Obihara würde mir nicht über die Lippen kommen.

»In welcher Beziehung steht ›diese Ausländerin‹ zu dem Mann, von dem Sie sagen, Sie lieben ihn?«

»Sie hat ihn veranlasst, sie zu heiraten.«

»Das heißt, sie ist seine rechtmäßige Ehefrau, sehe ich das richtig?«, würde die Gutachterin bestimmt nachfragen.

»Ich kann diese Situation nicht ändern, aber der Mann, den ich liebe, der könnte das schon. Und er würde es, wenn nur diese Ausländerin an seiner Seite ihn nicht davon abhalten würde.«

»Warum, denken Sie, kommt Ihnen das Wort Ehefrau in Bezug auf Sabrina Obihara-*san* nicht über die Lippen?«

»Wie bitte?«

»Warum können Sie Sabrina Obihara-*san* nicht als Ehefrau bezeichnen?«

Ob die mich wirklich so gezielt in die Enge treiben würde? Aber den Gefallen, diese Ausländerin als Maruhitos Ehefrau zu bezeichnen, den tat ich ihr garantiert nicht. Lieber schwieg ich bis ans Ende meiner Tage, durchfuhr es mich.

Meine Gedanken verließen die Gutachterin. Doch zur Ruhe kamen sie immer noch nicht. Ich hatte extra Handschuhe angezogen, und trotzdem hatten sie mich überführen können. Ich wollte halt wissen, was nebenan vor sich geht und bin auf Empfang gegangen. Wie konnte ich ahnen, dass diese Ausländerin sich nachts auf die Lauer legen würde. Trotzdem habe ich noch Glück im Unglück gehabt, dass die Polizisten es beim Durchsuchen meiner Wohnung nur auf das Empfangsgerät abgesehen hatten. So waren wenigstens die Schlüsselabdrücke gerettet. Damit konnte ich mir, falls nötig, einen, ach was, hundert neue Schlüssel nachmachen lassen.

*

SABRINA

Während Reina Sorihama im Gefängnis saß, kehrte in der Nachbarschaft wieder Ruhe ein. Immer seltener kamen die Nachbarinnen uns gegenüber auf die Stalkerin zu sprechen. Noch etwas hatte sich geändert. Die Wohnungsverwaltung hatte ein großes Schild an der Hauswand des Mietshauses angebracht. Darauf prangte in chinesischen Schriftzeichen: Zu vermieten. Mit der Telefonnummer. Vielleicht hatte Reina Sorihama die Wohnung ja doch aufgeben müssen. Eine leise Hoffnung keimte in mir auf.

»In dem Mietshaus sind welche ausgezogen«, meinte ich am Abend zu Maruhito.

Augenblicklich wechselte seine Stimme zu angespannt. »Woher weißt du das?«, wollte er wissen.

»Bei drei Wohnungen hängen vor den Fenstern keine Gardinen mehr.«

»Ach so.« Es klang, als sei für ihn damit das Thema erledigt. Da ich keine weiteren Neuigkeiten hatte, ging ich in die Küche. Da hörte ich ihn vor sich hinbrummeln: »Hoffentlich hat der Vermieter jetzt keine Probleme, neue Mieter zu finden.«

Er machte sich Sorgen, wurde mir schlagartig klar. Doch ich verstand seine

Worte nicht. Meinte er gar, man würde uns die leerstehenden Wohnungen ankreiden? Hat die Stalkerin uns mit ihrer letzten Tat unbeliebt gemacht? War das etwa ein strategischer Schachzug gewesen?

*

REINA SORIHAMA

Auch nachts verfolgte mich die Tatsache, von der Justiz begutachtet zu werden.

»Hätten Sie die Möglichkeit gehabt, woanders zu wohnen als direkt neben Obiharas?«

Ich schwieg.

»Haben Sie meine Frage verstanden?«

»Ja, natürlich. Sie haben schließlich nicht …« Solche Aggressivität würde die Gutachterin ins Leere laufen lassen. Die war zu geschult.

»Ja, ich hätte die Möglichkeit gehabt, in meine alte Wohnung einzuziehen«, hörte ich mich im Halbschlaf sagen.

»Wäre die denn noch frei gewesen?«

»Sie gehört mir. Es ist eine Eigentumswohnung.«

»Ach so. War die neue Wohnung auch eine Eigentumswohnung?«

»Nein.«

»Sie haben also eine Eigentumswohnung gegen eine Mietwohnung getauscht. Was hat Sie dazu veranlasst?«

»Ich wollte in der Nähe des Mannes sein, den ich liebe.«

»Dann haben Sie ihn täglich gesehen?«

»Nicht täglich, aber sehr oft.«

»Wie hat er darauf reagiert? Hat er sich gefreut, Sie zu sehen?«

»Nein, das hat er nicht. Er war sehr wütend auf mich.«

Im Aufwachen rannen mir Tränen über die Wangen. Ich wischte sie mit dem Ärmel weg und versuchte wieder einzuschlafen. Doch nur, um erneut in den unterbrochenen Albtraum zurückzukehren.

»Haben Sie einmal versucht, sich in die Lage ihres Stalkingopfers hineinzuversetzen? Oder in die Lage seiner Frau? Was glauben Sie, wie die sich bei Ihrem Anblick gefühlt hat?«

»Das weiß ich nicht.«

Meine Gefühle gingen mit mir durch. Ich war in Schweiß gebadet, als ich schließlich kapitulierte und aufstand.

Tagsüber ging es weiter. Wie oft würden die mir wohl mit dieser Psychotusnelda kommen, grübelte ich. Die würde bestimmt herausfinden, dass ich Maruhito nicht aufzugeben gedachte. Aus Sicht der Justiz gehörte ich inzwischen sicherlich zu den Unverbesserlichen. Innerlich sperrte ich mich gegen diese Gespräche, noch bevor sie begonnen hatten.

Wie würde ich selbst wohl in solch einer Situation reagieren? Ja, wie würde ich selbst als Ehefrau eines Stalking-Opfers reagieren? Vermutlich würde ich die Stalkerin umbringen, dachte ich. Mit den bloßen Händen erwürgen, sie vor den fahrenden Zug werfen, weil ich die Ungewissheit nicht aushalten würde, ob mein Mann eventuell doch zu dieser Frau zurückgeht.

Vor den fahrenden Zug werfen wurde allerdings heutzutage immer schwieriger, schlugen meine Gedanken eine andere Richtung ein, weil an vielen Bahnhöfen inzwischen *Homedoors* angebracht werden, Mauern aus Stahl mit elektronisch zu öffnenden Türen, damit keine Unfälle passierten. Die Türen wurden nur geöffnet, wenn ein Zug im Bahnhof stand. In der Vergangenheit war es häufiger vorgekommen, dass jemand auf die Gleise gestürzt war und von dem einfahrenden Zug erfasst und getötet wurde. Andere warfen sich absichtlich vor einen fahrenden Zug.

Ja, und was würde ich sonst noch machen mit der Stalkerin, kam ich auf mein eigentliches Thema zurück. Vielleicht vergiften, an Arsen würde ich schon ranzukommen wissen, auf jeden Fall allen Menschen erzählen, dass die Stalkerin eine Stalkerin ist. Ob Maruhito und Sabrina Obihara mir das wohl angetan hatten? Natürlich. Die Nachbarn wussten es ja.

Die Justizvollzugsbeamtin schaute durch die Gitterstäbe. Essenszeit. Sie schloss die Tür, die wie die Wand aus Gitterstäben bestand, auf und brachte mir und meinen Zellengenossinnen das Essen. Die Zelle war vom Flur aus vollständig einsehbar und jedes Geräusch aus der Zelle war auf dem Flur zu hören. Jedes. Daran konnte ich mich auch jetzt, bei meinem dritten Gefängnisaufenthalt, noch nicht gewöhnen. Ich fühlte mich behandelt wie ein

Mensch vierter Klasse. Aber vielleicht war ich das ja für die Justiz auch. Ich, die Stalkerin, die es nicht sein lassen konnte. Und für Maruhito, meinen Maruhito? Missmutig nahm ich das Tablett auf und stellte es unsanft vor mich auf das niedrige Tischchen, vor dem wir knieten. Etwas *Miso*suppe schwappte über. Ich ignorierte es.

*

SABRINA

In den nächsten Wochen, nachdem Reina Sorihama zwangsweise den Ortswechsel vollzogen hatte, sah ich nach meinem Gespräch mit Maruhito immer wieder einen Umzugswagen vor dem Mietshaus stehen. Weitere zwei Parteien zogen aus. Maruhito wurde nervös und nervöser. Jetzt war schon Dezember und drei Wohnungen standen allem Anschein nach leer, eine davon die unbewohnte der Stalkerin. Hoffentlich war Kawakuma-Immobilien eine seriöse Firma. Sonst. Ja, sonst würden sie in der Nachbarschaft für Ärger sorgen, nicht sofort natürlich, aber in absehbarer Zeit, hatte ich den Gesprächen der Nachbarinnen entnommen. Sofort hatte ich wieder Maruhito vor Augen, seinen Blick, mit dem er mich versehen hatte, als wir von den leerstehenden Wohnungen sprachen. Als hätte ich ihn in einen Horrorfilm gezerrt. Ob die Sitten in Japan und Deutschland wohl wirklich so unterschiedlich waren? Mich beschlich eine bis dahin unbekannte Nervosität.

*

REINA SORIHAMA

Vielleicht aus Langeweile, vielleicht, weil ich wirklich wieder Kontakt zu ihm haben wollte, so genau wusste ich es selber nicht, schrieb ich meinem Bruder einen Brief.

... Ich habe etwas in meiner Wohnung vergessen. Es wäre sehr nett, wenn du es mir bringen könntest. ...

Eine Woche später kam die Antwort.

... Ich komme dich in den nächsten Tagen einmal besuchen, dann kannst du mir das genauer erklären. ...

*

REINA SORIHAMA

Mir wurde Besuch gemeldet. Mein Bruder war gekommen. Sehr gut, er hatte Wort gehalten. Das gab mir Auftrieb.

»Setz dich doch, warum bleibst du denn an der Tür stehen?«, forderte ich ihn auf, als man mich in den Besucherraum führte, wo er auf der anderen Seite der Trennscheibe bereits wartete.

Da Yoshihiko auf die Aufforderung nicht reagierte, begann ich mit ganz leiser Stimme zu erzählen:

»Mein Ex-Freund hat mich in der Nachbarschaft unmöglich gemacht ...«

»Wundert dich das?«, unterbrach mein Bruder mich barsch. »Wenn das an meiner Arbeitsstelle bekannt wird, dass meine Schwester kriminell ist und sogar schon zum dritten Mal einsitzt, dann hast du es geschafft, *mich* unmöglich zu machen. Bisher habe ich das Mobbing, dem ich seither ausgesetzt bin, irgendwie aushalten können. Doch wenn es noch schlimmer wird, gar nicht auszudenken.«

Ich wusste, er hatte keine Chance, da gegenzusteuern. War der Gerüchteküche hilflos ausgeliefert. Konnte nur darauf hoffen, dass seine verrückte Schwester sich besserte. Ich würde meinen Maruhito nie aufgeben, niemals, durchfuhr es mich. Ich habe ein Anrecht auf ihn. Ich war schließlich zuerst in seinem Leben.

» ... Hörst du mir überhaupt zu?« Au weia, jetzt hatte ich Yoshihiko verärgert. Nur das nicht.

»Mein Ex-Verlobter ist schuld«, sagte ich. »Deshalb könnte es sein, dass einige in dem Mietshaus ausgezogen sind.«

»Und das soll ich herausfinden?« Nun setzte er sich doch. Ich nahm es mit Erleichterung auf.

»Ich dachte, du könntest einmal nachsehen, ob noch Gardinen an den

Fenstern hängen. Mehr erwarte ich gar nicht. Vielleicht Anfang Dezember oder so.«

»Mehr kann ich auch nicht machen. Ich kann ja wohl schlecht überall Klingelmännchen spielen.«

Ich ignorierte den gereizten Ton. »Das ist sehr nett. Danke.«

»Das war alles, was du von mir wolltest?«

»Ja, das lässt mir keine Ruh.«

»Und dafür lässt du mich drei Stunden hin und drei Stunden herfahren mit zweimal umsteigen und der Taxifahrt bis zum Gefängnis? Ich wohne in Yokohama, falls du es vergessen haben solltest.«

»Es tut mir leid, dass du dafür den langen beschwerlichen Weg auf dich nehmen musstest. Aber das ist alles, um das ich dich bitten wollte.«

»Dann gehe ich jetzt wieder. Zu besprechen haben wir ja nichts mehr.« Sagte es und war mit einem Schritt bei der Tür. Der Justizvollzugsbeamte drehte sofort den Türknauf.

*

MARUHITO

Plötzlich erinnerte ich mich daran, dass Sabrina mir bei der Heirat das Versprechen abgenommen hatte, ihr interkulturelle Unterschiede stets zu erklären. Aber wer konnte denn ahnen, dass der Mensch dabei an seine Grenzen des Möglichen stößt! Ich spürte, wie meine Mundwinkel verrutschten. Ein bitteres Lächeln begann, meine Lippen zu verzerren. Ohnmacht stieg in mir hoch. Reina Sorihama, selbst wenn du nicht anwesend bist, bist du für mich allgegenwärtig. Scher dich zum Teufel, fluchte ich innerlich.

Sabrinas Blick fiel auf mich, der immer noch auf dem Sofa saß. Irgendwie schaute sie mich etwas zu lange an, fand ich. *Ki no sei?* Pure Einbildung? Gerade so, als ob sie versuchte, meine Gefühle zu erraten. Sie war fertig mit dem Wohnzimmer, legte den Staubsauger beiseite und setzte sich zu mir. Meine Nervosität, was jetzt wohl kommen mochte, ließ mein Rückgrat in eine kerzengerade Position rutschen.

»Es ist zwar ziemlich spontan«, begann sie zu meiner größten Überraschung mit sanfter Stimme, »aber was hältst du davon, wenn wir über
Weihnachten nach Deutschland fliegen?«

Ich schaute sie an mit einem Blick, den sie nicht zu deuten vermochte.
Denn sie legte den Kopf leicht schräg und lächelte mich schüchtern an.

»Nur für zwei Wochen, länger habe ich auch nicht unterrichtsfrei.« Das
klang schon fast wie eine Entschuldigung.

Ich neben ihr sagte immer noch nichts.

Sabrina verstummte nun ebenfalls, schaute mich aber weiterhin auffordernd an.

Schließlich sagte ich: »Wenn du meinst. Aber so unmittelbar zur Weih-
nachtszeit bekommen wir womöglich keinen Flug mehr.«

»Oh, du bist ein Schatz, mein spontaner Schatz!«, jubelte Sabrina. Aber
ich hatte natürlich recht, Weihnachten und der Jahreswechsel waren die
Hauptreisezeit. Sofort holte Sabrina ihren Laptop und ging ins Internet.

»Oh je. Bei unserer Airline gibt es noch Plätze.«

»Aber?«, frage ich, der an Sabrinas Stimme hörte, dass etwas nicht
stimmte.

»Die verlangen eine Million Yen.«

Ich lachte. So hoch waren die Preise doch bestimmt nicht. »Das glaube ich
nicht. Da hast du dich bestimmt um eine Null verkuckt«, sagte ich deshalb.

»Wenn ich es dir doch sage.« Sabrina hielt mir den Bildschirm hin.

»Ist ja unglaublich. – Und die anderen Airlines?« Ich war fassungslos.

Sabrina suchte und suchte, bis ihr die Augen schmerzten. Dann endlich
verkündete sie: »Ich habe etwas gefunden. 230.000 Yen pro Person.«

»Immer noch ziemlich teuer, aber buche das direkt, sonst kommt uns jemand
anderes zuvor. Morgen kläre ich dann in der Firma, ob ich überhaupt Urlaub
bekomme. Oder willst du den Flug verschieben und im Sommer fliegen?«

»Dem japanischen Sommer zu entfliehen, ist natürlich auch verlockend«,
antwortete meine Frau diplomatisch, »aber Weihnachten ist nur einmal im
Jahr. Wenn wir da fliegen, freuen sich meine Eltern ganz besonders.«

»Also gut, dann dieses Jahr Weihnachten in Deutschland.«

Damit stand fest, am dreiundzwanzigsten Dezember würden wir von Na-
rita aus losfliegen und am vierten Januar zurückkommen. Am sechsten würden wir dann beide wieder arbeiten müssen.

Ich behielt meine Gedanken für mich, aber ich war unendlich froh, die Gewissheit zu haben, dass Reina Sorihama uns derzeit nichts anhaben konnte. Ob Sabrina wohl auch so dachte? Meine Ex in der Nachbarschaft in unmittelbarer Nähe zu wissen, war doch sehr nervenaufreibend gewesen.

∗

REINA SORIHAMA

»Ein Brief für Sie.« Mich interessierte in dem Moment nur der Absender. Doch nicht etwa von Maruhito? Mit klopfendem Herzen drehte ich den Umschlag um. Nein. Von meinem Bruder. Ernüchtert stellte ich fest, dass er mich also nicht besuchen kommen würde, sondern mir einfach nur einen Brief schrieb. Die Gefängnisleitung wusste also jetzt, dass ich über den Stand der Dinge in dem Mietshaus unterrichtet war. Na und? Daraus konnten sie mir ja wohl keinen Strick drehen.

Ich fasste einen Plan. Vorsichtig begann ich in den wenigen Gesprächen, die ich mit den Mitinsassinnen halbwegs in Ruhe führen konnte, auszuloten, ob unter ihnen nicht eine war, die in nächster Zeit eine kleine Wohnung brauchen konnte. Meine Zellengenossinnen schüttelten alle durch die Bank mit dem Kopf. Dann machte diese Frage schnell die Runde, und schon kurz nach Neujahr sprach eine mich an, vorsichtig, damit die Justizvollzugsbeamtin nichts mitbekommen sollte:

»Du hast eine Wohnung zu vergeben?«

»Ich bin nicht die Vermieterin, weiß aber von einem Vermieter, der dringend Mieter sucht. Alles Zweizimmerwohnungen. Die Telefonnummer der Verwaltung ist 03-3338-XXXX.«

»03-3338-XXXX«, prägte sich Mizumoto-*san* die Nummer ein. »Ich habe aber kein Geld«, erklärte sie dann.

»Macht nichts. So teuer ist die nicht. Die Kosten übernehme ich.«

»Auch die Kaution und sonst noch fällige Gelder?«

»Ja, kein Problem.«

Meine Mitgefangene konnte es gar nicht fassen. Ein bisschen Skepsis ist vielleicht doch angesagt, las ich in ihrem Blick, soviel Gunst hat bestimmt einen Haken.

Andererseits musste ihr klar sein, aus dem Gefängnis zu kommen und direkt eine feste Adresse zu haben und noch dazu eine kostenlose, ein solches Angebot bekam sie garantiert nie wieder. Wenn ihr mein Plan dann doch nicht passte, musste sie im schlimmsten Fall halt wieder ausziehen. Sie hatte ja angedeutet, selbst etwas gespart zu haben, zu jener Zeit, als sie als Ingenieurin noch einer legalen und geregelten Arbeit nachgegangen war. Bis eines Tages ein Kunde kam, der sie für einen illegalen Job anheuerte. Sie sollte die Bremsen am Auto eines Mannes, den seine Frau für immer loswerden wollte, so präparieren, dass sie bei heftigem Bremsen versagten. Da hätte sie nein sagen sollen. Hat sich stattdessen darauf eingelassen. Aber sie war nur der Handlanger, hat deshalb nur ein paar Jahre bekommen. Später hat sie sich dann auf Einbruch verlegt. Bargeld war ihr Metier. Für eine Frau ein etwas ungewöhnlicher Werdegang. Aber mir kam sie mit ihrer Vergangenheit gerade recht.

Doch ich wollte nicht ihre Lebensgeschichte wiedergekäut bekommen, ich wartete ungeduldig auf eine Antwort.

»Nächstes Wochenende habe ich Ausgang, wegen guter Führung«, flüsterte Mizumoto-*san* weiter. »Zudem werde ich vorzeitig entlassen. In drei Wochen ist es soweit.«

Ich spitzte die Ohren. »In drei Wochen? Das ist ja wie ein Weihnachtsgeschenk«, sagte ich nicht ohne Neid. Wie Maruhito dieses Jahr wohl Weihnachten feierte? Das würde ich nie erfahren, jetzt, wo ich von allen Informationsquellen über seine Person abgeschnitten war. Und das lag an dieser verdammten Ausländerin. Immer wieder fand sie eine Möglichkeit, mich hinter Gitter zu bringen. Aber eines Tages, da krieg ich dich, drohte ich Sabrina Obihara im Geiste.

Die Justizvollzugsbeamtin stellte sich demonstrativ vor uns. Offenbar hatte sie mitbekommen, dass wir beiden uns nicht nur über Gott und die Welt unterhielten. Wir schwiegen sofort.

Wie sollte die Zahlung erfolgen? Sofort dachte ich an meinen Rechtsanwalt, Oka-*sensei*. Der musste das regeln, er konnte auch am Freitag mit Mizumoto-*san* zu der Immobilienfirma gehen. Noch heute wollte ich ihm schreiben. Als

Rechtsanwalt konnte er auch die Verbindung zu Mizumoto-*san* aufbauen, ohne dass es groß auffiel.

*

SABRINA

Ich hatte im WC gerade das Fenster geöffnet, da wehte der Wind die Stimmen unserer Nachbarinnen zu mir herein.

»Sabrina-*san* hat erzählt, dass sie über Weihnachten und Neujahr nach Deutschland fliegen«, hörte ich Shino-*san* sagen, die mit den anderen Nachbarinnen draußen Kaffeeklatsch hielt.

»Ach, davon hat sie mir gegenüber gar nicht gesprochen, als ich sie das letzte Mal getroffen habe.« Takadai-*san* klang leicht konsterniert. Vermutlich fühlte sie sich übergangen. Da hatte ich wohl einen Fehler gemacht.

»Zu der Reise scheinen sie sich ganz spontan entschlossen zu haben«, sagte Shino-*san* sofort. »Jetzt, wo die Luft rein ist, wollten sie die Chance wohl nutzen.«

»Die Luft ist rein? Reina Sorihama ist zwar nicht mehr hier, aber zwei Wohnungen stehen inzwischen leer in dem Mietshaus. Mit ihrer sind es sogar drei.«

»Ja, aber ich sehe da nicht so schwarz. Spätestens zum ersten April, wenn die Firmen ihre Mitarbeiter versetzen, werden sich schon wieder neue Mieter finden.« Kawakami-*san* wollte offenbar nicht, dass sich Panik in der Nachbarschaft breit machte. Recht hatte sie, Panik war ein schlechter Ratgeber.

»Das sind aber noch gut drei Monate hin. In der Zeit fehlen dem Vermieter die Mieteinnahmen.«

»Ja, aber der hat ja noch andere Objekte, so groß dürfte der finanzielle Schaden für ihn nicht sein.« Während Kawakami-*san* sprach, überlegte ich, was sie wohl dazu bewog, sich so für uns einzusetzen. Sie mochte unsere Zwillinge und ich konnte schließlich nichts dafür, dass mein Mann gestalkt wurde.

»An Unfrieden sind schließlich immer beide mit schuld« hörte ich Shino-*san* sagen. Dann löste sich die Runde auf. Damit war klar, die freundlichen Gesichter in letzter Zeit waren nicht maßgebend.

Oder wussten die Nachbarn mehr als ich, hegte Maruhito noch starke Gefühle für sie und grollte mir, weil ich ihr eine Falle gestellt und sie angezeigt hatte? Aber unsere Wohnung zu verwanzen, da hörte doch alles auf, sagte ich mir dann. Und trotzdem, ein Funken Ungewissheit blieb, und der nagte still und leise an mir. *Self-fulfilling-proficiency*, drängte sich ein Wort in mein Bewusstsein. Wie kam ich denn jetzt darauf, erschrak ich. Ich beschwor das Unglück doch mit meinen Gedanken nicht herauf. Schnell nahm ich wieder den Staubsauger und ging ins nächste Zimmer.

*

REINA SORIHAMA

Und auch diese Nacht überkamen mich Albträume. Die Gutachterin ließ nicht locker. Wieder fragte sie: »Wie würden Sie sich wohl fühlen, wenn eine Stalkerin, noch dazu eine, die es auf Ihren Ehemann abgesehen hat, direkt nebenan einzöge?«

»Ich weiß es nicht. Ich weiß nicht, wie ich darauf reagieren würde«, hörte ich mich sagen.

»Gut. Sie wissen es nicht. Natürlich. Sie waren ja auch noch nie in einer solchen Situation, nehme ich an.«

»Nein.«

»Hätten Sie denn die Möglichkeit gehabt, woanders zu wohnen, als Sie in die Wohnung direkt nebenan eingezogen sind?«

Ich beschloss zu schweigen. Doch auch die Gutachterin schwieg. Dann blickte sie wortlos in die Akten vor sich auf dem Tisch.

»Ja, ich hätte die Möglichkeit gehabt«, brach ich das Schweigen.

Dann herrschte wieder Stille.

»Wäre die Wohnung denn auch in der Nähe zu Obiharas gewesen?«, fragte die Gutachterin schließlich. »Oder warum sind Sie nicht dort eingezogen?«

»Sie wäre nicht in der Nähe gewesen.«

Erneut Schweigen.

»Ist das der Grund, warum Sie nicht wieder dort eingezogen sind?«

Eine kleine Pause, dann sagte ich:

»Ja, das ist der Grund.«

»Das heißt, Sie sind bereits mit der Absicht, weiter zu stalken, in die neue Wohnung eingezogen?«

»Nein, ich wollte dem Mann nur meine Liebe zeigen.«

»Doch Sie wussten bereits, dass dies nicht als Liebe, sondern als Stalken verstanden würde.«

Wieder würde ich nicht wissen, was ich sagen sollte.

Dann antwortete ich: »Ja, so war es.«

»Und wie ist es diesmal? Haben Sie schon Pläne, wo Sie wohnen werden nach Ihrer Entlassung?«

Das Schweigen wurde unerträglich. Un-er-träg-lich. So unerträglich wie die Tatsache, dass ich Maruhito lange Monate nicht mehr sehen werde. Mein Atem wurde unregelmäßig, ich begann leise zu röcheln. Davon wachte ich auf.

Was hatte ich da gerade geträumt? Von Maruhito? Ich versuchte mich zu erinnern. Nein, von der Gutachterin. Mein Herz klopfte heftig. Was bildeten die sich eigentlich ein, mich mit so einer Psychoirgendwas zu traktieren!

*

SABRINA

»Der neue Nachbarschaftsklatsch besagt, in das Mietshaus nebenan soll jemand Neues eingezogen sein, im Erdgeschoss, die Wohnung direkt neben uns.« Erwartungsvoll sah ich Maruhito an.

»Ach ja?«, kam es von ihm in unerwartet abgeschwächt interessiertem Tonfall.

»Das scheint zu stimmen«, führte ich weiter aus. »Vor dem Wohnzimmerfenster hängen jetzt wieder Gardinen. Vermutlich eine Frau, denn auch vor dem Küchenfenster hängen welche.«

»Lass mal sehen.« Maruhitos Interesse war erwacht. »Tatsächlich, sieht nach Frauengeschmack aus«, gab er mir recht.

»Die neue Mieterin hat sich bei keinem der Nachbarn vorgestellt. Tagsüber ist sie offenbar selten zu Hause. Vermutlich geht sie einer geregelten Arbeit nach.«

»Wer sagt das?« Nun verlangte er doch glatt Referenzen. Hmmm.
»Shino-*san* meinte das.«
»Na, Hauptsache, die Neue stört niemanden.«
»Wie meinst du das denn?«, wollte ich sofort wissen. Hatte er etwa Angst,
die Stalkerin steckte dahinter? Nu aber mal langsam, ermahnte ich mich.
Nicht sofort anfangen, Gespenster zu sehen. Und dennoch, meine Nerven
lagen blank. Immer noch.

»Ich meinte, ich hoffe, dass die Neue so ruhig ist, wie alle anderen auch«,
gab Maruhito mir eine Erklärung, die mich nach dem Schrecken, den er mir
gerade eingejagt hatte, beruhigte.

*

REINA SORIHAMA

Nachdem ich so erfolgreich die erste Mieterin für »mein« Mietshaus gefunden hatte, spann ich den Faden weiter in diese Richtung. Es wäre doch gar
nicht übel, wenn ich nach und nach das gesamte Mietshaus mit Menschen,
die mir in gewisser Weise hörig sind, bestücken könnte, überlegte ich.

Gehandicapt war ich durch die Tatsache, dass ich nur schwer mit anderen
Mitgefangenen in Kontakt kommen konnte. Und die in meiner Zelle kamen
nicht in Frage. Die wollten alle clean bleiben, sobald sie das Gefängnis hinter
sich gelassen hatten. Das behaupteten sie jedenfalls von sich. Vielleicht ist es
ja so wie mit den guten Vorsätzen für das neue Jahr. Das heißt, für derartige
Sondierungsgespräche blieb mir nur die Gruppenarbeit. Doch dabei wurden
wir stets beaufsichtigt, so dass wir bei brisanten Gesprächen immer sehr vorsichtig sein mussten. Manchmal konnten wir nur ein paar Worte wechseln.
Und mein Anliegen, jemand möchte in meine unmittelbare Nähe ziehen,
durfte auf keinen Fall an die falschen Ohren dringen. Dann wäre mir die
Aufmerksamkeit der Justiz sicher. Einmal war ich trotzdem erfolgreich. Aber
auf so viel Glück sollte ich nicht ein zweites Mal vertrauen.

Was für Möglichkeiten hatte ich denn sonst, an weitere Mieter zu kommen? Hmmm. Oh ja. Eigentlich konnte ich auch einen Obdachlosen auf
diese Weise von der Straße holen, kam mir ein neuer Gedanke. Doch das

kam mich teurer. Zumindest solange, bis der einen Job fand, musste ich auch für seine Lebenshaltungskosten aufkommen. Andererseits, wenn ich ihm dafür eine Obergrenze vorgab, sollte auch das kein Problem sein. Und selbst wenn er etwas verschwenderisch war, solange er sich nicht auf Pferdewetten oder sonstige kostspielige Vergnügungen einließ, waren das für mich Peanuts.

Es fragte sich nur, wie ich vom Gefängnis aus an Obdachlose herankam. Über Oka-*sensei*? Das konnte ich versuchen, doch was, wenn er mir böse Absicht unterstellte und nicht mitmachte? »Ich muss ihm halt ein nettes Honorar bieten«, wisperte ich vor mich hin.

Wieder schrieb ich meinem Anwalt einen Brief. Und auch diesmal ließ er mich nicht lange warten.

»Schön, dass Sie sich sofort die Zeit genommen haben«, begrüßte ich ihn. Er sah mich fragend an. Sobald wir alleine waren, begann ich ihn zu instruieren.

»Ich möchte, dass Sie für meine Nachbarwohnung einen Mieter finden. Die soll nicht frei stehen.«

Der Rechtsanwalt schaute mich überrascht an. Ihr Anliegen leuchtet mir nicht ein, stand ihm ins Gesicht geschrieben.

»Ich zahle Ihnen auch das doppelte Honorar«, lockte ich.

Einen Moment stutzte Oka-*sensei*, dann signalisierte sein Lächeln Zustimmung. Doch er sagte zunächst:

»Ich denke, Sie machen sich darüber zu viele Gedanken. Es ist nicht Ihre Aufgabe, dem Eigentümer zuzuarbeiten.«

»Wie gesagt, ich zahle Ihnen das doppelte Honorar«, wiederholte ich mein Angebot.

Nun versuchte der *Sensei* nicht weiter, mich umzustimmen, sondern wartete ab. Als ich ihn nur erwartungsvoll anschaute, sagte er:

»Wenn Sie wirklich davon überzeugt sind, dass dies eine gute Lösung ist, bin ich bereit, Ihnen zu helfen. Doch wie soll ich vorgehen? Haben Sie schon jemanden gefunden, der als Mieter in Frage kommt?«

»Nein, noch nicht. Aber ich dachte, dass Sie vielleicht in der Obdachlosenszene jemanden finden könnten«, wurde ich konkret.

»In der Obdachlosenszene? Wie kommen Sie denn darauf?«

»Wenn ich schon jemandem eine Wohnung verschaffe, dann sollte es jemand sein, der wirklich eine braucht«, gab ich meinen Gedanken einen humanitären Anstrich.

»Und wer bezahlt die Miete? Obdachlose sind zunächst einmal mittellos.«

»Das weiß ich. Darüber habe ich mir ausreichend Gedanken gemacht. Ich bezahle die Miete für ihn.«

»Sie bezahlen ihm die Miete? Und was ist mit Strom, Wasser und Gas?«

»Das übernehme ich auch.«

»Und die Lebenshaltungskosten? Die Wohnungseinrichtung und das Essen? Ein Taschengeld, wenn er einmal mit der Bahn fahren muss?«

»Ich bin bereit, für das alles aufzukommen.«

»Entschuldigen Sie bitte eine Frage. Sie selbst haben Ihren Job verloren und keinen neuen mehr gefunden.«

»Gesucht«, unterbrach ich ihn etwas schroff.

»Sie haben keinen neuen mehr gesucht«, korrigierte sich der Rechtsanwalt augenblicklich. »Und trotzdem sind Sie sicher, dass Sie neben den laufenden Kosten, die Sie selber haben, noch jemandem ein geregeltes Leben finanzieren können. Wir reden hier also von einer beachtlichen Summe pro Monat. Woher haben Sie das Geld, wenn ich fragen darf?«

»Ich hatte reiche Eltern, die haben mir bei ihrem Tod vor ein paar Jahren ein riesiges Vermögen hinterlassen. Geld spielt für mich seitdem keine Rolle mehr.«

»Ach so. Das ist natürlich etwas anderes. Trotzdem weiß ich nicht, ob Ihre Idee mit den Obdachlosen dem Eigentümer der Wohnungen gefallen wird. Manche haben diesbezüglich Vorurteile.«

»Der muss ja beim Anmieten der Wohnung nicht sagen, dass er bislang obdachlos war. Sie, lieber Oka-*sensei*, werden ihm ein Konto einrichten und von meinem Geld soviel überweisen, dass es für zwei Jahre reicht. Mehr verlangt das Immobilienbüro nicht.«

»Sind Sie sicher?«

»Ich gehe davon aus. Bei Mizumoto-*san* hat es jedenfalls funktioniert. Daran erinnern Sie sich doch, oder?«

»Ja, doch. Natürlich.«

Es entstand eine Pause.

»Was ist? Sind Sie bereit, weiter für mich zu arbeiten? Ich sage es noch einmal, für das doppelte Honorar.«

»Solch ein Anliegen hat noch niemand an mich herangetragen«, antwortete Oka-*sensei* zunächst vorsichtig.

»Davon gehe ich aus.« Mist. Meine Stimme verriet meine innere Erregung. Doch nach einigem Hin und Her stimmte mein Gegenüber schließlich zu. Mein Rechtsanwalt zückte einen Taschenrechner und überschlug schnell die Summe, um die es hier ging. Dann sagte er:

»Gut. Einverstanden. Wir können es zumindest versuchen. Mir ist da gerade eine Idee gekommen. Es sollte jemand Zuverlässiges sein, damit wir sicher sein können, dass es in der Nachbarschaft keinen Ärger gibt.«

»Was ist Ihr Plan?« Ich spitzte die Ohren.

»An größeren Bahnhöfen stehen häufiger ehemalige Obdachlose und bieten ihre Zeitschrift an. Diese Leute sind zwar in der glücklichen Lage, ein geordnetes Leben erlangt zu haben, doch die freuen sich bestimmt über eine weitere Beförderung. So will ich es einmal ausdrücken. Vielleicht bekommen diese Leute sogar schon Sozialhilfe, so dass sie Ihnen gar nicht auf der Tasche zu liegen brauchen.«

»Das soll mir nur recht sein. Wie Sie an die Sache herangehen, ist mir egal, Hauptsache, das Ergebnis stimmt.« Ich schenkte ihm mein verbindlichstes Lächeln.

*

SABRINA

»Endlich steht das Mietshaus nicht mehr fast leer«, begann Shino-*san*, als ich sie auf der Straße zufällig traf.

»Ja, es scheint, als sei jemand eingezogen«, bestätigte ich.

»Wenn Wohnungen zu lange leer stehen, zieht das Gesindel an, das wir hier nicht haben wollen«, erklärte meine Nachbarin und nickte energisch.

»Wie meinen Sie das?«, fragte ich nach.

»Na ja, da dringen dann wildfremde Leute ein und machen sich dort heimisch, ohne dass der Vermieter davon weiß.«

»Sie meinen, diese Wohnungen dienen dann Kriminellen als Unterschlupf?«

»Das kommt auch vor«, bestätigte unsere Nachbarin.

»Und was macht Sie so sicher, dass die jetzt neu Eingezogenen biedere Leute sind?«

»Das Schild *Zu vermieten* ist abmontiert. Und der Makler war ja letztens wieder hier«, erklärte Shino-*san*.

»Oh ja, da haben Sie recht. Das heißt aber auch, dass die Nachbarschaft die Kontrolle darüber hat, ob der Vermieter im Bilde ist.« Ich lächelte meine Nachbarin an. Ich bemühte mich um ein möglichst japanisches Lächeln. Diese ging nicht auf meine Worte ein, ließ sich in ihrem Vortrag nicht stören:

»Zudem haftet zu lange leerstehenden Wohnungen der Makel an, es könnte sich um sogenannte *Jiko-bukken* handeln. Wissen Sie, was das ist?«

»Nein«, antwortete ich ehrlich.

»Eine Wohnung, in der sich ein Todesfall ereignet hat, womöglich gar ein Mord. Und so eine Wohnung verliert dann an Wert und ist nur noch schwer zu vermitteln.«

»Aber wenn sie doch billig ist, müsste sie doch leicht zu vermieten sein«, wunderte ich mich.«

»Ja, aber das bedeutet große finanzielle Verluste für den Vermieter, wenn er denn einen neuen Mieter findet.«

»Und warum sagt der Vermieter dann, dass es sich um ein *Jiko-bukken* handelt?«, wunderte ich mich.

»Besser er sagt es von sich aus, als dass der neue Mieter es später auf anderem Wege erfährt. Das würde am Ruf des Vermieters kratzen.«

Wieder etwas dazugelernt, dachte ich.

*

MARUHITO

»Guten Morgen. Ein herrlicher Tag heute.«

Überrascht schaute ich mich um und blickte in das Gesicht eines älteren, freundlich lächelnden Mannes. Er hatte offenbar gerade seine Mülltüten abgestellt. Ich hatte ihn noch nie zuvor gesehen.

»Wenn bloß der Taifun Nummer acht nicht bis Tōkyō kommt«, fuhr er fort.

Der Alte erweckte den Eindruck, als suchte er Kontakt. Bestimmt ist er einsam, dachte ich. Und so blieb ich kurz stehen und ließ mich auf ein Schwätzchen ein.

»Ja, wissen Sie, ich habe in Ihrem Alter damals einen großen Fehler gemacht«, begann mein Gegenüber plötzlich. »Ich habe die Frau, die ich liebe, einfach verlassen. Für eine andere. Das habe ich schon bald bitter bereut, aber da war meine neue schon schwanger. Wenn ich es heute noch einmal zu tun hätte, würde ich zu meiner ersten Liebe zurückkehren, bevor die neue schwanger wird. Das verkompliziert die Sache nur. Und die erste Liebe ist wirklich das Wunderbarste, das einem Menschen passieren kann.«

Etwas hastig nach meinem Geschmack setzte er hinzu: »Finden Sie nicht? Denken Sie nicht manchmal an Ihre erste Liebe?«

»Doch, doch, manchmal schon«, sagte ich automatisch. Meinen Mund umspielte plötzlich ein feines Lächeln. Dieser alte Mann schaffte es doch glatt in den paar Minuten, dass ich nicht mehr mit Groll an Reina Sorihama dachte.

»Ich will Sie dann nicht weiter aufhalten. Sie haben bestimmt nicht den ganzen Tag Zeit, sich mit so einem alten Mann wie mir abzugeben. Nichts für ungut.«

»Es war mir ein Vergnügen. Und heute ist ja Samstag, da habe ich Zeit für ein kleines Pläuschchen«, sagte ich, der nicht wollte, dass der alte Mann sich aufdringlich vorkam. Er wirkte so zart, obwohl er für einen Japaner seines Alters eigentlich eher groß war. Jedenfalls eine Erscheinung, die den Tag erfreulich beginnen lässt, befand ich.

Am Nachmittag zwischen zwei ausgiebigen Taifunregengüssen strahlte die Sonne wieder und der Asphalt war getrocknet. Hocherfreut nutzte ich die Chance und ging mit Kai und Rui vor das Haus, wo sie auf der Straße mit einem leichten Ball, der den Fensterscheiben nicht gefährlich werden konnte, Fussball spielten.

Ich sah einen Mann aus einer der Mietwohnungen kommen. Als er näher kam, erkannte ich ihn wieder. Ohne zu zögern gesellte er sich zu mir und den Kindern.

»Na, ihr spielt aber schon toll Fußball«, sprach er sie an, kaum dass er auf ihrer Höhe war.

»Spielt ihr einen Moment alleine, der Papa macht gleich wieder mit.« Damit wandte ich mich dem vermutlich neuen Nachbarn zu.

»Wie alt sind die beiden denn?«

»Drei. Es sind Zwillinge.«

»Ach deshalb, die gleiche Größe und diese Ähnlichkeit. Es sind bestimmt eineiige.«

»Stimmt. Sie werden oft verwechselt.«

Der Alte lachte.

»Meine Kinder sind schon aus dem Haus. Ach ja, heute Morgen habe ich Sie mit meiner ersten Liebe ziemlich zugetextet. Tut mir leid, aber ich kann diese Frau bis heute nicht vergessen.«

»Kein Problem. Wovon das Herz voll ist, quillt der Mund über«, lächelte ich verständnisvoll.

»Ich versuche derzeit herauszufinden, wo sie sich aufhält.« Mein Gesprächspartner warf mir einen prüfenden Blick zu.

»Und Sie, haben Sie schon einmal daran gedacht, Ihre erste Liebe wiederzusehen?«, fragte er dann.

»Nein«, lachte ich, »mit dem Gedanken habe ich noch nie gespielt.« Und trotzdem habe ich sie wiedergesehen, setzte ich in Gedanken hinzu. Zwangsweise. Weil sie es so wollte.

»Wissen Sie denn, wo sie wohnt, Ihre erste Liebe?«

Der Alte begann, mir Spaß zu machen.

»Wenn sie nicht inzwischen umgezogen ist«, wich ich einer ehrlichen Antwort aus.

»Soll ich sie für Sie ausfindig machen?« Freudig lächelten mich seine Augen an.

Ich schaute mein Gegenüber überrascht an. Mich hatte diese Frage definitiv auf dem falschen Fuß erwischt. Mein Zögern veranlasste den Alten zu sagen:

»Es war nur so eine spontane Idee. Ihre Frau braucht es ja nicht zu wissen. Ich bin verschwiegen wie ein Grab.«

Nun musste ich unwillkürlich lachen. Auf welche Ideen dieser alte Mann aber auch kam.

»Darf ich Sie bei Gelegenheit auf einen Drink einladen? Ich wohne dort in der Wohnung.« Er wies mit der Hand in die Richtung. »Ich heiße übrigens Sato.«

»Angenehm, Obihara«, antwortete ich. Eigentlich hätte ich Sato-*san* gern eine Absage erteilt, aber irgendetwas an diesem Mann faszinierte mich. Und dieses Gefühl der Vertrautheit. Als wenn wir uns schon Jahre kennen würden. Und so sagte ich:

»Gerne. Wenn es einmal passt.«

Wie zum Zeichen dafür, dass das Gespräch zu Ende war, fielen die ersten schweren Tropfen.

»Jetzt nichts wie ins Haus«, unterbrach ich das Spiel der Kleinen.

»Bis die Tage«, verabschiedete sich Sato-*san*.

»Ja, bis die Tage«, antwortete ich.

Kaum hatte ich die Haustür hinter uns zugezogen, hörte man den Regen prasseln. Hoffentlich driftete der Taifun nach Osten ab, ehe er Tōkyō mit voller Stärke erreichte.

Ich ging in mein Zimmer, die Kinder stürmten zu Sabrina.

Da fragte mich doch dieser Sato-*san*, ob er für mich Reina Sorihama ausfindig machen sollte. Leicht amüsiert schlug ich die Zeitung auf. Vor meinem inneren Auge erschien ihre Silhouette, ihr Bild, so wie ich sie zum ersten Mal gesehen hatte. Ein Glücksgefühl überkam mich. Das erste *Date* und schließlich der Verlobungsring. Ich hatte ihn sehr sorgfältig ausgesucht, denn meine erste Liebe hatte einen erlesenen Geschmack. Ja, und dann bin ich einmal alleine ins Kino gegangen. Und das war es dann mit meiner ersten Liebe. Der Schock, den ich ihr mit der Auflösung unserer Verlobung verpasst hatte, war riesig. Fast durchgedreht ist sie. Doch dann zeigte sie Stärke. Und jetzt? Jetzt war sie ganz unten gelandet, tiefer fallen konnte sie kaum. Im nächsten Moment überkam mich unendliches Mitleid mit dieser Frau. Wenn ich ihr doch nur helfen könnte.

*

REINA SORIHAMA

Ob Maruhito mich wohl bald besuchen kam? Ich lag schon lange vor dem
Wecken wach und mein erster Gedanke galt wie fast jeden Tag meinem Ex-
Verlobten. Ob Sato-*san* seine Arbeit wohl gut machte? Würde er es schaffen,
Maruhito zu mir zu bringen? Das war die einzige Aufgabe, die ich ihm derzeit
übertragen hatte. Zu gern wäre ich dabei gewesen. Ich lauschte in die Stille.
Nur leises Atmen war zu hören und von draußen drangen gedämpft die Rufe
der Krähen an mein Ohr sowie das Sirren der Zikaden. Viel mehr bekam
ich vom Wechsel der Jahreszeiten nicht mit, begann ich mich zu bedauern.
Ich sah mich im Geiste mit Maruhito durch einen Garten gehen und die
Baumstämme und Äste nach den Insekten absuchen. Wir spielten ein Spiel,
wer findet die Sängerin zuerst. Hier, siehst du sie? Die *Abura*-Zikade? Die
sitzt ja so tief, die findet doch jeder, konterte Maruhito. Aber hier, da oben,
da zirpt eine Ōshin. Wer findet sie? Hand in Hand standen wir vor einem
großen Gingkobaum und schauten nach oben ins Geäst bis uns der Nacken
schmerzte. Die Ōshin -Zikaden versteckten sich zu gut, so einfach waren die
nicht zu finden.

Der Wechsel der Jahreszeiten. Alles entging mir. Abgesehen von der Tem-
peratur natürlich. Aber keine Blume, die Erinnerungen in mir wachrief, kein
Tier, das ich traumversunken beobachten konnte. Nichts, nur die Eintönigkeit
des Gefängnislebens. Oh Maruhito, mein Maruhito, hol mich hier raus, bitte,
flehte ich tief in meinem Innern und ergänzte, nur dann können wir wieder
zusammenkommen. Dann stellte ich mir eine verzweifelte Sabrina vor, als ich
die Zwillinge an der Hand nahm und von ihrer Mutter wegführte. Ja, dachte
ich, dieser Moment wird kommen. Und Sato-*san* wird ihn herbeiführen.

*

MARUHITO

»Ich gehe kurz rüber zu Sato-*san*«, sagte ich und war schon fast an der Haustür. Es war wieder ein Samstag und das Herbstlaub hatte die Blätter bereits
bunt eingefärbt.

»Sato-*san*?« Sabrinas überraschter Blick verlangte nach einer Erklärung. Ich blieb stehen.

Es war mir definitiv unangenehm. Ich hatte Sabrina noch nichts von meinem neuen Gesprächspartner erzählt. Zu eng war die Begegnung mit ihm mit meiner Ex verknüpft. Er hatte in mir alte Gefühle aufgewühlt. Gefühle, die ich überwunden glaubte. Das konnte ich nicht leugnen.

»Er wohnt nebenan in einer der Mietwohnungen«, sagte ich deshalb so beiläufig wie möglich.

»Und den besuchst du?« Sabrina war zu recht erstaunt, denn ich hatte noch nie einen Nachbarn zu Hause besucht.

»Ja, wir haben uns am Müllplatz kennengelernt. Er sucht Kontakt, ist schon ein älterer Herr. - Aber sehr sympathisch«, setzte ich noch schnell hinzu.

»Na dann, viel Spaß«, sagte Sabrina superlässig, vermutlich um ihre Verwunderung zu überspielen. Und dann wurde sie wieder deutsch.

»Du kannst ihn aber auch zu uns einladen. Wenn er alleinstehend ist, ist ihm das vielleicht lieber.«

Auf keinen Fall, durchzuckte es mich. Lachend sagte ich die halbe Wahrheit, »Wir führen Männergespräche.«

»Was immer das sein soll. Die Kinder reden schon die ganze Woche davon, dass sie am Wochenende mit dir spielen wollen.«

Ich schaute meine Frau nur lieb an, dann verließ ich, wie von einem Magneten angesogen, das Haus.

Das Namensschild an Sato-*san*s Tür wirkte provisorisch. Ob er das wohl extra für mich angebracht hatte? Ich klopfte. Das kam mir der Situation angemessener vor als die Türklingel. Ich brauchte nicht lange zu warten.

»*Dōzo. O-agari kudasai.* Bitte, kommen Sie herein.« Damit öffnete Sato-*san* die Tür ganz weit.

Es war schon lange her, dass ich in einer so kleinen Wohnung war. Das letzte Mal war damals, als ich mit Reina Sorihama zusammen war. Und schon dachte ich wieder an sie. Aber diesmal versuchte ich gar nicht, mich gegen die Erinnerung zu sperren. Irgendwie gehörte sie zu meinen Gesprächen mit Sato-*san* dazu. Irgendwie. Wie genau konnte ich gar nicht sagen.

Sato-*san* holte zwei Dosen Bier aus dem Kühlschrank.

»So früh am Tag trinke ich keinen Alkohol«, wehrte ich ab.

»Nur eine Dose gegen die trockene Kehle. Im Fernsehen sagen sie doch ständig, im Sommer muss man darauf achten, dass der Körper nicht dehydriert.«

Damit öffnete er zwei Dosen und stellte eine vor mich auf das kleine Tischchen.

»Wie hieß Ihre erste Liebe eigentlich?«, begann er im Plauderton.

Mir war eigentlich nicht danach, das Thema zu vertiefen, aber das liebe Gesicht und die freundliche Art ließen mich antworten: »Reina hieß sie.«

»Das ist ein sehr wohlklingender Name. Mit welchen Zeichen schreibt sie sich denn?«

»麗奈, also »bildschön« und das erste Zeichen der alten Hauptstadt Nara 奈良.«

»So ein schöner Name. Er klingt irgendwie romantisch. Hätten Sie denn zusammen gepasst?«

»Ja, unsere Namen harmonieren«, antwortete ich. Im nächsten Moment fiel mir auf, dass ich in die Gegenwart gewechselt war. Doch diese Erkenntnis machte mich nicht wütend. Sie machte mich lächeln. Es war ein melancholisches Lächeln.

«Mit welchen Zeichen schreibt sich denn Ihr Name, wenn ich das fragen darf?«

»Natürlich dürfen Sie das. 丸人. Das erste Zeichen steht für rund oder richtige Antwort, das zweite ist der Mensch.«

»Und trotzdem ist aus Ihnen beiden nichts geworden. Schade. – Ich glaube, ich finde für Sie heraus, wo Ihre erste Liebe sich befindet. Sie sollten sie unbedingt noch einmal treffen. Sie denken doch bestimmt immer wieder an sie, oder?«

»Oh ja, das tue ich«, sagte ich leicht belustigt. Hatte sich der Alte doch wieder an seinem Lieblingsthema festgebissen.

»Aber wiedersehen möchte ich sie nicht. Ich habe Frau und Kinder«, setzte ich hinzu und bemühte mich, die nötige Entschlossenheit in meine Stimme zu legen.

»Ach, Ihrer Frau müssen Sie doch nicht alles erzählen. So ein kleines Männergeheimnis ist doch etwas Feines«, lachte Sato-*san*. »Oder glauben Sie etwa, Ihre Frau hat keine Geheimnisse vor Ihnen?«

Das war ein Schlag in die Magenkuhle. Was meinte mein Nachbar denn damit? Hatte er mich gar zu sich gebeten, um mir zu erklären, dass Sabrina mich betrügt? Nein, das ist nicht wahr, versuchte ich meine innere Ruhe wiederzufinden. Und dieser belustigte Blick dabei. Gerade so, als hätte er einen gehörnten Ehemann vor sich.

»Wenn Sie mir noch den Nachnamen Ihrer Angebeteten verraten, erleichtert mir das die Sache sehr«, hörte ich Sato-*san* schließlich sagen.

»Sie ist nicht meine Angebetete und, wie gesagt, ich möchte das nicht«, presste ich hervor.

»Ich habs gewusst. Sie lieben sie noch immer. Sonst hätten Sie kein Problem mit einem Wiedersehen.« Sato-*san* grinste mich mit einem derart entwaffnenden Gesichtsausdruck an, dass ich alle Vorsicht vergaß.

»Sie heißt Reina Sorihama und schreibt sich so: 反浜.«

»Der *Strand in Form eines Bogens*. Hmmm. Also, *Hama*, der Strand. Und *Sori*. Da denke ich zuerst an eine gekrümmte Haltung, an einen überstreckten Rücken.« Er lächelte, diesmal verwegen. »Wenn das nicht auf eine romantische Beziehung hindeutet, dann weiß ich es nicht.«

»Ach, guter Mann, Ihre Interpretation ist doch völlig abwegig. Hören Sie doch auf mit diesen Verkupplungsversuchen. Ich bin inzwischen anderweitig vergeben.« Ich gab mich fröhlich bei seinen Worten, hatte meinen Schock aber noch nicht überwunden. Was hatte Sabrina mir angetan? Oder kannte er gar das Aktfoto? Wusste er womöglich, dass Reina Sorihama uns das angetan hatte?

»Nun seien Sie doch nicht so prüde. Wir sind doch hier unter Männern«, ließ Sato-*san* nicht locker.

»*Sori* geht aber auch in eine ganz andere Richtung. Beim *Sumo* bedeutet es, den Kopf unter die Achsel des Gegners zu schieben und ihn so zu Fall zu bringen«, beschloss ich zu kontern.

»So gefallen Sie mir schon besser. Haben Sie sie denn zu Fall gebracht? Ihre erste Liebe, meine ich?«

Der Mann war wirklich unverbesserlich. Ich merkte, wie mich seine Art zu belustigen begann. Laut sagte ich jedoch:

»Es gibt aber auch den Ausdruck *sori ga awanai*, wie Hund und Katze sein.«

Nun war es an meinem Gegenüber, sich zu amüsieren. Das versuchte er noch nicht einmal zu verstecken.

»Warum denn so negativ? *Sori ga au*, die beiden passen gut zusammen, den Ausdruck gibt es doch auch. Und ja, die Zeichen Ihres Namens 帯原 bedeuten *der Gürtel, der das Feld umschließt*.«

Was kommt da wohl noch? Ich schaute mein Gegenüber gebannt an.

»Beides so schöne naturverbundene Namen. Sie passen wirklich gut zusammen. *Nomen est omen*, würde der Lateiner sagen.«

»Ich kann kein Latein«, wiegelte ich ab.

»Ich auch nicht«, griente Sato-*san*.

Als ich mich nach etwa zwei Stunden verabschiedete, hatte ich einen leichten Schwips. Mit gemischten Gefühlen schloss ich die Haustür wieder hinter mir. Ich hörte Sabrina und die Kinder im Kinderzimmer lachen. Der Klang ihrer hellen klaren Stimme versetzte mir einen Stich. Sato-*san*s Worte echoten noch lange in mir nach.

*

SABRINA

Die Änderung, die mit Maruhito vor sich ging, blieb mir nicht verborgen. Was hatte er nur? Ständig fragte er mich, wann meine letzte Stunde zu Ende gewesen sei und bis wann ich danach noch in der Uni geblieben wäre. Heute ging er sogar so weit, während er sprach, einen kleinen U-Bahn-Fahrplan, der an allen Stationen auslag, wie zufällig aus der Tasche zu holen und vor sich auf den Tisch zu legen. Was wollte er mir damit wohl sagen? Selbst wenn es einmal spät wird, fahren die Bahnen noch alle zehn, spätestens 15 Minuten, grübelte ich. Zudem wirkte er permanent mürrisch und lachte kaum noch. Und ich dachte, wenn die Stalkerin ihn nicht mehr erreicht, dann wäre bei uns Harmonie pur, dachte ich frustriert. Dann fiel mir auf, dieses Jahr waren wir noch nicht einmal weggefahren, um uns das Herbstlaub anzusehen. Und dabei ist das in Japan doch im Oktober fast ein Muss. Vielleicht hätte ich die Initiative ergreifen sollen? Aber bei Maruhitos abweisendem Verhalten?

Für Samstagabend beschloss ich, meinem Mann ein richtig deutsches

Essen zu bereiten. Darüber freute er sich doch immer. Mit den kleinen Kindern in ein deutsches Restaurant in Tōkyō zu gehen, war eher nicht angesagt, aber zu Hause zünftig deutsch zu essen, vielleicht gefällt ihm das ja.

Und so kaufte ich Sauerkraut, Kartoffeln und ein Stück Fleisch am Stück für mein Vorhaben der Gastrodiplomatie. Letzteres gab es nur in einem Supermarkt etwas weiter weg, aber das war es mir wert. Für einen echten deutschen Wein fuhr ich sogar in einen weiteren Laden, der für ausländische Spezialitäten bekannt war. Und so zauberte ich für die Hauptmahlzeit des Tages ein Menü, wie es auch der Chefkoch eines deutschen Restaurants in Japan nicht besser hätte kochen können.

Als Maruhito sich an den Esstisch setzen wollte, stutzte er. Für einen Augenblick zauberte der Anblick des akkurat gedeckten Tischs ein Lächeln auf sein Gesicht. Welch ein Augenblick, dachte ich. Ich war begeistert, dass meine Strategie aufzugehen schien.

»Heute hast du deutsch gekocht?«

»Ja, ich dachte, du freust dich darüber.«

»Natürlich freue ich mich. Und dann auch noch deutsches Essen so richtig nach japanischem Geschmack.«

»Ja, wenn schon, denn schon«, lachte ich. Wäre ich doch nur schon viel früher auf diese Idee gekommen! Wochenlang grämte ich mich Gott weiß wie, und dabei konnte ein bisschen Sauerkraut Wunder wirken.

Ich schenkte den Wein ein und prostete meinem Mann zu.

»*Kampai!*«, kam es auch von ihm.

*

MARUHITO

Und ich hatte in der letzten Zeit gedacht, sie belog mich, wenn sie etwas später als sonst nach Hause kam. Dabei war sie Spezialitäten kaufen, um mir eine Freude zu bereiten. Was war ich doch für ein Trottel, schalt ich mich. Und doch merkte ich, dass der Argwohn, der sich in den letzten Wochen in mir gegen meine Frau eingenistet hatte, sich nicht gänzlich verdrängen ließ. Doch als ich Sato-*san* das nächste Mal traf und er mit seinem Gute-Laune-Gesicht und diesem unendlich sympathischen Lächeln zu sprechen begann, konnte ich ihm nicht mehr böse sein. Er schien es zu spüren und fühlte immer wieder vor, ob ich nicht doch noch einmal meine erste Liebe wiedersehen wollte. Und Ende Oktober schließlich, drückte er mir einfach eine Fahrkarte in die Hand, zeigte auf Datum und Uhrzeit und nahm sie dann wieder an sich.

»Nur vorsichtshalber. Damit Ihre Frau ihre Unschuld nicht verliert.« Er hatte wirklich Sprachgewohnheiten, darauf fiel mir nichts ein.

*

MARUHITO

Wochenlange innere Pein und Kämpfe. Und dann: Sato-*san* hatte gesiegt. Gerade wechselte er mit dem Polizisten am Tor ein paar Worte. Wir mussten uns ausweisen. Mein Begleiter zeigte seine *My-number-card*, das neue Ausweisdokument in Japan, ich meinen Führerschein. Noch kannst du zurück, flüsterte mir meine innere Stimme zu. Wie vorhin im Zug ignorierte ich sie.

»Stimmt die Adresse darauf noch?«, holte der Diensthabende Wachmann mich zurück aus meinen Gedanken.

Wir nickten. Dann wurden wir eingelassen.

Mit jedem Schritt spürte ich mein Herz bis zum Halse schlagen. Wenn ich doch auf der Stelle umfallen würde, dachte ich gerade, da wurden wir in den kleinen Besucherraum geführt. Ich bat um einen zweiten Stuhl.

Man ließ uns nicht lange warten. Auf der anderen Seite der Trennscheibe ging die Tür auf und Reina Sorihama wurde hereingeführt. Die Justizvollzugsbeamtin schloss die Tür und blieb neben der Insassin stehen.

Die Frau, die ich hinter Gitter gebracht hatte, strahlte mich an, als wären wir zu Hause im Wohnzimmer. Oder passender: Im Schlafzimmer. Das war das Erste, was an mein Bewusstsein drang. Dann sagte sie: »*Konnichi wa,* Maruhito-*chan.*«

Ich hatte es geahnt, sie würde den Besuch falsch auffassen. Sofort nannte sie mich *chan*. Ich wurde leicht panisch. Wenn ich sie hier vor der Justiz dafür abwatschte, schlüge ihr das garantiert negativ zu Buche. Ich beschloss, still zu halten.

»*Konnichi wa*«, sagte auch Sato-*san*.

Ich darf jetzt nicht stumm bleiben, ermahnte ich mich. Und so sagte auch ich »Guten Tag.«

»Ich freue mich wirklich sehr, dass du mich besuchen kommst. Leider habe ich nichts zum Anbieten.« Diese Stimme. So sanft, so leise, so … anziehend. Sie hatte nur Augen für mich.

»Vermutlich kommst du, um mich abzuholen. Das geht heute leider noch nicht. Ich hoffe, du bist jetzt nicht allzu enttäuscht«, begann sie. Ich starrte wie gebannt durch die Trennscheibe. Ich – enttäuscht. Wie kam sie denn darauf? In meinem Gehirn machte es Klick und meine Gesichtszüge entgleisten.

»Nein, das hast du falsch verstanden. Ich wollte dich nicht abholen. Ich bin hier, weil Sato-*san*«, und damit zeigte ich mit dem Kopf neben mich, »mich dazu überredet hat. Ich dachte, es sei etwas Wichtiges.«

Ihre Enttäuschung versuchte sie gar nicht zu verbergen, sie fiel regelrecht in sich zusammen.

»Es ist doch wichtig, dass wir uns endlich einmal wiedersehen«, flüsterte sie mit tränenerstickter Stimme.

Hilfe. Ich musste Härte zeigen. Durfte mich auf keinen Fall von meinen Gefühlen übermannen lassen.

»Für mich bedeutet das eine Tagesreise. Und wenn du mich nur wieder anmachen willst, gehe ich jetzt wieder.« Damit erhob ich mich.

»Aber, aber, wir sind doch nicht hier, damit ihr euch streitet«, schaltete sich Sato-*san* augenblicklich ein und fügte an die Justizvollzugsbeamtin gewandt mit entschuldigendem Lächeln hinzu: »Die beiden sind so freundschaftlich miteinander verbunden, dass sie sich sogar streiten können.«

Jetzt wünschte ich mir Sabrina an meine Seite. Die hätte bestimmt eine passende Antwort auf diese japanische Redensart. Aber ich selber?

Es entstand eine Pause. Dann sagte ich zunächst mit viel zu sanfter Stimme: »Ich habe den weiten Weg auf mich genommen, um dir noch einmal ins Gewissen zu reden. Wie du weißt, habe ich eine Familie und bin mit ihr glücklich.« Meine Stimme wurde mit jedem Wort fester. »Ich möchte dich wirklich bitten, mir dieses Glück nicht zu zerstören. Gibst du mir dieses Versprechen?« Bravo, das war die richtige Tonart, lobte ich mich insgeheim. Zwei riesige Kulleraugen blickten mich fassungslos an. Ihre Lippen spitzten sich in meine Richtung.

»Nun überstürze doch nicht alles. Wir beiden haben immer so schön harmoniert, das kommt wieder. DAS verspreche ich dir.«

»Das ist doch ein wunderschönes Versprechen«, hörte ich meinen Nachbarn sagen.

»Ist das hier eine abgekartete Sache?«, kam mir ein neuer Gedanke. Fragend schaute ich abwechselnd meine Ex und Sato-*san* an. Jetzt bloß nicht hitzköpfig werden, versuchte ich gleichzeitig meine Gefühle in den Griff zu bekommen.

Und noch einmal sprach ich durch die Trennscheibe: »Bitte gib mir das Versprechen, dass du mich und meine Familie fortan für immer in Ruhe lassen wirst.«

Reina Sorihama schaute mich treuherzig an und füllte ihre Augen mit Tränen. Kuller, kuller, tropfte eine nach der anderen auf ihre Sträflingskleidung.

»Obihara-*san* hat Ihnen ein paar Leckereien mitgebracht«, lenkte Sato-*san* das Gespräch wieder in die andere Richtung. »Die haben wir am Eingang abgegeben.«

Sofort wischte sich Reina Sorihama mit dem Ärmel über das Gesicht und trocknete die Tränen. Sie strahlte wieder. Ich sah rot.

»Nein, die Sachen sind nicht von mir, die hat Sato-*san* besorgt«, stellte ich mit eisiger Stimme richtig.

Ich nickte der Justizvollzugsbeamtin zu und stand erneut auf. Die Frau reagierte sofort und erklärte die Besuchszeit für beendet.

»Und bitte, lass und endlich in Ruhe!«, rief ich meiner Ex noch hinterher.

Sato-*san* schüttelte missbilligend mit dem Kopf. Doch ich beachtete ihn gar nicht. Sollte er meinen Ärger ruhig spüren.

*

SABRINA

Irgendetwas bedrückte meinen Maruhito, bestimmt schon ein halbes Jahr lang, aber ich kam nicht an ihn heran. Manchmal war es, als lebten wir in Abschattung, wie zwei Windräder, die zu eng beieinander stehen. Selbst wenn genug Wind weht, können die dann nicht effektiv genug arbeiten, weil sie einander den Wind aus den Rotorblättern nehmen. Natürlich hatte diese Veränderung mit der Stalkerin zu tun. Gar keine Frage. Litt Maruhito etwa darunter, dass seine Ex immer wieder ins Gefängnis musste? Wie oft dachte er wohl an sie? Ob er doch noch positive Gefühle ihr gegenüber hegte? Ich räumte die letzten Gläser aus dem Schrank. Heute war Großputz angesagt. Da passierte es. Die noch fast volle Flasche mit dem Reinigungsmittel glitt mir aus der Hand. Im nächsten Moment hörte man die Trinkgläser splittern. Auch das noch. Glasscherben. Wenn es wenigstens Porzellan wäre, dachte ich. Das brächte Glück. Außerdem könnte man das zerbrochene Geschirr dann mit *Kintsugi* retten. Der Goldstaub auf den geklebten Stellen würde dem Ganzen sogar noch ein edles Flair verleihen. Es waren immerhin gute Gläser. Aber nein, ich Depp musste natürlich Glas in die Brüche gehen lassen.

Was war los mit mir? Ich war doch sonst nicht abergläubisch, schaltete sich mein gesunder Menschenverstand in meine Eigenschelte. Ich schüttelte über mich selbst den Kopf. Das war meine Reaktion auf den ganzen Stress und die Sorge um Maruhito, kam mir die bittere Erkenntnis. Wenn ich jetzt zum Arzt ginge, würde der mir garantiert eine Posttraumatische Belastungsstörung attestieren und ich käme mit einem Beutel Antidepressiva nach Hause, abgezählt für die Tage bis zum nächsten Arzttermin. Plus Psychotherapie. Ob Maruhito wohl an PTBS litt? Auf die Idee war ich noch gar nicht gekommen. Ob er für solche Gedankengänge überhaupt empfänglich war? Aber vielleicht konnte ich ihn zum Sporttreiben überreden. Andererseits, er spielte regelmäßig mit den Kindern Ball und tobte mit ihnen. Im Grunde genommen bewegte er sich mehr als ich. Immer dieses Grübeln. Und immer ohne brauchbares Ergebnis.

Ich schaute auf die Scherben. Drei Gläser hatte es getroffen. Wie im Trance beseitigte ich endlich das Missgeschick.

*

MARUHITO

Die Tage und Wochen vergingen, ohne dass die Stalkerin in Erscheinung getreten war, obwohl sie schon Ende August entlassen worden sein musste. Seit diesem Tag lebte ich in einer panischen Angst. Morgens wachte ich aus grauenhaften Albträumen auf und abends schlief ich im Angstschweiß ein. Ob sie wohl dicht halten würde? Oh, diese Dummheit, warum bloß hatte ich mich dazu hinreißen lassen und war nach Tochigi gefahren? Wie sollte ich mich bloß verhalten, wenn sie sich erneut bei mir meldete? Wenn sie gar verlangte, dass ich sie in ihrer Wohnung besuchte? Wenn sie mich vielleicht sogar erpresste, entweder ich tanze nach ihrer Pfeife oder sie erzählt Sabrina von meinem Besuch? Genau, das war das Entscheidende. Ich hatte mich erpressbar gemacht. Oh, *baka yarō,* ich Vollidiot!

Wenn sie mich wirklich noch immer liebte, würde sie das nicht tun, klammerte ich mich an den berühmten Strohhalm. Doch was, wenn ich mit meinem Aufbrausen im Gefängnis sie so vor den Kopf gestoßen hatte, dass sie mich hasste? Wenn ich sie nicht ohnmächtig zurückgelassen hatte, sondern Hass gegen mich gesät hatte? Dann würde sie jetzt vielleicht sogar Macht mir gegenüber verspüren. Würde sich suhlen in dem Gedanken, dass nur sie wusste, was als Nächstes mit mir geschehen sollte. Nur sie und kein anderer. Ich stellte mir vor, wie sie sich an diesem narzisstischen Wonnegefühl ergötzte.

*

REINA SORIHAMA

Am Morgen wurde ich von dem Geschrei der allgegenwärtigen Krähen geweckt. »Könnt ihr nicht den Schnabel halten!«, fluchte ich leise vor mich hin. Ich schaute auf die Uhr: Fünf Uhr. Viel zu früh zum Aufstehen, doch die Krähen würden keine Ruhe geben, wusste ich aus Erfahrung. Also doch aufstehen, frühstückten und dann? Vielleicht schlenderte ich erst einmal durch die Nachbarschaft. Gesagt, getan. Einige Nachbarinnen aus den frei stehenden Häusern waren ebenfalls schon auf den Beinen und pflegten die

Pflanzen am Haus. Zwei Straßen weiter, etwas abseits der größeren Durchgangsstraße, stieß ich auf ein Neubaugebiet. Das kannte ich nicht. Zwei Jahre waren eine lange Zeit. Ich zählte nach. Zwanzig Häuser. Das war sehr viel. Da hatte die Baugesellschaft einen guten Fang gemacht. Solch große zusammenhängende Grundstücke waren in Tōkyō inzwischen sehr selten. Was hatten die in dieser Siedlung für hübsche Namensschilder, fiel mir auf. Sie waren in Lateinschrift verfasst. Das an sich war nichts Ungewöhnliches. Doch sie waren in Schreibschrift geschrieben. Das hatte ich noch nie gesehen. Und die Straßenführung war so angelegt, dass man sofort sah, dass es sich um eine zusammenhängende Nachbarschaft handelte. Der Baustil war gleich, obwohl jedes Haus etwas anders gebaut war. Die Häuser sahen sehr modern aus mit ihren großen Fenstern, die vom Fußboden bis zur Decke reichten. Diese optische Gleichheit stärkte bestimmt das Zusammengehörigkeitsgefühl unter den Nachbarn. Hier wollte ich mit Maruhito wohnen, dachte ich. Immerhin hatte er mich in Tochigi besucht. Das gab mir Auftrieb. Er würde zu mir zurückkommen. Daran durfte ich nicht zweifeln. Keine einzige Minute.

Kaum hatte ich den Gedanken ausgedacht, kam auch schon eine Anwohnerin auf die Straße und schaute mich an. Da hatte ich mich wohl zu neugierig umgesehen, rügte ich mich selbst. Ja, ja, ich geh ja schon, hätte ich am liebsten laut gesagt. Ich lenkte meine Schritte wieder zurück zu meiner Mietwohnung. Als ich an Obiharas Haus vorbeikam, ging ich ganz nah an die verspiegelten Fenster. Doch zu meiner größten Enttäuschung sah ich nur einen vorgezogenen Vorhang. Die beiden waren also vorsichtig, wenn sie nicht zu Hause waren, schloss ich daraus.

Am späten Vormittag ging ich erneut vor die Tür. Diesmal war mein Ziel der Schlüsseldienst. Den Gang hatte ich nun lange genug vor mir hergeschoben. Vier von jedem Schlüsselabdruck wollte ich machen lassen. Welcher der neue, der passende Schlüssel war, würde sich dann schon zeigen. Die Abdrücke, die ich vor einem halben Jahr gemacht hatte, waren gut geworden. Zwei Wanzen hatte ich auch noch. Die hatte die Polizei nicht gefunden. Das Versteck in der Deckenlampe war aber auch zu genial.

Ich ging bis zur *Shōtenkai*, der Geschäftszeile in Bahnhofsnähe, die sich bis zum Bahnhofsgebäude zog.

Der Mann vom Schlüsseldienst schaute sehr überrascht, dass eine Kundin ihm einen, nein, gleich zwei, selbstgefertigte Schlüsselabdrücke brachte.

»Ich möchte den Abdruck lieber selber machen«, sagte er. »Haben Sie die Schlüssel dabei?«

Ich erschrak. »Äh, nein. Also ich dachte, äh, äh, es ist einfacher, wenn ich den fertigen Abdruck bringe«, stammelte ich.

»Das tut mir leid. Dann kann ich den Auftrag leider nicht annehmen.«

Und wenn er mit einem Blick gesehen hatte, dass es sich um Sicherheitsschlüssel handelte, die nicht so einfach nachgemacht werden durften? Ich nahm einen neuen Anlauf: »Aber ich bekomme morgen Besuch, und denen wollte ich einen Schlüssel geben, da ich tagsüber nicht zu Hause bin«, erfand ich schnell eine kleine Story.

»Tut mir leid«, wiederholte der Geschäftsmann. Der Argwohn in seinem Blick wurde intensiver.

»Können Sie denn nicht eine Ausnahme machen?« Ich war der Verzweiflung nahe. »Es ist wirklich dringend.« Dabei schaute ich ihn treuherzig an. Bei Maruhito hatte dieser Blick immer gewirkt. – Zumindest so lange wir zusammen waren. Nein, nicht jetzt, ich durfte mich jetzt nicht ablenken lassen.

»Dann nennen Sie mir die Schlüsselnummer und den Hersteller«, forderte mich der Geschäftsmann auf.

Etwas Lauerndes lag in seinem Blick, fand ich. Und mir kam die Erkenntnis, ich hätte gar keinen Schlüsselabdruck gebraucht. Das war es bestimmt, das ihn misstrauisch gemacht hatte. Mist. Ich war fassungslos, mit solch einer Hürde hatte ich nicht gerechnet.

Also doch Akihabara, resignierte ich. Auch wenn es weit weg war. Aber dort wusste ich wenigstens mit Sicherheit, dass es keine Probleme gab.

*

REINA SORIHAMA

Gegen elf Uhr am nächsten Tag klopfte ich als erstes nebenan. Sato-*san* machte sofort die Tür auf.

»Guten Tag. Ich bin es, Reina Sorihama«, stellte ich mich mit vollem Namen vor, damit mein Gegenüber mich sofort wiedererkennen sollte.

Die Überraschung war geglückt. Doch schon im nächsten Moment hatte der alte Mann sich wieder gefangen.

»Sato. *Shibaraku desu*«, sagte er, *Wir haben länger nichts voneinander gehört.* Er beließ es beim Nachnamen.

»Ich würde Sie gerne auf einen Tee zu mir einladen. Passt Ihnen zwei Uhr?«

Sato-*san* zögerte. Augenblicklich zog ich die Augenbrauen zu einem Gewitter zusammen. Da erschrickst du, was?, dachte ich grimmig. Sein Besuch bei mir mit Maruhito war aber nun wirklich nichts, womit er sich mit Ruhm bekleckert hatte. Meine Stirn scharf in Falten gezogen, stand darin nun »Ärger« geschrieben.

»Ja, gerne. Ich komme gerne um zwei Uhr vorbei«, sagte Sato-*san* prompt mit betont ruhiger Stimme.

Die erste Hürde war genommen. Ich ging nach unten und klopfte an der nächsten Tür. Niemand öffnete.

Um Punkt zwei Uhr klopfte es. Ich öffnete sofort. Sato-*san* stand vor mir, wie erwartet. Ich hatte den *Futon* sorgfältig in den Einbauschrank geräumt, um keine missverständliche Situation aufkommen zu lassen. Dass mein Günstling bereits älter war, war mir ganz recht. Ich schenkte Tee ein und stellte auch ein geflochtenes Bambuskörbchen mit *O-senbei* auf den Tisch.

»Bitte, greifen Sie zu!«

»Danke.« Er bediente sich. »Die sind sehr lecker«, sagte er.

»Das freut mich. Ich mag diese Sesamcracker gerne«, entgegnete ich.

»Es ist wirklich sehr großzügig von Ihnen, mich hier so lange wohnen zu lassen. Das möchte ich noch einmal betonen. Noch habe ich keine Arbeit gefunden«, brachte Sato-*san* das Thema zur Sprache, das ihn offenbar sehr beschäftigte.

»Das macht nichts. Machen Sie sich deshalb keine Sorgen«, winkte ich ab.

»Haben Sie sich denn schon ein wenig eingelebt?«, wollte ich dann wissen.

»Ja, ich finde mich hier gut zurecht, danke.«

Schließlich kam ich zur Sache.

»Ich hätte da ein Anliegen«, begann ich.

Sato-*san* horchte merklich auf.

»Hier nebenan wohnt eine Ausländerin. Die verstößt ständig gegen unsere Sitten. Mit allen liegt sie im Clinch, deshalb hat man mich gebeten, ihr zu zeigen, dass sie besser wegziehen sollte. Sie verstehen, was ich meine?«

»Ich komme gerade erst von der Straße, bei Mord mache ich nicht mit.« Entschieden schüttelte der Alte den Kopf.

»Nein, nein, daran denke auch ich nicht. Ich spreche davon, dass man ihr ja zeigen könnte, wie unerwünscht sie ist.« Während ich dies sagte, verschob ich die grüne Teetasse so, dass sie neben dem violetten Teebeutel zu stehen kam.

Es entstand eine längere Pause.

Ja, verehrter Sato-*san*, dachte ich, nichts ist teurer als das, was man kostenlos bekommt. Das ist eine japanische Binsenweisheit. Die trifft auch auf dich zu.

Ich stand auf und suchte etwas auf meinem Schreibtisch. Mit einem roten Stift in der Hand kam ich zurück, ließ ihn mehrfach durch meine Hände gleiten und legte ihn dann wie zufällig zu der Teetasse und dem Teebeutel.

Sato-*san* beobachtete mein Tun genau. Die Drohung ließ ihn nicht kalt, auch wenn er sie lediglich mit: »Ach so« quittierte, wobei er eifrig zu seinen Worten nickte.

Schließlich stimmte er zu: »Das ist natürlich eine andere Sache. Ein paar Mal am Tag gehe ich natürlich nach draußen. Da kann mir schon einmal ein Papierchen aus der Tasche rutschen. Rein zufällig natürlich an dem richtigen Fahrrad. Ihren Mann, Obihara-*san*, soll ich ja in Ruhe lassen, habe ich das richtig verstanden?«

»Sie haben mich absolut richtig verstanden.« Ich schenkte ihm ein wohlwollendes Lächeln. Dieses Teetrinken war zu meiner Zufriedenheit verlaufen.

»Wie heißt diese Ausländerin denn?«, wollte Sato-*san* im Hinausgehen noch wissen.

»Sabrina Obihara heißt unsere hoffentlich schon bald ehemalige Nachbarin«, antwortete ich und schloss die Haustür hinter ihm.

*

MARUHITO

Ohne uns abgesprochen zu haben, erwähnten Sabrina und ich die Stalkerin nicht mehr. Ich war sehr froh darüber, das verringerte die Gefahr, dass ich mich verplapperte.

Dann kam der Tag, an dem mir bewusst wurde, dass Sabrina mich früh morgens beobachtete, wenn ich kurz aus dem Haus ging. Schnell entsorgte ich auch heute das leere Bonbonpapierchen, das auf unserem Grundstück herumflog, und ging wieder ins Haus.

*

REINA SORIHAMA

Am nächsten Tag, am übernächsten und den Tag darauf erneut, immer wieder klopfte ich bei Mizumoto-*san*. Doch nichts. Als sie nach zwei Wochen doch endlich einmal zu Hause war, stutzte ich bei ihrem Anblick. »Dich hätte ich jetzt fast nicht erkannt!«

Meine ehemalige Mitinsassin hatte nun schulterlange Haare mit Pony und grüne Strähnchen.

»Ja, ich wollte nicht im Spiegel immer die Person sehen, die im Gefängnis war. Ich brauchte eine Veränderung. Was kann ich für dich tun?«

»Um zwei Uhr bei mir«, sagte ich kurz und zog mich hastig zurück.

Sie war pünktlich.

»Es ist schön, dass ich mich jetzt persönlich bei dir für deine Großzügigkeit bedanken kann. Ich habe absichtlich die Wohnung unter dir genommen, damit du auch einmal lauter sein kannst. Mich stört das nicht.«

»Ich führe kein lautes Leben. Trotzdem vielen Dank.«

Ihre Augen flackerten von rechts nach links. Sie sog jedes Detail meiner Wohnung in sich auf.

»Die Skulpturen hier sind sehr schön. Eigentlich viel zu schade, um sie im Haus aufzustellen.«

Ich spürte, dass diese Frau mir in Punkto Lebenserfahrung etwas voraus hatte. Oder hatte sie Kontakt zu der Nachbarschaft und war im Bilde? Das wäre weniger schön. Ich entschied mich für die halbe Wahrheit.

»Ich habe sie selbst angefertigt, und sie sollten draußen stehen. Doch als ich sie rausgestellt habe, hat sich sofort die Nachbarin direkt nebenan beschwert. Sie ist Ausländerin und legt sich hier mit allen an.«

»Oh ...«

»Ja, ich hoffe inständig, dass sie endlich hier wegzieht, doch bislang sind alle Versuche schiefgelaufen. Ihr Mann ist sehr nett und sollte hier bleiben.«

»Inwiefern schiefgelaufen?«

»Sie hat mich angezeigt wegen Stalking und ist durchgekommen«, kam nun die Wahrheit doch ans Licht.

»Sie ist durchgekommen? Sind die Gesichter der Skulpturen denn echten Gesichtern nachempfunden?«

Die Frau hat einen scharfen Verstand, durchfuhr es mich.

»Ja, sie zeigen mich und den Ehemann dieser Ausländerin.«

»Und nun soll diese Ausländerin ausziehen und ihr Ehemann hierbleiben?«

»Ja. Wie soll ich mich ausdrücken. Dazu brauche ich deine Hilfe.« Plötzlich fühlte ich mich ertappt, wie ein kleines Kind.

»Davon hattest du mir im Knast nichts gesagt.«

»Da hatten wir auch kaum Gelegenheit, über solche Dinge miteinander zu sprechen.« Und ich fuhr fort, »Ich dachte nur, wenn du im Haus regelmäßig ein wenig Unordnung schaffen könntest.«

»Bei Einbruch mache ich nicht mit. Die Polizei kennt meine Methoden, die haben mich sofort.«

»Nein, ich dachte nicht an einen plumpen Einbruch.« Und damit zeigte ich meiner ehemaligen Mitgefangenen einen der nachgemachten Schlüssel. »Du siehst, ich habe gute Vorarbeit geleistet.«

»Nicht schlecht. Doch was springt dabei für mich raus? Ich meine, ich begebe mich damit in Gefahr.«

»Die Sache ist mir fünfhunderttausend Yen wert.«

»Hmmm«, brummte mein Gast. Dann schwieg sie mich an.

»Ich könnte auch eine Million sagen.«

»Dann sind wir im Geschäft.«

Ich strahlte meine neue Komplizin an. Die Freude brauchte ich nicht einmal zu heucheln.

»Na, dann will ich mal dafür sorgen, dass dein Plan aufgeht. Ich lasse mich aber nicht unter Zeitdruck setzen. Ich muss ganz sicher sein, dass niemand im Haus ist, wenn ich diesen Schlüssel benutze.«

»Hier ist der Tagesablauf der gesamten Familie.« Damit breitete ich meine Aufzeichnungen vor ihr aus.

»Wow. Ich erlaube mir aber, mich von dem Tagesablauf selbst zu überzeugen. Sicher ist sicher. Mit meinem Job muss ich dafür eine Weile aussetzen. Aber das ist kein Problem, hier kennt mich noch keiner.«

»Sehr gut. Den Verdienstausfall ersetze ich dir. Und unter Zeitdruck stehen wir nicht. Ich erwarte sichere und gründliche Arbeit.«

»Das ist mein Job«, sagte mein Gegenüber und ich war nicht sicher, ob das Kritik oder Beruhigung sein sollte.

»Und dann noch etwas. Wir telefonieren nie. Das lässt sich zurückverfolgen. Wir morsen. Und zwar nach der Hepburn-Umschrift.« Und damit überreichte ich ihr das Morsealphabet.

»Aha.« Mehr sagte meine Zuhörerin nicht.

»Die japanischen Laute werden nach festgelegten Regeln in Lateinschrift wiedergegeben. Und die Lateinschrift wird in akustische Signale umgesetzt. Wir verwenden eine Flüstertüte und den Laut »u«. Alles klar?«

Mizumoto-*san*s Gesichtszüge hellten sich merklich auf.

»Ich habe mir bereits überlegt, wo in der Wohnung es am günstigsten ist«, fuhr ich fort. »Zunächst trampele ich ein wenig mit den Füßen. Das ist das Zeichen dafür, dass wir beide in Morsestellung gehen. Ich säge dafür ein passendes Loch in den Fußboden unter den Tatamis dort am Fenster. Dieses Gebäude ist so schön alt, da sollte mir das Baumatrial keine Probleme bereiten. Dann spreche ich mit diesem Teil im Morserhythmus meine Order. Alles klar?«

»Wow. Und ich antworte in umgekehrter Richtung.«

»Ganz genau. Du musst nur aufpassen, dass du die große Öffnung direkt an die Decke hältst.«

Mizumoto-*san* nickte wieder. »Und wenn ich etwas von dir will?«, wollte sie noch wissen.

»Dann komm an meine Haustür klopfen. Wenn dann niemand davorsteht, weiß ich, dass ich in Stellung gehen muss. Wenn von mir kein Morse-Okay kommt, bin ich gerade nicht zu erreichen.«

»Super. Du hast wirklich an Alles gedacht.«

Das Lob aus kompetentem Munde schmeichelte meinem Ego.

»Die nächsten zwei Wochen üben wir morgens und abends eine halbe Stunde lang. Dann kann es losgehen«, gab ich Mizumoto-*san* noch mit auf den Weg.

Mit Sato-*san* werde ich es ebenso machen, beschloss ich. Da war es noch leichter, weil er direkt nebenan wohnte und die Wohnungen sehr hellhörig waren.

*

SABRINA

Das Wochenende kam und die Kinder schliefen noch. Wie schön, in Ruhe nur zu zweit den Tag zu beginnen. Ich genoss jeden Augenblick. Doch dann verfinsterten sich meine Gedanken. Woher kamen all die Bonbonhüllen und Papierschnitzel, die in letzter Zeit ständig auf unserem Grundstück herumlagen? Grundstück? Eigentlich immer an meinem Fahrrad. Wie sollte ich Maruhito darauf ansprechen? Ich musste mich beeilen, wenn ich nicht wollte, dass die Kinder das Gespräch mitbekamen.

»Du, Maruhito …«, begann ich schließlich in einem Tonfall, der meinem Mann bereits sagte, dass ich etwas auf dem Herzen hatte.

»Ja?«, kam es von ihm ahnungsvoll.

Nervös drehte ich einen Eumel in mein T-Shirt und machte eine kleine Pause.

»Ja, ich höre«, ermunterte Maruhito mich weiterzusprechen. Und da platzte es aus mir heraus: »Sag mal, was liegt denn ständig vor dem Haus herum?«

Überrascht schaute er mich an. »Ach, nichts Besonderes. Nur Papierschnipsel und so«, sagte er dann.

»Und die stören dich so sehr, dass du sie täglich beseitigst?«

»Ja, es sieht halt hässlich aus, wenn so etwas herumliegt.«

»Ich habe aber noch keinen von den Nachbarn gesehen, dass die die Sachen aufheben.«

»Sie liegen ja auch bei uns.«

»Aha, jeder kehre vor seiner eigenen Tür. Das hat eine gewisse Logik. Aber wieso liegen sie gerade vor unserem Haus?«

»Darüber kann ich nur spekulieren«, wich er aus.

»Ja?« Ich horchte auf.

»Ich befürchte, das ist die Rache von Reina Sorihama«, sagte er dann.

»Sie will uns nerven?«, fragte ich nach.

»Danach sieht es aus.«

»Warum? Was verspricht sie sich davon, wenn sie uns so schikaniert?« Ich konnte mir keinen Reim darauf machen.

»Was sie damit beabsichtigt, weiß ich nicht«, sagte Maruhito.

Wenn du Pinocchio wärst, würde dir jetzt auf der Stelle eine lange Nase wachsen, dachte ich.

»Es nervt aber«, befand ich und schlug wieder einmal vor: »Sollen wir sie deshalb anzeigen?«

»Im Moment ist es noch zu früh«, widersprach Maruhito.

»Aber wenn es jeden Tag ist, gibt es bestimmt ein Gesetz dagegen.«

»Lass uns noch etwas warten.«

»Nur sehr ungern. Aber wenn du meinst«, gab ich mich kompromissbereit, setzte dann jedoch hinzu, »doch vielleicht sollten wir den Unrat gut verwahren und mit Datum versehen, damit wir einen Nachweis haben, dass es permanent geschieht.«

Überrascht sah Maruhito mich an, als sei ihm erst in dem Moment klargeworden, dass ich es ernst meinte.

»Das ist eine gute Idee«, sagte er zu meiner Überraschung und schickte sich an, gleich mit der Archivierung zu beginnen.

»Hier habe ich noch ein paar kleine Plastiktüten«, sagte ich und streckte ihm die Hand entgegen.

»Irgendwo habe ich einmal gelesen, dass Plastiktüten dafür ungeeignet sind«, lehnte Maruhito meinen Vorschlag ab. »Die sollen die weiteren Untersuchungen der Gegenstände behindern.«

»Ach so? Na, dann haben wir endlich Verwendung für die Briefumschläge, die im Internetzeitalter kein Mensch mehr braucht«, lachte ich.

»Letztens habe ich irgendwo eine fast leere Metallkiste gesehen. Dort lege ich die Umschläge hinein. Wo bloß?«

»Ich glaube, die steht in dem begehbaren Einbauschrank. Ich hole sie sofort«, bot ich mich an. Die paar *O-senbei*, die noch darin lagen, nahm ich heraus. Die essen wir bestimmt heute noch im Laufe des Tages, sagte mir eine innere Stimme.

Am Abend, als die Kinder schon schliefen, kam ich noch einmal auf das Thema zurück. Da die Kinder es nicht mitbekamen, ließ ich meinen Emotionen, wenn auch leise, freien Lauf.

»Was muss eigentlich passieren, damit diese elende Stalkerin aufgibt?«

»Jetzt reg dich bloß nicht wieder auf. Es sind ja nur kleine Schnipsel,« reagierte Maruhito ziemlich unwirsch. Dabei wirkte er leicht panisch.

»Aber immerhin welche, die dich so stören, dass du sie täglich beseitigst«, ließ ich dennoch nicht locker.

»Ich möchte jetzt nicht darüber sprechen«, blockte Maruhito ab.

»Und ich? Wer fragt mich, was ich möchte?«

Kaum hatte ich das ausgesprochen, setzte Maruhito sich zu mir und begann, mich zu streicheln, zu küssen, immer auf den Mund und ganz hart. Das waren wieder keine echten Küsse, das war mir sofort klar. Dann kam mir die Erkenntnis. Ich spürte ganz genau, dass es keine echte Zärtlichkeit war. Was war dann mit ihm los? Ich wusste es nicht. Ich wusste nur, dass es wieder wegen dieser Reina Sorihama war. Entschlossen hielt ich Maruhitos Hände fest und schaute ihn bittend an. Dann schaltete ich den Fernseher ein. Jetzt kommt er mir auch noch nach und beginnt wieder, mich zu streicheln. Und diese Küsse! Was soll ich bloß machen? Erneut fixierte ich seine Hände. Nun ging Maruhito nach unten in sein Zimmer.

Später dachte ich noch einmal über die Situation nach. Was war ich doch für eine Närrin, schalt ich mich in Gedanken, als ich ein wenig zur Ruhe kam. Wenn ich Maruhito so vor den Kopf stieß, trieb ich ihn schließlich noch in die Arme dieser Stalkerin, kam diese unterschwellige Angst wieder in mir hoch. Aber ich war auch nur ein Mensch mit Gefühlen. Und wenn die Gefühlslage nicht stimmte, dann stimmte sie halt nicht. Ich bin schließlich nicht devot. Außerdem: Einmal ist keinmal. Mit dem Gedanken ging ich in mein Zimmer, doch ich brauchte ewig, bis ich mich auf meine Lektüre konzentrieren konnte.

*

MARUHITO

Bei starkem Wind kam es vor, dass die Schnipsel verweht wurden, sehr zum Ärger der Nachbarin, vor deren Haus sie zu liegen kamen. Und prompt sprach Shino-*san* nicht nur Sabrina, sondern auch mich mit ihrer durchdringend lauten Stimme darauf an:

»In letzter Zeit liegen vor Ihrem Haus ständig kleine Schnipsel und Zeugs, das fliegt teilweise bis zu uns. Das ist sehr unangenehm.«

»Wir haben es auch schon bemerkt und es tut uns leid, dass Sie dadurch belästigt werden. Aber wir wissen nicht, wer dafür verantwortlich ist. Sie haben nicht zufällig eine Beobachtung gemacht oder haben einen Verdacht?«, wollte Sabrina wissen.

»Na, dann denken Sie einmal nach. Wer kann das schon sein. Die hört nie auf.« Und, um bloß keine Missverständnisse aufkommen zu lassen, verdrehte sie die Augen vielsagend in Richtung Mietshaus, erster Stock.

»Also gehen auch die Nachbarn von einer Aktion dieser Stalkerin aus«, sagte Sabrina später, mit leichtem Triumph in der Stimme. »Dich kriegen wir«, schwor sie laut. Mir wurde Angst und Bange, wenn ich mir vorstellte, wie Reina Sorihamas Rache aussehen konnte.

Sabrina war gar nicht mehr zu bremsen.

»Wenn morgen wieder irgendetwas bei uns rumfliegt, zeige ich sie an, das schwöre ich dir. Wir haben jetzt schon eine ganze Reihe an Beweisen gesammelt. Ich finde, das muss reichen.«

Und wieder fügte ich mich in mein Schicksal. Und wenn sie vor Gericht auspackte, meine Ex? Sofort sagte ich: »Ich gehe besser mit. Ich nehme mir morgen einen halben Tag frei.«

Sabrinas Blick wurde weicher. Sie sagte:

»Oder ist das ein Fall für die Hundertzehn? Bei den Wanzen haben sie mir doch gesagt, wir sollen die *Hyakutōban* anrufen.«

Ich blickte sie ratlos an. »Keine Ahnung. Aber so schnell hört der oder die bestimmt nicht auf. Bringen wir erst einmal unsere Beweise zur Polizei, und wenn das nicht aufhört, rufen wir die *Hyakutōban* und lassen die Spuren sichern.«

»Wenn du meinst«, sagte Sabrina nur.

Ich atmete mehrfach tief durch. Meine Hormone schrien, stürze dich auf sie. Immer wieder und wieder, bis ihr die Lust auf Polizei vergeht. Ich setzte mich neben Sabrina. Die sah mir meine Gefühle wohl an, jedenfalls stand sie auf und ging in die Küche. Irgendwie schaffte ich es, den Impuls ihr hinterherzugehen, zu unterdrücken. Zum Glück, sonst hätte ich bald noch eine Frau gegen mich.

*

SABRINA

»Es ist sehr gut, dass Sie Beweise gesammelt haben«, hallte Watanabe-*san*s Stimme noch in mir nach. »Doch leider muss ich Ihnen sagen, dass darauf keinerlei Fingerabdrücke zu finden sind. Der- oder diejenige, der Sie mit diesen Sachen stört, trägt offenbar Handschuhe, und zwar bereits im Vorfeld, wenn er die Schnipsel von einem Blatt abreißt oder bevor er das Bonbon aus der Hülle entfernt.«

Diese verdammte Stalkerin hatte also diesmal vorgebeugt. Gab es denn nichts außer Fingerabdrücken, womit die Polizei sie zum Reden bringen konnte? Ich kochte vor Wut. Am liebsten hätte ich mir eine Gruselpuppe gekauft und sie dieser verdammten Stalkerin an die Tür genagelt. Doch aufgeben werde ich nicht, das schwor ich mir. Ein Blick auf Maruhito, der stumm wie ein Fisch neben mir herlief, ließ meine Wut in maßlose Ohnmacht umschlagen.

Als hätte er meine Gedanken erraten, sagte er, nachdem wir die ersten zwei Straßenkreuzungen schweigend passiert hatten:

»Und was machen wir jetzt? Wir können uns wohl kaum die ganze Nacht auf die Lauer legen.«

Dankbar half ich ihm die Stille zwischen uns zu durchbrechen: »Aber wir können eine Überwachungskamera installieren. Die Straße vor dem Haus gehört uns Anliegern, da dürfen wir auch das Stück Straße vor unserem Haus überwachen lassen.«

Maruhitos Gesichtszüge hellten sich auf. »Das ist gut. Das sollten wir machen«, stimmte er mir zu. »Aber das sind natürlich wieder Zusatzkosten«, gab er zu bedenken.

»Das ist es mir wert. Dir etwa nicht?« Ich merkte selbst, dass ich in einen rauhen, unfreundlichen Ton verfiel.

»Dann hören wir uns am Wochenende einmal um, welcher Wachdienst günstige Konditionen hat.« Ich ließ ihm das letzte Wort.

*

MARUHITO

Der Samstag kam. »Margret ist da«, rief Sabrina den Kindern und mir zu. »Wir wollen mit Margret spielen«, freuten sich die Zwillinge.

»Dann machen wir uns jetzt sofort auf den Weg«, sagte ich und steckte mein Portemonnaie in die Hosentasche.

In der Bahn zog Sabrina ihr Smartphone aus der Tasche und gab verschiedene Suchbegriffe ein.

»Lass es uns zunächst in den großen Elektroläden versuchen, schlug ich vor. Wenn die uns dort nicht weiterhelfen können, sehen wir weiter.«

Dort ließen wir uns ausführlich beraten, breiteten sogar eine Skizze von unserem Haus aus, damit klar war, wo überall eine Überwachungskamera nötig sein würde.

»Zwei dürften ausreichen, um die Straße mit zu überwachen«, meinte der Angestellte. »Eine rechts an der Hausecke und eine links.«

»Und wann können Sie jemanden schicken, um sie zu installieren?«, fragte ich.

»Direkt am Montag kann jemand kommen«, kam die Antwort.

Freudig erregt fasste Sabrina nach meiner Hand und drückte sie. Dann füllte ich das Auftragsformular aus.

*

SABRINA

Der Elektriker war pünktlich. Ganz vorsichtig stellte er die Leiter an die Hauswand, stets darauf bedacht, die Blumen nicht zu beschädigen, und stieg hoch. Kaum hatte er die erste Kamera installiert, kam Takadai-*san* hinzu und schaute, was er dort machte. Neugieriges Weib, dachte ich nur, die ich die Szene aus meinem Zimmer verfolgte.

Was erwartete mich wohl sonst noch? Von meinem Spähposten aus konnte ich die ganze Straße überblicken. Ich brauchte nicht lange zu warten.

»Ach, sieh mal einer an, da kommt ja noch jemand, unsere Stalkerin. Wie scheinheilig sie den Elektriker grüßt!«

Er stieg die Leiter wieder herunter, und nun? Nun verwickelte sie ihn in ein Gespräch. Offenbar wollte sie Genaueres über die Kamera wissen, denn sie zeigte darauf. Ich stand auf und stampfte vor Wut einmal kräftig auf den Fußboden. Die geballte Faust stieß ich in Richtung Reina Sorihama. So ein neugieriges Biest aber auch!

Dann nahm der Elektriker sich die andere Hausseite vor. Und natürlich blieb diese Person stehen, bis er erneut von der Leiter stieg und wiederum sprach sie ihn an. Dann ging sie endlich. Hatte wohl alle Informationen, die sie haben wollte, erhalten.

*

REINA SORIHAMA

Kaum war ich wieder in meiner Wohnung, klopfte ich Sato-*san* in Habacht-Stellung.

»Diese Ausländerin hat zwei Außenkameras installieren lassen. Achtung! Nicht etwa vor laufender Kamera etwas fallen lassen«, morste ich dann. Ich war sicher, wenn die Polizei den dingfest machte, der quatschte garantiert.

»Alles klar«, morste es zurück. Er war bestimmt gespannt, was nun folgen würde.

»Besorge noch heute Drohne«, führte ich weiter aus. »Stelle sie Ihnen vor die Haustür, wenn Sie zu Hause sind. Sofort reinholen. Pappkarton mit Innenseite nach außen entsorgen. Angst vor neugierigen Nachbarn. Handschuh anziehen, wenn Sie das Paket berühren und auch sonst.«

»Eine Drohne. Wow. Das weitet sich ja zu einer Techno-Party aus«, kam es von Sato-*san*.

»Größte Vorsicht!«, blieb ich beim Thema.

»Verstanden«, bestätigte Sato-*san* daraufhin, nun wieder vollständig sachlich.

»*Yoroshiku.* Ich bitte darum.« Gerade wollte ich die fünf Morselaute zum Zeichen, dass unsere Session beendet war, loslassen, da fiel mir noch ein:

»Trotzdem weitermachen. Nur mit Drohne und nicht mehr persönlich an dem Fahrrad vorbeigehen.«

»Ist schon klar«, bestätigte Sato-*san*.

»Zudem besorge ich Wurfgeschosse. Damit machen Sie mit der Drohne die Außenkameras unschädlich.«

Sato-*san* pfiff durch die Zähne, wie die dünnen Zwischenwände mir verrieten. Dann morste er: »*Wakarimashita*, ich habe Ihren Plan verstanden.«

Als Nächstes brachte ich Mizumoto-*san* auf den neuesten Stand. Es war eine sehr kurze Morse-Session.

»Kurze Mitteilung, in naher Zukunft werden die Überwachungskameras außer Gefecht gesetzt. Gute Gelegenheit, um im Haus dieser Ausländerin ein Zeichen zu setzen.«

*

SABRINA

Wo war denn mein gelber Pulli hingekommen? Ich hatte ihn doch erst vor ein paar Tagen in der Hand gehabt, als ich die Wintersachen griffbereit eingeräumt hatte. Und was machte diese Sommerbluse zwischen meinen Winterhosen? Hat Maruhito etwa geglaubt, ich hätte etwas von seinen

Sachen mit in meine Kisten eingeräumt? Komisch. Just in dem Moment betrat Maruhito das Schlafzimmer.

»Wenn du etwas suchst, kannst du mich dann bitte fragen?«, raunzte ich meinen verdutzten Mann an.

»Ich habe nichts gesucht«, kam es von ihm.

»Na, und das Chaos in meinen Kleiderkisten? Warst das etwa nicht du?« Die Art, wie ich fragte, ließ Maruhito aufhorchen. Dieser Blick. Dann öffnete er den Mund, nur um ihn sofort wieder zu schließen.

»Warst das gar nicht du? Waren das die Kinder?«, schlussfolgerte ich. Maruhitos Blick wurde flehentlich. Was war nur los mit ihm?

*

MARUHITO

Die Papierschnipsel und Bonbonhüllen vor unserem Haus nahmen kein Ende. Sabrina triumphierte. »Jetzt haben wir sie garantiert. Wir gehen noch einmal zur Polizei, dann werden wir wieder für eine Weile Ruhe haben. Die Überwachungskameras haben wir nicht umsonst gekauft.«

Ich konnte nicht sagen, warum, aber ich war sehr skeptisch.

»Von wegen aus der Tasche gefallen. Immer an der gleichen Stelle. Dass das Zufall ist, das kannst du deiner Großmutter erzählen.«

Ich erzählte es nicht meiner Großmutter, sondern dem diensthabenden Polizisten. Mit der Angst im Nacken, dass Reina Sorihama das Monster sein könnte, für das ich sie hielt, war ich äußerst widerwillig mit aufs Präsidium gegangen. Ich konnte Sabrinas Euphorie, die sie diesmal an den Tag legte, beim besten Willen nicht nachvollziehen.

Der Polizist Watanabe-*san* leitete sofort die Überprüfung ein. Es war Ende Oktober und draußen überraschend kalt. Wir warteten auf der Polizeistation. Als der Ordnungshüter wiederkam, machte er ein sehr ernstes Gesicht.

»Auf dem Video der Überwachungskameras ist niemand zu sehen, der etwas vor Ihr Haus wirft.«

»Wie bitte? Aber die Kameras sind beide die ganze Zeit über gelaufen«, widersprach Sabrina postwendend.

»Das glaube ich Ihnen. Es ist aber trotzdem niemand zu sehen. Der Grund ist jedoch auf den Videos zu erahnen. Es gibt mehrere Szenen, da fällt etwas vom Himmel und bleibt vor Ihrem Haus liegen.«

»Wo genau?«

Der Polizist schaute noch einmal auf den Bildschirm und sagte: »Vor dem roten Fahrrad.«

»Und das fällt vom Himmel?« Mir war meine Fassungslosigkeit ganz sicher anzumerken.

»Ja, der Täter verwendet offenbar eine Drohne.«

»Und ist auf dem Video niemand zu sehen, der zu der Zeit an unserem Haus vorbeigeht?«

»Nein, niemand. Und das liegt vermutlich daran, dass der oder die Betreffende aus ihren eigenen vier Wänden heraus agiert. Die Drohne ist offenbar durch Hauswände hindurch steuerbar.«

»Das ist ja unglaublich!«, empörte sich Sabrina.

»Wir werden Reina Sorihama erneut vernehmen. Doch ich fürchte, sie wird es bestreiten, und wir können ihr wieder nichts nachweisen.«

»Machen Sie auch eine Hausdurchsuchung?«

»Das werden wir versuchen, aber dafür muss sich der Verdacht gegen sie erst erhärten.«

»Wann wird diese Frau endlich dingfest gemacht? Und zwar so, dass wir wirklich und nachhaltig Ruhe vor ihr haben?«, meinte Sabrina später ungeduldig. Sie wollte sich ein Glas Saft eingießen und griff blind in den Schrank. Prompt hatte sie eine Tasse in der Hand.

»Wieso hast du denn in den Küchenschränken alles umgeräumt? Was soll daran bitte schön praktisch sein?« Ihr Ärger galt mir. Doch ich war unschuldig.

Ich beobachtete meine Frau stumm. Alles in mir schrie: Reina, du Bestie! Ich konnte es gar nicht glauben, dass meine Frau an der Sicherheit ihres Zuhauses überhaupt nicht den geringsten Zweifel hegte. *My home is my castle.* Nein, so dachten wir Japaner nicht.

*

SABRINA

Ich holte am Nachmittag Kai und Lui ab. Wie so oft tauschte ich mich beim Warten mit den anderen Müttern aus. Heute verquatschten wir uns ein wenig, weil ich etwas Zeit hatte. Als wir wieder zu Hause ankamen, sah ich sofort die herumliegenden Glassplitter. Hatte hier jemand eine Flasche zerschlagen? Glasscherben bringen Unglück, sagte mir meine innere Stimme. Quatsch! Mit diesem Wort verscheuchte ich den Aberglauben. Sofort die Szene mit dem Smartphone festhalten, war mein nächster Gedanke, und schon fotografierte ich die Scherben.

»Seid schön vorsichtig, hier liegt zerbrochenes Glas«, sagte ich zu den Kindern.

Ich öffnete die Haustür und sagte: »Geht ihr schon einmal ins Haus.«

Wo kam das Glas wohl her? Ich schaute mich noch einmal um, konnte jedoch nichts feststellen. Dann holte ich Schaufel und Besen und fegte alles zusammen.

Wieder im Haus schnupperte ich. Was war das für ein merkwürdiger Geruch? Er schien von oben zu kommen. Gas! Das ist Gasgeruch, schoss es mir durch den Kopf. Wie der Wind war ich oben am Herd. Was war denn das? Ich hatte vergessen, den Herd auszustellen, stellte ich entsetzt fest. Das hätte auch schiefgehen können. Bloß schnell alle Fenster auf. Zum Glück wehte heute ein kräftiger Wind.

Dann ging ich auf den Balkon und holte die Wäsche herein. Auch auf dem Balkon lagen Glassplitter. Das war ja merkwürdig. Ich schaute mich gründlich um. Mein Blick fiel auf die Überwachungskamera, und mir blieb der Mund offenstehen. Die war mutwillig beschädigt worden. Da hatten wir mit dem Installieren offenbar jemandem empfindlich auf die Füße getreten.

Ohne zu zögern rief ich die *Hyakutōban*. Die Polizei kam sofort. Die Beamten besahen sich den Schaden und stellten fest: »Es handelt sich offenbar nicht um eine zufällige Beschädigung. Wir überprüfen die Bilder von den Überwachungskameras. Vielleicht führen sie uns zu dem Täter oder der Täterin.«

Doch Fehlanzeige. Wie aus heiterem Himmel wurden die Bilder schwarz, gerade so, als hätten die Kameras einen Schlag erhalten, dann war das Bild weg.

»Da niemand zu sehen ist, müssen wir davon ausgehen, dass der Schlag mittels einer Drohne ausgeführt worden sein muss.« Das war alles, was wir erfahren konnten. Das Verbrechen gegen uns hatte eine neue Dimension erreicht.

*

SABRINA

Als ich am nächsten Tag mit den Kindern nach Hause kam, stellte ich entsetzt fest, es roch schon wieder nach Gas! Wie war das möglich?, fragte ich mich. Ich hatte doch heute Morgen noch einmal alle Schalter am Herd gecheckt, damit es nicht wieder vorkommen sollte. Und schon überzog ein leichter Schauer meinen Körper. Gänsehaut machte sich breit. Ich zwang mich, den Gedanken nicht auszudenken. Nur soviel: Vielleicht schreibe ich darüber besser einen Tagebuch-Eintrag. Ich stellte das Gas ab, öffnete die Fenster und griff zum Laptop. Die neuen Kameras würden übermorgen installiert.

*

SABRINA

Am darauffolgenden Dienstag dann erneut Glasscherben an unserem Haus. Diesmal schaltete ich sofort: Die Überwachungskameras. Mein Blick glitt an der Hauswand hoch. Bingo! Wen störten diese Überwachungskameras so sehr, dass er sie regelmäßig zerstörte? Und wer kann dieser jemand anders sein, als Reina Sorihama? Für mich stand fest, das konnte nur sie sein. Ich rief auch diesmal die *Hyakutōban*. Kurz darauf schellte es.

Die Beamten waren ebenfalls sicher: »Zwei derartige Anschläge innerhalb von sieben Tagen, da steckt eine Absicht hinter. Zunächst werten wir die Bilder der Überwachungskameras aus. Dann wird sich zeigen, wie wir weiter vorgehen«, erklärten sie.

Erneut kam bei der Auswertung nichts Brauchbares heraus.

Wie zuvor bestellte ich noch am selben Tag neue Kameras, die bereits am übernächsten Tag installiert wurden. *In puncto* Service war Japan unübertroffen.

*

MARUHITO

Tags darauf war ich vor Sabrina zu Hause. Schon im Flur schlug mir Gasgeruch entgegen. Wie konnte diese Frau nur in unser Haus eindringen? Der Herd hatte keine Fernbedienung, so dass man davorstehen musste, um das Gas anzustellen. Ich grübelte und grübelte, und diesmal rief ich die *Hyakutōban*. Wenn dieses Monster uns mit dem Haus in die Luft sprengen wollte. Da konnte ich nicht tatenlos zusehen.

»Es ist in den letzten Tagen wiederholt vorgekommen, dass wir nach Hause kommen und es riecht nach Gas. Wenn wir nachsehen, ist jedes Mal das Gas in der Küche aufgedreht.«

»Sind Sie sicher, dass Sie es zuvor abgestellt haben?«, wollte die Polizistin am Telefon wissen.

»Ja, ganz sicher. Meine Frau ist heute Morgen sogar extra noch einmal nach oben gegangen, um sich zu vergewissern«, erklärte ich.

Die Dame am Telefon hörte sehr aufmerksam zu. »Ich schicke unsere Leute von der Spurensicherung vorbei. Und die Kriminalpolizei ist auch gleich da. Bitte fassen Sie auf gar keinen Fall etwas an. Am besten, Sie setzen sich irgendwohin und rühren sich nicht von der Stelle«, wies sie mich dann an.

Und dann kam die ernüchternde Benachrichtigung: Wir können ihr auch diesmal nichts nachweisen.«

Als der Beamte mein enttäuscht-wütendes Gesicht sah, sagte er: »Ihre Widersacherin ist ungeheuer vorsichtig geworden. Aber sie wird schon noch einen Fehler machen.«

*

SABRINA

»Psychoterror ist das. Ja, das ist das passende Wort«, begann ich mich auf-
zuregen. Hoffentlich hielten meine Nerven das aus. Und Maruhitos. Er war
mir zu schweigsam, fraß das alles zu sehr in sich hinein. Andererseits hatte
das letzte Mal er die Hundertzehn gerufen.

Ich ließ mich von seiner zurückhaltenden Reaktion nicht stoppen: »Das
Wurfgeschoss wird aus größerer Höhe abgeworfen, wie die Experten der Polizei festgestellt haben. Vermutlich von einer Drohne.«

»Ja, aber derzeit tappen sie im Dunkeln.«

»Das stimmt. Aber wer hat ein Interesse daran, in unser Haus einzudringen?
Reichtümer sind bei uns nicht zu erwarten. Mir fällt da nur deine Ex ein.«

Augenblicklich wirkte Maruhito genervt. Oder nein, eher ängstlich.

»Ja, ja. Die Polizei wird sie schon noch schnappen. Sie ist jetzt bestimmt zu
siegessicher«, versuchte er auch diesmal das weitere Gespräch abzuwiegeln.
Ich ignorierte sein vorgetäuschtes Desinteresse: »Außer uns hat nur das
Kindermädchen einen Schlüssel, und das bestreitet vehement, diesen weiter-
gegeben zu haben. Ich glaube Margret. Und du?«

»Ich glaube ihr auch«, antwortete Maruhito.

»Die Uni fällt auch aus. Dort lasse ich den Schlüssel nie einfach herumliegen.
Ich schließe ihn stets in meinen Schreibtisch weg«, überlegte ich weiter.

Überraschend sagte Maruhito: »Dann lassen wir am Besten das Haustürschloss austauschen.«

Das war der erste konstruktive Vorschlag zu dem Thema von seiner Seite.

»Einverstanden«, sagte ich sofort. Dann ergänzte ich: »Die Polizei meinte
doch auch noch, wir sollten im Haus weitere Kameras installieren lassen,
das erhöht die Wahrscheinlichkeit, dass sie den Einbrecher fassen können.«

»Dann ruf da gleich auch noch an.« Resignation schwang in seiner Stimme
mit.

*

REINA SORIHAMA

Es klopfte hektisch an meine Haustür. Aber es stand niemand davor. Ich ging ins *Tatami*-Zimmer zum Fenster und hob die entscheidende Reisstrohmatte hoch.

»Mizumoto hier.« Ohne langes Vorgeplänkel kam sie sofort zur Sache. Morsen kostete Zeit. Und die hatten wir gerade nicht. »Problem aufgetreten. Obiharas haben Türschloss auswechseln lassen. Alte Schlüssel unbrauchbar.« Kleine Pause. Dann fragte ich: »Was jetzt?«

»Schlüssel unnötig. Zutritt zum Haus anderweitig möglich«, morste Mizumoto-*san*.

Ich jubelte innerlich. Offensichtlich hatte sie inzwischen Gefallen an ihrer »Arbeit« gefunden.

»Masche ändern, dann Polizei keine Chance«, entschlüsselte ich.

»Sehr schön! Trotzdem äußerste Vorsicht! Kameras wieder intakt und im Haus weitere. Genauer Standort unbekannt«, gab ich zu bedenken.

»Kein Problem. Bin vorgewarnt, lasse mir etwas einfallen. Zunächst Außenkameras erneut unschädlich machen!«, verlangte Mizumoto-*san*.

»Werde dafür sorgen«, versicherte ich.

Damit beendete ich die Session und hockte mich auf die Knie vor die beiden Statuen. Die standen immer noch so, dass ihre Münder sich fast berührten. Ich blieb eine Weile wie in ehrerbietiger Erstarrung, dann streckte ich die Hände aus und rückte die Holzskulpturen noch etwas näher aneinander heran. Nun passte nur noch ein hauchdünnes Blatt Papier zwischen sie. Diese Ausländerin nervt meinen Maruhito! Diese Ausländerin nervt meinen Maruhito!, dachte ich ein ums andere Mal. Meine Schadenfreude kannte keine Grenzen. Bald würde ich mein Ziel erreicht haben.

*

SABRINA

Als ich nach Hause kam, fand ich die Haustür unverschlossen vor. War Maruhito etwa schon zu Hause? Ich sah in jedes Zimmer. Nein. Meine

Alarmglocken schrillten, ich war sicher, dass ich die Haustür am Morgen abgeschlossen hatte.

Als die Leute von der Spurensicherung fertig waren, machte sich die Kriminalpolizei ein Bild von der Lage.

»Sieht nach Nachbarschaftsstreit aus«, flüsterte der eine Polizist seinem Kollegen zu.«

Also doch Reina Sorihama, rief es in mir.

»Dann wollen wir einmal herausfinden, wer denn dort wohnt«, damit zeigte der Kollege auf das Mietshaus.

Schon bald teilten sie untereinander das Ergebnis der Recherche und ich spitzte die Ohren: »Eine Bewohnerin heißt Meiri Mizumoto. Und die war bis vor gar nicht langer Zeit Mitgefangene von Reina Sorihama.«

»Das ist ja hochinteressant«, freuten sich seine Kollegen.

»Dann bitten wir diese Mizumoto-*san* einmal mit auf das Revier. Es könnte sehr aufschlussreich sein zu erfahren, wie sie an diese Wohnung gekommen ist.«

Ich beobachtete, wie sie die Klingel ignorierten und klopften. Mizumoto-*san* war zu Hause. Beim Anblick der Uniformierten prallte sie zurück.

*

REINA SORIHAMA

Während ich in Polizeigewahrsam festsaß, besorgten sich die Polizisten einen Durchsuchungsbeschluss und nahmen meine beiden Wohnungen auseinander. Ich zitterte wie Espenlaub bei dem Gedanken, dass Mizumoto-*san* weiter quatschen könnte. Und sie tat es. Zum Glück wusste sie nichts von der Drohne. In meine Gedanken hinein, legte mir der diensthabende Nakayama-*san* stumm die Chips der Überwachungskameras vor.

»Nun können wir sie endlich auswerten«, brach er schließlich sein Schweigen.

»Sie haben also Anweisung gegeben, die Familie Obihara auszulöschen. Das bedeutet vierfachen Mordversuch«, setzte er mich im nächsten Augenblick unter Druck.

Es bestand kein Zweifel mehr. Sie hatte wirklich ausgepackt. *Chikishō*, verdammte Scheiße aber auch! Und dabei hatte ich diesmal alles so minutiös ausgeklügelt.

»Nein, ich wollte niemanden umbringen«, zeigte ich mich entsetzt. Natürlich glaubten sie mir nicht. Schließlich rief Nakayama-*san* einen Kollegen, der mich in eine Zelle brachte. »Morgen geht es weiter«, sagte der und drehte den Schlüssel hinter mir um.

*

REINA SORIHAMA

In der Nacht tat ich kein Auge zu. Ich wünschte, der nächste Morgen käme nie. Doch er kam.

»Diesmal haben wir bei der Durchsuchung Ihrer Mietwohnung auch den alten Haustürschlüssel von Obiharas und einen Schlüsselabdruck davon gefunden«, konfrontierte Nakayama-*san* mich mit den Tatsachen.

»Ich weiß nichts von einem Schlüssel«, log ich.

»Das glaubt Ihnen kein Mensch. Oder wer außer Ihnen sollte ihn in Ihrer Wohnung platziert haben?«

»Woher soll ich das wissen?«

»Sie sind eine schlechte Lügnerin. Mizumoto-*san* hat bereits gestanden, dass der Auftrag von Ihnen kam.«

Peng! Das saß. Ich zuckte zusammen. Doch ich sagte nichts.

Es dauerte mehrere Stunden, dann hatten Nakayama-*san* und sein Team mich weichgeklopft.

»Es ist aber ein Spezialschlüssel. Ein normaler Schlüsseldienst nimmt so einen Auftrag nicht an. Das darf er gar nicht.« Auffordernd sah mich mein Gegenüber an.

»Ich habe den Abdruck selbst gemacht.«

»Aber Sie müssen ihn irgendwo vorgelegt haben, sonst wären Sie nicht an einen fertigen Schlüssel gekommen«, blieb der Kommissar beharrlich.

»Na schön. Ich wusste von einem Schlüsseldienst in Akihabara, der auch solche Schlüssel anfertigt.«

»Und wo genau befindet sich der?«

Kaum hatte ich geantwortet, wies Nakayama-*san* einen Polizisten an: »Diesen Schlüsseldienst checken.«

All das wurde mir zum Verhängnis. Doch die Krönung war, dass sie von mir die Zusicherung wollten, dass ich niemals wieder in die Nähe von Obiharas ziehen würde.

»Sie haben mir nicht vorzuschreiben, wo ich wohnen soll!«, rissen mir die Nerven.

In diese Anspannung hinein zeigten sie mir ein Foto von dem Loch unter der Tatamimatte in meiner Wohnung. Es dauerte nicht lange, da brachten sie es mit der Flüstertüte in Zusammenhang. Die Größe hatte ich zu exakt angepasst. Wieder ein so läppischer Fehler mit großen Folgen.

*

MARUHITO

Schließlich kam der Tag der Gerichtsverhandlung. Die Anklage lautete auf Einbruch, denn Anstiftung zu solchem wurde mit der Tat gleichgesetzt, Zerstörung fremden Eigentums, so wie versuchten Mord in vier Fällen.

Nun kam es darauf an, ob die Richterin ihr Glauben schenkte, dass sie von den Gasanschlägen nichts gewusst hatte. Dann käme sie mit maximal drei Jahren davon, hatte ich in Erfahrung gebracht. Ansonsten? Ich wusste nicht, was ich mir wünschen sollte. Immerhin hatte sie meine gesamte Familie in Gefahr gebracht.

Im Gerichtssaal zitterte ich jede Sekunde, dass diese Frau versuchen könnte, mir den Schwarzen Peter zuzuschieben. Oh, wie verfluchte ich Sato-*san* und meine eigene Dummheit.

*

SABRINA

Mir entging kein einziges Wort der Richterin.

»Der Angeklagten ist nicht nachzuweisen, dass sie den Auftrag zu den Gasanschlägen gegeben hat. Dagegen sieht es das Gericht als erwiesen an, dass sie ihre ehemalige Mitinsassin Mizumoto-*san* zu mehrfachem Einbruch angestiftet hat. Um sie gefügig zu machen, finanziert sie ihr die Wohnung und den Lebensunterhalt. Da sie auch weiterhin Maruhito Obihara gestalkt hat, ist als Tatmotiv zu ihrem Verhalten im Zusammenhang mit ihren Vorstrafen Stalken dringend anzunehmen.«

Zudem sah es das Gericht als erwiesen an, dass sie Sato-*san* zu Vandalismus angestiftet hatte und auch ihm, um ihn gefügig zu machen, die Wohnung und den Lebensunterhalt finanzierte. Die Straftaten sind also als von langer Hand geplant gewesen zu bewerten.«

Ich schaute zu Maruhito neben mir. Wie er sich wohl gerade fühlte? Es war schließlich derselbe Sato-*san*, mit dem er sich ein wenig angefreundet hatte. Da erst wurde mir bewusst, dass er ihn schon lange nicht mehr erwähnt hatte.

»Drei Jahre Freiheitsstrafe«, hörte ich die Stimme der Richterin wieder. Ich stierte auf Reina Sorihamas Rücken und mir war, als richtete sie sich ein wenig auf. Kein Wunder, man hatte ihr geglaubt!

Die Mittäterin kam aufgrund ihrer Vorstrafen nicht so glimpflich davon. Versuchter Mord in vier Fällen. Dafür bekam sie lebenslänglich. Zudem ordnete die Richterin an, dass eine Sachverständige feststellen sollte, ob von Reina Sorihama für uns nach ihrer Entlassung auch weiterhin Gefahr ausginge. Ob man sie uns damit diesmal für immer vom Hals halten konnte?

Mit Erleichterung beobachtete ich, wie dieser Stalkerin nach der Urteilsverkündung sofort wieder Handschellen angelegt wurden und sie am Seil aus dem Saal geführt wurde. Noch zehn Tage bis Weihnachten. Ich beschloss, mich voll auf meine Familie zu konzentrieren.

*

MARUHITO

Reina Sorihama hatte geschwiegen. Und was hatte ich gezittert. Doch gerade ihre Verschwiegenheit war es, die in mir den nächsten Gewissenskonflikt auslöste. Diese Frau musste jetzt wieder für drei Jahre hinter Gitter, weil sie nicht darüber hinwegkam, dass ich sie verlassen hatte. Nein. Ich hatte keine Kraft mehr, darüber nachzudenken. Die nächsten freien Tage verbringe ich in einem Zen-Tempel, schwor ich mir. In aller Abgeschiedenheit von den beiden Frauen. Schon im nächsten Moment überfiel mich das schlechte Gewissen. Jetzt schere ich Sabrina mit der Frau, die mich stalkt, über einen Kamm. Das musste aufhören. Sofort!

»Und wenn sie schon mit nur drei Jahren wegkommt, hätte ich zumindest erwartet, dass sie in die Psychiatrie eingewiesen wird«, drang Sabrinas Stimme an mein Ohr.

»Warum? Weil sie das Stalken nicht lässt?«, konzentrierte ich mich auf meine Frau.

»Ja, und weil sie uns zudem immer mehr in Angst und Schrecken versetzt«, erläuterte Sabrina ihre Ansicht.

»Aber noch ist uns nichts passiert«, entgegnete ich.

»Muss das Kind erst in den Brunnen gefallen sein, bevor die Justiz reagiert?« Sabrina schaute mich herausfordernd an. Was sollte das? War ich der Richter?

»In Japan erklärt man so schnell niemanden für verrückt und damit womöglich für strafunfähig«, sagte ich geduldig.

»Aha, ist das sozusagen ein Rechtsprinzip?« Sabrina war sehr überrascht von dieser Antwort.

»Ob man das als Rechtsprinzip bezeichnen sollte, weiß ich nicht. Aber es kommt hierzulande so gut wie nie vor, dass jemand für schuldunfähig erklärt wird.«

»Hmmm«, überlegte Sabrina laut. »Das heißt natürlich, dass deine Ex als Japanerin das sehr genau weiß und womöglich genau darauf spekuliert, dass sie immer wieder auf freien Fuß kommt und eine Kontrolle ihres Verhaltens unmöglich ist.«

»Ich weiß nicht, ob sie so berechnend ist, wie du meinst«, entgegnete ich und merkte im selben Moment, dass ich dabei war, meine Ex zu verteidigen.

Ich schaute Sabrina an, doch mein Blick war kraftlos, matt. Ich schaute wieder weg. Da sagte Sabrina mit sanfter Stimme:

»Denken wir erst einmal in einem Zeitraum von den nächsten drei Jahren und hoffen, dass auch bei dieser Frau einmal der Verstand einsetzt.«

*

SABRINA

Das eine Problem war zumindest vorläufig gelöst, da bahnte sich das nächste bereits an. Nachdem die Polizei in der Nachbarschaft so stark Präsenz gezeigt hatte, herrschte erneut Aufruhr. Die zerschlagenen Überwachungskameras, die Papierschnipsel und Bonbonhüllen, der Gasgeruch, all das war etwas viel für durchschnittliche Nerven. Der Gang zum Müllplatz wurde für uns zum Spießrutenlauf.

»Bei dem Stress, den die Stalkerin Ihnen macht, wäre ein Umzug nur zu verständlich«, hallte Shino-*san*s Stimme laut und deutlich durch die Straße.

»Ich würde das auch nicht aushalten«, pflichtete Takadai-*san* ihr bei.

»Daran denken wir nicht«, entgegnete ich entsetzt. Und Maruhito? Wie dachte der? Ich wusste es nicht.

»Aber wir waren ja bei der Polizei, und die sind immer wieder tätig geworden«, versuchte ich, die Situation zu entschärfen.

Wie auf Kommando drehten sich die beiden Nachbarinnen um und ließen mich einfach stehen. Ich war perplex.

Als ich Maruhito davon erzählte, konnte ich nicht verhindern, dass meine Augen feucht wurden.

»Ich war so froh, als ich das Gerichtsurteil vernommen habe, und nun machen uns die Nachbarn Stress.«

»Das ist im Moment die Aufregung. Die legt sich wieder, wenn keiner sie mehr sieht. Nimm den Nachbarinnen ihr Verhalten nicht übel.«

»Du bist vielleicht gut! Nimm es ihnen nicht übel.« In mir begehrte alles dagegen auf. »Woher nimmst du bloß immer diese Ruhe? Und vor allem, woher nimmst du die Zuversicht, dass die Nachbarn sich wieder beruhigen werden?«

Maruhito antwortete nicht. Er schaute mich nur an und ich wusste, meinem Mann ging es nicht gut. Aber wenigstens hatte er aufgehört, sich an mir abzureagieren. Dieser Gedanke hätte mir eigentlich etwas Erleichterung verschaffen sollen, doch er schürte wieder die Angst, dass er doch wieder zu seiner Ex zurückgehen könnte. Wenn dieser Albtraum wahr werden sollte, was sollte ich dann nur machen? Ich stemmte mich der in mir aufkommenden Verzweiflung mit aller Macht entgegen. Bloß nicht Kassandra spielen und das Unglück herbeibeschwören, dachte ich immer wieder. Die Worte meiner Mutter fielen mir ein: Lass dir Zeit, gehe nicht überstürzt eine Ehe ein. Und was ist mit dem Alkohol, setzte meine innere Stimme mir weiter zu. In den letzten Tagen hat er wieder regelmäßig zum Alkohol gegriffen. Das hatte er sonst nie gemacht.

Ich setzte mich zu meinem Mann auf das Sofa und schaltete den Fernseher ein. Ich klickte mich durch die Programme und entschied mich für einen Dokumentarfilm zum Ise-Schrein. Doch lange konnte sie mich darauf nicht konzentrieren, da rutschte es mir heraus:

»Da hat sich diese Stalkerin das ganze Mietshaus nebenan mit ihren Leuten besetzt und wollte uns, das heißt mich, auf diese Weise fortekeln. Auf solche Ungeheuerlichkeiten kommt unsereins in seinen kühnsten Träumen nicht!«

»Ja, du hast recht, aber reg dich bitte nicht auf. Jetzt sind wir erst einmal sicher.«

»Dein Wort in Gottes Ohr.« Warum nur konnte ich mir solche Bemerkungen nicht verkneifen? Damit bringe ich Maruhito nur gegen mich auf. Um weiteren Wortgefechten aus dem Weg zu gehen, ging ich schlafen. Im Einschlafen hörte ich die Haustür gehen.

Am nächsten Morgen sah ich zwei leere Bierdosen im Abfall. Die größten, derer er hatte habhaft werden können. Das hieß, Maruhito war am Abend zuvor extra noch einmal zum Bierkaufen losgegangen. Es war zwar schon kurz vor elf gewesen, doch der 24-Stunden-Laden am Bahnhof hatte rund um die Uhr geöffnet. Bislang hatte Maruhito zu Hause Alkohol nie in nennenswerter Menge konsumiert, überlegte ich und beschloss, sein Verhalten genauer zu beobachten.

*

252

REINA SORIHAMA

Ich stand noch völlig unter Schock, als sie mich nach Tochigi brachten. Um ein Haar hätten sie mich sogar wegen Anstiftung zu Mord verurteilt. Dennoch drei Jahre. Eine sehr lange Zeit.

Ich durfte in den Monaten, die vor mir lagen, den Kontakt zu diesem Mann nicht verlieren. Das war der einzige Gedanke, den ich fassen konnte.

Schon am nächsten Tag beschloss ich, den Rechtsanwalt zu wechseln. Ich begann mich vorsichtig unter den Mitinsassinnen umzuhören und erfuhr von einem Takamaru-*sensei*, der auch schon einmal bereit sei, Menschen unter Druck zu setzen.

»Er ist in einschlägigen Kreisen beliebt, da er es versteht, milde Urteile zu erwirken, manchmal sogar einen Freispruch in Fällen, die andere Rechtsanwälte schon verloren glauben«, flüsterte eine Mitgefangene mir in einem günstigen Moment zu. Die Kontaktdaten erhielt ich ebenfalls via Mundpropaganda.

»Was kann ich für Sie tun?«, frage Takamaru-*sensei*, der sofort am folgenden Tag, nachdem er meinen Brief erhalten hatte, ins Gefängnis kam.

»Ich möchte, dass der Mann, den ich heiraten will, seine derzeitige Frau verlässt«, kam ich sofort zur Sache.

»Verlässt? Er soll sich scheiden lassen, sehe ich das richtig?«

»Ganz genau. Sie haben mich sofort richtig verstanden. Und ich bin bereit, dafür viel Geld zu bezahlen.«

»Es ist nicht das erste Mal, dass Sie ihn zur Scheidung bewegen wollen?«

»So eindeutig habe ich es bislang nicht gefordert.«

»Gut, und das soll ich jetzt übernehmen?«

»Sehr richtig.«

»Bis zu welcher Summe darf ich gehen?«, fragte der Rechtsanwalt nur ganz gelassen.

Ich nahm ihn fest in den Blick und sagte: »Hundert Millionen Yen.«

Takamaru-*sensei* pfiff durch die Zähne. »Dafür brauche ich ein wenig Zeit. Derartige Aufträge lassen sich nicht im Schnellverfahren erledigen.«

»Zeit ist kein Problem, solange es keine unendliche Geschichte wird«, entgegnete ich bestimmt.

»Nein, nein, so habe ich das nicht gemeint«, ruderte er schnell zurück.

*

SABRINA

»Du, Maruhito. Ich habe mich entschlossen, in der vorlesungsfreien Zeit für ein paar Wochen nach Deutschland zu fliegen. Die Kinder nehme ich mit«, begann ich.

»Das ist eine gute Idee. Diesmal komme ich mit. Derzeit können wir das Haus problemlos allein lassen«, beschloss Maruhito spontan.

»Du willst wirklich mitkommen?« Das war das schönste Geschenk, das mein Mann mir machen konnte. »Dann lass uns gleich heute noch ins Reisebüro gehen. Heute am Sonntag kannst du ja mitkommen«, schlug ich vor, bevor er es sich anders überlegen konnte.

»Ich kann aber nur zehn Tage bleiben. Ihr könnt gerne länger die deutsche Luft genießen«, bot Maruhito großzügig an.

»Das ist sinnvoll. Dann können die Kleinen noch etwas Deutsch lernen«, freute ich mich.

»Und die *Omiyage*, die Mitbringsel für die Nachbarn, sorgen dann bestimmt auch für eine Glättung der hochgefahrenen Wogen.«

»Das wäre das Schönste, was passieren kann.« Ich freute mich riesig. »Ich habe schon nicht mehr daran geglaubt, dass ich vereint mit der ganzen Familie nach Deutschland fliegen würde.«

»Du siehst alles immer zu pessimistisch«, begann Maruhito sich prompt wieder zu ärgern.

Mist, jetzt drohte die gute Stimmung auch schon wieder umzuschlagen. Frust machte sich in mir breit. Ich zwang mich zu einem Lächeln. Ein mieses Gesicht zu einem Lächeln verzerrt. Wie gut, dass ich mein Spiegelbild jetzt nicht sehen musste. Hoffentlich sah Maruhito nicht so genau hin. Instinktiv drehte ich mich von meinem Mann weg.

*

MARUHITO

Sabrina und ich waren gerade dabei, die Kinder fertig zu machen, als es draußen schellte.

Ich meldete mich über die Gegensprechanlage und sah einen Mann etwa Mitte vierzig, der einen grauen Nadelstreifenanzug trug. Sah aus wie ein Rechtsanwalt. Das Gesicht kannte ich von irgendwoher, aber woher, wollte mir auf die Schnelle nicht einfallen. Ich ging vor die Tür.

Und richtig, Takamaru-*sensei* stellte sich als Rechtsanwalt vor. Als er seinen Namen nannte, fiel es mir wie Schuppen von den Augen. Aus dem Fernsehen kannte ich ihn. Sein Name erschien stets im Zusammenhang mit dubiosen Fällen.

Der *Sensei* kam sehr schnell auf den Grund seiner sonntäglichen Störung zu sprechen. »Ich arbeite im Auftrag von Reina Sorihama. Meine Mandantin ist Ihnen ja bestens bekannt, wie sie mir erzählt hat.«

Um ein Haar hätte ich die Fassung verloren. Keine zwei Wochen saß sie ein, da schickte sie einen Rechtsanwalt vorbei. Und wieder verdarb sie uns das Weihnachtsfest.

»Und was will sie von mir?«, fragte ich betont desinteressiert.

»Sie möchte Ihnen eine Million Yen anbieten.«

Mir Geld anbieten? Dafür brauchte sie keinen Advokaten. »Was will sie von mir?«, wiederholte ich meine Frage.

»Dafür sollen Sie sich scheiden lassen.«

»Wie bitte? Ich glaube, ich habe keine Zeit mehr.« Jetzt zeigte ich ihm eindeutig die kalte Schulter.

»So warten Sie doch, Sie müssen doch nicht gleich im Haus verschwinden. Wenn Ihnen der Preis zu niedrig ist, bin ich ermächtigt, Ihnen zehn Millionen Yen zu bieten. Ich erwarte nicht, dass Sie die Entscheidung sofort treffen. Dazu sind Sie zu aufgebracht. Aber überlegen Sie sich die Sache gut, ich komme in einer Woche wieder.«

Damit wandte sich der Anwalt zum Gehen. Ich blieb vollkommen erstarrt zurück. Jetzt wollte diese Verbrecherin mich kaufen. Und ich wusste, das Geld dazu hatte sie. Zum ersten Mal verspürte ich so etwas wie Abscheu gegenüber meiner Peinigerin.

Ich ging langsam zurück ins Haus, ganz langsam, gebeugt wie ein alter Mann. Und ich blieb unten in meinem Zimmer. Ich war zu niedergeschlagen, um mit Sabrina zu sprechen. Zehn Millionen Yen für die Scheidung von ihr. Nun haben wir gedacht, wir hätten zumindest drei Jahre Ruhe, und jetzt schickte sie einen Rechtsanwalt. Es war schier unglaublich, wozu die Frau fähig war. Sie wollte, dass ich zu ihr zurückkomme. Doch das, was sie mir antat, hatte mit Liebe nichts zu tun. Das war die wahnwitzige Idee einer Besessenen, wurde mir klar. Inzwischen hatte das Ganze eine Stufe erreicht, wo sie offenbar jeglichen Bezug zur Realität verloren hatte. So viel Geld für die von ihr verlangte Scheidung. »Die glaubt doch selber nicht, dass ich darauf eingehe«, ertappte ich mich beim Selbstgespräch.

Sabrina war mir leise hinterhergekommen. Sie sah mich, am Schreibtisch sitzend, mit krummem Rücken, den Kopf auf beide Hände gestützt. Vorsichtig legte sie mir ihre Hand auf die Schulter und fragte: »Wer war das eben?«

Ich antwortete nicht sofort. Sie wartete. Sie wusste, dass ich es nicht leiden konnte, wenn sie mich zu einer Antwort drängte. »Es war ein Rechtsanwalt«, sagte ich schließlich.

»Ein Rechtsanwalt? Und was wollte er?«

»Er hat mir Geld geboten, im Gegenzug soll ich mich von dir scheiden lassen.«

»Wie bitte? Und was hast du gesagt?«

»Ich war viel zu perplex, um überhaupt etwas über die Lippen zu bringen. Schließlich ist er gegangen, nachdem er die Summe erhöht hat.«

»Wieviel hat er dir denn geboten?«

»Zehn Millionen Yen.«

»Diese elende Hexe! Kann die denn nie aufhören? Wer sonst sollte uns diesen Rechtsanwalt auf den Hals hetzen?«

»Ja, wer denn sonst. Es war ihr Anwalt«, bestätigte ich.

»Kaum dass sie hinter schwedischen Gardinen sitzt? Aber warte nur. Das ist Beihilfe zum Stalken!« Sabrinas Temperament wirkte auf mich ermüdend.

»Da bin ich mir nicht so sicher. Als Rechtsanwalt dreht er bestimmt keine krummen Dinger«, wandte ich kaum hörbar ein.

»Oh, auch unter Rechtsanwälten gibt es solche und solche.«

»Er will nächste Woche wiederkommen.«

»Okay. Dann sind wir gewappnet und nehmen das Gespräch auf. Erpressen lassen wir uns nicht.« Dann schaute sie auf mich und ihr Selbstvertrauen schwand dahin.

Noch immer starrte ich regungslos mit aufgestützten Händen auf die Tischplatte. Zehn Millionen Yen hatte meine Ex mir geboten. Was kam wohl als Nächstes? Was sollte ich tun? Verdammt nochmal, ich hatte Angst vor nächstem Sonntag!, durchfuhr es mich.

»Bedeutet sie dir immer noch so viel?«, rutschte es Sabrina heraus, die mein Schweigen offenbar missverstanden hatte.

Mein Kopf schnellte hoch. »Was willst du damit sagen?«

»Das beantwortet meine Frage nicht.« Sabrina bemühte sich um einen sachlichen Ton.

»Nein, sie bedeutet mir nichts mehr. Überhaupt nichts mehr«, sagte ich aufgebracht. Dann sackte ich wieder in mich zusammen.

Sabrina wartete eine gute halbe Stunde. Doch ich rührte mich nicht mehr von der Stelle. Vorsichtig stellte sie sich hinter mich.

»Was ist mit Chōfu und den Winterrosen? Die Kinder sind ausgehfertig.«

»Lass mich in Ruhe. Mir hat es für heute die Suppe versalzen«, herrschte ich sie an. Ich schnappte mir meinen Mantel und kurz darauf war ich zur Haustür raus. Erst am Abend kam ich zurück. Vollkommen beschwipst.

*

SABRINA

Als es am Silvestersonntag erneut klingelte, steckte ich mir ein eingeschaltetes Aufnahmegerät in die Jackentasche, dann gingen wir beide gemeinsam vor die Tür.

»Sie sollten Ihre Frau ins Haus schicken«, war das Erste, was der Rechtsanwalt sagte.

»Ich bleibe hier«, erboste ich mich.

Der Rechtsanwalt sah Maruhito auffordernd an.

»Gehen Sie ins Haus«, wandte er sich jetzt direkt an mich, als Maruhito stumm blieb.

»Dann geh halt rein«, sagte Maruhito leise.

»Ich denke gar nicht daran!« Und so blieb ich und mit mir das Aufnahmegerät.

Der Rechtsanwalt beließ es dabei und sagte: »Ich schätze Ihre Immobilie auf fünfzig Millionen Yen und vermute, dass Ihnen beiden das Haus je zur Hälfte gehört. Liege ich mit dieser Vermutung richtig?«

»Das geht Sie überhaupt nichts an«, wies ich ihn in seine Schranken.

»Dann besorge ich mir diese Informationen halt auf offiziellem Wege«, gab der Fragesteller zurück.

Das heißt, jeder kommt problemlos an diese Information heran, schloss ich daraus.

»Durch die Großzügigkeit meiner Mandantin könnten Sie Ihre Schulden sofort abbezahlen.« Abwartend sah er Maruhito direkt an.

»Meine Mandantin hat mich gebeten, heute die Antwort auf ihr Anliegen einzufordern.«

»Ich lasse mich nicht bestechen.«

»Aber, aber, wer redet denn von Bestechung. Es ist lediglich eine kleine Summe, mit der sie Ihnen ihre Sympathie bekunden will. Meine Mandantin ist schließlich nicht kriminell.«

»Nein, sie sitzt bloß im Gefängnis«, rutschte es mir heraus.

Der Rechtsanwalt beachtete nur Maruhito. Auf diese Bemerkung von mir ging er nicht ein. Stattdessen sagte er: »Dann erhöhe ich heute die Summe auf zwanzig Millionen Yen.« Er wartete einen Moment, dann setzte er mit süffisantem Lächeln hinzu: »Eine großzügige Entschädigung für Ihre Reise nach Tochigi.«

Reise? Tochigi? Was ging da hinter meinem Rücken vor? Ich musste an mich halten, um Maruhito nicht anzubrüllen. Nicht jetzt. Nicht vor diesem Fiesling.

Als er sicher war, dass seine Worte die gewünschte Wirkung erzielt hatten, fügte der Rechtsanwalt in nun jovialem Tonfall hinzu: »Natürlich brauchen Sie erneut Bedenkzeit. Ich komme nächsten Sonntag wieder. Denken Sie sehr gut über Ihre Antwort nach. So viel Geld auszuschlagen, wäre eine große Dummheit.« Damit ließ er Maruhito und mich in unserer Wut und Verzweiflung zurück.

Noch ehe ich einen halbwegs klaren Gedanken fassen konnte, sagte Maruhito:

»Ich geh noch einmal kurz weg«, und schickte sich an, sofort loszugehen.

»Bier kaufen?«, fragte ich ahnungsvoll.

Maruhito schaute mich überrascht an, dann nickte er kurz.

Ich nahm seine Hand. »Meinst du nicht, es geht auch ohne?«

»Lass mich, das ist meine Art, mich zu beruhigen.«

Ich sah meinen Mann flehend an. Doch der reagierte vollkommen unerwartet:

»Ich fahre übrigens doch nicht mit nach Deutschland.«

»Wie bitte? Was soll das denn? Etwa wegen Reina Sorihama?« Was war mit der Reise nach Tochigi? Ich wusste von keiner Reise meines Mannes. Aber ich wusste, dass Reina Sorihama dort inzwischen einige Jahre ihres Lebens verbracht hatte.

»Ich kann nicht abschätzen, was aus der Sache wird. Er wird wiederkommen.«

Ich war platt. »Aber meinst du denn, der kommt noch oft? Wir haben die Flüge doch erst für übernächsten Monat gebucht.«

»Das weiß ich nicht. Ich stecke doch nicht in diesem Kerl drin.«

»Dann lass ihn halt kommen. Wenn wir nicht da sind, sind wir nicht da. Wir müssen doch unser Leben nicht nach dieser Stalkerin ausrichten.«

»Nein, es ist mir zu unsicher, das Haus so lange allein zu lassen.«

Maruhito sah mich flehend an.

Es war vielleicht nicht der beste Zeitpunkt, aber ich fuhr fort: »Wenn wir schon einmal dabei sind«, bemühte ich mich um einen mäßigen Ton. »Was war das denn für eine Reise nach Tochigi, die du unternommen hast? Wann denn und was wolltest du dort?«

»Ach, lass mich. Der Anwalt ist einer von der übelsten Sorte«, presste Maruhito bloß hervor.

Nun konnte ich mein Entsetzen nicht mehr verbergen. »Hast du sie besucht?«, fragte ich mit tonloser Stimme. »Stimmt das?«

Maruhito zögerte. Mein Blick durchbohrte ihn. Er schaute verlegen zur Seite. Schließlich sagte er: »Ja, einmal, aber wirklich nur einmal, habe ich mich dazu hinreißen lassen. Aber das ist schon lange her.«

»Und das hast du mir nie gesagt?«

»Wir haben uns so gut verstanden und die Kinder waren noch klein. Ich bin wirklich in die Situation hineingeschlittert. Ich habe es sofort bereut.«

»Und ...? Heißt das, du warst mit ihr alleine?«

Für einen Moment schaute Maruhito irritiert.

»Wo denkst du hin? Ich habe sie im Gefängnis besucht. Und es war noch jemand dabei. Und ein Justizvollzugsbeamter stand die ganze Zeit hinter ihr.«

»Mit wem warst du denn bei ihr?«

»Mit dem Mann, der mich zu dem Besuch überredet hat.«

Ich war überrascht. Da war mein Mann gar nicht aus eigenem Antrieb auf diese Idee gekommen. »Wer war das?«, wollte ich sofort wissen.

Statt einer Antwort kam von Maruhito nur: »Ich kann jetzt nicht weiter darüber reden. Dann platze ich.«

Mit diesen Worten schnappte er sich sein Portemonnaie und war im nächsten Moment schon wieder aus dem Haus.

»Und ich erst, ich platze vor Wut auf dich, Maruhito, und aus Wut über die Dreistigkeit deiner Ex und aus Wut über diese unverschämten Besuche ihres Rechtsanwalts, und, und aus Frust, dass du statt zur Polizei zu gehen, nur an Alkohol denkst.«

Doch meine Worte liefen ins Leere, Maruhito hörte sie schon nicht mehr.

Ich wartete eine gefühlte Ewigkeit. In dieser Zeit beschloss ich, unseren Deutschlandaufenthalt zu canceln. Mir war zu unwohl bei dem Gedanken, dass Maruhito sich erneut zu einer unüberlegten Handlung hinreißen lassen könnte. Zudem, wenn ihm das zu gefährlich war, das Haus allein zu lassen, wollte ich bei ihm sein, auch wenn ich ihm nicht wirklich helfen konnte. Vielleicht half es ihm, vielleicht nicht, aber mir half es, wenn ich wusste, dass er seine Freizeit wirklich zu Hause verbrachte. Wenn er schon nach Tochigi fuhr, wenn ich da war, was passierte noch alles, wenn ich nicht da war? Ich war zwar kein besonders fantasiebegabtes Wesen, aber zwei und zwei zusammenzählen, das konnte ich sehr wohl. Da hatte dieser Volltrottel sie doch glatt im Gefängnis besucht. Wer steckte dahinter? Ich konnte mich überhaupt nicht beruhigen.

Dann, als Maruhito endlich zurückkam, hatte ich mich schon wieder fest im Griff: »Komm, wir gehen noch einmal zur Polizei«, nahm ich ihn in Empfang.

»Ich weiß nicht, ob das eine gute Idee ist. Er hat mir schließlich nicht gedroht. Da macht die Polizei bestimmt nichts«, schlug mir die Alkoholfahne entgegen.

»Ich weiß ja jetzt, warum du ständig versuchst, ihr die Polizei zu ersparen. Aber das ist keine Lösung. Einmal muss Schluss sein!«

»Nein, so war das nicht. Wirklich. Sie bedeutet mir nichts mehr. Aber die Polizei tut nichts. An den Rechtsanwalt kommt sie nicht heran.«

»Das weißt du erst, wenn wir es versucht haben«, blieb ich hart.

»Lass mich jetzt bitte in Ruhe, ich bin total aufgebracht.« Maruhito setzte sich auf das Sofa und öffnete eine Dose Bier. Am helllichten Tag.

Ich schwieg, kämpfte meine Gefühle nieder und ging nachsehen, was die Kinder in ihrem Zimmer so trieben. Wenigstens dort roch es nicht nach Alkohol.

Die Kinder setzten sich zu mir und ihre Münder standen nicht still. Und ich? Was war in Tochigi vor sich gegangen, war alles, was ich denken konnte. Meine Gedanken fuhren Karussell. Hatte Maruhito dieser Person dort etwa die Scheidung versprochen? Im Beisein eines Zeugen und der Justiz? Gütiger! Hätte das rechtliche Konsequenzen? Darf sie ihn dann mittels Anwalt an das Versprechen erinnern? Ist das der Grund, warum Maruhito nicht zur Polizei will? Jetzt hat der Rechtsanwalt mich bald so weit. Nein, nein. Der Rechtsanwalt kann Maruhito gar nichts. Selbst wenn dem so wäre. Ein Eheversprechen ist nicht einklagbar. – In Deutschland. – Und in Japan? Ach was, so unterschiedlich werden die Gesetze schon nicht sein. Fragen über Fragen wirbelten mir durch den Kopf.

*

MARUHITO

Am Sonntag darauf klingelte es erneut. Auch diesmal nahm Sabrina das Aufnahmegerät und begleitete mich vor die Haustür.

»Ihre Frau sollten Sie besser ins Haus schicken«, begann der Anwalt auch diesmal.

»Ihr Verhalten ist sehr penetrant«, entgegnete Sabrina, äußerlich die Ruhe selber. Ich merkte jedoch, wie ihr das Blut ins Gesicht stieg.

Ich sah sie bittend an. Also schwieg sie.

»Haben Sie sich das Angebot meiner Mandantin überlegt?«, wollte der Advokat wissen.

»Da gibt es nichts zu überlegen, ich lasse mich nicht scheiden«, sagte ich mit aller Entschlossenheit in der Stimme, zu der ich fähig war.

»Da ich Sie immer noch nicht überzeugen konnte, erhöhe ich im Namen meiner Mandantin auf hundert Millionen Yen.« Der Rechtsanwalt sah mich süffisant lächelnd an.

Ich starrte mein Gegenüber an. Eine Unsumme für die Scheidung von Sabrina. Wie reich war Reina Sorihama wirklich? War die Summe gar ein Bluff?

»Ich muss Sie bitten, jetzt zu gehen«, erwiderte ich nur.

»Zunächst muss ich Ihre Antwort erfahren.«

Natürlich wusste ich, dass wir mit dem Geld das Haus problemlos würden abbezahlen können und uns sogar noch eins dazu kaufen. Doch ich sagte mit so strenger Stimme, wie es mir nur möglich war:

»Bitte gehen Sie und kommen Sie nicht wieder. Ich verbitte mir diese Störungen.«

»Das ist aber ein merkwürdiger Tonfall auf ein so attraktives Angebot«, konterte der Anwalt. »In Tochigi klang das aber doch ganz anders.«

»Komm!«, sagte ich zu Sabrina und ging mit ihr ins Haus. Es lief also wirklich auf Erpressung hinaus.

»Der ist ja wohl dreist«, meinte diese.

»Ich fürchte, er kommt wieder.«

»Obwohl du ihm das untersagt hast?«

»Der ist von einer Sorte, den stört ablehnendes Verhalten nicht.«

»Lass uns doch zur Polizei gehen, bitte!«, bettelte sie mich regelrecht an.

»Wenn er das nächste Mal kommt. Diesmal habe ich es mir ja ausdrücklich verboten«, schob ich das Unvermeidliche auf. Sabrina wusste jetzt ohnehin alles. Ich brauchte keine Angst mehr vor meiner Ex zu haben, versuchte ich mir Mut zu machen.

»Wie du meinst. Aber als Deutsche muss ich sagen, so lange zu zögern finde ich komisch.«

»Ja, du als Deutsche«, rutschte es mir da heraus. Abrupt drehte ich mich um und flüchtete ins Kinderzimmer. Bloß keinen offenen Streit mit Sabrina. Die kann nichts dafür, dass ich einmal mit dieser penetranten Katze liiert war. *Neko* nannte ich sie in Gedanken. Katze. Eines der schlimmsten Schimpfwörter für eine Frau. Wie konnte ich mich nur in dieser Person so täuschen. Ein zweites Mal falle ich nicht auf sie herein! Dennoch drängte sich in diese Gedanken die Erinnerung an die Gefühle, die ich einmal für sie gehegt hatte. Ich spürte, wie sich meine Gesichtszüge lösten. Auch wenn Sabrina niemals etwas von diesen Gedanken erfahren würde, waren sie mir peinlich. Ich war froh, als die Kinder mich ablenkten.

*

SABRINA

Am Montag war wieder Müllabfuhr. Maruhito nahm sich der Mülltüten an und ließ die Haustür offenstehen. Es wurde kalt. Ich ging, um die Tür zu schließen, da hörte ich von draußen Stimmen. Ganz nah.

»*Ohayō gozaimasu.* Guten Morgen, Obihara-*san*«, grüßte Takadai-*san*. Diese Nachbarin zeigte einen für Japaner eher untypischen Hang zu bunter Kleidung. Heute trug sie einen grellgrünen Hoodie zu einer strahlendblauen Hose und dazu knallrote Schuhe.

»*Ohayō gozaimasu*«, hörte ich Maruhitos Stimme.

»Wieso kommt eigentlich dieser obskure Rechtsanwalt zu Ihnen?«

Oh je, die Nachbarn hatten es bereits mitbekommen.

»Er arbeitet nicht für uns. Ich habe ihn wieder weggeschickt.«

»Aber er ist doch schon wiederholt zu Ihnen gekommen.«

»Wie gesagt, ich habe ihn weggeschickt.«

»Ist er im Auftrag von Reina Sorihama-*san* gekommen?« Das war offenbar keine echte Frage, denn sie versetzte: »Ich kenne den Anwalt aus dem Fernsehen. Ich weiß, für welche Klientel er aktiv ist.«

Ich streckte meinen Kopf vorsichtig zur Tür heraus. Maruhito blickte unsere Nachbarin einen Moment stumm an. Dann sagte er die Wahrheit: »Er bietet mir Geld, dafür soll ich mich scheiden lassen.«

»Das ist ja ein starkes Stück!« Takadai-*san* war ehrlich schockiert. »Dann wird er sich von Ihnen aber so schnell nicht abweisen lassen. Er wird immer wieder vor Ihrer Tür stehen und wieder und wieder, solange, bis Sie weich werden. Wollen Sie das Ihren Kindern antun? Wenn diese Reina Sorihama-*san* dann eines Tages aus dem Gefängnis entlassen wird, wird wieder Unfriede hier in diese Nachbarschaft einziehen. Die Wohnung hier hat sie ja offenbar nicht aufgegeben. Gehen Sie doch zu ihr zurück, dann hat die liebe Seele endlich Ruh!«

Fast wäre ich laut schreiend rausgerannt und hätte ihr die Leviten gelesen. Im letzten Moment besann ich mich eines Besseren. Wieder wurden die Schrauben um unseren Hals enger gedreht! Maruhito blieb wie immer ruhig und höflich, dann verabschiedete er sich.

Ich machte, dass ich in die Küche kam. Als Maruhito wieder zu mir kam, erzählte er erst einmal nichts von dem Gespräch. Vermutlich wollte er mich nicht beunruhigen. Außerdem waren die Kinder da, und die sollten von den Sorgen der Eltern nach Möglichkeit nichts mitbekommen. So hatten wir es vereinbart. Sie waren noch nicht einmal fünf Jahre alt und noch zu klein.

*

SABRINA

Der nächste Sonntag kam. Und der nächste Sonntag verging. Es schellte nicht.

»Zu schön, um wahr zu sein«, sagte ich, als wir im Futon lagen.

»Noch ist nicht aller Tage Abend. Schließlich habe ich ihm sozusagen Hausverbot erteilt. So dumm ist der nicht, daran hält er sich, wie es aussieht«, meinte Maruhito nur und war im nächsten Moment auch schon eingeschlafen.

Am folgenden Morgen verließ er das Haus wie gewohnt. Heute war ich mit dem Müll dran. Dann brachte ich die Kinder in den Kindergarten. Kaum war ich zurück, schellte es. Ich schaute auf den Monitor der Gegensprechanlage. Dort war niemand zu sehen. »Wenn du dich nicht zu erkennen gibst, reagiere ich eben nicht«, murmelte ich vor mich hin und ignorierte das Klingeln. Es schellte erneut. Diesmal war jemand zu sehen. Ich prallte zurück: Der Rechtsanwalt! Ich mache einfach nicht auf und verhalte mich ganz still. Dann geht er wieder, beschloss ich. Ich spürte die Aufregung in mir hochsteigen.

Es klingelte ein drittes Mal. Ich rührte mich immer noch nicht. Doch dann läutete es ein viertes Mal. Gleichzeitig rief der Anwalt ganz laut: »Sabrina-*san*, ich weiß, dass Sie zu Hause sind. Sie müssen mit mir sprechen. Ich bin Rechtsanwalt.«

Oh Gott, jetzt brüllte der auch noch vor dem Haus herum. Die Nachbarn! Wenn die das mitbekamen!

Ich nahm wieder das Aufnahmegerät und ging vor die Tür.

»Ist Ihr Mann zu Hause?«, wollte Takamaru-*sensei* als erstes wissen.

Was soll denn diese Frage, wunderte ich mich. Laut sagte ich: »Nein.«

»Das macht nichts. Heute wollte ich mich ohnehin mit Ihnen unterhalten. Sie sollten Ihrem Mann die Entscheidung, sich scheiden zu lassen, erleichtern.«

»Wie bitte?«

»Ja, wenn Sie sich scheiden lassen, bietet Ihnen meine Mandantin zehn Millionen Yen.«

»Letztens wollten Sie meinen Mann erpressen, heute mich? Hören Sie auf, uns zu belästigen. Mein Mann hatte Ihnen bereits untersagt, noch einmal zu kommen.«

»Überlegen Sie es sich wirklich sehr gut, es könnte sonst sein, dass Ihre Arbeitskollegen oder die Ihres Mannes Sie zu überzeugen versuchen.«

Der drohte uns ganz offen mit Rufmord! Wollte uns in die Arbeitslosigkeit treiben! Dann würden wir das Haus verlieren. Was würde aus den Kindern? ich unterdrückte die aufsteigende Panik so gut ich konnte. Doch meine Gedanken wollten nicht zur Ruhe kommen. Würden wir den Kindern danach noch einmal ein so großzügiges Zuhause bieten können? Würden wir uns das leisten können? Die Bodenpreise sind schließlich wieder gestiegen.

»Wie gesagt, meine Mandantin will Ihnen beiden nichts Böses, sie will nur das Beste für Ihren Mann«, unterbrach der Rechtsanwalt meine sich überschlagenden Gedanken.

»Gehen Sie jetzt gefälligst! Und unterstehen Sie sich, noch einmal hierher zu kommen!« Das war alles, was ich noch zu sagen bereit war.

Ohne ein weiteres Wort ging der Anwalt davon.

Kaum war er um die Ecke gebogen, rief ich Margret an und machte Nägel mit Köpfen. Ich zeigte diesen kriminellen Typen an. Maruhitos Zögern nutzte niemandem. Vielleicht war es gut so, dass er gerade nicht zu Hause war.

Als ich schon fast wieder zu Hause war, traf ich auf Morikawa-*san*, die gerade ihren Hund ausführte. Sie hatte ihre kleine Tasche dabei und eine kleine Plastiktüte, um die Exkremente ihres Lieblings aufzulesen und sie mit nach Hause zu nehmen.

Armes Tierchen, dachte ich mitleidig. Er verbringt den ganzen Tag am Eingang zu dem Haus von Morikawas, angekettet mit nur einem Meter Bewegungsspielraum. Eine solche Hundehaltung wird zwar immer seltener, inzwischen nehmen die meisten Japaner ihren Hund mit ins Haus, doch Shiro hatte noch ein konservatives Frauchen.

»*Konnichi wa!*, Sabrina-*san*.«

»*Konnichi wa!*, Morikawa-*san*.«

»Ich habe gesehen, der Rechtsanwalt war wieder bei Ihnen? Was wollte er denn diesmal?«

»Er hat mir im Namen von Reina Sorihama Geld geboten, damit ich mich scheiden lasse.«

»Na, das ist ja ein Ding! Jetzt sind wir wieder eine Stufe weiter. Die ganze Nachbarschaft ist schon in Aufruhr. Die ersten denken bereits daran, wegzuziehen, diese ständige Unruhe, das hält doch niemand aus!«

»Ich war gerade wieder bei der Polizei. Die meinten, wir sollten einfach die Ruhe bewahren, die kümmern sich darum«, erklärte ich in meiner Not.

»Wir Japaner lieben es nicht, wenn die Polizei omnipräsent ist. Wir lieben die Ruhe. Und Geld stinkt nicht. Darüber sollten Sie gut nachdenken.«

Damit war das Gespräch auch schon beendet. Während sie sich entfernte, murmelte sie laut hörbar: »Der fährt doch sogar bis nach Tochigi, nur um sie zu sehen.«

Wie vom Donner gerührt blickte ich hinter der Frau her, wie sie sich von ihrem Hund von dem Laternenpfosten zur nächsten Hausecke ziehen ließ.

Die Nachbarn wissen von Maruhitos Besuch in Tochigi. Und, Geld stinkt nicht, darüber sollten wir nachdenken, echote es in meinem Kopf. Oh Maruhito, was sollen wir bloß tun? Erst Takadai-*san*, heute Morikawa-*san*. Satt dass die Nachbarn uns den Rücken stärkten, übten sie Druck auf Maruhito und mich aus, dachte ich dann erbost. Warum mussten diese Frauen auch den ganzen Tag hinter dem Fenster stehen. Hatten die nichts Besseres zu tun? Ich merkte förmlich, wie sich mein Ärger jetzt gegen die Nachbarinnen richtete. Das hatte noch gefehlt, dass diese Stalkerin uns das Haus auf diese Weise verleidete.

Sicher stand mir der Ärger ins Gesicht geschrieben. Am liebsten hätte ich mich total gehen lassen. Aber schon allein wegen der Kinder musste ich mich beherrschen. Ein Boxsack, das wäre jetzt das Richtige, fuhr es mir durch den Kopf. Und Maruhito? Als ich ihm von den Ereignissen des Tages berichtete, verließ er sofort wieder das Haus. Als er zurückkam quoll die Einkaufstasche über von Bierdosen.

*

REINA SORIHAMA

Als Erstes wurde ich mit der Frage konfrontiert: »Sie hatten bei der letzten Vernehmung beteuert, fortan Obihara-*san* nicht mehr zu stalken. Warum haben Sie sich nicht daran gehalten?«

»Ich habe mich daran gehalten. Ich habe nicht mehr gestalkt.«

»Was haben Sie dann gemacht?«

»Ich habe lediglich dem Mann, den ich liebe, die Scheidung schmackhaft gemacht«, antwortete ich unumwunden.

»Und dafür haben Sie ihm hohe Geldbeträge geboten?«

»Ja.«

»Aber Sie sind doch im Gefängnis.«

»Ist ja schon gut. Ich habe meinen Rechtsanwalt damit beauftragt.«

»Arbeitet dieser Rechtsanwalt schon lange für Sie?«

Was sollte das denn schon wieder, dachte ich erbost. Laut sagte ich: »Nein, er hat das erste Mal für mich gearbeitet.«

»Warum haben Sie denn den Rechtsanwalt gewechselt?«

»Das ist doch wohl nicht verboten!«

Der Polizeibeamte blickte stehend mit hartem Gesichtsausdruck streng auf mich herunter. Ich rutschte auf dem harten Stuhl nervös hin und her.

»Ich habe Sie lediglich nach dem Grund gefragt«, blieb er die Ruhe selber. Die Wahrheit kann ich ihm wohl schlecht sagen, überlegte ich und hüllte mich in Schweigen. Damit war das Gespräch erst einmal beendet.

Takamaru-*sensei* hatte auf der ganzen Linie versagt. Ich konnte es nicht glauben. Wofür bezahlte ich ihn eigentlich? Ich musste ihn persönlich sprechen. Schreiben konnte ich ihm schlecht, was ich über ihn dachte. Und wenn er auch nur den Funken von Anwaltsehre in sich hatte, würde er eine Möglichkeit finden, Maruhito mir gefügig zu machen!

*

SABRINA

Nichtsahnend gingen Maruhito und ich ein und aus und wunderten uns, dass wir beide plötzlich stark juckende Rötungen entwickelten. Es waren kleine Flecken, aber sie juckten extrem. Wir seiften die Stellen gut ein und wuschen sie gründlich ab.

»Das verschafft Linderung, wenigstens für eine gewisse Zeit«, sagte Maruhito.

»Wenn es morgen schlimmer ist, gehe ich zum Arzt«, erklärte ich. »Ich glaube zwar nicht, dass es etwas mit Reina Sorihama zu tun hat, doch vorsichtshalber notiere ich den Vorfall«, fügte ich hinzu.

»Wenn du meinst. Lieber etwas mehr schreiben, als zu wenig«, gab Maruhito mir recht. Seit wir uns über seinen Besuch in Tochigi ausgesprochen hatten, hatte er offenbar keine Probleme mehr, mit meiner Art des Umgangs mit dieser Stalkerin.

Er fühlte sich garantiert auch an den mittlerweile lange zurückliegenden Vorfall mit den Rotrückenspinnen erinnert.

*

MARUHITO

Ich hörte in der Nacht ein Geräusch. Ich erinnerte mich an Sabrinas Vorgehensweise und schlich zur Haustür. Durch den Spion sah ich unmittelbar an der Haustür zwei dunkle Gestalten mit Mütze über dem Kopf. Gleichzeitig hörte ich ein leises Schaben an der Haustür. Sie waren zu zweit, ich alleine. Ich war machtlos. Sabrina wecken, war mein nächster Gedanke. Doch da verschwanden die beiden auch schon wieder. Ich traute mich nicht, die Haustür zu öffnen.

Am nächsten Morgen erzählte ich Sabrina von dem Vorfall.
»Warum hast du nicht direkt die Hundertzehn gerufen?« Der Vorwurf in ihrer Stimme war nicht zu überhören. »*In flagranti* geschnappt. Besser hätte es nicht laufen können.«
»Tut mir leid, ich war zu sehr in Panik und nicht in der Lage, einen klaren Gedanken zu fassen.«
Meine Frau schickte mir einen undefinierbaren Blick. Und die sollte sich noch einmal beschweren, dass man uns Japanern die Gedanken nicht ansah.

Tags darauf entwickelten wir beide wieder rote Flecken. Diesmal waren es richtig große, die unbeschreiblich stark juckten.
»Das ist eine allergische Reaktion auf eine *Urushi*-Pflanze«, stellte die Hautärztin fest.
»*Urushi*?« Ich sah die beiden Gestalten an unserer Haustür vor mir. »Wir haben aber keine *Urushi*-Pflanze. Und wir sind beide betroffen«, sagte ich laut.
»Wo Sie mit der Pflanze in Kontakt gekommen sind, kann ich Ihnen leider nicht sagen, ich kann nur sagen, was der Auslöser für diese Allergie ist. Und ich kann Ihnen auch sagen, dass Sie vorsichtig sein müssen. *Urushi*-Allergien haben die Eigenschaft, von Mal zu Mal stärker aufzutreten. Sollten die Lymphen von der Allergie betroffen sein, besteht zum Teil Lebensgefahr.«
Sabrina und ich wechselten vielsagende Blicke. Das war die Handschrift von Reina Sorihama. Jeder wusste vom anderen, dass der genauso dachte. Da ich noch etwas Zeit hatte, gingen wir erst kurz nach Hause, um die Chips aus den Überwachungskameras zu entfernen, dann gingen wir sofort zur Polizei.

Dort wertete man die Bilder der Überwachungskameras aus und fand beide Täter unter den Vorbestraften. Ihre Gesichter waren zwar nicht zu erkennen, doch ihre Bewegungen konnten eindeutig zugeordnet werden.

»Gut, dass Sie gekommen sind«, sagte der Polizist Izuhama. »Mit *Urushi*-Allergien ist nicht zu spaßen. Sie haben jetzt eine Anzeige wegen wiederholter gefährlicher Körperverletzung gestellt.«

»Dann bekommen wir Schmerzensgeld?«, wollte Sabrina wissen.

»Davon gehe ich aus«, sagte der Beamte. »Dafür müssen Sie allerdings einen Prozess anstrengen.«

»Und ich möchte betonen, dass wir wirklich sehr große Angst vor dieser Person haben. Sie gehört für den Rest ihres Lebens in Polizeigewahrsam. Sonst können wir nicht mehr in Ruhe leben«, sagte Sabrina mit Nachdruck.

Der Polizist nickte wieder nur. Keine Zusage, lediglich *Aizuchi*, die Bestätigung, dass er zugehört hatte.

Sabrinas Adrenalinspiegel stieg. Ich sah es ihr an. Bloß das nicht. Bloß nicht hier. Diesmal fasste ich nach ihrer Hand. Es wirkte.

*

SABRINA

Als wir wieder auf der Straße standen, sagte ich:

»Tut mir leid, Maruhito-*chan*, aber ich muss jetzt eine Stunde für mich sein. Ich fahre nach Shinjuku.«

Der Angesprochene schaute sehr überrascht. Das war ja noch nie vorgekommen. Seine Frau brauchte eine Auszeit, wenn auch nur für ein paar Stunden.

»Alles klar, dann viel Spaß beim Einkaufsbummel«, sagte er mit bemerkenswert neutraler Stimme.

In der Bahn zückte ich mein Smartphone und suchte nach einem Sportwarengeschäft. Schnell wurde ich fündig. Ich musste nicht lange laufen, da sah ich schon von weitem das Firmenschild. Als ich vor dem Laden stand, öffnete sich die Eingangstür automatisch.

»*Irasshaimase!*, Willkommen, verehrte Kundin!«, begrüßte mich der Angestellte.

»Ich suche einen Boxsack. Können Sie mir da weiterhelfen?«

»Einen Boxsack? Aber natürlich. Im dritten Stock. Bitte, hier entlang geht es zum Aufzug.«

»*Irasshaimase im dritten Stock, verehrte Kundin!*«, empfing mich die nächste Verkäuferin.

»Entschuldigung, ich suche einen Boxsack. Aber ich kenne mich nicht aus«, sprach ich sie an.

»Einen Boxsack? Bitte, hier entlang«, und die Verkäuferin führte mich in die hinterste Ecke. Der Kassenschlager schienen sie also nicht zu sein.

Ich entschied mich sehr schnell für ein hängendes Teil. Der schien mir für meine Zwecke am besten geeignet. Ich sah mich schon im Geiste darauf eindreschen.

»Haben Sie eine Kundenkarte von uns?«

»Nein.«

»Möchten Sie eine haben?«

»Nein, danke.«

»Sollen wir Ihnen das Gerät zuschicken? Wenn es eine Tōkyōter Adresse ist, haben Sie es bereits morgen.«

Ich füllte den Bestellschein aus und zahlte. Kurz darauf saß ich auch schon wieder in der Bahn nach Hause. Maruhito würde Augen machen! – Und hoffentlich aufhören zu trinken.

*

REINA SORIHAMA

Ich war perplex, warum führten die mich zu dem Polizeifahrzeug und brachten mich zur Vernehmung aufs Revier? Ich hatte doch nichts gemacht.

»Diesmal also gefährliche Körperverletzung«, begrüßte mich Kriminalhauptkommissar Nakayama. »Und das, obwohl Sie einsitzen.«

»Ich weiß nicht, wovon Sie reden«, sagte ich. In Wahrheit schwante mir, bestimmt war Takamaru-*sensei* aktiv geworden.

»Sie wissen es nicht? Das ist sehr unglaubwürdig«, versetzte der Kommissar. »Schließlich haben Sie den Rechtsanwalt gewechselt. Ihr jetziger ist der Justiz bestens bekannt.«

Ich schwieg. Dann sagte ich, »Ich will meinen Anwalt sprechen.«

»Das geht gerade nicht, er wird ebenfalls vernommen«, grinste Nakayama-*san* mich an. Takamaru-*sensei* wurde auch verhört? Oh je, hoffentlich blieb er mir als Rechtsanwalt erhalten. Was sollte ich jetzt tun? Der Polizei ein Gefälligkeitsgeständnis geben? Damit würde ich Takamaru-*sensei* schützen. Doch mir selbst, mir selbst würde ich damit schaden. Außerdem müsste ich erklären, wie ich das Gefängnis dafür verlassen konnte. Also lieber bei der Wahrheit bleiben. Schließlich war ich diesmal wirklich unwissend, und man würde mir nichts nachweisen können. Doch Zeit zum Nachdenken ließ man mir nicht.

»Also«, richtete Nakayama-*san* das Wort weiter an mich, »Sie hatten ja gesagt, dass Sie derzeit keine Pläne schmieden. Nun haben wir aber die Situation, dass Ihr Rechtsanwalt wieder für Sie aktiv geworden ist.«

»Da kann ich aber nichts für. Ich habe ihm den Auftrag mit den *Urushi*-Pflanzen nicht erteilt«, sagte ich.

»Wie kommen Sie jetzt auf *Urushi*?« Zwei Augen sahen mich triumphierend an.

Ich erschrak. »Das weiß ich nicht«, log ich.

»So, so. Also, weiter geht`s«, hörte ich ihn sagen.

»Einen finanziellen Vorteil hat er davon. Sehe ich das richtig?« Er sah mich durchdringend an.

»Ich habe ihn nicht dazu beauftragt«, wiederholte ich.

»Können wir uns darauf einigen, dass Sie ihm den Auftrag indirekt erteilt haben?«

Mist, jetzt blieb der Fall doch wieder an mir hängen. Meine Laune rutschte auf den Gefrierpunkt.

*

SABRINA

Es schellte. Der Monitor der Gegensprechanlage zeigte einen Mann in blass grüngrau-gelb gestreifter Uniform. Das war der Zustelldienst *Graue Maus*. Hurra!

»Wer war das, Mama?«

»Ich habe gestern einen Boxsack gekauft. Den haben sie gerade gebracht. Wollt ihr ihn einmal sehen?«

Begeistert schauten Kai und Rui mir beim Auspacken zu. Als ich ihnen dann vormachte, wie man damit umging, boxten beide wie auf Kommando nach Leibeskräften darauf ein. Herrlich, wie unschuldig die beiden noch waren.

Maruhito wunderte sich über die Geräusche nebenan und kam hinzu.

»Hast du den gestern gekauft?« Unterschwellig schwang Entsetzen in seiner Stimme mit.

»Gefällt er dir? Ich brauche etwas, um mich abzureagieren. Und du vielleicht auch«, sagte ich mit einem Blick auf die Bierdose in seiner Hand. Hilf mir doch kurz, ihn anzubringen.«

»Anbringen? Wo willst du ihn denn anbringen?«

»Na, unter der Decke, wo denn sonst.«

»Unter welcher Decke?« Fragend verdrehte mein Mann die Augen nach oben.

»Ganz genau da.«

»Das kann nicht dein Ernst sein. Das hält die Decke niemals aus.«

»Wie bitte? Das hält sie nicht aus?«

»Nein, die Decken hierzulande sind nur aus einer Art Rigips. Die halten solch ein schweres Gerät nicht aus.«

Damit hatte ich nicht gerechnet. Klar hatten sie mich beim Kauf gefragt, ob sie das Teil anbringen sollten. Doch bei dem Preis, den sie mir nannten, hatte ich mir nur gedacht, selbst ist die Frau.

»Aber es ist doch ein zweigeschossiges Haus. Da muss es doch in der Decke tragende Balken geben. Wenn wir ihn daran anbringen?« So schnell war ich nicht bereit, aufzugeben.

»Das geht nicht. Ich weiß nicht, wo die verlaufen«, wiegelte Maruhito den Vorschlag ab.

»Und jetzt? Was sollen wir jetzt machen? Die Baufirma anrufen?«, nahm ich einen neuen Anlauf.

»Nein! Auf keinen Fall. Wenn wir über die einen Handwerker damit beauftragen, kostet uns das ein Vermögen«, blieb Maruhito hart.

Die Enttäuschung stand mir ins Gesicht geschrieben.

»Willst du den Sack unbedingt behalten?«, fragte Maruhito schließlich, Kompromissbereitschaft signalisierend.

Ich beschränkte mich auf ein strahlendes »Ja.«

»Dann lassen wir ihn halt doch professionell anbringen«, erklärte er zu meiner größten Freude. »Oh, ich gebeutelter Ehemann«, setzte er noch theatralisch hinzu und machte, dass er aus dem Zimmer kam.

»Vorerst stelle ich ihn hier in die Ecke«, wandte ich mich an die Kinder. Damit er die richtige Höhe hatte, stellte ich ihn auf einen Stuhl.

»Lasst mich auch einmal«, verscheuchte ich die Kinder.

*

MARUHITO

Die Allergie verlief bei uns beiden glimpflich. Zudem hatten wir erst Februar und unsere Arme hatten wir noch unter langärmeligen Pullis verstecken können. Doch hatten wir uns auch ins Gesicht gefasst. Und, da wir beide betroffen waren, stellten die Nachbarn sofort die Verbindung zu Reina Sorihama her. Und augenblicklich ging wieder eine Welle der Angst durch die Siedlung. Ich saß gerade im Auto und machte dort Ordnung. Dabei hatte ich ein Fenster geöffnet.

Ich sah die Nachbarinnen zusammenstehen, beachtete sie jedoch nicht. Bis zu dem Moment, als das Stichwort *Urushi* fiel.

»Es ist wirklich eine unangenehme Situation. Jetzt haben beide Obiharas Kontakt zu einer *Urushi*-Pflanze gehabt«, vernahm ich Takadai-*san*s Stimme.

»Das war bestimmt wieder die Stalkerin«, dröhnte es aus der Kehle von Shino-*san*.

»Von wegen drei Jahre Ruhe!«, tat auch Morikawa-*san* ihre Meinung kund.

»Und wir zittern alle mit und müssen befürchten, dass wir selbst Opfer werden«, ließ sich erneut Takadai-*san* vernehmen. Sie strich sich vielsagend mit der Handkante über ihre rechte Wange. Oh nein, nicht das noch. Sie brachte unsere Allergie mit den *Yakuza* in Verbindung. Hatte Takamaru-*sensei* wirklich dorthin Verbindungen?

»Es sei denn, uns gelingt es, Obiharas zum Wegzug zu bewegen.«

Mir wurde schlecht. Zur Bekräftigung ihrer Worte nickte Shino-*san* heftig mit dem Kopf. Die anderen nickten mit.

*

SABRINA

Eines Morgens, am 11. Februar 2018, um genau zu sein, fanden wir ein Schreiben im Briefkasten. Sorgfältig schnitt Maruhito den Umschlag an der schmalen Seite auf, zog den Brief heraus und wir lasen ihn gemeinsam. Der Brief war mit Computer geschrieben und begann mit den üblichen Floskeln:

Obihara-san, Sabrina-san,

die Jahreszeit hat gewechselt, es wird wieder Frühling. Wir hoffen, Sie sind gesund und haben beruflich Erfolg.

Dann ging es zur Sache, bis das bittere Ende kam:

Und deshalb haben wir Nachbarn uns getroffen und möchten unser Anliegen an Sie herantragen, uns von weiterem Ärger mit Reina Sorihama zu verschonen. Diese Nachbarschaft ist inzwischen stadtbekannt und wir befürchten alle, dass schon sehr bald die Immobilienpreise in dieser Gegend drastisch sinken.

»Dann hätten sie halt die Klappe halten sollen«, entfuhr es mir.

»So einfach ist das nicht«, entgegnete Maruhito.

»Wer hat denn unterschrieben?«

»Zwei, vier, sechs, acht, …, zwanzig Nachbarn. Die uns bekannten und auch viele, deren Namen ich jetzt zum ersten Mal höre.«

»Aha. Und die fühlen sich berechtigt, uns solch ein Schreiben zu schicken?«

»Ja, das ist hier eben so. Wir sind nicht in Deutschland.«

»Das merke ich.« Dann sah ich meinen Mann an und war ganz schnell still. Er sah unendlich resigniert aus, wie er da stand, mit hängenden Schultern, heruntergezogenen Mundwinkeln und Verzweiflung im Blick. Mit welchen Gefühlen denkt er wohl gerade an Reina Sorihama? Wird er sie wieder besuchen, noch einmal versuchen, sie zu überreden, dass sie uns in Ruhe lässt? Das ist sinnlos, lieber Maruhito, erklärte ich ihm stumm.

Ob wir wegen dieser Person wirklich unser Haus verlieren würden? Ich traute mich nicht, den Gedanken weiter zu denken.

»Viel, dass sie uns nicht gleich ein Ultimatum stellen!« Ich war erbost. »Das ist jetzt das dritte Mal, dass die Nachbarschaft uns nahelegt, wir sollen wegziehen. So leicht machen wir ihnen das nicht!«

»Ich verstehe deinen Ärger. Mir ist auch unwohl dabei.«

»Unwohl? Ich verstehe diese Reaktion unserer Nachbarn nicht. Die müssen doch inzwischen mitbekommen haben, dass Reina Sorihama eine Megakriminelle ist.«

»Das ist ihnen bestimmt klar. Doch sie wollen ihre Ruhe haben. Endlich ihre Ruhe haben. Der ganze Zirkus hier geht ihnen einfach zu lange. Überlege einmal, das geht jetzt schon sieben Jahre. Das zehrt nicht nur an unseren Nerven.«

»Dann sollen sie doch der Stalkerin ein entsprechendes Schreiben zukommen lassen. Da hätten sie gleich zwei Unterschriften mehr, nämlich unsere.« Meine Gefühle drohten mit mir durchzugehen.

»Ja, Sabrina, du hast ja recht. Aber so ist Japan nun einmal. Gib den Nachbarn noch etwas Zeit.«

»Ich soll denen Zeit geben? Und was ist mit uns? Wer gibt uns Zeit?«

»Zeit heilt Wunden. Das gilt auch für Japan.«

»Was sollen wir tun?«, fragte ich und zwang mich zu einem möglichst neutralen Tonfall.

»Nichts.«

»Nichts?«

»Nein. Die Nachbarn werden sich schon wieder beruhigen, sobald wieder Ruhe eingekehrt ist.« Maruhito hatte sich gefangen. Seine Stimme war wieder fest und strahlte Zuversicht aus. Das half mir etwas.

»Wann wird das sein?«

»Sobald unsere Allergie nicht mehr zu sehen ist, werden sie den Vorfall vergessen.«

»Meinst du wirklich?«

»Ja, so sind die Menschen.«

Ich versuchte, etwas von Maruhitos äußerlicher Ruhe auf mich übergehen zu lassen. Doch dann, nach einer gefühlten Ewigkeit, verlor ich doch die Beherrschung.

»Herrgott, verdammt nochmal! Kann uns diese vermaledeite Person nicht endlich in Ruhe lassen?!«

»Sabrina, bitte!!!«, kam es von Maruhito.

»Ist doch wahr. Ich verstehe nicht, dass du bei all dem Ärger die Ruhe selber bleiben kannst.«

»Bitte, nicht vor den Kindern.«

Ich drehte mich um. Da standen die beiden mit offenem Mund und starrten mich an. So hatten sie ihre Mutter noch nie erlebt. Was war bloß los?, stand in ihren Gesichtern geschrieben. Ich brachte ein gequältes Lächeln zustande. »Ist schon wieder gut.« Und an Maruhito gewandt rutschte mir heraus: »Natürlich. Du hast wieder einmal recht.« Doch der Ton meiner Stimme verriet meinen maßlosen Ärger. Ich hielt das nicht mehr aus. Ohne ein weiteres Wort ging ich in mein Arbeitszimmer und reagierte mich an dem Boxsack ab. Ein Fausthieb und noch einer. Dann trat ich mit den Füßen auf den unschuldigen Sandsack ein, immer und immer wieder. Bis meine Arme und Beine schmerzten. Dann erst ließ ich von ihm ab. Erschöpft sank ich auf den Fußboden. So fand Maruhito mich.

»Sabrina? Geht es dir jetzt wieder besser?«

»Ja. Entschuldige meinen Ausfall eben. Aber ich bin inzwischen mit den Nerven am Ende.«

»Mir geht es auch nicht besser. Aber ich bin Japaner. Wir flippen nicht so leicht aus.« Dann begann auch er, auf den Boxsack einzudreschen. Hoffentlich trank er diesmal kein Bier. Nachdem ich mich wieder beruhigt hatte, nahm ich noch einmal den Brief zur Hand. Er war vollkommen schief gefaltet, bemerkte ich erst jetzt. Das sah sehr unordentlich aus. Das kannte ich doch von Maruhito. Wenn ihm eine Laus über die Leber lief, verursachte er auch Unordnung. Aber er blieb stumm dabei. Anders dieser Brief. Der war nicht stumm, sondern sprudelte nur so über von Worten. Ich legte ihn wieder zurück.

*

MARUHITO

Als wäre gerade eine Bombe geplatzt, zerrissen sich vor allem die Kolleginnen den Mund.

»Das ist ja ungeheuerlich. Obihara-*san* betrügt seine Frau? Bislang hat er stets ein tadelloses Benehmen gezeigt, und nun solch ein Skandal!«, wisperte meine Sitznachbarin.

»Ich kann es auch nicht glauben. Und erzählt hat er davon nichts«, gab ihr die Alterspräsidentin in der Abteilung recht.

»Er soll ja mit einer Ausländerin verheiratet sein«, wusste eine andere.

»Ja, mit einer Deutschen. Das ist bestimmt kein Zuckerschlecken. Deutsche Frauen sollen ja sehr dominant sein.«

Dann wurden sie mich gewahr und verstummten augenblicklich. Das ging jetzt schon eine ganze Weile so. Nun wusste ich endlich, was da für Gerüchte in die Welt gesetzt worden waren, warum sich die Kolleginnen und Kollegen von mir zurückzogen. Maximal arbeitsbezogene Gespräche waren noch möglich, und die auch nur auf das Nötigste beschränkt. Und jetzt hat mich der Chef sogar bei der Beförderung übergangen, von der er letztens gesprochen hatte. Ein anderer Kollege war aufgerückt. Einer von denen, die mich inzwischen mieden. Natürlich war mir klar, dass da wieder einmal Reina Sorihama dahintersteckte. Doch wie sollte ich ihr das nachweisen? Sie saß im Knast und würde die Unschuld vom Lande spielen. Wen hatte sie diesmal beauftragt? Ich fühlte mich allein auf dieser Welt und wäre am liebsten auf der Stelle aus der Firma gelaufen. Doch ich hatte nur diese Arbeitsstelle, noch nie hatte ich woanders gearbeitet, direkt nach der Uni hatte ich hier angefangen. Und nun spürte ich, dass meine Tage dort gezählt waren. Wenn nicht ein Wunder geschah. Glaubte ich an Wunder?, fragte ich mich sofort. Nein, tat ich nicht, gab ich mir genauso schnell die ernüchternde Antwort.

*

REINA SORIHAMA

Ich schaute mein Gegenüber sehr streng durch die Trennscheibe hindurch an. Ich ließ meine Worte wirken. Dann sagte ich: »Ich bezahle Sie dafür, dass Maruhito Obihara wieder zu mir zurückkommt. Bisher haben Ihre Aktionen nichts bewirkt - außer einer Menge Ärger für mich«, setzte ich hinzu. »Zeigen Sie mir, dass Sie Ihr Geld wert sind, Takamaru-*sensei*!«

Diese verbale Ohrfeige kratzte sichtbar am Ehrgeiz des so Gerügten.

*

SABRINA

Am Sonntag sprangen die Kinder schon früh aus den Betten. »Wie schön, wir machen ein Picknick!«

»Was möchtet ihr unterwegs trinken? *Mugi*-Tee oder lieber grünen Tee?«, fragte ich.

»*Mugi*-Tee«, sagte Kai.

»Grünen Tee«, wünschte sich Rui.

Die Sonne schien durch das Küchenfenster und schaute mir zu. Ich packte noch eine große Tüte *O-senbei* ein für den Ausflug nach Okutama. Ein Picknick im Grünen.

Wir fuhren bereits sehr früh los, damit wir noch einen Parkplatz bekamen. Die Bergregion war an den Wochenenden recht beliebt. Doch je weiter wir uns auf der Bergstraße von der Stadt entfernten, desto weniger Autos begegneten uns. Auch war die Straße sehr schmal und deshalb zum Spazierengehen ungeeignet.

»Wann sind wir endlich da?«, wollte Rui wissen, der so langsam ungeduldig wurde.

»Habt noch etwas Geduld, unser Park kommt gleich.«

»Und seht nur, hier gibt es noch viel Natur. Die Straße ist gesäumt von Wald rechts und links, hier der Berghang, und sofort der tiefe Abgrund«, begeisterte sich Maruhito.

»Ja, und für mich als Fahrerin sind die Serpentinen hier eine wahre

Herausforderung. Leider sind bei schönem Wetter immer auch Motorräder unterwegs, die die Kurven schneiden. Wenn man vom Teufel spricht … Wie gefährlich«, schimpfte ich und stieg in die Eisen, dass die Reifen quietschten.

»Das war knapp«, meinte auch Maruhito.

»Hier in den Bergen sollten sie auf den Straßen Überwachungskameras anbringen«, forderte ich. »Sonst werden diese Fahrer nie gescheit.«

»Dafür gibt es ja inzwischen die Kameras im Auto.«

»Nützt uns nichts, unseren Wagen haben wir noch nicht aufgerüstet«, widersprach ich.

»Du fährst schon sehr lange. Lass uns bei der nächsten Haltebucht tauschen«, wechselte Maruhito das Thema.

Zwei Kilometer der Straße folgen, lautete die Anweisung des Navigationsgeräts. Maruhito kroch mit zwanzig Kilometern den Berghang hinauf. Dann kam die letzte Ansage: *In etwa dreihundert Metern links, dann ist das Ziel in Sichtweite. Die Fahrt hat zwei Stunden und sechsundvierzig Minuten gedauert. O-tsukaresama deshita.* Etwa: *Erholen Sie sich gut nach der langen Fahrt.* Dann kam der Zusatz: *Bemühen Sie sich das nächste Mal um eine umweltfreundlichere Fahrweise.*

»Wieso meckert mich das Navigationsgerät ständig an?« Maruhito schaute den Apparat mit gerunzelten Augenbrauen grimmig an.

»Eine Option wäre, das Gerät nicht mehr zu benutzen«, grinste ich.

»Und das bei meinem Orientierungssinn«, knurrte mein Mann.

»Aber, eigentlich wissen wir ja gar nicht, wem von uns beiden die Rüge gilt, schließlich sind wir beide gefahren«, versuchte ich die gute Laune von Maruhito wieder herzustellen. Der erspähte einen freien Parkplatz und setzte den Blinker. Dann bog er nach rechts ab. Plötzlich schoss ein weiterer PKW vom Parkplatz kommend auf uns zu und dann hörte man auch schon, wie Blech auf Blech krachte.

»*Chikushō!*« Maruhito stieg aus. Der Fahrer des anderen PKW ebenfalls. Eine Spur zu schnell, so kam es mir vor.

»Das ist ja kaum zu glauben, schauen Sie sich doch einmal an, wie mein Wagen jetzt aussieht! Er ist noch ganz neu«, bollerte der junge Mann los.

»Auch das noch, einer von der Sorte«, raunte Maruhito mir zu. Ich wusste bereits, dass man in Japan Mitmenschen, die sofort massiv wurden, mit gewalttätigen Gruppen in Verbindung brachte, sogenannten *Bōryokudan*. Diese

Verbrecherorganisationen verbreiteten durch Gewaltanwendung und Rufmord Angst und Schrecken, und sie arbeiteten in Gruppen. Das hatte noch gefehlt. Das hieße, dass man Maruhito in einen Unfall verwickelt hatte. Panik stieg in mir hoch. Und ich sah meinem Mann an, dass es ihm nicht besser erging.

»Entschuldigung, aber Sie sind mir reingefahren. Sie waren viel zu schnell«, wehrte er sich.

»Unglaublich, dass Sie mir jetzt die Schuld in die Schuhe schieben.« Der Junge Mann wurde richtig laut.

»Ich rufe die Polizei. Warten Sie bitte einen Moment.«

*

MARUHITO

Ich zog mein Smartphone aus der Tasche.

»Sie müssen doch nicht sofort die Polizei rufen. Sie ersetzen mir den Schaden, dann ist der Fall erledigt«, versuchte der junge Mann die Situation für sich zu retten.

Aha, dachte ich, der Unfall war also tatsächlich vorsätzlich herbeigeführt. Ich ging nicht weiter auf mein Gegenüber ein. Als ich mir das Fahrzeug des jungen Mannes eingehender ansah, bemerkte ich die Felgen. Sehr auffällige. Die passten zu seinem Verhalten, und das verhieß nichts Gutes. Ein Typ, der alles Mögliche an Reparaturen auf unsere Kosten machen ließe. Womöglich behauptete er im Nachhinein noch Personenschaden. Das gäbe dann doppelten Ärger, denn da muss man die Polizei rufen. Also auf jeden Fall die Polizei rufen. Ich tippte auf meinem Smartphone: eins, eins, null.

Der Fahrer des anderen Wagens lief aufgeregt an seinem Fahrzeug auf und ab. »Es ist doch nicht nötig, für so eine Bagatelle die Polizei zu rufen«, wiederholte er immer wieder.

Die Ordnungshüter waren überraschend schnell zur Stelle. Sie nahmen unser beider Aussagen zu Protokoll.

»Ich bin aber auch keine zehn Prozent schuldig. Mich trifft überhaupt keine Schuld«, versuchte der junge Mann den Polizisten zu überzeugen.

»Sie sind aus der Parklücke gekommen und konnten nicht mehr

stehenbleiben «, entgegnete der. »In Zukunft fahren Sie beide vorsichtiger, dann kommt es nicht mehr zu solch einem Unfall«, ermahnte er uns zum Schluss. Der junge Mann sagte nichts weiter, stieg in seinen Wagen und fuhr ebenfalls davon. Ich parkte und dann besahen wir uns den Schaden noch einmal eingehend. Neunzig Prozent Schuld hatte man mir gegeben.

»Der andere ist mir schräg von vorne reingefahren. Die Kühlerhaube ist verzogen und es ist erheblicher Blechschaden entstanden«, stellte ich fest.

»Ja, vielleicht rufst du sofort die Versicherung an«, meinte Sabrina.

Ich griff zum Handy.

Die Vorsätzlichkeit hatte der Polizist offenbar nicht erkannt. Schade, aber den Verdacht direkt auszusprechen, hatte ich mich nicht getraut.

*

SABRINA

Als alle Formalitäten erledigt waren, begann für uns endlich der Sonntag, den wir uns gewünscht hatten. Für unsere Kinder schluckten wir die verdorbene Laune hinunter und setzten fröhliche Mienen auf. Wir machten einen kleinen Spaziergang und übten uns im *Shinrin-yoku*, dem Waldbaden. Ich hatte mich zuvor im Internet kundig gemacht und bereitete jetzt spontan die Informationen kindgerecht auf. Den Kindern machte das einen Heidenspaß. Als wir wieder zurück bei unserem Auto angelangt waren, aßen wir das mitgebrachte *O-bento*. Nach dem Schrecken schmeckte dieses Mittagsmahl besonders gut. Ich sinnierte vor mich hin: Eine echte Enttäuschung, der heutige Tag, und dabei hatte er so vielversprechend begonnen. Erst der Unfall, und dann nur ein minikleiner Spaziergang. Mehr gab die Landschaft nicht her. Das Waldgebiet zog sich an Steilhängen entlang, wo spazieren gehen unmöglich war. Und Maruhito hatte so stolz angekündigt, uns einen grünen Teil Japans zu zeigen. Da hatte ich als Deutsche automatisch auf einen ausgiebigen Spaziergang geschaltet. Wenn ich das jetzt sagte, wäre Maruhito bestimmt frustriert. Ihm war das vermutlich von vorne herein klar gewesen. Und die Kinder kannten Okutama genauso wenig wie ich. Doch sie kannten auch Deutschland nicht so gut und hatten folglich auch nicht meine Assoziationen. So konnten sie wenigstens nicht enttäuscht sein. Ich schaute auf die Kinder, dann zu Maruhito. Ich erschrak. Er machte wieder ein so sorgenvolles Gesicht.

Als wir am späten Nachmittag wieder zu Hause waren, rief Maruhito den Autohändler an. »Ein Unfall mit Blechschaden? Sie können sofort vorbeikommen.«
Wie gut, dass wir in Japan waren. In Deutschland ging am Sonntag gar nichts. Ich musste schmunzeln.

Der Händler besah sich den Schaden und meinte: »Das andere Auto hat Sie in einem denkbar ungünstigen Winkel erwischt. Das kommt sehr teuer, weil die Kühlerhaube in Mitleidenschaft gezogen ist. Am Mittwoch können Sie den Wagen wieder abholen.«

Nun war aus dem Neu- also ein Unfallwagen geworden. Das drückte den Preis, wenn wir ihn eines Tages verkauften, ärgerte sich Maruhito.

*

MARUHITO

Ein paar Wochen später, Mitte Juli, drängelten Kai und Rui: »Wann fahren wir wieder einmal zu Ichnini? Wir wollen noch einmal Drive Thru machen.« Das fanden sie neuerdings sehr aufregend.

»Ich bin kein Fan von Fastfood«, versuchte Sabrina das Thema abzubiegen.

»Ach lass sie doch. Ab und zu schadet das bestimmt nicht. Das bieten doch jetzt alle Fastfoodketten an«, schlug ich mich auf die Seite der Kinder.

»Es ist schon Abendessenszeit. Und für heute habe ich gerade alles fertig«, erklärte Sabrina.

»Wer redet denn von heute? Aber am zwanzigsten werden die beiden doch sechs. Das wäre doch eine gute Gelegenheit. Da gibt es bestimmt eine Geburtstagsüberraschung, wenn wir das vorher anmelden«, wusste ich.

»Kindergeburtstag bei Ichini? Das muss aber doch wirklich nicht sein.« Sabrina schüttelte unwillig mit dem Kopf.

»Ach doch, bitte, bitte!«, bettelten die Zwillinge. »Aber wir wollen Drive Thru.«

»Na schön, dann aber einen Tag später, am Samstag«, gab Sabrina sich geschlagen.

283

Ich grinste. Meine sonst stets so spontane Sabrina verschob den Besuch bei Ichini auf den Kindergeburtstag. Aber ich freute mich für die beiden.

*

SABRINA

Der Samstag kam und die Sonne strahlte. Taifun Nummer sechs war zwar auf der Wetterkarte schon zu erkennen, doch weit genug weg, so dass er zumindest in Tōkyō das Wetter noch nicht fest im Griff hatte. Und so fuhren wir zum Arakawa-Fluss, wo die Kinder sich austoben konnten. Maruhito zeigte ihnen *Mizukiri*, also wie man einen abgeflachten Stein über das Wasser hüpfen lassen konnte. Er brachte es auf fünfzehn Mal. Seine persönliche Bestleistung. Die Kinder freuten sich schon, wenn ihr Stein nur drei oder vier Mal auf der Wasseroberfläche auftitschte. Der Eintrag im Ginnesbuch der Rekorde lautete indes auf achtundachtzig, spornte Maruhito die Kleinen an.

Als sich um sechs Uhr abends die Dunkelheit ankündigte, setzten wir uns ins Auto und machten uns auf den Heimweg. Unterwegs wollten wir den Kindern den Abendessenswunsch erfüllen.

Schon an der nächsten großen Kreuzung passierte es. Maruhito hatte am Stoppschild angehalten und sich vergewissert, dass die Straße frei war. Dann war er losgefahren. Ich konnte es bezeugen. Im nächsten Moment hupte es wild, und dann krachte es auch schon. Jemand war ihm in die Fahrerseite gefahren.

»Nicht schon wieder«, rutschte es mir heraus.

Auch diesmal stieg Maruhito aus und besah sich den Schaden. Der junge Mann aus dem anderen PKW stieg ebenfalls aus. Auch er war unverletzt. Er schimpfte sofort los. »Können Sie nicht aufpassen! Da war ein Stoppschild. Sie hätten anhalten müssen!«

»Ich habe gehalten. Aber ich habe Sie nicht gesehen«, entgegnete Maruhito. Ich bewunderte ihn für seinen ruhigen Tonfall.

»Das ist ja unglaublich. Sehen Sie sich doch einmal meinen Wagen an. Der ist ruiniert.« Er wollte sich gar nicht mehr beruhigen.

Wieder besah Maruhito sich den gegnerischen Wagen und griff zum Handy. Ich sah, wie er die Hundertzehn anrief.

»Warum gleich die Polizei einschalten?«, versuchte auch dieser Unfallfahrer Maruhito davon abzuhalten. »Wir können uns doch auch so einigen. Die Schuldfrage ist ja eindeutig.«

Maruhito sah aus, als wäre er am liebsten auf und davon gelaufen. Wieder einer von der *Bōryokudan*, überlegte ich.

»Sie haben ordnungsgemäß an dem Stoppschild gehalten?«, fragte der Polizist erneut.

»Ja«, antwortete Maruhito.

»Wie dem auch sei, Sie haben ein Auto übersehen.«

Der andere Autofahrer versuchte, seine Schuld möglichst zu drücken: »Der Herr ist so gefahren, dass ich gar nicht mehr bremsen konnte. Er hat gar nicht am Stoppschild gehalten.«

»Sie müssen immer damit rechnen, dass jemand die Verkehrsregeln nicht beachtet und sich entsprechend vorsichtig verhalten«, entgegnete der Polizist.

Der Typ verlegte sich jetzt aufs Lügen. Ich hatte den unbedingten Eindruck, Maruhito sah rot.

»Ich habe angehalten. Und ich habe nach beiden Seiten geschaut, bevor ich losgefahren bin. Woher kam dieses Auto, dass ich es übersehen konnte?«, hörte ich zu meinem größten Erstaunen Maruhito sagen. Und er fuhr fort: »Vielleicht sollten Sie diesen jungen Mann einmal genauer unter die Lupe nehmen. Das ist das zweite Mal innerhalb von wenigen Wochen, dass ich in einen Unfall verwickelt werde, und das Schema ist jedes Mal dasselbe. Bislang bin ich all die Jahre unfallfrei gefahren.«

Die Polizisten blickten Maruhito überrascht an.

»Es war kein Auto zu sehen, obwohl ich sehr vorsichtig gefahren bin. Und plötzlich, aus dem Nichts kracht es. Und beide Male wollen die jungen Männer nicht, dass ich die Polizei rufe.«

Der eine Polizist ging zurück zum Streifenwagen und telefonierte. Nach einer Weile kam er zurück und nickte seinem Kollegen zu. Laut sagte er:

»Es wird noch etwas dauern. Wir müssen erst noch die Spuren sichern.«

Der junge Mann wurde sichtlich nervös. »Spuren sichern? Von was ist hier eigentlich die Rede? Ich bin das Opfer. Der Fall ist eindeutig. Außerdem habe ich keine Zeit mehr. Wenn Sie erlauben?« Damit wollte er in sein Auto springen und wegfahren.

»Einen Moment! Hier bestimmen wir das Timing«, hielten ihn die Beamten von seinem Vorhaben ab.

»Wer war denn bei dem letzten Unfall ihr Gegner, Herr Obihara?«, wollten sie dann wissen.

Etwa eine halbe Stunde später gab die Polizei die Wagen frei und die Kinder kamen doch noch zu ihrem Drive-Thru-Erlebnis. Am nächsten Tag brachte ich den Wagen in die Werkstatt, und bei der Gelegenheit ließ ich eine *Dashcam* in unserem Auto installieren. Das war mir sicherer. Dann würde die Polizei zukünftige Unfallhergänge besser einschätzen können.

Überwachungskameras am Haus, am Auto, wo konnte man sonst noch welche anbringen, dachte ich voller Selbstironie.

*

MARUHITO

»*Konnichi wa*, Morikawa-*san*!«

»*Konnichi wa*, Shino-*san*! Haben Sie schon gesehen, Obiharas hatten wieder einen Unfall. Die ganze Fahrerseite ist verzogen.«

In aller Herrgottsfrühe machte ich gerade den Müllplatz sauber, da bekam ich mit, dass auch unsere Nachbarinnen bereits auf den Beinen waren. Ich sah sie zwar nicht, aber sie waren nicht zu überhören. Gerade so, als wollten sie, dass ich jedes Wort mitbekam.

»Ja, das haben wir auch schon gesehen. Bislang hatten die noch nie einen Unfall.« Ja, solche Feinheiten entgingen unseren nächsten Mitmenschen nicht.

»Vielleicht denken wir ja zu viel darüber nach. Aber mein Mann und ich, wir haben auch so ein komisches Gefühl.«

»Zu viel des Zufalls. Da pflichte ich Ihnen bei.«

»Mal abwarten, was Sabrina-*san* demnächst zu erzählen hat«, sagte Shino-*san*. Alte Wichtigtuerin, dachte ich.

»Die ist doch so naiv, die glaubt bestimmt, der Unfallfahrer arbeitet für das Christkind.« Ich konnte mich täuschen, aber ich meinte, Morikawa-*sans* Mundwinkel verzogen sich dabei verächtlich. Oh, meine Sabrina!

»Ja, ich bin auch sicher, eine Japanerin würde uns ihre Anwesenheit nicht mehr zumuten«, kam es von Shino-*san*.

»Aber, aber, meine Damen! Reina Sorihama-*san* ist eine Japanerin. Und die Wohnung hält sie ganz offensichtlich immer noch«, versetzte Tadakai-*san* offenbar in dem Bestreben, Sabrina zu verteidigen, und stellte sich dazu.

»Aber den Brief haben Sie mit unterschrieben«, erinnerte Shino-*san* sie in süffisantem Ton mit ihrer dröhnenden Stimme.

Ich hatte genug gehört und hoffte nur, dass Sabrina nichts mitbekommen hatte. Sie war bestimmt inzwischen aufgestanden.

Nachdem der Morgen bereits so unschön angefangen hatte, fuhr ich um dieselbe Uhrzeit wie immer zur Arbeit. Ein paar Stationen nach mir stiegen drei junge Männer ein, die sich noch mit in die übervolle Bahn quetschten. Sie drängten sich dicht an mich. Und sie unterhielten sich.

»Ein Unfall? Und der Gegner hat nichts gemerkt?«

»Doch, der hat sogar die Polizei eingeschaltet.«

»Na, dann Gratulation. Solche Leute sind unsere Lieblinge.«

Dabei stieß der Sprecher mich in die Rippen, damit ich mich angesprochen fühlen sollte.

»Na klar. Und die macht unseren Leuten jetzt Ärger.«

»Ärger? Na, den geben wir aber eins zu eins zurück!«

Ein weiterer Stoß in meine Rippen. Ich wagte nicht, mich zu rühren. Die Umstehenden hielten hörbar den Atem an. Sie wurden Zeugen, wie jemand ganz offensichtlich unter Druck gesetzt wurde. Und sie wussten, sie würden sich verhalten, wie die drei Affen am *Tōshōgū*-Schrein in Nikkō: nichts sehen, nichts hören und nichts sagen. Sonst würden sie und ihre Familien ebenfalls drangsaliert.

An der nächsten Station stiegen alle drei wieder aus. Ganz bestimmt gehörten auch diese Männer zu der *Bōryokudan* der Unfallfahrer, ging es mir durch den Kopf. Ich spürte, wie sich Resignation in mir breitmachte. All das nur, weil ich mich nicht scheiden lassen wollte, weil ich nicht wieder zurück wollte zu Reina Sorihama. Ob ich Sabrina von dem Vorfall gerade erzählen sollte? Aber dann regte sie sich wieder auf. Erst einmal würde ich für die Vorfälle ein eigenes Tagebuch anlegen, beschloss ich. Wenn sich solche Vorgänge wie eben häuften, würde ich mit ihr reden. Dann gehe ich auch zur Polizei. In meinem Innersten sagte mir eine Stimme: Solche Vorfälle werden sich häufen. Diese Leute von der *Bōryokudan* sollten mich mürbe machen. Wie viel meine Ex denen wohl zahlte?

Als ich an meiner Station ausstieg, fiel mein Blick als erstes auf ein großes Plakat. Auf dem stand in auffälligen Schriftzeichen: *Gib Bōryokudan keine Chance. Melde dich rechtzeitig bei der Polizei. Wir helfen.* Unterzeichnet war es mit: *Präfektur Tōkyō. Die Polizei.*

Solche Plakate findet man inzwischen zuhauf. Ob ich vielleicht doch zur Polizei gehen sollte? Davon musste ich ja Sabrina nichts sagen. Dann verwarf ich den Gedanken, wenn ich erst einmal anfing, ihr etwas zu verheimlichen, dann würde ich schon bald ein zweites Leben neben dem mit ihr und den Kindern führen. Und sie wird, wenn sie es erfährt, das Vertrauen in mich verlieren. Mit Tochigi hatte ich das bereits einmal erlebt. Das hier belastete unsere Ehe dann in einer Weise, die ich nicht absehen konnte. Das wollte ich auf keinen Fall.

Ich saß in der Zwickmühle, gestand ich mir bitter ein. Reina Sorihama, dieses Miststück, hatte sich erneut etwas Teuflisches einfallen lassen, und das, obwohl sie unverändert im Gefängnis saß. Dazu gehörte wahrhaftig eine ganz gehörige Portion Kaltschnäuzigkeit. Und diese Frau erwartete allen Ernstes, dass ich zu ihr zurückkam. Das war ja wohl mehr als nur ein kleiner Scherz. Zum ersten Mal kam mir der Gedanke, dass meine Ex-Verlobte krank sein könnte. Psychisch krank. War sie vielleicht schizophren? Der Richter hatte ja in seinem Urteil festgelegt, dass sie forensisch-psychiatrisch begutachtet werden sollte. Zu gerne wüsste ich, zu welchem Ergebnis sie kommen, überlegte ich.

Als ich meine Schritte vom Bahnhof in Richtung Firma lenkte, musste ich an der roten Ampel stehenbleiben. Als die Ampel auf Grün schlug und ich den ersten Schritt machte, wäre ich fast der Länge nach hingeschlagen.

»Hoppala, da wäre aber jemand fast gefallen«, hörte ich eine junge Männerstimme sagen. Die Häme dabei war nicht zu überhören.

»Jetzt sag bloß nicht, über meinen Fuß«, lachte ein zweiter, ebenfalls noch junger Mann.

Ich war vollkommen verstört. Zwei Vorfälle auf einem Weg. Hoffentlich blieb in der Firma alles ruhig.

Es blieb ruhig, zu ruhig, denn viele Kollegen und Kolleginnen mieden immer noch das persönliche Gespräch mit mir. Das sagte mir, dass die Gerüchteküche die Firma schon längst erreicht hatte.

*

SABRINA

Ich verstaute noch den *Hōji*-Tee in meiner Einkaufstasche, da sah ich Takadai-*san* und Shino-*san* vor dem Supermarkt Kaffeeklatsch halten. Es war viel Betrieb und sie standen allen im Wege. Doch das störte sie nicht. Ich ging auf sie zu und hatte bereits den Mund zu einem »Hallo« geöffnet, da sagte Takadai-*san*: »Aber das hieße ja wirklich, dass Obiharas es mit einer *Bōryokudan* zu tun bekommen haben. Dass Reina Sorihama-*san* so weit geht, das kann ich gar nicht glauben.«

Ich erstarrte zur Salzsäule. Das konnte nicht sein. Ich traute meinen Sinnen nicht. Wäre doch bloß Maruhito bei mir.

»Also, Takadai-*san*, ich glaube nicht, dass mein Mann sich verhört hat«, beharrte Shino-*san* mit ihrer durchdringenden Stimme. »Die Männer in der Bahn haben so laut gesprochen, dass mein Mann jedes Wort verstanden hat. Und rundum war es wie stets am Morgen totenstill. Und die Männer wussten, dass Obihara-*san* Unfälle hatte und sie wussten auch, dass man versucht, ihn in die Scheidung zu drängen. Und sie haben ihm offen gedroht, seine Frau umzubringen, wenn er nicht bald handelt.«

Mir wurde so flau im Magen, dass ich mich am nächstbesten Fahrrad festhielt. Was hatte ich da gerade gehört? Ich sah wie im Trance, wie Takadai-*san* heftig nickte und die Worte ihrer Nachbarin mit *Aizuchi* »ehhh, ehhh« kommentierte, zum Zeichen, dass sie ihr aufmerksam zuhörte.

Dann verabschiedeten sie sich. Ich wankte zu meinem Fahrrad und konnte kaum aufsteigen, so bleischwer waren meine Beine. Zu Hause angekommen, standen die beiden vor Shinos Grundstück. Wir grüßten uns, doch mir war nicht nach einem Plausch zumute. Absolut nicht. Plötzlich hielt Shino-*san* abrupt inne: »Ohhh! Schauen Sie einmal zur Straßenkreuzung ...« Mit bebender Stimme fuhr sie fort: »Dort hält gerade ein Wagen, der mir gar nicht gefällt.«

Takadai-*san* drehte vorsichtig den Kopf, nur keinen Millimeter zu viel, damit nicht sofort ersichtlich sein sollte, dass sie genauer hinschaute. Prompt gefror auch ihr das Blut in den Adern. Das erkannte selbst ich, obwohl ich noch nicht wusste, was da vor sich ging. Ich schaute ebenfalls zur Kreuzung. Der PKW, der dort gerade hielt, passte genau in das Bild, das man in Japan von einem Fahrzeug der *Bōryokudan* hatte. Shino-*sans* Kommentar: »Die kommen jetzt sogar schon bis an unsere Straße. Das kann doch wohl nicht wahr sein. Im Handumdrehen werden hier die Immobilienpreise fallen. Was sollen wir bloß tun?«

Wir sahen zwei junge Männer aussteigen. Beide waren mit auffälligen Goldketten behängt und am Arm des einen prangte eine große goldene Armbanduhr. Die Nachbarinnen schauten sich an. Jede sah die Panik im Blick der anderen. Wann endlich ziehen die Unruhestifter aus?, stand darin geschrieben.

*

MARUHITO

In den nächsten Monaten passierte es stets und ständig, dass mir in die Hacken getreten oder ich grob angerempelt wurde. Auch dumme Bemerkungen in der Bahn gehörten bald zu meinem Alltag. Die *Bōryokudan* wurde in meinem Leben allgegenwärtig.

»Der glaubt immer noch, dass seine Frau ihn liebt. Ha, ha, ha.«

»Na klar, Ausländerinnen fassen solche Gefühle sogar in Worte. Nicht wie wir liebesstummen Japaner. Ha, ha, ha.«

Ich notierte alles, doch nein, zur Polizei gehen? Dann müsste ich Sabrina reinen Wein einschenken. Und sie wollte ich nicht noch mehr beunruhigen. Dass die Nachbarn sich gegen uns stellten, hatte meinen armen Engel schon genug verschreckt. Nahe bei der Firma war ein Vierundzwanzig-Stunden-Laden.

Dort kaufte ich mir eine kleine Flasche *Sake*. Den japanischen Reiswein trank ich noch an Ort und Stelle leer. Dabei dachte ich an Sabrina. Die würde das bestimmt nicht gutheißen. Ich hatte ein schlechtes Gewissen und ein neues Problem, wie ich mir eingestehen musste.

*

SABRINA

»Beide Unfallverursacher sind zu einem Jahr Freiheitsstrafe verurteilt worden«, berichtete ich Maruhito freudestrahlend.

»Ein Jahr?«, fragte er nach.

»Ja, wegen vorsätzlicher Sachbeschädigung. Auch der, der dich zuerst in den Unfall verwickelt hat.«

»Das ist gut zu wissen.« Maruhito atmete hörbar auf.

»Und gleich beide, weil der erste Vorfall noch nicht verjährt war«, überbrachte ich die nächste freudige Botschaft. »Gut, dass du der Polizei sofort von deinem Verdacht erzählt hast. Im Nachhinein wäre es vielleicht zu spät gewesen. So konnten sie noch die Spuren sichern. Das hat bestimmt geholfen. Und der feine Rechtsanwalt ist längste Zeit einer gewesen. Berufsverbot für ihn gleich mit.«

»Wow. Die beiden jungen Männer haben aber Glück gehabt, dass sie keinen Personenschaden verursacht haben. Dann wären sie nicht so glimpflich davongekommen.« Maruhito schaute mich nachdenklich an.

»Woran denkst du?«, fragte ich.

»An unsere Zukunft«, antwortete Maruhito.

Drei Worte, die mich glücklich machten, unendlich glücklich. Die Zukunft bedeutete für ihn die Kinder und ich. Er wird nicht zu seiner Ex zurückgehen. Ganz bestimmt nicht. Die Zeiten, wo ich davor Angst haben musste, waren vorbei. Die Frau hatte zuviel Porzellan zerschlagen.

*

MARUHITO

Endlich wieder zu Hause. Wie fast alle Tage in den letzten zwölf Monaten hatte es auch der heutige Tag wieder in sich gehabt. Als Erstes ging ich in mein Zimmer, kaum dass ich die Haustür hinter mir geschlossen hatte. Die Notizen von heute. Wie stets gab es viel zu schreiben. Da, Schritte, das war Sabrina! Nur schnell weg mit den Notizen in den Schreibtisch. Nun war ich schon so vorsichtig und hatte handschriftliche Notizen gemacht, weil der Computer sämtliche in der letzten Zeit geöffneten Dateien nach dem Hochfahren angibt, da durfte sie mich nicht beim Schreiben erwischen. Das wäre das Dümmste, was mir passieren konnte.

Ein paar Tage später wieder dasselbe. Ich war gerade so schön im Schreibfluss, da hörte ich plötzlich Sabrinas Stimme von der Treppe: »Du sag mal, Maruhito-*chan* ...«. Die Notizen! Noch soll Sabrina nichts davon erfahren. Und wieder schnell weg mit der Kladde in die Schreibtischschublade. »Weißt du, wo der Anorak von Lui abgeblieben ist?«, wollte meine Frau nur wissen. »Ich kann ihn nirgendwo finden.«

»Hast du schon im Auto nachgesehen?«

»Gute Idee.«

Mehr sagte Sabrina nicht, offenbar hatte sie nichts bemerkt. Das war knapp. Mein Geheimnis entwickelte sich zum reinsten Nervenklau.

Nachdem Sabrina das Zimmer wieder verlassen hatte, schrieb ich weiter. Als ich fertig war, schob ich das Notizbuch wieder ganz zu unterst in das Versteck.

*

SABRINA

Was hatte Maruhito da wohl gerade in der Schreibtischschublade versteckt? Ich sollte offenbar etwas nicht mitbekommen. Aber was verheimlichte mein Mann mir? Doch nicht wieder irgendwelche Schreiben von der Stalkerin? Mein Blutdruck stieg spürbar. Und diese latente Angst, Maruhito an diese Verbrecherin zu verlieren, brach sich erneut Bahn. Hoffentlich drehte ich nicht durch.

»Ich gehe jetzt ins Bad«, sagte Maruhito.

Das war meine Chance, erkannte ich und schlich ganz leise in sein Zimmer. Hier in der Schreibtischschublade. Nur lose Blätter, ein Taschenrechner, die letzte Abwasserrechnung. Und unter alledem eine Kladde. Instinktiv griff ich danach. Ich warf einen Blick hinein. Bingo! Ganz unten in der hintersten Ecke der Schreibtischschublade unter der Kladde versteckte er – ein Tagebuch. Was soll das denn, wir haben doch unsere Stokerdatei im Computer. Ich begann die Lektüre mit dem heutigen Tag:

Zwei junge Männer, die sich direkt neben mich gestellt hatten, unterhielten sich darüber, wie jemand zu seiner alten Liebe zurückfindet. Dabei stieß der eine mich ständig an.

Oh, was sind denn das für Aufzeichnungen?! Was ich las, übertraf meine Vorstellungskraft. Ich las weiter. Auch gestern und vorgestern, und den Tag davor, vor einer Woche, vor einem Monat, stets und ständig wurde mein Mann von Unbekannten auf öffentlichen Plätzen drangsaliert! Und Takadai-*sans* Mann war Zeuge. Das konnte doch wohl nicht wahr sein! Warum nur hatte Maruhito mir davon nichts erzählt? Gegenfrage: Warum hatte ich ihm nichts von dem Gespräch der Nachbarinnen erzählt? Angst kroch in mir hoch. Vielleicht wollte er mich nicht beunruhigen oder hatte er Angst, zur Polizei zu gehen? Oder war er womöglich schon da? Ich las noch ein wenig weiter. Sorgfältig legte ich das Tagebuch wieder unter die Kladde in das Versteck. Als Maruhito aus dem Bad kam, brachte ich die Kinder ins Bett und dann, als wir alleine im Wohnzimmer saßen, startete ich den entscheidenden Versuch: »Du wirkst in letzter Zeit so bedrückt. Ist etwas passiert?«

Maruhito wollte sofort wissen, »Was meinst du damit?«

Dieser Blick! Als hätte ich ihn eiskalt erwischt. Laut sagte ich: »Na ja, du bist anders als sonst.«

Ich sah meinem Mann an, dass es in seinen Gehirnwindungen arbeitete.

»Ist wieder etwas passiert, das du in Zusammenhang mit Reina Sorihama bringst? Hat die sich wieder etwas Neues einfallen lassen?«, wurde ich direkter und blickte ihn aufmunternd an.

»Nun, wenn du mich so fragst, will ich dir ehrlich antworten. Sie schickt offenbar junge Männer hinter mir her, die mir zu verstehen geben, dass sie wissen, in was für einer Lage ich mich befinde, dass jemand mich zur Scheidung drängt, dass ich in Unfälle verwickelt werde.«

»Aha. Und seit wann geht das schon so?«

»Seit ein paar Wochen.«

»Seit ein paar Wochen?«, fragte ich nach. Unglaublich diese Untertreibung.

»Na ja«, kam es dann auch prompt von Maruhito, »eigentlich schon monatelang.«

»So lange schon? Und, was hast du unternommen?«

»Nichts.«

»Nichts? Das ist ein bisschen wenig, findest du nicht auch?«

»Ich weiß nicht, was ich dagegen unternehmen kann.«

»Lass uns noch einmal zur Polizei gehen. Wenn diese Frau dich täglich drangsalieren lässt, ist das garantiert strafbar. Hast du denn wenigstens Aufzeichnungen gemacht?«, baute ich meinem Mann eine Brücke.

»Ja, das habe ich.«

»Das ist doch schon etwas. Ich bin sicher, die Täter werden gefasst. Sind es denn immer dieselben?«

»Es sind insgesamt zehn, meine ich, die wechseln sich immer ab.«

»Nun gut, dann wollen wir denen einmal das Handwerk legen. Morgen gehen wir zur Polizei. Heute Abend geht es nicht, die Kinder schlafen schon.«

Auch wenn ich mich Maruhito gegenüber siegessicher gab, in meinem Innersten fühlte ich eine unbeschreibliche Ohnmacht aufsteigen und ich wusste, dass diese im Handumdrehen in Wut umschlagen konnte. Nur schnell zum Boxsack!

Maruhito ging in die Küche. Er hatte wieder *Sake* gekauft. Davon genehmigte er sich ein paar Schälchen. Die Türen standen offen. Ich hörte, wie er sich nachschenkte. Es waren ja nur kleine Fingerhüte. So hatte ich die *Sake*-Schälchen einmal getauft. Das war vor langer Zeit, lange bevor er täglich daraus Alkohol trank.

Später durchsuchte ich die Küchenschränke. Prompt entdeckte ich die fast leere *Sake*-Flasche hinter den Vorräten. Bitte, nur das nicht. Maruhito konsumierte seit geraumer Zeit Alkohol in einer Menge, die mir Angst machte. Hoffentlich entwickelte er sich nicht zum Trinker. Der Instinkt einer Ehefrau, die sich in ihren Mann hineinversetzen konnte, trieb mich in sein Zimmer. Wo konnte er hier Alkohol versteckt haben? Im Einbauschrank? Und richtig. Hinter seinen Pullovern stand eine Flasche Whisky. Noch war sie nicht angebrochen. Er griff also zu immer härteren Sachen. Ich spürte wie mein Blutdruck Karussell spielte.

*

MARUHITO

Freitag, 13. August 2018, füllte ich das Formular aus. Dann sprach uns der Polizist Fukahama an. Er war Kriminalhauptkommissar, wie Nakayama-*san.*

»Sie werden seit einem Jahr ständig in der Bahn und auf offener Straße drangsaliert und sind sicher, dass Ihre Ex-Verlobte dahintersteckt?«

»Ja, es hat angefangen, nachdem ich mir die ständigen Besuche ihres Rechtsanwalts verbeten habe.«

»Sie hat ihren Rechtsanwalt zu Ihnen geschickt? Was wollte er denn von Ihnen?« Der Polizist nahm sich die Akte vor und verbesserte sich: »Was wollte er denn diesmal von Ihnen?«

»Er hat mir hundert Millionen Yen geboten, damit ich mich von meiner Frau scheiden lasse.«

»Ja«, nickte der Polizist, damit klar war, dass er die Akte kannte und im Bilde war.

»Und jetzt war er sogar bei meiner Frau, als ich nicht zu Hause war, und hat auch ihr eine große Summe geboten, wenn sie sich von mir scheiden lässt. Es ist ein medienbekannter Rechtsanwalt, es ist Takamaru-*sensei.*«

»Das weiß die Polizei doch schon«, flüsterte Sabrina mir zu. Ich riss mich zusammen und reichte ihm meine Kladde.

»Gut, dass Sie gekommen sind, endlich gekommen sind, möchte ich fast sagen. Warum kommen sie jetzt erst?«

Ich antwortete ehrlich: »Ich dachte, ich müsste erst eine Weile Notizen machen, damit die Penetranz nachgewiesen werden kann.«

Was erwartete uns jetzt wohl? Waren unsere Kinder sicher? Hoffentlich ließen diese Verbrecher die in Ruhe. Schweiß trat auf meine Stirn. Möglichst unauffällig zog ich ein Schweißtuch aus der Hosentasche und wischte die Tropfen ab. Andererseits, die Stalkerin hatten sie auch dingfest machen können, warum sollte das bei der *Bōryokudan* anders sein? *Think positive,* ermahnte ich mich.

∗

MARUHITO

Am nächsten Montag in der Bahn wurde ich wieder von drei jungen Kerlen drangsaliert.

»Stell dir vor, du bist geschieden und weißt es nicht«, griente der eine die beiden anderen an. Alle drei lachten und einer stieß mir den Ellbogen in die Rippen.

»Das kann nur passieren, wenn du zur Polizei petzen gehst.« Wieder lachten sie wie über einen gelungenen Witz.

Mir wurde es heiß und kalt gleichzeitig. Die beschatteten mich! Die wussten, dass wir gestern bei der Polizei waren! Und das kümmerte sie nicht im Geringsten.

Als ich wenig später in der Firma einen Blick in meine Tasche warf, blieb mir fast das Herz stehen: Wie kam denn ein Scheidungsformular in meine Aktentasche? Es war sogar ausgefüllt. Mit Unterschrifts-Stempel, wie wir sie stets benutzten. Dann fiel mein Blick auf den Namen der Scheidungswilligen: Obihara, Maruhito und Sabrina. Ich schaute noch einmal ganz oben rechts. Das Datum war von heute!

Ich erschrak zu Tode. Mein Herz begann zu rasen und mein Kreislauf spielte Achterbahn. Ich versuchte mit aller Macht, nach außen ruhig zu bleiben. Schließlich sah ich ganz oben auf dem Blatt den handschriftlichen Vermerk *Copy.* Copy? Und wo ist das Original?, durchzuckte es mich. Das waren garantiert die drei Männer in der Bahn. Ich schaute noch einmal auf das Formular. Als Scheidungszeugen waren zwei Namen eingetragen, die ich nicht kannte. Das war ganz einfach, weil diese Namen vom Amt nicht hinterfragt wurden, sagte ich mir. Ich konnte es nicht glauben. Um Gewissheit zu erhalten, nahm ich mir den Rest des Tages frei und fuhr geradewegs zum Stadtamt.

»Ob wir über das Original zu Ihrer Kopie verfügen?« Mich traf ein überaus skeptischer Blick. »Da muss ich erst nachsehen.«

Die Angestellte wandte sich ihrem Computer zu und gab einige Daten ein. Dann kam sie wieder zu mir zurück.

»Ja, heute Morgen hat jemand in Ihrer beider Namen das Scheidungsformular abgegeben.«

»Aber davon habe ich gar nichts gewusst, und meine Frau auch nicht. Weder sie noch ich haben das Formular ausgefüllt. Wir wollen uns überhaupt nicht scheiden lassen. Was sollen wir jetzt machen?« Wie gebannt starrte ich auf ihre Lippen, damit mir ja kein Wort entging.

»Einen Moment, bitte. Sie wollen sich gar nicht scheiden lassen?«

»Nein, wir wollen uns nicht scheiden lassen! Wer hat denn das Formular abgegeben?«

»Derjenige hat sich mit seinem Führerschein ausgewiesen. Den haben wir kopiert. Aber wir konnten ja nicht ahnen, dass die Unterlagen gefälscht waren.«

Ich hoffte, dass mein Herz durchhielt. Es raste wieder wie mit Puls dreihundert.

»Wenn es sich so verhält, wie Sie sagen, ist die Scheidung ungültig …«, hörte ich zu meiner unendlichen Erleichterung die Sachbearbeiterin schließlich sagen. »Da sie auf Betrug beruht. Ich werde die Justiz einschalten.«

»Und noch etwas. Falls jemand mich mit einer anderen Frau als mit der, die ich geheiratet habe, hatte, verbesserte ich mich, verheiraten will, rufen Sie bitte die Polizei und bearbeiten die Angelegenheit auf keinen Fall.«

Mein Gegenüber am Schalter schaute mich perplex an.

»Haben Sie mich verstanden?«, gingen mir die Nerven durch, obwohl sie mir ja nur helfen wollte.

»Ja, natürlich. Ich mache direkt eine Notiz.«

»Wie soll ich das nur meiner Frau beibringen?«, murmelte ich immer wieder vor mich hin, als ich das Stadtamt wieder verließ.

*

297

SABRINA

Nichts Böses ahnend, kam ich am Abend nach Hause und fiel aus allen Wolken. Ich zitterte am ganzen Leib, als Maruhito geendet hatte.

»Wie kommt diese Frau darauf, uns auf diese Weise vor vollendete Tatsachen zu stellen! Viel, dass sie dich nicht gleich gezwungen hat, sie zu heiraten«, erboste ich mich.

»Da habe ich direkt vorgebeugt, und die Frau auf dem Stadtamt hat sofort einen Vermerk gemacht, dass bei Datenänderungen in meinen Akten ich zuerst kontaktiert werden soll.«

Kaum war das Gespräch beendet, war sein nächster Griff zum Alkohol. Ich sah hilflos zu. Er trank eindeutig zu viel. Und das schon eine geraume Weile. Er hatte sich diesbezüglich nicht mehr im Griff, trank inzwischen täglich und immer größere Mengen. Als wenn die Sorgen, die diese Reina Sorihama uns bereiteten, nicht schon genug wären.

*

REINA SORIHAMA

Natürlich wurde ich sofort wieder verdächtigt. Doch ich beharrte darauf: »Ich habe nichts mit den Vorfällen zu tun.«

Doch so einfach machten sie es mir nicht:

»Unsere Recherchen haben ergeben, dass Obihara-*san* keine anderen Feinde hat. Und es ist ganz Ihre Handschrift.

Warum, glauben Sie, dass man Sie verdächtigt, die *Bōryokudan* gegen Obihara-*san* eingeschaltet zu haben?«

»Das weiß ich nicht, da müssen Sie Ihre Kollegen fragen«, versuchte ich mich herauszuwinden.

»Können Sie sich denn vorstellen, warum die *Bōryokudan*, der wir die Aggressionen gegen Obihara-*san* nachweisen konnten, tätig geworden ist?«

Diese Frage ließ ich unbeantwortet.

Zwei Wochen lang dauerten die Verhöre, schließlich gab ich auf und beantwortete die letzte Frage doch:

»Na ja, einmal habe ich meinem Rechtsanwalt gegenüber erwähnt, dass
ich möchte, dass mein Ex-Freund wieder zu mir zurückkommt. Vielleicht hat
er das falsch verstanden.«

»Sie meinen, er hat Ihre Äußerung als Auftrag aufgefasst?«

»Das könnte sein.«

»Haben Sie ihn denn dafür bezahlt?«

»Nicht direkt.«

»Aber indirekt?«

»Na ja, für den Fall, dass mein Ex-Freund wieder zu mir zurückkommt,
habe ich ihm ein gutes Entgelt versprochen.«

Mein Gegenüber schwieg.

»Aber von den ganzen Vorfällen hat er mir nichts gesagt. Ich bin vollkommen unschuldig. Die Polizei reimt sich das alles nur zusammen«, versuchte ich erneut, die Beamten von meiner Unschuld zu überzeugen.

Doch schon ein paar Tage später hatten sie die Jungs weichgeklopft und die
gaben an, im Auftrag von Takamaru-*sensei* gehandelt zu haben. Das rieben
sie mir sofort unter die Nase. Ich war fassungslos.

Bis zu meiner Entlassung war es noch mehr als ein Jahr. Wenn ich so lange
nicht mehr in Erscheinung trat, würde mein Maruhito mich vergessen. Er sollte
aber an mich denken. Am besten jeden Tag. Von Sonntag bis Samstag. Die ganze
Woche lang. Den ganzen Monat hindurch. Bis zu dem Tag, an dem ich ihm
wieder leibhaftig gegenüberstehen konnte. Doch das ging nicht mehr. Auch die
Wohnung neben ihm sollte ich aufgeben, sagte mir diese Psychotussy immer
wieder. Die ist so etwas von penetrant, da wäre es unklug, nicht so zu tun, als
gäbe ich klein bei. Doch noch zahlte ich regelmäßig die Miete. Also, was tun?

*

MARUHITO

Ein paar Wochen später fiel mir eines Abends auf, heute war ich ohne
Zwischenfall zu meiner Arbeitsstätte hin- und genauso unbehelligt

zurückgekommen. Und auch die Kollegen begannen nach einer Weile, mich wieder normal zu behandeln. Wenn es doch nur so bliebe! Doch ich hatte inzwischen so viel erlebt, dass ich mir ein normales Leben kaum noch vorstellen konnte. Ich spürte, wie ich allmählich mürber und mürber wurde.

Sabrina war noch nicht zu Hause und die Kinder noch bei Freunden. Eine ungünstige Konstellation. Ich machte eine neue Flasche Whisky auf.

*

REINA SORIHAMA

Je mehr Zeit ins Land ging, desto übelgelaunter wurde ich. Mitten in meine Trübseligkeit flog mir mit einem Mal ein neuer Plan nur so zu. Ein teuflischer Plan. Den würde ich umsetzen, und diesmal konnte mir keiner was. Wartet nur, wenn ich hier wieder rauskomme! Doch warum so lange warten? Ich wollte nicht warten. Ich wollte Taten. Und ich hatte die Mietwohnung noch.

Natürlich war ich gehandicapt, weil ich mich nicht frei bewegen konnte. Ich brauchte wieder jemanden, der mir zuarbeitete. Mein Plan nahm täglich konkretere Formen an, und schließlich entschloss ich mich, mir einen neuen Anwalt zu suchen. Es musste wieder einer sein, der mir keinen Wunsch abschlug. Aber diesmal einer, der sich nicht so blöd anstellte und sofort im Knast landete. Schneller als ich geglaubt hatte, wurde ich fündig: Zaima-*sensei*, der war genau der Richtige. Er war in einschlägigen Kreisen ebenso bekannt wie Takamaru-*sensei*. Ich nahm Kontakt zu ihm auf, und er besuchte mich direkt am nächsten Tag. Ich kam ohne Umschweife sofort zur Sache:

»Ich benötige eine Doppelgängerin, eine Person, die genauso aussieht wie ich. Als ob wir eineiige Zwillinge wären.«

»Das ist ein sehr seltsamer Wunsch. Zumindest ist es das erste Mal, dass eine Mandantin mir gegenüber ein solches Anliegen äußert. Darf ich fragen, welchen Auftrag Sie dieser Doppelgängerin zugedacht haben?«

»Sie soll in meiner alten Wohnung wohnen.«

»Ist die denn noch frei?«

»Ja, sie läuft auf meinen Namen.«

»Sie ist folglich möbliert, sehe ich das richtig?«

»Im Moment schon, aber ich würde Sie bitten, dass Sie sie ausräumen lassen. Meine Sachen können Sie in einem Container lagern. Ich kümmere mich dann später darum.«

»Der Mietvertrag läuft aber über den eigentlichen Vermieter, oder wollen Sie untervermieten?«

»Nein, kontaktieren Sie bitte den Vermieter. Meine Mietzeit läuft Mitte nächsten Monats aus. Da ist der bestimmt nicht abgeneigt, wenn ich ihm eine Nachmieterin vorstelle.«

»Und was soll Ihre Doppelgängerin in der Wohnung machen?«

»Zunächst einmal soll sie dort wohnen, mehr nicht.« Ich schaute ihn streng an.

»Und wie finde ich eine solche Doppelgängerin? Haben Sie dazu konkrete Vorstellungen?«

Mann, war der fantasielos.

»Ich dachte an plastische Chirurgie. Da müsste sich doch etwas machen lassen«, antwortete ich seelenruhig.

»Plastische Chirurgie? Das kann ein teures Unterfangen werden.«

»Keine Angst, die Kosten übernehme ich.«

»Haben Sie schon eine konkrete Idee, an wen ich mich wenden soll?«

»Nein, aber wenn Sie sich an einen Schönheitschirurgen wenden, wird der in seiner Praxis sicherlich eine geeignete Kandidatin finden. Es ist alles eine Frage des Geldes.«

»Gut, die Idee klingt durchführbar. Ich werde es zumindest versuchen. Dann brauche ich noch die genaue Adresse der Wohnung, auf die Sie abzielen.«

»Und was erwarten Sie von Ihrer Doppelgängerin, wenn sie in der Wohnung wohnt?«

»Sie soll sich möglichst viel auf der Straße vor dem Haus aufhalten. Mehr erwarte ich nicht.«

»Das heißt, sie kann nicht arbeiten.«

»Nicht Vollzeit arbeiten. Stundenweise sollte sie natürlich arbeiten, denn sie muss ja die Miete und die Lebenshaltungskosten aufbringen können.«

»Das ist ein sehr ungewöhnlicher Auftrag«, sagte der Anwalt erneut. Immerhin formulierte er seine Skepsis nicht als Frage. Ich antwortete nur kurz angebunden: »Dann freuen Sie sich doch über etwas Abwechslung in Ihrem Beruf.«

Zaima-*sensei* wirkte nicht wirklich überrascht von dieser doch recht patzigen Antwort. Seine Mandanten rekrutierten sich aus Mördern und Erpressern. Da war er ganz sicher einiges gewohnt. Vermutlich deshalb sagte er nur: »Ich melde mich, sobald ich eine geeignete Kandidatin gefunden habe.«

*

REINA SORIHAMA

Plastische Chirurgie gab es in Tōkyō wie Sand am Meer. Ich war die Zuversicht selber. Natürlich, die Preise hatten es in sich. Aber heutzutage konnte man fast alles chirurgisch verändern lassen. Ich geriet in Hochstimmung. Michael Jackson fiel mir ein. Der hatte sich zigmal operieren lassen, sogar seine Hautfarbe hatte er nicht beibehalten. In meine Gedanken hinein, wurde mir Besuch gemeldet: Zaima-*sensei*.

»Ich habe einen Chirurg gefunden. Aber ich brauche Fotos von Ihnen, von rechts, von links, von vorne und von hinten«, kam er sofort zur Sache. Ich erschrak. Wie sollte ich hier an Fotos von mir kommen? Durch die Trennscheibe hindurch neue machen? Auf keinen Fall, so blöd konnte kein Chirurg sein, daraus nicht auf meine wahren Absichten zu schließen. Da mir nichts Besseres einfiel, gab ich dem Sensei schließlich die Zugangsdaten zu meinem Facebook-Account. Da waren hoffentlich brauchbare Fotos dabei.

»Die Dame ist Mitte dreißig und leidet an Dysmorphophobie, nimmt ihren Körper in seiner natürlichen Gestalt als entstellt wahr. Die Betreffende machen Sie also glücklich mit Ihrer Idee«, redete der Rechtsanwalt weiter.

Dann musste ich ihm noch meine Körpermaße nennen. Der Chirurgie waren diesbezüglich Grenzen gesetzt.

»Was man chirurgisch machen kann«, belehrte mein *Sensei* mich weiter, »ist Cellulite an den Oberschenkeln, Speckfalten am Rücken, Liposuktion, also Fettabsaugungen, Brust-OPs, zum Beispiel Brustvergrößerungen mittels Los Deline, Lidstraffungen, Botox-Behandlungen, also Faltenbekämpfung,

Lippenunterspritzung mittels Hyaluronsäure, Ohren- und Kinnkorrektur und dergleichen.«

Wunderbar. Da hatte sich tatsächlich eine Dumme gemeldet, die keine überflüssigen Fragen stellte und einfach machte, was man von ihr verlangte. Zum Glück hatte ich auch mit Ende dreißig noch das Aussehen wie mit Ende zwanzig. Ich war jung geblieben, hatte auch viel getan für meine Haut und meine Muskeln. Das erhöhte die Altersspanne, in der der Chirurg suchen konnte.

Zehn Millionen Yen sollte mich der Spaß kosten. Zugegeben, keine Lapalie. Doch das war es mir wert.

∗

MARUHITO

Als ich kurz vor Weihnachten wie immer den Abfall zum Müllplatz brachte, traf ich auf sie. Es erwischte mich eiskalt. Sofort rechnete ich nach. Nein, unmöglich. Sie saß erst ein Jahr in Haft. Zwei musste sie noch absitzen. Wegen guter Führung entlassen? Niemals! Was dann? Ich starrte dieses Gespenst vor mir eine Schrecksekunde lang fassungslos an, dann verlor ich die Kontrolle über mich.

»Was willst du hier? Mach, dass du wieder wegkommst!«

»Entschuldigen Sie, aber ich bin gerade erst hier eingezogen«, bekam ich zur Antwort. Nichts mehr mit *chan*, ganz förmlich-distanziert redete sie mit mir.

Ich stutzte. Hatte man meine Ex einer Gehirnwäsche unterzogen oder beabsichtigte sie etwas damit?

»Dass du hier wieder wohnst, das ist ja das Problem«, versuchte ich es nochmals.

»Ich wohne nicht wieder hier, ich wohne zum ersten Mal hier.« Es klang wie eine Verteidigung. »Ich weiß nicht, warum Sie so unfreundlich zu mir sind«, setzte sie noch einen drauf.

»Die Polizei hat dir wiederholt verboten, in meine Nähe zu kommen«, erinnerte ich sie mit harschem Ton an den *Sekkin-kinshi-meirei*.

Ihre Stimme klang jetzt weinerlich. »Ich kenne Sie nicht, und Sie können mich auch nicht kennen. Wenn Sie mich nicht sehen wollen, schauen Sie halt in die andere Richtung. Und mit der Polizei habe ich noch nie etwas zu tun gehabt.«

»Verarschen kann ich mich selber«, giftete ich sie an.

Im nächsten Moment bereute ich es. Oh je, bloß das nicht, ich hatte eine Frau öffentlich zum Weinen gebracht. Als Mann hatte ich da sofort verloren. Schnell lenkte ich meine Schritte in Richtung Haus. Aus der Deckung heraus schaute ich noch einmal auf die Straße und sah meine Ex, wie sie weinend in ihre Wohnung ging. Also doch! Sie wohnte wieder neben uns. Die Tränen waren aber echt, überlegte ich und hatte plötzlich Mitleid mit ihr. Aber warum stellte sie sich dumm? Behauptete sogar, mich nicht zu kennen. War das glaubhaft? Wie auch immer, die Tränen ließen mich nicht kalt. Und das ärgerte mich. Ich brauchte einen Doppelten. Jetzt. Sofort.

*

SABRINA

»Stell dir vor, wen ich eben am Müllplatz getroffen habe«, begann Maruhito vollkommen aufgebracht. Ich schaute ihn forschend an.

»Das weiß ich nicht«, sagte ich möglichst neutral.

»Reina Sorihama.« Mehr brachte er nicht heraus.

»Wie bitte?« Sofort schrillten bei mir sämtliche Alarmglocken.

»Ja, es ist wirklich unglaublich. Sie wohnt wieder in ihrer alten Wohnung. Aber jetzt tut sie so, als würde sie mich nicht kennen.«

»Was soll das denn? Und überhaupt, sie kann doch noch gar nicht entlassen sein«, echauffierte ich mich.

»Ich kann mir auch keinen Reim darauf machen. Aber keine Spur mehr von ihrem bisherigen so aufdringlichen Verhalten.«

Das versetzte mich noch mehr in Aufruhr: »Was hat sie denn nun schon wieder vor?«

»Ja, wir sollten vorsichtig sein. Irgendetwas stimmt hier nicht.« Die Skepsis in seiner Stimme ließ mich Schlimmstes befürchten.

»Sollen wir wieder zur Polizei gehen?«, schlug ich vor.

»Heute hat sie ja nichts gemacht, nur hier zu wohnen ist sicherlich keine Straftat.«

»Doch, bestimmt. Nach allem, was inzwischen vorgefallen ist. Aber wenn du meinst, dann warten wir erst einmal ab«, gab ich sofort nach. Mist, sobald ich diese Person in unserer Nähe wähnte, bemächtigte sich wieder diese unterschwellige Angst meiner, Maruhito könnte doch zu ihr zurückgehen. Und das, obwohl er und ich uns nach seinem Besuch in Tochigi und seiner Beichte wieder zusammengerauft hatten und wieder viel gemeinsam lachten.

»Ja, es war eine ganz komische Situation eben. Sie sah aus wie Reina Sorihama, verhielt sich aber nicht wie sie.« Maruhito schüttelte kaum merklich den Kopf.

Diese Frau hat ihre Taktik geändert, soviel war klar. Sie hatte kapiert, dass Maruhito auf die alte Reina Sorihama nicht mehr hereinfiel. Nun schlüpfte sie in eine neue Rolle und – stellte eine neue Gefahr für uns da. Oh nein. Das Grauen ob dieser Vorstellung nahm mir fast den Atem. Eine einfühlsame anschmiegsame Japanerin, die ihren Ex erneut umgarnte, tauchte vor meinem inneren Auge auf. Doch sie hatte nicht das Aussehen meiner Rivalin, der Frau in meiner Vorstellung sprang die Falschheit aus den Augen. Oh Maruhito, bitte verlass uns nicht, flehte ich innerlich.

Von nun an achteten Maruhito und ich bewusst darauf, wer sich auf der Straße aufhielt. Und jeden Tag sahen wir Reina Sorihama.

»Du hast recht«, sagte ich, »diese Frau wirkt ganz anders als zuvor. Trotzdem, jedes Mal, wenn ich sie sehe, fühle ich mich wieder an die diversen Stalking-Aktionen erinnert«. Und jedes Mal bin ich innerlich total aufgewühlt, ergänzte ich in Gedanken. Zudem hatte ich Angst, gestand ich mir ein, dass die Nachbarn wieder ablehnend reagieren könnten. Nein, Angst war nicht das richtige Wort. Es war Ohnmacht. Und diese Ohnmacht wich blanker Wut. Wie lange hielten meine Neven das noch aus? Nur schnell zum Boxsack, und kein Wort mehr sprechen!

Während ich mich am Boxsack abreagierte, hörte ich im Nebenzimmer Maruhito zur Flasche greifen. Drei Gläser Whisky kippte er ex hinunter, trug mir die Geräuschkulisse zu. Zum ersten Mal war ich froh, dass japanische Häuser so hellhörig waren. Kurz darauf wurde es totenstill. Ich schlich zu seinem Zimmer und öffnete die Tür einen kleinen Spalt. Maruhito war am Schreibtisch eingeschlafen.

*

MARUHITO

Kaum ein Tag verging, an dem wir die vermeintliche Reina Sorihama nicht in der Nachbarschaft sahen. Oft unterhielt sie sich mit den Müttern oder Großmüttern kleiner Kinder, die unbedingt ihre schöne Katze streicheln wollten. Zugegeben, die Katze verlockte zum Streicheln, langes Fell, graziöse Bewegungen und Liebkosungen nie abgeneigt. Vielleicht eine Chinchilla. Doch, solange nicht eindeutig feststand, wer diese Person war und was sie hier wollte, ließen Sabrina und ich es nicht zu, dass unsere Kinder sich ihr oder der Katze näherten. Auch Margret erhielt strikte Anweisung, ihr aus dem Weg zu gehen.

»Das ist wirklich nicht zu glauben, die macht wieder einen auf liebe Nachbarin«, erboste sich Sabrina.

Ich stellte mich zu ihr ans Fenster und schaute auf die Szene. Die drei Enkel von Shinos traktierten gerade die arme Katze mit ihren Liebesbekundungen. Das Tier wich nach hinten aus. Doch angeleint konnte sie den Kindern nicht entfliehen. Sie strich ihrem Frauchen um die Beine und mauzte herzerweichend, bis diese sie endlich auf den Arm nahm. Dann gab es nichts mehr zu sehen. Ich begann zu träumen. Wenn das wirklich Reina Sorihama sein sollte, ist sie zu einer liebenswerten Person mutiert. Doch das darf ich auf gar keinen Fall aussprechen. Das würde wie ein spitzer Pfeil mitten in Sabrinas Herz treffen. Ich ertappte mich dabei, wie ich darüber nachdachte, ob ich mich wohl in Sabrina verliebt hätte, wenn Reina Sorihama so liebenswert gewesen wäre, wie sie jetzt erschien. Mit aller Macht wehrte ich mich dagegen. Auch wenn Sabrina davon nichts wusste, kam ich mir sehr schäbig vor.

Doch warum tauchte sie gerade jetzt auf, kam mir der nächste Gedanke. Sabrina und ich hatten uns ausgesprochen und sie hatte mir den Besuch in Tochigi vergeben. Gerade hatten sich auch die Nachbarn halbwegs wieder beruhigt. Was sollte dieses Theater?

Ich spürte mit einem Mal Sabrinas Blick auf mich gerichtet. Sie hatte bestimmt etwas gesagt, und ich hatte es nicht mitbekommen. Ich lächelte Sabrina statt einer Antwort einfach nur an.

»Am liebsten würde ich zur Polizei gehen und nachfragen«, sagte diese.

»Was willst du denn nachfragen?«, fragte ich überrascht.

»Na, wer diese Person ist? Es hat schon so viele Betrüger in der menschlichen Geschichte gegeben. Sogar Kostüm-Juden. Ein sehr negativer Begriff. Da geben sich Leute als Juden aus, die gar keine sind, nur weil sie sich davon Vorteile versprechen, zum Beispiel finanzieller Natur«, erklärte Sabrina.

»Ich habe immer gelernt, dass Juden in Deutschland systematisch verfolgt würden.«

»Ach so, in der Nazizeit. Das ist leider wahr. Das dunkelste Kapitel der deutschen Geschichte. Aber ich meinte die Zeit nach dem Ende des Zweiten Weltkriegs, abzüglich der Neonazis und ihrer Fürsprecher.«

»Wieder was dazu gelernt. Aber zu unserer Nachbarin«, blieb ich beim Thema, »du meinst, das ist vielleicht wirklich nicht die echte Reina Sorihama?« Während ich die Frage stellte, klebte mein Blick förmlich an Sabrinas Lippen. Gerade so, als würden diese im nächsten Augenblick die Wahrheit verkünden.

»Nun ja. Unsere Zwillinge sehen sich auch zum Verwechseln ähnlich. Hat sie womöglich ebenfalls eine eineiige Zwillingsschwester, von der sie dir nie etwas erzählt hat?«

»Warum hätte sie mir die verheimlichen sollen? Ihren Bruder hat sie mir ja auch vorgestellt.«

»Vielleicht hatte sie Angst, du verliebst dich in ihren Zwilling?«

»Na, das finde ich doch ein bisschen weit hergeholt«, entgegnete ich.

»Na, bei dem Psychowahn, dem sie verfallen ist. Da halte ich nichts für undenkbar. Nichts! Du warst damals nur zu verliebt und hast es nicht mitbekommen.« Sabrina schaute mich fragend an. Was ich wohl zu dieser neuen Theorie sagen würde? Sie wirkte dabei sehr angespannt. Doch so forschend, wie sie mich auch anblickte, ich sagte - nichts dazu. Also sprach Sabrina weiter:

»Sie wohnt jetzt schon eine ganze Weile hier. Aber jedes Mal, wenn ich sie sehe, erschrecke ich wie beim ersten Mal. Das ist nicht gut für meine Nerven.«

»So lange sie hier nur herumläuft wie alle anderen auch, müssen wir das wohl aushalten, fürchte ich«, versuchte ich neutral zu denken.

»Nicht einmal ganz vorsichtig nachfragen?«, ließ Sabrina wieder einmal nicht locker.

»Jetzt noch nicht, erst wenn sie wieder richtig stalkt«, entgegnete ich. Sabrina nickte nur stumm.

*

SABRINA

Als ich das nächste Mal die vermeintliche Stalkerin sah, konnte ich nicht mehr an mich halten, ging einfach auf sie zu und stellte mich vor.

»Ein frohes Neues Jahr! Sabrina Obihara ist mein Name. Sie sind noch neu hier?«

»Ebenfalls. Rina Tobiki. Jein, ich bin bereits zum ersten Dezember eingezogen.«

Dann wunderte die sich bestimmt, warum ich sie jetzt erst ansprach, überlegte ich und zog mir die Strickjacke fester um den Körper. Plötzlich fröstelte es mich.

»Entschuldigen Sie bitte eine Frage, aber was hat Sie bewogen, in diese Wohnung dort einzuziehen?«

Rina Tobiki stutzte. Doch sie antwortete freundlich: »Ich habe diese Wohnung angetragen bekommen. Und da ich gerade auf der Suche war, habe ich das Angebot angenommen. Sie hat mir gefallen, weil man hier auch Haustiere halten darf.«

Das war eine sehr überraschende Antwort, fand ich.

»Wer trägt eine Wohnung denn an einen heran?«, fragte ich nach. »Mir ist das noch nie passiert.« Mist, der Ton war jetzt doch sehr scharf, rügte ich mich selber.

»Jemand, der mir auch anderweitig geholfen hat«, wich die Gefragte nun aus. Sie schaute auf die Uhr und verabschiedete sich, bevor ich noch weitere neugierige Fragen stellen konnte.

Hmmm. Da war ich wohl etwas zu direkt, ich penetrante Deutsche, schalt ich mich.

Die Stimme kam mir etwas anders vor, aber mit etwas Stimmtraining konnte es doch Reina Sorihama sein. Wie sagte sie noch, dass sie hieße, Rina Tobiki. So einen Nachnamen hatte ich noch nie gehört. Wie schrieb sich das wohl? Ich zückte mein Smartphone und suchte nach einer Übersetzung. *Tobi*, die Gabelweihe. Ein Vogel also. Aber ein sehr schräger!!! Und *Ki*, der Baum. Doch das war nur eine Möglichkeit, wie sie sich schreiben könnte. Alles nur im Konjunktiv, nichts war sicher in meinem Leben, seit Maruhitos Ex diese Tusnelda, uns das Dasein zur Hölle machte.

*

MARUHITO

Anfang Februar fiel auch in diesem Jahr der obligatorische Schnee in Tōkyō. Eine Pracht von einem Tag. Auch Kai und Rui stürmten nach draußen und rafften die paar Zentimeter Schnee zusammen, um damit einen Schneemann zu bauen. Ich beobachtete Sabrina, wie sie ihnen gedankenverloren zusah.

»Mama, kuck mal, wie ist der geworden?«

»Gut sieht der aus. Hier habt ihr noch ein kleines Ästchen, damit könnt ihr den Mund markieren. Und die beiden Steine geben doch gute Augen ab, oder?«

Durchgefroren kamen sie wieder ins Haus.

Kurz darauf bekam ich mit, wie Sabrina zufällig aus dem Fenster schaute. Ihr Gesichtsausdruck zeigte Fassungslosigkeit. Ich stellte mich zu ihr. Wo war der Schneemann? Irgendjemand hatte ihn zu Matsch zertrampelt. Entgeistert starrten wir auf das Szenario. Wer machte so etwas? Kindern selbst diese kleine Freude zu nehmen.

»Also das ging diesmal nicht gegen dich oder mich, sondern gegen unsere Kinder!« Sabrinas Tonfall war hart. Das gefiel mir nicht.

»Und? Was erwartest du, was ich jetzt tue?« Auch meine Stimme war außer Kontrolle geraten. Ich klang wieder so genervt wie früher, als die Stalkerin noch nebenan wohnte.

»Das Einzige, was wir aus meiner Sicht tun können, ist auszuziehen.«
Mein Kopf flog herum. Völlig überrascht schaute ich Sabrina an. »Wie?
Hier wegziehen? Das Haus verkaufen?« Ich traute meinen Ohren nicht.

»Ich habe es mir gut überlegt, bevor ich dir diesen Vorschlag gemacht
habe«, sagte Sabrina bittend.

»Kommt gar nicht in Frage!« Das war alles, was ich dazu zu sagen bereit
war.

»Ja, aber das ist doch kein Leben. Jeden Tag. J e d e n Tag sehen wir sie und
jetzt gehen die Nachbarn sogar auf die Kinder los.« Meinem Engel standen
die Tränen in den Augen. Das tat weh!

»Ob wir diese Rina Tobiki dazu überreden können, auszuziehen? Sie
wohnt doch nur zur Miete«, schlug sie schließlich vor.

Ich starrte meine Frau an. Was hatte sie da gerade gesagt? Ich konnte es
nicht glauben.

»Du willst ihr eine *Bōryokudan* auf den Hals hetzen?«, fragte ich vorsichtshalber nach.

»Was? Was hast du denn verstanden? Hast du mir überhaupt zugehört?«,
erboste sich Sabrina prompt.

»Wie willst du diese Frau dann zum Auszug bewegen?«

»Na, ihr halt reinen Wein einschenken und ihr sagen, dass die Erinnerung
an Reina Sorihama die Gemüter hier in Aufruhr versetzt.«

»Und du glaubst, dass sie dann sofort alle Schuld auf sich nimmt und sich
eine neue Bleibe sucht?« Ich versuchte zu lächeln. Doch meine Mundwinkel
machten nicht mit. Sie verrieten meine Bitterkeit.

»Oder wir könnten den Vermieter einweihen und ihn bitten, ihr den Mietvertrag nicht zu verlängern, wenn der jetzige ausläuft. Dann wäre ihre Zeit
hier zumindest begrenzt.«

»Der setzt sich doch für uns nicht in die Nesseln. Wenn er keinen triftigen
Grund hat, kann er sie nicht einfach auf die Straße setzen.« Sabrinas Ideen!
Und mein Whisky nicht in Reichweite. Meine Hände begannen zu zittern.

»Es war ja nur so eine Idee und auch nur angedacht.« Sabrinas Frust war
nicht zu überhören.

Es war auch für mich sehr schwer, die innere Ruhe zu finden, wenn wir stets
und ständig wieder dem Double dieser Verbrecherin über den Weg liefen.

*

REINA SORIHAMA

Langsam ging ich an den wenigen Besucherparkplätzen vorbei, dann das
kurze Stück nach rechts und sofort wieder nach links. Die Hauptstraße. Diesmal lief ich sie entlang, mit schweren Schritten, im Schneckentempo, wie mit
Bleifüßen. Diesmal war alles ganz anders, sagte mir meine innere Stimme
wieder und wieder. Denn diesmal hatte ich die Anweisung bekommen, mich
in psychiatrische Behandlung zu begeben. Die Gutachterin war nämlich zu
der Ansicht gelangt, ich litte an einem Empathiedefizit. Ich sei *zwar selbst*
nicht gewalttätig, schreckte jedoch nicht davor zurück, gewaltbereite Menschen
anzuheuern. Ich sei nicht bereit, mein Ziel, meinen ehemaligen Verlobten Ma-
ruhito Obihara dazu zu bewegen, zu mir zurückzukommen, aufzugeben.
    Nichtsdestotrotz war ich heute entlassen worden. Ich schaute mich um.
Das viele Grün ringsum belebte meine Geister. Nur schnell zum Bahnhof und
in den nächsten Zug und das Gefängnis hinter mir lassen. Ich wollte endlich
in meine eigenen vier Wände, hatte es plötzlich sehr eilig. Warum nur gab
es noch keine Privathubschrauber für Leute wie mich? So musste ich noch
stundenlang mit der Bahn fahren. Solange die Bahn noch leer war, rief ich
schon einmal die Gasfirma an, damit sie den Hahn wieder freigaben. Außer
meiner Eigentumswohnung war mir nichts geblieben, überlegte ich weiter.
Wut machte sich in mir breit.

Schließlich war es soweit, ich betrat meine Wohnung. Igitt, in der Küche
direkt dünne schwarze Streifen, die Spuren von Kakerlakenkacke. Ich holte
das Gift aus dem Schrank und legte die Tabletten aus. Dabei überlegte ich,
wie sich meine Doppelgängerin wohl in der Nachbarschaft eingeführt hatte?
Wie haben Maruhito und die Ausländerin an seiner Seite wohl reagiert, als sie
sie zum ersten Mal sahen? Sofort hob sich meine Laune. Ein schadenfrohes
Lächeln zog über mein Gesicht.
    Kochte das Wasser denn immer noch nicht? Ich brauchte jetzt einen Tee.
Es dauerte eine ganze Weile, bis ich mich wieder halbwegs beruhigt hatte.
    Ich schlürfte den Tee schlückchenweise und dabei sagte ich mir immer

wieder, ich werde dich niemals aufgeben, mein geliebter Maruhito, niemals! Und von wegen psychiatrische Behandlung! Ich brauche keinen Psychiater, ich brauche dich, Maruhito Obihara. Vorsichtshalber hatte ich mich jedoch bei meinem Rechtsanwalt erkundigt, was passierte, wenn ich diese Auflage ignorierte. Die Antwort war so simpel wie ernüchternd: Gefängnis. In mir brodelte Wut. Wut auf Sabrina Obihara. Der letzte Schluck Tee rann durch meine Kehle. Nun, da ich wieder auf freiem Fuß war, würde ich Teil zwei meines Plans in die Tat umsetzen. Ich werde meine Doppelgängerin dazu bringen, mit mir für einen Monat die Wohnung zu tauschen.

Doch die erklärte: »Ich wohne noch nicht lange in der jetzigen Wohnung und deshalb möchte ich nicht sofort wieder ausziehen.«

»Aber, aber. Es geht doch nicht ums Ausziehen. Ich möchte doch nur für einen Monat in der Wohnung sein. Ich bin auch bereit, für etwaige Unkosten aufzukommen, die Ihnen dadurch entstehen können. Sind Sie mit fünfhunderttausend Yen einverstanden? Es ist ja wirklich nur für einen Monat.«

»Und was ist mit meiner Katze? Kann ich die mitnehmen?«, wollte mein Double als Nächstes wissen.

Oh, die Katze. Das fällt auf, wenn die Nachbarn die einen ganzen Monat lang nicht mehr sehen, überlegte ich blitzschnell. Daran hatte ich überhaupt nicht gedacht.

Laut sagte ich: »Ja, die Katze. Die kann in der Wohnung bleiben. Ich sorge den einen Monat für sie.«

»Ich meinte, ob ich sie mitnehmen kann in die Wohnung, in die ich umziehen soll?«

»Das ist nicht nötig«, wiegelte ich ab. »Ich bin sehr tierlieb, die Katze wird es gut bei mir haben. Und das Futter können Sie ja auf Vorrat kaufen, damit ich nichts falsch mache.« Ich merkte, dass meine Idee nicht auf Gegenliebe stieß. Aber die Katze brauchte ich, verdammt noch mal, knurrte ich innerlich.

»Kann ich denn ab und zu zu Besuch kommen?«

Ach du grüne Neune. Auf was für Ideen diese Frau kam.

»Das ist schlecht, ich arbeite«, log ich. »Katzen sind da nicht so empfindlich. Wenn Sie wegfahren, geben Sie sie ja auch beim Tierarzt in Pension, oder?«

Schweigen. Das Argument musste sich erst setzen. Zum Glück war meine

Doppelgängerin psychisch zart besaitet und offenbar nicht besonders durchsetzungsfähig.

Schließlich sagte sie: »Wenn es wirklich nicht anders geht. Aber wirklich nur für einen Monat.«

»Natürlich. Sie haben mein Wort.« Ich schenkte ihr ein strahlendes Lächeln.

*

REINA SORIHAMA

Ich ließ keine Minute ungenutzt verstreichen. Schon am nächsten Tag tauschten wir die Wohnungen. Ich wusste, dass Obiharas direkt an ihrem Fenster den Esstisch stehen hatten, den sie auch als Schreibtisch benutzten. Heute saß die ganze Familie garantiert vor dem Fernseher und sah sich die Inthronisierung des Tenno an. Des 126. Tenno. Mit ihm begann eine neue Regierungsdevise: *Reiwa*. Und für mich begann ein Leben in der Gewissheit, dass es kein Foto mehr geben würde, auf dem mein Maruhito an der Seite einer anderen Frau zu sehen war. Die Gelegenheit war günstig. Ich hackte mich direkt in ihren Laptop ein. Die Familienfotos und die Fotos von dem Haus, in dem sie wohnten, die brauchte ich. Ab damit zunächst auf meinen Computer, dann löschte ich die Ordner auf Obiharas Laptop. – Oh, die beiden sind ja richtige Fotofreaks, so viele Fotos hätte ich ihnen gar nicht zugetraut. Sehr viel Arbeit lag da vor mir, aber ich hatte ja Zeit. Ich würde genauso vorgehen, wie damals auf der Hochzeit.

Die Originaldateien speicherte ich sorgfältig ab, machte sogar noch eine Sicherheitskopie, damit ich, falls Maruhito-*san* sie eines Tages wiederhaben wollte, nicht mit leeren Händen dastand. Mal sehen, wie die beiden auf meinen neuesten Einfall reagieren würden. Schadenfroh begann ich mit meiner Arbeit. Mit Computern kannte ich mich aus. An mir wird sich die Polizei die Zähne ausbeißen, frohlockte ich. Der Gedanke, dass Sabrina keine Fotos mehr haben würde, die ihr Glück dokumentierten, bereitete mir unendliche Genugtuung. Das Glück gehört mir, nicht dir, warf ich meiner Rivalin im Geiste an den Kopf.

Dann musste ich meine Arbeit unterbrechen. Schon heute stand direkt ein Termin mit der Psychotherapeutin an. Eineinhalb Stunden dauerte eine Sitzung. Und es gab kein Entrinnen. Vor Wut trat ich gegen das Sitzkissen auf den Tatamimatten, das gerade vor mir lag. Einmal. Noch einmal. Und immer wieder. Doch es half alles nichts. Die Uhr tickte unaufhörlich weiter. Wenn ich mich jetzt nicht aufraffte, kam ich zu spät. Mit einem tiefen Seufzer, der zeigte, wie sehr ich mich bedauerte, nahm ich meine bereitstehende Tasche und zog mir eine Jacke an. Regnen sollte es heute zu allem Überfluss auch noch, fiel mir an der Haustür ein. Ich tauschte den Sonnen- gegen einen größeren Regenschirm, auch wenn der die Tasche nicht gerade leichter machte.

*

SABRINA

In den letzten Monaten hatte ich immer wieder etwas Zeit verstreichen lassen und dann erneut einen möglichen Umzug zur Sprache gebracht. Finanzieller Verlust hin oder her. Ich war es leid. Diese ständigen Schikanen. Ich fühlte mich einfach nur noch ausgelaugt. Doch schließlich wurde es Maruhito zu viel: »Wenn das wirklich die Handschrift meiner Ex ist, dann wird sie immer eine Möglichkeit finden, uns auf diese Weise weiter zu schikanieren, egal wo wir hinziehen«, stieß er aufgebracht hervor.

Ich schaute ihn vollkommen entsetzt an.

»Ja, sieh mich doch nicht so an. Das sind halt die Tatsachen.«

»Das war mir nicht klar«, sagte ich tonlos. Ich spürte, wie alle Farbe aus meinem Gesicht wich. Fortan quälte mich der Gedanke, wie wir unsere Kinder schützen könnten. Und eines Tages drängte sich das Wort Scheidung in meine Überlegungen hinein. Ich zwang mich, an etwas anderes zu denken. Vielleicht fand sich doch eine Lösung. Für jedes Problem findet sich eine Lösung, sprach ich mir schließlich selbst Mut zu.

*

MARUHITO

Sabrina saß am Computer und wollte die Fotos vom Wochenende eingeben. Doch die Ordner mit den Fotos waren nicht mehr aufzufinden.

»Nein, ich habe die Ordner nicht gelöscht. Da bin ich mir ganz sicher«, versicherte sie immer wieder. Sie klang verärgert, weil ich ihr das unterstellte.

»Ich habe sie auch nicht gelöscht«, versetzte ich.

»Ich weiß nicht, wo wir noch suchen sollen. Das Programm findet weder Ordner noch Dateien mit den Namen, die ich eingegeben habe.«

Schließlich gaben wir auf und legten einen neuen Ordner an.

Mein letzter Gedanke vor dem Einschlafen, galt Reina Sorihama. Sie hätte das Knowhow dazu.

*

SABRINA

Es gingen einige Wochen ins Land, bevor ich erneut Fotos hochladen wollte.

Was war das? Die vermissten Ordner waren ja doch da. Maruhito hätte ruhig sagen können, dass er sie wiedergefunden hatte. Er war doch sonst nicht so, grummelte ich in mich hinein.

Heute hatte ich Zeit, die Kinder waren in der Schule, die Freude darüber, dass die Ordner doch nicht verschollen waren, da schaute ich mir ein paar der alten Fotos an. Prompt stutzte ich. Was war denn das? Seit wann hatte unser Haus an der Rückfront fünf Fenster? Und, wo kam denn der Baum her? Entgeistert sah ich mir noch andere Erinnerungen an. Zuerst die vom Haus, dann die von der Familie. Alle waren der Wirklichkeit entrückt. Wie war denn so etwas möglich?

Ich wartete, bis Maruhito am Abend von der Arbeit kam. Nach dem Essen sprach ich ihn darauf an.

»Wie, die Fotos entsprechen nicht der Wirklichkeit? Zeig mal her.«
Er schnappte sich den Laptop und öffnete die entsprechenden Dateien. Ich
hatte mich nicht getäuscht. Die Fotos waren manipuliert, daran bestand kein
Zweifel. Doch wie und wer konnte das gewesen sein? Wir schauten uns lange
nachdenklich an. Dann nickte Maruhito mir bedächtig zu: »Du hast recht, die
Möglichkeit besteht. Meine Ex kennt sich mit Computern verdammt gut aus.«

»Die Frau nebenan behauptet aber, nicht Reina Sorihama zu sein«, gab
Maruhito zu bedenken.

»Mir kommt das Ganze nicht geheuer vor. Vielleicht sollten wir wegen der
Fotos Anzeige erstatten. Immerhin sind es zwei alte und ein noch frischer
neuer Ordner mit Fotos, die man uns ruiniert hat. Darunter alle Kinderfotos
von den Kindern, als sie noch ganz klein waren.« Ich sah meinen Mann erwartungsvoll an. Würde er sich wieder querstellen? Ich verlor die Geduld.

»Dann gehen wir am besten direkt los, sonst wird es zu spät für die Kinder«, bestimmte ich einfach und ging ins Kinderzimmer.

*

MARUHITO

»Sie sind also Opfer eines Hackerangriffs geworden«, sagte die Polizei-
beamtin, die sich als Frau Kura vorstellte. »Zeigen Sie mir doch bitte ein
paar der Fotos.«

Ich fuhr den Laptop hoch und erklärte: »Hier ist der Arm meiner Frau
zu lang. Sehen sie selbst, sie ist nicht körperlich behindert. Und diese Ansicht von unserem Haus. Auf dem Weg hierher habe ich ein aktuelles Foto
gemacht.«

»Wann haben sie den Schaden bemerkt?«

»Heute, vorhin, aber vor etwa zwei Wochen haben wir nach den alten
Ordnern gesucht und sie nicht gefunden«, antwortete Sabrina.

»Vielleicht tut es ja nichts zur Sache, aber bei uns nebenan wohnt eine Frau,
die Reina Sorihama verblüffend ähnlichsieht«, schob sie hinterher.

»Sie behauptet aber, nicht diese Person zu sein«, ergänzte ich.

»Das ist ja interessant. Wie ähnlich sieht sie ihr denn?«

»So ähnlich, dass ich immer noch kaum glauben kann, dass sie eine andere Person sein soll. Und die Stalkerin ist eine Computerexpertin, sie hatte früher mit der Entwicklung von Programmen beruflich zu tun«, fuhr Sabrina fort.

»Das werden wir überprüfen. Wie aus den Akten hervorgeht, ist die Stalkerin ja sehr penetrant.«

»Wir sind davon überzeugt, dass sie dahintersteckt«, stärkte ich Sabrina den Rücken.

»Das kann ich jetzt noch nicht beurteilen. Aber ein Ermittlungsansatz ergibt sich daraus auf jeden Fall.«

»Der angerichtete Schaden ist unersetzlich. Alle Eltern sind vernarrt in ihre kleinen Kinder, und wir haben jetzt noch nicht einmal mehr ein einziges Foto, das nicht manipuliert ist. Wir erwarten, dass diese Frau endlich dingfest gemacht wird!« Sabrina war dabei, sich in Fahrt zu reden.

Ich nickte bei den Worten meiner Frau.

Ein Kollege brachte einen Computerausdruck.

»Und hier habe ich die Auskunft vom Einwohnermeldeamt. Die Dame, die in der fraglichen Wohnung angemeldet ist, ist tatsächlich nicht Reina Sorihama. Wir werden das morgen noch einmal überprüfen.«

»Und da wäre noch etwas«, ließ Sabrina nicht locker, »das geht jetzt schon über Jahre, immer wieder zeigen wir diese Person an und immer wieder erhält sie eine Gefängnisstrafe und hat uns sogar wiederholt eine finanzielle Entschädigung gezahlt. Wie lange soll das noch weitergehen? Kann die Justiz sich ihr gegenüber wirklich nicht durchsetzen? Wir sind inzwischen mit den Nerven am Ende.«

»Wir nehmen gleich morgen die Untersuchung auf. Momentan müssen wir davon ausgehen, dass Reina Sorihama nicht neben Ihnen wohnt. Aber das braucht sie natürlich auch nicht, um Ihren Computer zu hacken.«

Unwillkürlich musste ich wieder an den Skandal auf unserer Hochzeit denken. Wut stieg in mir hoch.

*

REINA SORIHAMA

Als die Polizei bei mir klingelte, hörte mein Herz auf zu schlagen, nur um dann doppelt so schnell wieder einzusetzen. Sie hielten mir stumm den Durchsuchungsbeschluss vor die Nase.

»Fahren Sie bitte ihren Computer hoch«, war alles, was sie sagten.

Gleich haben sie mich, stöhnte ich innerlich auf. Es dauerte eine Weile, denn ich hatte die Daten natürlich geschützt. Doch dann wurden die Computerexperten der Polizei fündig und damit war ich der Pflicht enthoben, weiter eine Psychotherapie zu machen. Doch die wäre mir in dem Moment lieber gewesen als erneut Gefängnis.

*

MARUHITO

Im Gerichtssaal saß die Delinquentin mit erstarrter Miene auf der Anklagebank. Wir sahen nur ihren Rücken. Ihre Doppelgängerin hatte geplappert. Reina Sorihama selbst verweigerte die Aussage.

Die Vorwürfe gegen sie wogen schwer. Trotz wiederholter Verurteilung hatte sie das Stalken nicht gelassen, und zudem noch uns mit dem Entstellen der Fotos bleibenden Schaden zugefügt. Obendrein hatte sie eine unschuldige und unwissende Frau zu ihrer Komplizin gemacht, sie sogar zu mehreren chirurgischen Eingriffen veranlasst, die sie zu ihrer Doppelgängerin gemacht hatten.

Als der Richter schon fast geendet hatte, sagte die Crackerin plötzlich ungefragt laut und vernehmlich: »Ich habe die alten Dateien verwahrt. Wenn Maruhito-*san* will, kann er sie wiederhaben. Und im Übrigen habe ich die Fotos doch nur ein wenig retuschiert, nicht manipuliert.«

Ich starrte gebannt auf die Szene. Ihr Rechtsanwalt schaute genauso überrascht wie der Richter.

»Sie haben die Dateien verwahrt? Das fällt Ihnen jetzt ein, wo das Urteil gesprochen wird?«, fragte der Richter mit Missbilligung in der Stimme.

»Ja, ich dachte, es könnte wichtig sein.«

Plötzlich war ich sicher. Das Miststück, das uns mit dem Skandalfoto so übel mitgespielt hatte, das war garantiert auch Reina Sorihama. Ich hasste sie plötzlich mit jeder Faser meines Körpers.

Ihre Einsicht kam indes zu spät. Sie wurde zu drei Jahren Freiheitsstrafe verurteilt. Ich sah zu Sabrina, sie lächelte mich an. »Siehst du!«, flüsterte sie dabei. Immer diese deutsche Rechthaberei. Doch diesmal nahm ich es gelassen.

*

SABRINA

Ich werde nie Japanerin, dachte ich und fiel Maruhito um den Hals. Vor den Augen des Richters. Den Drang, ihm einen Kuss zu geben, unterdrückte ich mit aller Macht. Der so unjapanisch Behandelte ließ meinen Gefühlsausbruch über sich ergehen, flüsterte mir dann aber doch ins Ohr: »Ich freue mich genauso.« Seine weiteren Gedanken indes behielt er für sich.

Obwohl ich eigentlich guter Dinge hätte sein müssen, konnte ich in der Nacht kaum einschlafen, so sehr hatte mich der gesamte Gerichtsprozess aufgewühlt. Und von dort war es nur ein Katzensprung zu meiner Sorge um Maruhito. Fing jetzt alles wieder von vorne an? Sein Alkoholkonsum? In letzter Zeit hatte er sich dem Anschein nach etwas zurückgehalten. Ich wälzte mich im *Futon* von einer Seite auf die andere und grübelte und grübelte.

»Nein! Nein! Lasst mich in Ruhe!«

Erschrocken richtete ich mich halb auf. War das Maruhito? Er sprach im Schlaf.

»N ... Ich kann nichts ...«

Du meine Güte. Mein armer Mann war in einem Albtraum gefangen.

»Bitt ..., keinen Proz ...«

Zwischen dem stoßweisen Atem stieß er immer ein paar Silben hervor. Ob ich ihn besser wecken sollte? Oder dienten auch Albträume der Entspannung? Am nächsten Morgen konnte er sich bestimmt an nichts mehr erinnern. Ich lauschte noch eine ganze Weile in die Stille der Nacht, die immer wieder von Maruhitos

Stöhnen unterbrochen wurde. Ich beschloss, ihn nicht zu wecken. Wenn er anschließend nicht mehr einschlafen konnte, war auch nichts gewonnen.

Ich schnappte mir meine Bettdecke und legte mich im Wohnzimmer auf die Couch. Vielleicht fand ich ja hier noch ein paar Stunden Schlaf, hoffte ich.

*

MARUHITO

Auch diesmal war Reina Sorihama wieder zur Höchststrafe verurteilt worden.

»Die Hoffnung, dass sie sich in den kommenden drei Jahren bessert, sollten wir begraben«, meinte Sabrina trocken, als wir wieder in unseren eigenen vier Wänden waren. »Aber wenigstens brauchen wir erst einmal keine Angst mehr zu haben, schon allein wegen der Kinder«, ergänzte sie, als wollte sie sich selbst aufheitern.

»Ja, dass man so kurzen Prozess mit ihr machen würde, damit habe ich, ehrlich gesagt, nicht gerechnet«, gestand ich.

»Doch, doch. Justizia ist durchsetzungsfähiger als du ihr zutraust.« Sabrina nickte nachdrücklich zu ihren Worten.

»Von dir habe ich in der Hinsicht einiges gelernt.« Ich lächelte Sabrina anerkennend an.

»Doch ich hatte recht, was ihren Bruder angeht«, sprach ich weiter. »Ich habe mich erkundigt. Er hat schon vor langer Zeit seinen Job verloren. Aber zum Glück war er noch jung genug und hat einen neuen gefunden. Allerdings in einer ausländischen Firma.«

»Hmmm«, überlegte Sabrina, »wenn deine Ex so steinreich ist, wie sie vorgibt, von wegen hundert Millionen Yen für die Scheidung und so, dann müsste er doch eigentlich genauso viel Geld geerbt haben, oder?«

Ich sah Sabrina überrascht an.

»Es sei denn, die Eltern haben ihn enterbt«, setzte ich hinzu.

»Meinst du, dass sie da was gedreht hat, damit sie Alleinerbin wurde?« Sabrinas Gehirn schaltete auf Krimi-Dimension.

»Keine Ahnung. Aber das wollen wir ihr mal nicht unterstellen«, verwarf ich den Gedanken sofort wieder.

Sabrina rempelte mich mit der Schulter freundschaftlich an. »Sei ehrlich, du glaubst immer noch, das alles ist nur ein böser Traum.«

Ich seufzte demonstrativ und gut hörbar. »Immer dein deutsches Denken. Das strengt verdammt an!«

*

SABRINA

»*Ne*, Sabrina-*san*. Sie haben das noch gar nicht mitbekommen. Als der Umzugswagen vor der Tür stand, waren Sie auf der Arbeit.«

»Was ist denn passiert?« Mein Herz begann zu rasen. Bitte nicht schon wieder eine Katastrophenmeldung von der Stalker-Front. Oder stand der Fall gar in der Presse? Ich musste an mich halten, um Tadakai-*san* konzentriert zuzuhören.

»Die falsche Reina Sorihama ist ausgezogen.«

»Oh.« Zu einer anderen Reaktion war ich nicht in der Lage. Ausnahmsweise eine gute Nachricht. – Hoffentlich.

»Sie hat aber doch erst ein halbes Jahr hier gewohnt«, versuchte ich, das Gespräch in Gang zu halten.

»Ja, aber durch den Gerichtsprozess ist doch bekannt geworden, wie dumm sie sich verhalten hat. Dadurch hat sie das Gesicht verloren. Das ist das Schlimmste, was einem Japaner passieren kann, müssen Sie wissen. Da wollte sie bestimmt raus hier aus der Nachbarschaft. Und vermutlich will sie auch raus aus ihrer Haut.« Die Nachbarin lachte leise auf. Es war ein bitteres Lachen. »Jeder Blick in den Spiegel erinnert sie ja an die Stalkerin.«

Arme Tobiki-*san*, dachte ich. Mir kam es vor, als würde Takadai-*san* förmlich auf eine Reaktion meinerseits lauern. Aber Mitleid zu bezeugen, war vermutlich nicht angesagt.

»Und Sie sind ganz sicher, dass sie hier weggezogen ist?« Ich hoffte, dass ich meine innere Anspannung gut genug verbergen konnte.

»Ja. Seit der Möbelwagen vorgefahren ist, hat sie auch niemand mehr gesehen.«

»Ach, dann ist das schon länger her?« Und wir haben nichts davon mitbekommen, dachte ich überrascht.

»Um ehrlich zu sein, direkt am Tag nach dem Prozess«, ließ Takadai-*san* nun die Katze aus dem Sack.

»Oh, hat sie denn so schnell eine neue Bleibe gefunden?« Ich stellte mir Rina Tobiki vor, wie sie mit dem Umzugswagen verzweifelt versuchte, von jetzt auf gleich eine neue Wohnung zu mieten. Die Frau kann einem leid tun, dachte ich wieder. Zugegeben, ich selbst war damals nach ihrem Einzug drauf und dran, sie zu bitten, wieder auszuziehen. Aber so Knall auf Fall. Das hatte sie nicht verdient.

»Vielleicht hat sie Verwandte, bei denen sie erst einmal unterkommen kann. Oder eine Freundin.«

»Das ist ihr zu wünschen.« Ich meinte das von ganzem Herzen.

*

MARUHITO

»Ich habe eine Neuigkeit für dich, mein Schatz.« Sabrinas Blick verriet sie sofort, sie konnte kaum an sich halten. Doch ich konterte: »Ich habe auch eine für dich.«

Wir schauten einander an und mussten lachen.

»Du zuerst«, sagte Sabrina.

»Nein, *Ladies first*, sagst du doch immer«, neckte ich meine Frau.

»Also gut, Rina Tobiki ist ausgezogen. Nichts wird uns somit in den nächsten Jahren an unangenehme Zeiten erinnern.« Es gelang ihr, den Namen meiner Peinigerin nicht aussprechen zu müssen.

»Jetzt bist du dran.« Gespannt schaute sie mich an.

»Ich werde versetzt.«

»Was? Für wie lange?« Sabrina konnte es kaum glauben. »Jetzt, wo hier endlich, endlich Frieden eingekehrt ist, ausgerechnet zu dem Zeitpunkt wirst du versetzt?«

»Für zwei Jahre.«

»So lange? Und wohin?«

Ich grinste nur: »Rate einmal.«

»Higashi-Nagasaki?«, fragte sie belustigt. Das war ein Bahnhof in Zentral-Tōkyō, quasi nur um die Ecke.

»Nein, nach Deutschland. Nach Berlin. Was sagst du nun?«

Sabrina sagte erst einmal gar nichts. Statt einer Antwort nahm sie mich ganz spontan in den Arm. Hätte ich eigentlich voraussehen können bei meiner deutschen Frau. Trotzdem kam es überraschend. Ich tätschelte ihr den Rücken. Was sollte ich auch sonst tun?

»Das ist ja eine schöne Nachricht. Ab April?«, wollte sie dann noch wissen.

Ich nickte. Soweit kannte meine Frau die japanischen Sitten also bereits.

»Dann versuche ich, ein Sabbatical zu bekommen. Länger als ein Jahr geht zwar nicht, aber die Uni braucht ja auch eine gewisse Vorlaufzeit. Die Kinder und ich kommen dann im April 2021 nach. Wenn die Kollegen mitmachen«, setzte sie noch einmal hinzu.

»Für das eine Jahr versuche ich dann jemanden aus Deutschland zu finden, der auf das Haus aufpasst. Vielleicht eine Japanologiestudentin, die für ein Jahr zum Sprachstudium kommt«, überlegte sie laut.

Ich schaute Sabrina lange nachdenklich an, verkniff mir aber erst einmal jeden Kommentar. Wieder so eine deutsche Idee. Dabei hatte ich ihr schon einmal gesagt, dass wir Japaner einem Fremden nicht das Haus überliessen.

*

MARUHITO

Drei Monate vor meinem geplanten Abflug, kam die Katastrophenmeldung aus China. Das neue Virus breitete sich in Windeseile auf der ganzen Welt aus und erhielt den Namen COVID-19. Ausgangssperre war das Stichwort, das meinen Chef dazu veranlasste, meine Versetzung nach Deutschland rückgängig zu machen. Lieber kein Risiko eingehen.

»Oh, nein. Wo die Kollegen doch schon ihr Okay zu meinem Sabbatical gegeben haben. Dass mir da jetzt so eine Naturgewalt dazwischenfunken muss. Unglaublich.« Sabrina war maßlos enttäuscht.

»Warte es erst einmal ab, du hast doch noch ein ganzes Jahr Zeit«, versuchte ich ihr Mut zuzusprechen.

»Ja, aber die Situation wird doch immer verrückter.«

»Trotzdem, plane erst einmal weiter. Zurückrudern kannst du immer noch, wenn es wirklich so schlimm kommen sollte.« Ich blickte Sabrina aufmunternd an.

»Und eigentlich wollten wir doch das Jahr gemeinsam in Deutschland verbringen. Aber dein Auslandsaufenthalt ist gänzlich abgeblasen, wenn ich das richtig verstanden habe.«

»Ja, aber ich komme euch besuchen. Bestimmt«, versprach ich sofort. Meiner Stimme war zum Glück nicht anzumerken, dass ich insgeheim Angst vor dem Alleinsein hatte. An manchen Tagen sogar panische Angst. Selbst temporäre Einsamkeit für nur ein paar Stunden führte immer noch dazu, dass ich mich in Grübeleien erging. Regelmäßig endeten die mit Selbstvorwürfen, dass ich keine andere Lösung gefunden hatte, als Reina Sorihama immer wieder ins Gefängnis zu bringen. Diese Frau hatte nach so vielen Jahren noch Macht über mich, selbst wenn ich sie nicht mehr sah. In solchen Momenten griff ich auch jetzt noch stets zum Alkohol. Gut vor Sabrina versteckt, hatte ich ausnahmslos mindestens eine Flasche Whisky im Haus. Ich hatte lange nach einem geeigneten Versteck gesucht. Schließlich hatte ich im Bad die Deckenluke geöffnet und ein Netz am Dachbalken befestigt. Dahinein hatte ich die Flasche gelegt. Einfach nur hinstellen war zu gefährlich, sie würde beim nächsten Erdbeben umfallen. Und wenn meine Sabrina das Geräusch hörte … Natürlich war das Getränk dort nur im Winter angenehm temperiert. Doch ich sorgte dafür, dass im Kühlschrank die Eiswürfel nie ausgingen. Dann war das Problem gelöst. Doch letztens war Sabrina aufmerksam geworden, dass der Eiswürfelspender wesentlich häufiger als früher in Betrieb war. Mann, was habe ich da für Ängste ausgestanden, kam die Erinnerung in mir hoch. Und jetzt hatte ich ein neues Problem. Was, wenn ich mir dieses neue Virus holte und dann tagelang nicht raus durfte? Ich musste mir größere Alkoholvorräte zulegen. Genauso wichtig war jedoch, dass wir an Gesichtsmasken kamen. Wo man es auch versuchte, momentan waren sie überall ausverkauft, und die Geschäfte ließen keinen mehr ohne Maske rein.

*

REINA SORIHAMA

Noch ein Jahr musste ich absitzen. Ein ganzes Jahr. Aber dann wollte ich meinen Maruhito um mich haben. Am liebsten von morgens bis abends. Und diesmal in einer Form, so dass er mir nicht mehr entkommen konnte. Ich machte die Augen zu, damit ich die Zelle für einen Moment vergessen konnte. Doch es gelang mir nicht.

Ich presste beide Hände fest gegen die Brust. Doch der Herzschlag wollte sich nicht beruhigen. Maruhito wäre schon längst zu mir zurückgekommen, wenn nur diese Ausländerin, diese miese, nicht ständig dazwischenfunken würde. Ich zwang mich langsam und tief zu atmen. Allmählich legte sich meine Panik und ich erkannte, dass der Vergleich hinkte.

Plötzlich kam mir ein Blitzgedanke. Noch konnte ich ihn gar nicht richtig fassen. Doch dann überschlugen sich meine Gedanken.

Ich musste mit Zaima-*sensei* sprechen. Noch am selben Tag besorgte ich mir neues Briefpapier und Umschläge und zitierte meinen Rechtsanwalt herbei.

»Wenn ich diesmal aus dem Gefängnis entlassen werde, will ich gezielt nach einem Job suchen. Der soll jedoch die Besonderheit haben, dass sich die Arbeitsstelle möglichst nah an Maruhito Obiharas Firma befindet.«

Zaima-*sensei* verstand mich auf Anhieb: »Ihnen schwebt also ein Job in derselben Firma vor?«

»Um ehrlich zu sein, ich möchte die Chefin in dem Laden sein.«

»Haben Sie schon eine Idee, wie Sie das bewerkstelligen möchten?«

»Ich will den Laden kaufen«, sagte ich bloß, als wäre es das Selbstverständlichste von der Welt.

»Oh.« Zaima-*sensei* war ehrlich überrascht, fasste sich aber sofort. »Sie wollen *Owner-shachō* werden. Sehe ich das richig?«

»Ganz genau. Und zwar bei Hamanaka Consultings.«

*

MARUHITO

Wie jeden Tag stellte ich meine Tasche neben den Schreibtisch und ging dann zum Teedispenser. Welch schöner Tagesbeginn. Mit mir und der Welt zufrieden drückte ich auf die Taste *Eistee* und freute mich darauf, gleich meinen erhitzten Körper ein wenig abzukühlen.

Da grüßte mich eine bekannte Stimme: »Ohayō gozaimasu. Guten Morgen!«

Ich stutzte. Das konnte nicht sein! Ich drehte mich abrupt zur Seite und verschüttete vor Schreck etwas Tee.

»Was machst du denn hier?«, entfuhr es mir.

Ich glaubte, sie sei eine Vertreterin, die gleich wieder die Firma verlassen würde. Wir arbeiteten im medizinischen Bereich, und Reina Sorihama kam aus der Computerbranche.

»Ich bin die neue Chefin.«

»Du bist was?«

»Ich bin die neue Chefin. Habe die Firma gekauft und allen Angestellten die Jobs erhalten.«

Das konnte nicht wahr sein. Erst schickte sie eine Doppelgängerin in die Nachbarschaft, und jetzt hatte sie sich etwas einfallen lassen, so dass ich sie den ganzen Tag erdulden musste, wochenlang, monatelang, vielleicht sogar jahrelang. Der Tag, nein fortan alle Tage, drohten zu meinem persönlichen Desaster zu werden. Was sollte ich tun? Ich presste die Lippen aufeinander. Nur jetzt kein falsches Wort. Nur nicht laut werden. Niemand in der Firma würde das nachvollziehen können. Niemand wusste Bescheid. Oh Himmel, was sollte ich bloß tun? Was für eine irrsinnige Situation. Meine Ex, meine langjährige Peinigerin, stand leibhaftig vor mir, hier in der Firma, für die ich seit Jahr und Tag mein Ganzes gab, und schaute mich mit großen Unschuldsaugen an. Wenn ich jetzt einen Fehler machte, stellte sich die Firma gegen mich. Doch dann brach es aus mir heraus, ohne dass meine Gefühle mir Zeit ließen, meine Worte sorgfältig zu wählen. Meine Selbstbeherrschung reichte gerade noch dazu, die Stimme zu dämpfen. Ich herrschte meine Ex an:

»Wieso kaufst du ausgerechnet diese Firma? Was soll das?«

»Ich liebe dich. Und ich will, dass du zu mir zurückkommst«, flötete mein Gegenüber. Wie ich diese Stimme mittlerweile hasste! Abgrundtief hasste. Ich durfte mich bloß nicht zu einer unüberlegten Handlung hinreißen lassen. Am liebsten würde ich ihr jetzt und auf der Stelle die Gurgel zudrücken, drängte sich ein Gedanke auf. Dann wäre ein für alle Mal Ruhe. Erschrocken rief mich mein Gewissen zur Ordnung: Alles, nur das nicht. Bloß nicht für dieses Luder kriminell werden. Dann würde sie auf der Stelle die Oberhand gewinnen und das durfte auf gar keinen Fall passieren. Ich merkte gar nicht, wie ich die Plastiktasse, die ich in der Firma stets benutzte, mit beiden Händen umfasst hielt und vor lauter innerer Anspannung immer fester zudrückte. Dann drang diese Stimme wieder in mein Bewusstsein: »Das ist doch wohl vollkommen legitim. Und da du mir aus dem Weg gehst, habe ich diese Lösung gefunden, damit wir uns endlich nahe sein können. Du wirst schon noch lernen, dich darüber zu freuen.«

Damit ging sie zum Shachō-Sessel, demonstrierend, dass sie die Chefin war. Einige der Kolleginnen schauten bereits zu uns herüber. Im nächsten Moment vernahm ich ein leises Knacken. Dann spürte ich den Tee über meine Hände laufen. Mist! Schnell platzierte ich die zerquetschte Tasse auf dem Teespender und löste meine Hände von dem Trinkgefäß, die dieses wie Schraubstöcke umklammert hielten. Hastig trocknete ich mir die Hände ab. Dann schüttete ich den Rest Tee vorsichtig in das Gitter am Teespender und warf die Tasse in den Papierkorb. Recyclen, ermahnte mich meine innere Stimme. Macht der Putzmann, dachte ich trotzig und ging zu meinem Platz. Nun hatte ich ein Problem. Das größte in meinem bisherigen Leben. Und eine Lösung nicht in Sicht. Was würde wohl Sabrina dazu sagen? Was wohl? Vermutlich wieder irgendetwas deutsch Gedachtes, was mir die Haare zu Berge stehen ließ. Ich spürte deutlich, wie sich ein Gefühl in mir breit machte, das ich bislang nicht kannte. Ich wollte heute nicht nach Hause gehen, lautete es. Das Telefon an meinem Schreibtisch klingelte. Firmenintern. Ich drückte auf den Empfangsknopf: »*Moshi moshi?*«

*

MARUHITO

Der Feierabend rückte näher. Ausgerechnet heute hatte ich, was nur ein paar
Mal im Jahr vorkam, kaum Überstunden zu machen. Dann war der Moment
gekommen. Ich ließ die Finger von den Computertasten gleiten. Der Bildschirm wurde schwarz und das leise Summen beim Ausschalten verstummte.
Ich nahm meine Aktentasche, grüßte die noch anwesenden Kollegen und
ging. Meine Füße trugen mich in dieselbe Richtung wie jeden Tag. Vollauto-
matisch. Dann stand ich auch schon in der Bahn, es ruckelte an derselben
Stelle wie jeden Tag, wenn die U-Bahn um die Kurve bog. Ich klammerte
mich an den Hängegriff. Die Räder quietschten auf den Schienen. Und da
war sie wieder. Die Angst. Die Angst, erneut mit Sabrina in Streit zu geraten
wegen meiner Ex. Meine Beine trugen mich wie durch ein Wunder weiter,
aus dem Zielbahnhof hinaus, die vertrauten Straßen entlang, und schließlich
bis vor die eigene Haustür. Die Angst war in jeder Sekunde mein Begleiter.
Das war nicht ich. Das passierte nicht mir. Ich brauchte Sabrina nichts zu
erzählen. Tagträumer, schalt ich mich sofort selbst. Ich blieb noch eine Weile
zögerlich vor der Haustür stehen, dann schloss ich auf. Noch in der Tür rief
ich » *Tadaima* – bin wieder da. «

» *O-kaeri*! «, kam postwendend die Antwort aus der Küche. Diese Stimme,
so sanft, wenn sie mit mir sprach, als wären wir immer noch so verliebt wie
in den ersten Tagen. Und eben diese Stimme veränderte sich so, wenn sich
ihre Besitzerin mir gegenüber durchsetzen wollte.

*

SABRINA

Maruhito fiel nicht mit der Tür ins Haus. Er wartete, bis wir am Abend
alleine waren. Dann begann er zögerlich: » Übrigens hat sich heute eine Veränderung in mein Leben eingeschlichen, eine, die schier unglaublich ist. «

»Und die wäre?« Erwartungsvoll richteten sich die beiden grünen Augen, die ich so liebte, auf mich.

Ich sah meine Frau sorgenvoll an.

»Ich bin ganz Ohr!«, ermunterte Sabrina mich zum Weiterreden.

»Reina Sorihama hat Hamanaka Consultings gekauft.« Nicht mehr und nicht weniger sagte ich. Doch das saß.

»Wie bitte?«, fragte Sabrina ungläubig.

»Wirklich. Seit heute ist sie meine Chefin.«

Sabrina verstummte. Vollkommen entgeistert starrte sie mich an. Ihr blieb vor Schreck der Mund offenstehen. Es dauerte eine gefühlte Ewigkeit, bis sie sich wieder halbwegs im Griff hatte. Doch als sie zu sprechen begann, konnte sie ihre Gefühle nicht verbergen.

»Ich kann es nicht fassen! Glaubt die allen Ernstes, sie kommt damit durch? Nimm dir morgen früh frei und wir gehen noch einmal zur Polizei. Dir solchen Stress zu machen und das täglich, dagegen können die bestimmt etwas unternehmen«, explodierte die Frau an meiner Seite.

Ich hatte es gewusst, Sabrina würde deutsch reagieren. Wieder Polizei. Diesmal gegen meine Chefin. Das war zuviel für mich.

»Ich muss sagen, so allmählich resigniere ich«, sagte ich dann ehrlich. »Ich bewundere deinen Elan. Und ich bewundere dein Vertrauen in die Polizei. Diese Kriminelle hat die Firma gekauft. Dagegen ist die Polizei machtlos. Das hat überhaupt keinen Sinn, denen die Tür einzurennen.«

»Aber wenn wir es noch nicht einmal versuchen, können wir es doch überhaupt nicht wissen«, beharrte Sabrina auf ihrem Vorschlag.

»Lass bitte die Polizei aus dem Spiel. Japanische Firmen schätzen es nicht, wenn die Ordnungshüter sich für sie interessieren, egal aus welchem Grund.«

»Heißt das, dass sie dich rausmobben, sobald du die Polizei einschaltest?«

»Ach Sabrina. Wir sind hier nicht in Deutschland!«

»Wieso hat dein Chef überhaupt an sie verkauft? Bei dem Vorstrafenregister«, erboste sich Sabrina.

»Vielleicht wusste er nichts davon.«

»Oder sie hat ihn bestochen. Der traue ich alles zu.«

»Ich denke, wir brauchen gar nicht erst zur Polizei zu gehen.«

»Du meinst, sie werden nichts unternehmen?«, vergewisserte sich Sabrina. Das Entsetzen war ihr anzusehen.

»Wofür ist die Polizei denn sonst da, wenn nicht zum Schutz der Bürger? Und mein Mann braucht Schutz, und zwar von einer Macht, gegen die diese schamlose Person nicht ankommt«, erhob sie noch einmal ihre Stimme.

»Ich fürchte, das bringt nichts«, ließ ich sie nicht ausreden.

»Aber vielleicht greift die Polizei jetzt ja hart durch und hält uns diese Person für den Rest ihres Lebens vom Hals.«

»Eine Firma zu kaufen ist aber nicht strafbar«, wandte ich ein.

»Es ist aber nicht irgendeine Firma, sondern eine, die ihr beim Stalken zugutekommt.«

Mann, konnte meine Frau beharrlich sein.

»Lass es uns trotzdem versuchen, bitte! Lass uns direkt morgen zur Polizei gehen.« Jetzt flehte sie regelrecht.

»Nein, bitte nicht. Den Stress, den ich mir damit auf den Hals ziehe, kann ich noch gar nicht absehen.« Damit beendete ich das Gespräch.

*

SABRINA

Oh weh, ich sah rot. Nichts wie zum Boxsack! Schon im nächsten Moment droschen meine Fäuste darauf ein. Eine gefühlte Ewigkeit lang. Und Maruhito? Ich hielt inne und lauschte. Das Klacken gerade, was war das? Ich konnte das Geräusch nicht einordnen. Etwas später ging die Kühlschranktür. Er greift also auch diesmal zur Flasche! Und ich dachte, wir hätten keinen Alkohol mehr im Haus.

Ich schloss die Augen. Wollte nichts mehr sehen. Einfach fortan blind durchs Leben laufen.

Dann erinnerte ich mich wieder an unsere erste Begegnung. Das konnte mich auch nicht aufheitern. Die Cinema Hall, wo Maruhito und ich uns kennengelernt hatten, hatte kürzlich dichtgemacht. Schluss für immer. Kinogeschichte, begraben am neunundzwanzigsten Juli zweitausendzweiundzwanzig. Und ein paar Tage später wird die Stalkerin seine Chefin. Mich übermannte eine bislang nicht gekannte Endzeitstimmung.

Meine Gedanken wollten nicht zur Ruhe kommen. Was war das für ein Klacken vorhin? Danach hatte Maruhito Eiswürfel aus dem Kühlschrank geholt. Die brauchte er für seinen Alkohol. Aber unsere Schränke klackten nicht. Vorsichtig und leise wie eine Katze schaute ich mich in den oberen Räumen um. Nichts Verdächtiges. Blieb nur noch das Bad. Aber darin gab es keinen Schrank. Kein Versteck. Ich stand im Bad und schaute ratlos um mich. Plötzlich fiel mein Blick auf die Decke. In diese war eine Klappe eingelassen. Aber dann müsste Maruhito jedes Mal auf einen Stuhl steigen. Wer weiß. Geräuschlos holte ich mir einen Stuhl und drückte Zentimeter um Zentimeter die Klappe auf. Was mich wohl erwartete? Ein wahres Alkoholdepot. Du meine Güte. Wieviel trank Maruhito bloß pro Tag? Eine unglaubliche Ohnmacht überfiel mich.

Deshalb sah Maruhito inzwischen ständig so verkatert aus. Und mindestens zehn Jahre älter als er war. Sogar ein graues Haar hatte ich entdeckt. Doch ich kam nicht an ihn heran. Und jetzt auch noch der Coup dieser Stalkerin in der Firma. Wenn Maruhito nichts unternahm, würde er daran zugrunde gehen. Nein, nein, und nochmals nein! Das durfte ich nicht zulassen. Diese Hyper-Kriminelle würde meinen Maruhito nicht ruinieren. Sein Leben, mein Leben, das unserer Kinder. Mir musste etwas einfallen. Und mir würde etwas einfallen!

*

SABRINA

Ein paar Tage später kam mir ein erster Gedanke. Ich würde zur Rechtsberatung gehen. Die gab es bei der Stadt, und die war kostenlos. Würden die mir nicht weiterhelfen können, brauchte ich Maruhito nichts davon zu erzählen. Ich machte Nägel mit Köpfen. Nächsten Montag um zehn war der nächste freie Termin. Da waren die Kinder in der Schule und Maruhito auf der Arbeit.

»Ihr Fall ist nicht so kompliziert, wie Sie glauben, Obihara-*san*«, sprach der Rechtsanwalt von der Rechtsberatung mir Mut zu ...

An diesem Tag konnte ich es kaum erwarten, bis Maruhito nach Hause kam. Ich war innerlich vollkommen hibbelig, verbarg meine Gefühle jedoch, so gut ich konnte und wartete das Abendessen ab. Dann ließ ich die Katze aus dem Sack:

»Du, Maruhito.«

»Ja?«

»Ich habe gute Nachrichten.«

»Ach ja?«

»Sehr gute Nachrichten.«

»Na, du machst es aber spannend.« Maruhito zeigte erste Anzeichen von Ungeduld.

»Ich war heute bei der Rechtsberatung, hier bei uns im *Ku-yakusho*, im Stadtamt.«

»Was? Was hast du dort gemacht?«

»Ich habe deinen Fall geschildert und gefragt, ob du da nichts gegen machen kannst.«

Maruhito schaute mich fassungslos an.

»Und?«, fragte er dann vorsichtig, innerlich vermutlich auf alles gefasst.

»Du kannst etwas machen.« Ich ließ meine Worte wirken.

Ich konnte sein Herz regelrecht schlagen hören.

»Du musst einfach nur zur Polizei gehen und sagen, dass diese Stalkerin deine Firma gekauft hat und nun deine Chefin ist.«

»Wie, und das soll reichen?«

»Ja, dann wandert sie nämlich wieder ab in den Knast, da wo sie hergekommen ist.«

»Wenn das stimmt, dann nehme ich mir morgen direkt einen Rechtsanwalt. Die Polizei einschalten will ich nicht.«

»Nein, keinen Rechtsanwalt. Der kann nichts für dich tun. Wenn du eigenständig einen Prozess gegen sie anstrengst, wirst du ihn verlieren.«

»Aha?«

»Die Polizei kennt die Vorgeschichte und hat ihr wiederholt verboten, sich dir zu nähern. Und jetzt sitzt sie täglich auf Tuchfühlung mit dir. Das musst du dir nicht gefallen lassen.«

»Na ja, Tuchfühlung ist nun auch wieder übertrieben.«

»Wir Deutschen pflegen etwas zu übertreiben, wenn die Gefühle mit uns durchgehen. Und ich bin jetzt in Höchststimmung bei der Aussicht, dich wieder glücklich zu sehen. Und das schon ab morgen, wenn wir uns direkt auf den Weg machen.«

»Du meinst, sofort zur Polizei gehen?«

»Genau!«

»Das kann ich nicht. Die Firma verzeiht mir das nie.«

»Was ist das denn für eine komische Firma? Du hilfst ihr doch auf elegante Weise, eine kriminelle Chefin wieder loszuwerden.«

»So einfach ist das nicht.«

»Davon hat der Rechtsanwalt heute Morgen aber nichts gesagt.«

»Er geht natürlich davon aus, dass du das weißt.«

»Trotzdem bin ich dafür, dass du diese Frau hinter Schloss und Riegel bringst, möglicherweise sogar für immer, denn sie ist nachweislich unverbesserlich.«

»Nein. Keine Polizei.«

»Ich fasse es nicht. Willst du warten, bis sie dein Leben vollständig ruiniert?«

»Da ist noch etwas.«

»Ja?« Mein Blick hing an Maruhitos Lippen.

»Ich kann ihr den Job nicht nehmen. Dann würde ich mich genauso gemein verhalten, wie sie.«

»Jetzt sage bloß, du hast dieser Person gegenüber noch irgendwelche Skrupel?«

»Nein, das nicht, aber immerhin ist sie meine Ex. Ich hatte einmal Gefühle für sie. Ich kann ihr jetzt das Leben nicht ruinieren.«

Also doch! Ich schaute Maruhito an. Seine Worte hatten mich sehr nachdenklich gestimmt.

»Bedeutet sie dir noch etwas?«, fragte ich tonlos.

»Nein, nicht so, wie du denkst«, beeilte Maruhito sich zu sagen. »Aber ich kann die Zeit mit ihr im Nachhinein nicht ungeschehen machen. Deshalb: Zivilprozess ja, Polizei nein.«

»Das kannst du vergessen. Da verlierst du, haben sie mir sogar zwei Mal eingeschärft.«

»Dann gib mir etwas Zeit, eine Lösung zu finden, mit der ich leben kann.«

»Ich verstehe dich nicht. Das sage ich jetzt einfach einmal ganz platt deutsch. Eigentlich müsstest du vollkommen aus dem Häuschen sein bei der Aussicht, deine Ex für immer loszuwerden. Sie wird sich dir nie wieder nähern. Zu unserem Haus darf sie schon lange nicht mehr, wenn sie jetzt im Gefängnis verschwindet, verliert sie ihren Job in deiner Firma. Damit bist du für Jahre das Problem Reina Sorihama und den ganzen Stress los. Und wir mit dir. Und da überlegst du hin und her und wieder zurück und entscheidest dich dann gegen die beste Lösung. Alles andere ist nämlich keine.«

»Oh, oh, das war jetzt aber wirklich zu deutsch. Solche Moralpredigten kann ich nicht ab. Das weißt du doch. Ich habe dir meinen Standpunkt erklärt und erwarte, dass du ihn respektierst. So viel Japanverständnis fordere ich von dir ein. Das ist das erste Mal, dass ich so zu dir spreche. Aber das ist mein letztes Wort in dieser Angelegenheit.«

Ich schwieg wie auf Kommando. Bewusst zog ich aber die Stirn in Falten und zog einen Schmollmund. Vielleicht half das ja, wenn Worte schon nichts ausrichten konnten. Doch ich hatte Pech. Maruhito schaute nur einmal kurz zu mir herüber und ging dann nachsehen, was die Kinder machten.

Hegte mein Mann immer noch starke Gefühle für diese Kriminelle, die ich, Sabrina, niemals würde nachvollziehen können? Spielte er gar mit dem Gedanken, zu ihr zurückzugehen? Jetzt, wo sie sich täglich sahen? Angefangen bei den Füßen bemächtigte sich eine dicke Gänsehaut meiner. Welch gruseliger Gedanken. Ob ich ohne Maruhitos Einverständnis einfach Tatsachen schaffen sollte? Einfach allein zur Polizei gehen? *Nuuur nicht gleich, nicht auf der Stell'*, fiel mir der Operettentext ein. *Denn bei der Post geht's nicht so schnell*, kam mir dann die nächste Zeile aus *Der Vogelhändler*. Dafür bei der Polizei umso schneller, da bin ich mir ganz sicher, beharrte ich in Gedanken. Typisch deutsch würde Maruhito jetzt bestimmt wieder sagen. Carl Zeller. War nicht mehr ganz der Musikgeschmack der Jugend von heute, musste ich über mich selbst lächeln. Der Jugend? Auch in meiner Generation fiel ich mit meinem Musikgeschmack stets auf. Nur mein japanischer Ehemann verstand mich. Unwillkürlich lachte ich leise in mich hinein. Zum Glück hatte es mir wenigstens den Galgenhumor noch nicht verschlagen.

*

MARUHITO

»Und, wie ist es dir auf der Arbeit ergangen?«, überfiel Sabrina mich sofort, als ich nach Hause kam.

Noch bevor ich den Mantel in mein Zimmer brachte, antwortete ich: »Das ist die echte Reina Sorihama, sie sieht nicht nur so aus, sie verhält sich auch so. Ständig findet sie irgendetwas, mit dem sie an meinen Schreibtisch kommt.«

»Wenn sie zu penetrant wird, werden sich alle gegen sie stellen«, frohlockte Sabrina.

»So dumm ist sie nicht. Sie wird mich nerven, aber nicht die Firma«, holte ich meine Frau von ihrer Wolke sieben.

»Aber das hält kein Mensch aus. Eines Tages wird dir der Kragen platzen. Lass es lieber nicht so weit kommen.« Sabrina sah nun sehr sorgenvoll aus.

Ich tat das, was ich inzwischen nicht mehr lassen konnte, ich griff zur Whisky-Flasche.

Sabrina registrierte, dass ich sie aus meiner Aktentasche zog. Sie legte ihre Hand auf meine und sagte sanft: »Nimm lieber den Boxsack.«

Ich zögerte. Dann stellte ich die Flasche in den Kühlschrank. Sabrina weiß ohnehin Bescheid, sagte ich mir. Sie hatte ja recht, Alkohol machte mich vielleicht erst richtig krank. Doch ich hatte mich inzwischen an den Alkohol gewöhnt, das konnte ich selbst vor mir nicht mehr leugnen. Es tat so gut, wenn der wohlig wärmend durch den Körper floss. Dann sah die Welt wieder rosig aus. Jedenfalls bis die Wirkung nachließ. Eigentlich hatte ich ins Bad gehen wollen. Sabrina hatte schon das Badewasser eingelassen. Doch ich hatte zuviel getrunken, ich traute mich nicht mehr. Ich hatte Angst, in der Wanne einzuschlafen. So weit war es schon gekommen, dass meine mega-kriminelle Ex mich um dieses tägliche Vergnügen brachte. Wir Japaner liebten das tägliche Bad über alles. Wie oft hatte ich das Sabrina gesagt.

*

SABRINA

»Wie, du gehst schon schlafen?« Sonst war Maruhito nie vor Mitternacht ins Bett zu kriegen.

»Ich bin K.O.«, kam die einsilbige Antwort.

»Na, dann, gute Nacht.« Wenn er schläft, kann er wenigstens keinen Alkohol trinken, versuchte ich positiv zu denken. Und dann kamen mir wieder diese elenden Selbstzweifel. Ich konnte meinem Mann keine wirkliche Stütze sein, ich war nur eine Ausländerin. Ob Maruhito sich in dieser Situation eine Japanerin an seine Seite wünschte? Eine, die ihn nicht ständig drängte, doch zur Polizei zu gehen? Eine die verstand, warum er genau das nicht tun wollte? Latente Angst überkam mich.

*

MARUHITO

Ich lag im Bett, ziemlich zugedröhnt, doch meine Gedanken kamen nicht zur Ruhe. Mein Arbeitsplatz, die Hölle pur. Was sollte ich bloß tun? Sobald sich meine Ex unbeobachtet fühlte, suchte sie Körperkontakt und schaute mich schmachtend an. Sie strich sich mit der Zunge verführerisch über die Lippen oder stierte mir verlangend auf den Po. Die Firma verfügte in den Innenräumen über keine Überwachungskameras, so dass im Ernstfall Aussage gegen Aussage stünde. Gut, sie hatte inzwischen ein beachtliches Vorstrafenregister, doch das alleine war noch keine Garantie, dass die Polizei mir glauben würde, wenn es hart auf hart kommen sollte. Wie konnte ich dieser Frau nur endgültig entkommen? Das Leben konnte so grausam sein.

REINA SORIHAMA

Ich war mit dem Verlauf der Dinge wirklich äußerst zufrieden. Doch ich wollte mehr von Maruhito Obihara, ich wollte ihn ganz. Ganz für mich und ganz als Mann. Und wenn ich ihn nicht zu Hause haben konnte, dann wenigstens im Büro! Mein Beschluss stand fest. Dafür musste mir jedoch etwas einfallen. Das Büro bestand nur aus einem einzigen großen Raum. Es war halt keine richtig große Firma, so dass noch nicht einmal ich als Chefin mein eigenes Büro hatte. Der einzige abgetrennte Raum war der Konferenzraum. Aber auch der war zwar blick- aber nicht schalldicht.

Aber ich bin *Owner-shachō*. Sprich, mir gehörte die Firma und ich war gleichzeitig die Chefin. Da konnte mein Maruhito mir gar nicht mehr entkommen. Ich musste nur noch etwas Geduld haben. Verliebt schaute ich die Statuen an und schob sie noch den letzten Millimeter aufeinander zu. Nun berührten sich die Münder. In meiner Phantasie erwachten die Statuen zu richtigem Leben.

*

MARUHITO

Ein Kollege nach dem Anderen ging in den wohlverdienten Feierabend, doch ich musste noch die vom Vortag liegengebliebene Arbeit abarbeiten. Reina Sorihama blieb ebenfalls. Schließlich waren wir allein. Es dauerte keine zwei Minuten, da lief sie ganz langsam die Hüften schwenkend an meinem Platz vorbei. Und prompt streifte sie mich. Ich folgte ihr mit den Augen. Sie ging zur Bürotür und schloss sie von innen ab. Mir wurde schlecht. Statt zu ihrem Platz, kam sie zu mir zurück und stellte sich ganz dicht neben mich. Bei der leisesten Bewegung würde ich sie berühren müssen. Ich schaute sie angewidert an und schon streifte ich ihren Körper mit meiner Schulter. Ich reagierte ungehalten. Ein Fehler. Sie blieb die Ruhe selber.

»Aber, aber, wer wird denn gleich auf die Palme gehen!«

»Dann halte dich von mir fern«, erwiderte ich mit fester Stimme.

»Das geht nicht, ich bin doch deine Chefin und als solche habe ich für das Wohl meiner Angestellten zu sorgen«, strahlte sie mir ihre Antwort entgegen.

Belustigt schaute sie mich an, der kein Wort mehr hervorbekam.

»Wie gesagt, ich habe jetzt für meine Untergebenen zu sorgen«, wiederholte sie. Vermutlich fiel ihr sonst nichts ein.

Mir war meine Fassungslosigkeit bestimmt anzusehen. Schließlich fand ich die Sprache wieder und versetzte:

»Fragt sich nur, was du darunter verstehst.«

»Oh, du hast mich also vollkommen richtig verstanden!«

Nun leuchteten ihre Augen erotisch. Sie stellte sich ganz dicht hinter mich. Ich hörte, wie sie in die Hocke ging. In dieser Position schlang sie die Arme von hinten um mich und ließ ihre Hände ganz sanft und langsam meinen Oberkörper hinuntergleiten. Als sie meine Hose erreicht hatte, kamen meine Lebensgeister in Bewegung. Ich sprang auf:

»Lass mich in Ruhe!«, brüllte ich sie an.

Ja, ich hatte gebrüllt wie ein Löwe. Wir Japaner brüllen uns nicht an. Nun wusste sie, ich war am Ende.

»Aber, aber, so redet man doch nicht mit seiner Chefin!«, flötete sie postwendend.

»Wohl aber mit einer, die sich des *Powerhara* schuldig macht.« Irgendwie gelang es mir, meine Stimme wieder in den Griff zu bekommen.

»*Power harassment*? Welch schreckliches Wort.«

»Dann eben *Sekuhara*!«

»*Sexual harassment*? Noch so ein abscheuliches Wort.«

Während sie das sagte, stellte sie sich unmittelbar vor mich.

»Du kannst jetzt nicht ausweichen, der Aktenschrank steht hinter dir, habe ich recht?« Damit bewegte sie sich verführerisch seufzend noch näher an mich heran.

Ich antwortete nicht mehr. Ich spürte ihre kleinen weichen Brüste deutlich an meinem Oberkörper. Früher hätte ich diese Situation genossen und wäre mit Wonne darauf eingegangen, überlegte ich. Nun widerte mich dieser Gedanke an.

»Siehst du, so können wir den Abend doch richtig genießen.« Damit schob sie ihren Unterkörper an meiner Hose hin und her. Offenbar gab ihr das aber nicht den richtigen Kick. Logisch. Das war keine sexuelle Erregung, die sich in meiner Hose breitgemacht hatte, es war die Wut über sie. Ich hoffte, dass sie sich darüber ärgerte. Sie öffnete die Lippen und kam mir ganz langsam näher. Abrupt stieß ich sie von mir. Nur schnell meine Aktentasche und nichts wie raus aus diesem Büro, war mein einziger Gedanke. Zum Glück brauchte man beim Hinausgehen keinen Schlüssel, sondern konnte einfach einen Knauf drehen. Sonst hätte ich jetzt ganz schön in der Falle gesessen.

Spät am Abend war ich endlich soweit, dass ich Sabrina von dem Vorfall erzählen konnte. Die inzwischen halb geleerte Whisky-Flasche stand vor mir auf dem Tisch.

»Erst stalken und dann *Powerhara* und noch dazu *Sekuhara*? Das musst du dir nun wirklich nicht gefallen lassen«, empörte sich Sabrina augenblicklich.

»Vertue dich nicht. Die ist jetzt die Chefin, die Firma gehört ihr, gegen die stellt sich da keiner mehr.« Ich wollte mir noch ein Glas einschenken, doch Sabrina sah mich flehend an. Ich zögerte. Dann ignorierte ich ihren Blick und goss mir einen weiteren Whisky ein. Eine Melodie machte sich in meinen Gedanken breit. Ich begann ganz leise vor mich hinzurappen: *Whisky du mein Leben, ich will an dir kleben.* Lange, sehr lange war es her, dass Wir ohne mich mit dem Song einen Hit gelandet hatte. Unwillkürlich drängte sich mir der Gedanke auf, ob Reina Sorihama wohl genau das wollte, mich in den Alkohol treiben? Wusste sie, dass ich trinke? Beobachtete sie mich, wenn ich mich im Supermarkt eindeckte? Sofort hörte ich auf zu summen. Dann zwang ich mich, an die letzte Strophe zu denken, die mit den zwei Zeilen endete: *Whisky und du, beides bu, beides bu, ja auch du.* Doch aus meinem Kopf konnte ich das Lied nicht sofort verbannen, nein, ich hatte die Zeit mit Reina Sorihama nicht vergessen. Noch nicht vergessen, befahl ich mir zu denken. Ich schämte mich vor mir selber. Am liebsten hätte ich noch einmal zur Flasche gegriffen, die Zeit mit ihr mit Alkohol vergessen gemacht, doch ich merkte, dass ich schon leicht schwankte. Ich durfte mich jetzt nicht weiter gehenlassen. Ich musste stark sein. So stark wie Sabrina.

»Wenn du schon nicht zur Polizei gehen willst, dann nimm dir wenigstens einen Anwalt und verbitte dir ihr Verhalten«, hörte ich meine Frau wie aus weiter Ferne sagen. Ich musste mich wieder auf sie konzentrieren. Sabrina war meine Frau. In meinem Kopf musste endlich Ruhe einkehren, zwang ich mich zur Konzentration. *Whisky, du mein Leben, ich will an dir kleben.* Ruhe! *Whisky, du mein Leben, ich will an dir kleben.* Aufhören!!!

Ahnungslos ob meiner Gedanken sprach Sabrina weiter: »Wenn das nicht hilft, müssen wir halt prozessieren, auch wenn wir das in Japan in jedem Fall aus eigener Tasche bezahlen müssen.«

Sie sah mich direkt an. Ob sie merkte, dass ich ihr kaum zuhörte? Ich sah meine Frau lange durch den Alkoholschleier hindurch an, dabei spürte ich sehr genau, ihre Gelassenheit war nur vorgetäuscht. Und wieder Wir ohne mich und dieser Refrain! Ich schaute Sabrina an, so gerade ich nur konnte. Wie ein Gewitter kam es über mich, Blitz und Donner gleichzeitig, als es aus Sabrina hervorbrach: »Wir reden zu Hause wieder über nichts anderes mehr, als über diese verdammte Stalkerin!« Sie sprang auf und wollte zum Boxsack laufen. Zögernd blieb sie im Türrahmen stehen. Reflexartig kam sie die drei Schritte zurück und zog mich an der Hand hinter sich her. Ich rang mir ein Lächeln ab und torkelte in ihrem Windschatten. Vor den Boxsack gestellt, hub ich in Richtung auf den Sandsack, der erste Schlag ging daneben, ein neuer Schlag, der traf sein Ziel ebensowenig. Der Whisky! Doch dann traf ich, erst mäßig, dann immer fester und fester, bis ich schließlich vollkommen außer Atem war.

»Das tut gut, oder?«, sagte Sabrina und lächelte mich an.

Statt einer Antwort, lächelte ich zurück. *Whisky, du mein Leben, ich will an dir kleben.* Das war zu viel, verdammt nochmal! Ich ging noch einmal ins Wohnzimmer, nahm die Whisky-Flasche und stellte sie wieder in den Kühlschrank.

*

SABRINA

Hoffentlich war meine Message angekommen. Ich hatte inzwischen ehrlich Angst, er würde zum Alkoholiker. Und er? Wie sah er selbst seinen stetig steigenden Alkoholkonsum? Statt einer Antwort fiel mir nur ein Name ein: Reina Sorihama. Ich schlich zur Küchentür.

Da nahm er gerade das Glas, das er sich zuvor eingeschenkt hatte, setzte es an die Lippen, doch dann wieder ab. Er schickte sich an, es in den Ausguss zu kippen. Ich jubelte innerlich. Er beließ das Glas ein paar Sekunden in der Schwebe, kämpfte mit sich selber und brachte es schließlich doch nicht fertig. Statt zum Ausguss führte er seine Hand an die Lippen und trank das Glas in einem Zug aus. Aus irgendeinem Grund verlor ich ein wenig das Gleichgewicht. Er hörte das leise Geräusch hinter sich und drehte sich um. Nun hatte er mich ohnehin gesehen.

»Du trinkst zu viel. Viel zu viel«, brach es aus mir heraus. Er sah die Tränen in meinen Augen und wusste nicht, wo er hinschauen sollte.

»Was du konsumierst, passt doch auf keine Kuhhaut mehr. Selbst wenn du nur an einem Tag im Monat mehrere Gläser von dem starken Zeugs trinken würdest, wäre das schon episodisches Rauschtrinken«, entfuhr es mir in meiner Verzweiflung.

Doch ich konnte meinen Mann nicht mehr erreichen: »Ich gehe kurz spazieren«, war alles, was ich als Antwort erhielt. Und dabei konnte er nicht einmal mehr gerade laufen.

*

MARUHITO

Mit bangen Gefühlen betrat ich am nächsten Tag die Firma. Doch nichts. Reina Sorihama verhielt sich zunächst so, wie man das von einer Chefin erwartete. Jedoch nach sechs Uhr abends, als die meisten schon gegangen waren, gab sie mir einen neuen Auftrag. Natürlich einen, an dem ich noch Stunden sitzen würde. Sie machte es dringend. Und so würden wir wieder allein im Büro bleiben. »Nur wir zwei werden noch übrig sein«, frohlockte sie im Flüsterton, als sie mir die Mappe auf den Schreibtisch legte. Kaum war der Letzte gegangen, schloss sie auch an diesem Tag die Tür ab und kam zu mir. Ehe ich es mich versah, setzte sie sich diesmal ohne Vorwarnung auf meinen Schoß.

»Hier fühle ich mich so richtig wohl«, seufzte sie verführerisch und begann einen *Lapdance*.

Ich versuchte, sie von mir zu schieben. Sie wand sich hin und her. Erst tat sie so, als ziere sie sich, dann wurde daraus ein Gerangel. Plötzlich sprang Reina Sorihama auf und schrie hysterisch: »Oh, du hast mich verletzt. Sieh dir das nur an, es blutet sogar.«

Die war wirklich mit allen Wassern gewaschen. Entsetzt schaute ich auf ihren Finger. Und wo war das Blut, hätte ich um ein Haar gefragt. Es war kaum etwas zu sehen.

»Willst du mich denn nicht wenigstens trösten?« Nun war sie wieder ganz die Verführerin.

»Lass mich endlich in Ruhe.« Ich hatte die Nase gestrichen voll.

Wieder wollte ich zu meiner Tasche greifen, doch meine Peinigerin war schneller. Sie hielt die Tasche hinter ihrem Rücken und schaute mich provozierend an.

»Na, wem gehört denn die Tasche, die ich in Händen halte? Wem gehört sie denn?«, begann sie ein Spiel.

Ich ging nicht darauf ein. Doch in der Tasche war der Haustürschlüssel, sonst wäre ich jetzt einfach hinausgestürmt. Meine Nerven lagen blank. Da hörte ich ein Geräusch an der Tür. Wie der Blitz war ich dort und öffnete sie.

»Oh, Obihara-*san*, Sie sind noch da? Ich habe meinen Regenschirm liegenlassen. Das ist mir erst am Bahnhof wieder aufgefallen. Es regnet ja nicht mehr. Aber es ist der Schirm meiner Frau, und den sollte ich nicht vergessen.« Dabei schaute er auf die Situation und grinste.

Oh, du Engel. Dich schickt mir der Himmel, dachte ich nur. Schnell ging ich auf Reina Sorihama zu und sagte mit fester Stimme: »Bitte geben Sie mir meine Tasche wieder.«

Der »Engel« schaute fragend von einer zum anderen, entschied sich dann jedoch zu schweigen.

Verlegen reichte die Angesprochene mir meine Tasche. Wortlos nahm ich sie entgegen und verließ das Büro.

»Sie haben nichts gesehen und gehört, ist das klar!«, hörte ich hinter mir die Chefin dem Abteilungsleiter einimpfen.

»Nein, natürlich nicht«, duckte er sich weg.

*

SABRINA

Am nächsten Tag suchte Maruhito einen Anwalt auf. Ich ging mit. Nishiniwa-*sensei* hörte ihm gut zu.

»Das ist wirklich *Powerhara* gepaart mit *Sekuhara*, was Sie mir da gerade schildern. Aber es ist gut, dass Sie sich dagegen eindeutig verwahrt haben.«

»Ich fürchte nur, dass geht jetzt jeden Tag so weiter.«

»Ich werde gleich ein Schreiben aufsetzen. Heutzutage sind Chefs und Chefinnen, die sich zu viel gegenüber ihren Angestellten herausnehmen, in der schwächeren Position. Vor ein paar Jahren noch sah die Sache anders aus.«

»Da hat sie im Knast gesessen und die Zeichen der Zeit wohl nicht mitbekommen«, sagte ich grimmig.

Der Anwalt lachte.

*

MARUHITO

Ich bekam sofort zu spüren, als das Schreiben meines Anwalts Reina Sorihama erreicht hatte. Wenn Blicke töten könnten ... Doch die Drohung mit einem Prozess zeigte Wirkung. Fortan musste ich nur noch selten länger im Büro bleiben, als die anderen. Doch bekam ich nun nur noch Unwesentliches zu bearbeiten, die größeren Sachen liefen an mir vorbei. Zum ersten April hätte ich gemäß dem Senioritätsprinzip auch befördert werden müssen. Mein alter Chef hatte es mir schon zugesagt gehabt. Doch als abgedankter Chef hatte er nichts mehr zu sagen.

Und dazu die täglichen Überstunden. Kaum noch ein Tag, an dem ich zu Hause zu Abend aß, da ich erst gegen Mitternacht zurück war. Das halte ich nicht mehr aus, das halte ich nicht mehr aus! Wie oft hatte ich mir das in letzter Zeit gesagt. Ich musste endlich Nägel mit Köpfen machen. Doch dafür brauchte ich einen klaren Kopf. Oh, dieser Alkohol!

*

MARUHITO

»Weißt du Sabrina, die Situation ist wirklich verfahren«, begann ich am Samstag, als die Kinder zum Baseball in der Schule waren. »Ich möchte in der Firma aufsteigen, doch diese Kriminelle hat mich von der mir zugesagten Beförderung ausgeschlossen.«

»Und was willst du jetzt tun?«

»Ich gebe auf.«

»Wie bitte?« Sabrina schaute mich vollkommen ungläubig an. »Wie meinst du das?«, wollte sie dann wissen.

»Ich kündige und melde mich als Soldat in der Ukraine. Da wird mein Engagement wenigstens geschätzt.«

Fassungslos starrte sie mich an. Noch dachte sie vermutlich an einen schlechten Scherz.

»Das meinst du aber nicht im Ernst, oder?«, vergewisserte sie sich vorsichtshalber. »Du bist nur verzweifelt.«

»Doch, das ist der einzige Ausweg, den ich sehe. So weit weg, da kommt sie nicht mehr an mich heran.«

»Bravo. Ich auch nicht. Und die Kinder auch nicht. Niemand kommt dann mehr an dich heran. Und das Risiko, dass du nie mehr zurückkommst. – Das ist doch keine Lösung.« Sie sah mich eindringlich an.

Ich hatte es gewusst. Jetzt war Sabrina sauer auf mich. Aber es gab wirklich keinen Ort in diesem Land, wo ich dieser Frau entkommen konnte.

»Wenn Sie dich so schikaniert, dass du es nicht mehr aushältst, könnte ich verstehen, wenn du die Firma wechseln willst. Aber doch nicht dein Leben aufs Spiel setzen. Unsere Kinder gehen gerade einmal auf die Mittelschule!«, redete sie mir ins Gewissen.

»Hast du denn überhaupt schon einmal eine Waffe in der Hand gehabt? Hast du bei der *Jieitai*, den japanischen Selbstverteidigungsstreitkräften, gedient?«

Dann herrschte Stille. Schließlich sagte ich ganz leise in das Schweigen hinein: »Nein. Habe ich nicht.«

»Na also.« Sabrina schaute mich forschend an und setzte hinzu: »Als Söldner melden sich Leute, weil sie Geld brauchen, früher beim Militär waren und diesen Kick nicht mehr missen wollen oder Leute, die das Wort Abenteuer auf ihre Weise auslegen. Und – Psychopathen.« Sie ließ mich nicht aus den Augen. »Bist du einer? Ein Psychopath, meine ich.«

Ich schaute sie entsetzt an und schüttelte den Kopf. Dann sagte ich mit tonloser Stimme:

»Wenn ich nicht in die Ukraine kann, bleibt mir nur, die Firma zu wechseln. Noch bin ich nicht zu alt dazu. Und wenn ich mich jetzt bewerbe, kann ich vielleicht schon am ersten April die Firma wechseln.«

»Aber meinst du wirklich, dass du gehen solltest? Dann beginnst du mit der Urlaubsberechnung von vorne, das heißt mit zehn Tagen pro Jahr und auch dein Gehalt wird vermutlich geringer sein.«

»Eine andere Lösung gibt es nicht.«

»Du erinnerst dich doch, dass ich bei der Rechtsberatung war?«

»Hör mir damit auf. Das kann ich nicht, wirklich nicht.«

Sabrina seufzte hörbar.

»Wenn du wirklich meinst. Mir ist es im Grunde genommen auch lieber, wenn wir beide räumlichen Abstand zu ihr haben«, gab sie sich schließlich endgültig geschlagen.

»Gleich noch dieses Wochenende fange ich an zu suchen. Kannst du Montag Nachmittag auf dem Heimweg Bewerbungsformulare kaufen? Wenn ich zurückkomme, hat das Schreibwarengeschäft schon zu. Und in der Mittagspause möchte ich sie nicht kaufen. Die Kollegen sollen noch nichts mitbekommen.«

»Kein Problem.«

SABRINA

In dieser Nacht hatte ich einen ganz besonders furchtbaren Albtraum. Und am Morgen konnte ich mich sogar noch daran erinnern. An jedes Detail. Ich hatte gesehen, wie Maruhito sich ein Gewehr selbst baute, da niemand ihm eines verkaufen wollte, weil er keinen Waffenschein hatte. Und damit erschoss er sich vor dem Firmeneingang. Reina Sorihama, die Chefin höchstpersönlich, informierte mich mit vergnügter Stimme. Bevor sie das Telefonat beendete, sagte sie noch hämisch: »Das hast du nun davon, jetzt bist du genauso alleine wie ich. Und du wirst dahin gehen, woher ich gekommen bin. Niemand wird dir glauben, dass er Selbstmord begangen hat!«

Und was, wenn das ein Wahrtraum war? Sollte ja ab und zu vorkommen. Am liebsten hätte ich Maruhito zu Hause festgehalten, solche Angst entwickelte ich um ihn.

*

REINA SORIHAMA

Da hatte Maruhito Obihara doch tatsächlich eine Möglichkeit gefunden, mich in die Schranken zu weisen. Und er weigerte sich standhaft, mir zu Willen zu sein. Was sollte ich jetzt tun? Mein Ärger wuchs von Tag zu Tag. Und er richtete sich zunehmend gegen die ausländische Ehefrau. Wenn ich die erwische, die hacke ich in Stücke!, schwor ich mir.

Von klein auf war ich sehr durchsetzungsfähig gewesen. Und diesmal sollte ich die Verliererin sein? Und das nur wegen dieser Ausländerin? Rache, Rache, Rache! Dafür lebte ich fortan. Manchmal im Büro sprachen die Kolleginnen und Kollegen mich auf meinen harten Gesichtsausdruck an:

»Was ist los, Chefin? *Kowai kao wo shite-irasshaimasu ne.* Sie machen ja ein furchteinflößendes Gesicht!«

Dann antwortete ich regelmäßig: »Nichts ist los. Ich konzentriere mich bloß gerade auf eine wichtige Arbeit.«

Nur Maruhito durchschaute mich, da war ich mir sicher. Und das schürte nur meinen Hass auf diese Ausländerin an seiner Seite.

*

SABRINA

Ich kam aus dem Grübeln nicht heraus. Wie Maruhitos Arbeitstage wohl wirklich aussahen? Erzählte er mir alles, oder hatte er Geheimnisse? Und dann schoss sich ein neuer Gedanke wie ein Pfeil in meine Überlegungen, ein vollkommen ungeheuerlicher. Wie reich war diese Stalkerin eigentlich wirklich? Ich wusste es nicht und Maruhito auch nicht. Sie hatte Hamanaka Consultings gekauft und sich zur Chefin gemacht. Und nun? Würde sie Maruhitos Nein wirklich einfach so hinnehmen? Oder? – Und was, wenn er doch die Firma wechselte? Würde sie die neue Firma wieder kaufen? Gar nicht unrealistisch, wenn ihre Finanzen wirklich unerschöpflich waren. Oh Gott, bloß das nicht! Das hieße, für Maruhito gab es kein Entrinnen. Das hielte ich nicht aus. Und Maruhito würde daran noch vor mir zugrunde gehen. Ich schaute auf die Uhr. Noch fünf Stunden, bis er nach Hause kam. Kurzentschlossen schnappte ich mir meine Tasche, erklärte den Kindern, ich ginge nur kurz weg, wenn was sein sollte, sollten sie mich anrufen, ich sei dann in einer knappen halben Stunde wieder da, dann war ich auch schon aus dem Haus. Die Kinder. Noch nie hatte ich sie länger allein zu Hause gelassen. Aber dies war eine Notsituation. Es war schon Ende November, und es war heute empfindlich kalt. Durchgefroren stand ich vor den Flügeltüren aus Glas, die sich für uns schon so oft geöffnet hatten.

Der Polizeibeamte, bei dem ich mich ausgeweint hatte, diesmal waren mir tatsächlich Tränen der Panik gekommen, versprach, sofort eine Streife zu Hamanaka Consultings zu schicken. Ich erinnerte mich im nächsten Moment an Maruhitos Bedenken gegen Polizeiaktionen. Doch das war mir egal. Und ein Zurück gab es ohnehin nicht. Doch was sollte ich tun? Ich brauchte Gewissheit, dass diese Frau geschnappt worden war. Not macht bekanntlich erfinderisch. Und ich war in Not.

Im Sturmschritt verließ ich das Präsidium und lief die paar Schritte bis zur Hauptstraße. Dort fuhren tagsüber pausenlos Taxen. Natürlich nicht, wenn man gerade eine brauchte. Ich begann nervös zu werden. Da, endlich. Ich streckte den Arm aus und meine Mission begann.

Als meine Taxe vor Hamanaka Consultings zum Stillstand kam, zahlte ich, ohne auf mein Rückgeld zu warten, und spurtete los. Auf dem Rücken dreier dunkelblauer Uniformjacken sah ich die weiße Aufschrift *Keishichō* Polizei-präsidium Tōkyō. Die Schicksalsschwadronen von Maruhitos Ex stiegen gerade die Treppen empor. Ich duckte mich weg, spielte Mäuschen. Sobald sie das Büro betraten, stand die Angestellte, die als Nächste am Eingang saß auf und fragte, was sie wünschten. Ich presste meinen Körper im Flur um die Ecke fest an die Wand. Von dort bekam ich jedes Wort mit und hatte zudem einen guten Ausblick. Mit stoischem Gesichtsausdruck nahm die Angestellte zur Kenntnis, dass die Polizei Reina Sorihama zu sprechen verlangte. Ob-wohl alle mit dezent leiser Stimme sprachen, ging sofort ein Raunen durch die Reihe der Angestellten. Die beiden Polizisten und die Polizistin wollten die Chefin sprechen, das war garantiert noch nie vorgekommen. Die Delin-quentin war offenbar ausgeflogen. Hatte die etwa einen Spitzel im Polizei-präsidium? Mir wurde schlecht. Aber nein, sie war nur auf Kundenbesuch.

Die Polizisten wollten sofort wissen, an welchem Bahnhof, in welchem Waggon und in der Nähe welcher Tür sich Reina Sorihama befand. Informa-tionen, die in Japan auf dem Bahnsteig eingezeichnet waren. Und wo würde sie umsteigen? Die Angestellte rief ihre Chefin sofort an und gab dann die gewünschten Informationen inclusive Umsteigebahnhof weiter. Ich jubilierte und ging schon einmal die Treppe hinunter, nahm zwei Stufen auf einmal. Draußen hielt ich die nächste Taxe an.

*

SABRINA

Viele Menschen hatten um diese Jahreszeit schon eine Mütze aufgesetzt oder die Kapuze über den Kopf gezogen. Der trockene Winter war auch

Schnupfenzeit, weshalb die Leute, die es erwischt hatte, einen Mund- und Nasenschutz trugen, um andere nicht anzustecken. Offiziell war die Maskenpflicht wegen Corona zwar wieder aufgehoben, aber, wer auf Nummer sicher gehen wollte, trug sie trotzdem. Ich vermied es meist.

Einige Meter vor mir stürmte die Polizei durch das Bahnhofsgelände. Ich hatte Mühe, Schritt zu halten. Dann auf dem Bahnsteig, entdeckte ich sie, Reina Sorihama in Person. Sie gehörte nicht zu den Maskenträgerinnen. An der Bahnsteigkante waren schon die Wände für die *Homedoors* angebracht. Die Gleittüren selbst fehlten noch. Ich nahm es unterbewusst wahr. Meine Augen waren ganz auf die Stalkerin gerichtet. Sie schaute nicht zur Seite, nur auf ihr Handy. Ich freute mich. So sah sie die Polizistin und ihre beiden Kollegen nicht die Treppe heruntereilen und den Bahnsteig abschreiten. Im Sturmschritt. Immer weiter auf sie zu. Die Polizistin faltete bereits ein Papier auseinander. Garantiert der Haftbefehl. Gleich würden die Handschellen klicken. Für mich ein Gefühl wie Weihnachten.

*

REINA SORIHAMA

Meine Mailbox war abgearbeitet, da hob ich kurz den Kopf und konnte es kaum glauben. Die Frau schräg vor mir, in meinem Alter, die mutete ausländisch an. Sabrina Obihara! schoss es mir durch den Kopf. Wart`s nur ab, dir werd ich zeigen, was einer Frau passiert, die mir meinen Maruhito wegschnappt!

Ich beobachtete die Frau noch ein paar Sekunden, wie sie an ihrer Gesichtsmaske herumnästelte und die Haare unter die Kapuze strich. Sie stand als erste in der Schlange. Ich schob mich hinter sie.

Ich sog den Geruch der Frau ein. Das Parfüm kannte ich nicht, stellte ich sachlich fest. Aber so gut kannte ich Sabrina Obihara natürlich nicht, dass ich deren Parfüm erkennen würde.

»Die Bahn fährt mit zehn Waggons ein. Bitte treten Sie hinter die gelbe Linie zurück!«, hörte ich wie von ganz weit her die Stimme aus dem Lautsprecher. Ich starrte gebannt in die Richtung, aus der die Bahn kam. Als ich den Lichtkegel erblickte, spannten sich meine Muskeln.

*

SABRINA

Das Leben kann ein Krimi sein. Ich blieb etwa drei Meter von Reina Sorihama entfernt stehen. Und zitterte am ganzen Leib. Wenn jetzt noch etwas schiefging. Ich zückte mein Smartphone und stellte es auf Video. Falls Maruhito es später sehen wollte. Ins Internet stellen würde ich es natürlich nicht. Machte mich doch wegen dieser Kriminellen nicht selbst strafbar.

Einer der drei Polizisten schickte sich gerade an, Reina Sorihama anzusprechen. Die Stalkerin kam gar nicht auf die Idee, dass sie in Gefahr sein könnte, schaute nicht in seine Richtung. Im nächsten Moment schoss sie einen halben Meter vor und stieß einmal kräftig zu, so kräftig, wie es ihre Muskeln erlaubten. Ein markerschütternder Schrei: »Hilfe!« hallte durch die Luft. Mir blieb der Mund offen stehen. Diese elende Verbrecherin! Auf den Schienen quietschten die Bremsen. Die Polizisten hechteten zur Bahnsteigkante, griffen nach der Frau, wollten ihren Fall verhindern. Doch zu spät. Reina Sorihamas Opfer stürzte auf die Schienen, direkt vor den einfahrenden Zug. Die Frau hatte nicht die geringste Chance, ihrem Schicksal zu entkommen.

Die drei Polizisten übermannten die Verbrecherin augenblicklich. Die versuchte verzweifelt zu entkommen. Ich konnte kaum glauben, was mir meine Augen zugetragen hatten. Im nächsten Moment klickten die Handschellen. Vor Aufregung zitterte ich am ganzen Körper. Ich versuchte, wenigstens Maruhito zu simsen. Ich brauchte drei Anläufe, bis meine Finger mir gehorchten: *Sie kriegt lebenslänglich! Wir sind sie für immer los! Und ich bin Zeugin. Das Video zeigte ich dir heute Abend.*

PERSONEN DER HANDLUNG

Bellinda: gemeinsame deutsche Freundin von Sabrina und Maruhito Obihara

Fujimoto-*san*: eine Nachbarin, die um die Ecke wohnt

Hamanaka Consultings, Firma in der Maruhito Obama zunächst gearbeitet hat

Idemoto-*san*: Sozialarbeiterin

Kai: einer der Zwillinge von Sabrina und Maruhito

Kawakami-*san*: Nachbarin zur Linken von Sabrina und Maruhito

Margret: Kindermädchen von Sabrina und Maruhito

Mikawa, Hana: ehemalige Mitgefangene von Reina Sorihama

Mikiko: Frau von Sato-*san*

Mizumoto, Meiri: Reina Sorihamas Mitinsassin während ihres dritten Gefängnisaufenthalts, zieht in das Mietshaus rechts von Obiharas ein, in die Wohnung direkt unter Reina Sorihama

Momohara-*san*: Sabrinas japanische Kollegin, teilt mir ihr ein Zimmer an der Uni

Morikawa-*san*: Nachbarin von Sabrina und Maruhito

Nishiniwa-*sensei*: Rechtsanwalt von Maruhito Obihara

Obihara, Maruhito: Sabrinas Mann, Opfer der Stalkerin, arbeitet bei Hamanaka Consultings

Obihara, Sabrina: Frau des Stalkingopfers, arbeitet an einer Uni in Tōkyō als Deutschlehrerin

Oka-*sensei*: erster Rechtsanwalt von Reina Sorihama

Sorihama, Reina: Stalkerin, Ex-Verlobte von Maruhito

Rui: der andere Zwilling von Sabrina und Maruhito

Sato-*san*: ehemaliger Obdachloser, zieht in das Mietshaus direkt rechts von Obiharas ein

Shino-*san*: Nachbarin gegenüber von Sabrina und Maruhito

Takadai-*san*: eine weitere Nachbarin von Sabrina und Maruhito

Takamaru-*sensei*: zweiter Rechtsanwalt von Reina Sorihama

Tobiki, Rina: lässt ihr Aussehen für Reina Sorihama chirurgisch an deren Aussehen angleichen

Tokumata-*san*: Sozialarbeiterin

Yoshihiko: Reina Sorihamas Bruder

Zaima-*sensei*: dritter Rechtsanwalt von Reina Sorihama

Polizisten: Akisora, Izuhama, Kabamata, Frau Kura, Watanabe, Kriminalhauptkommissar Fukahama, Kriminalhauptkommissar Nakayama